技术伦理视域下的
托马斯·品钦小说研究

张艳 著

中国社会科学出版社

图书在版编目（CIP）数据

技术伦理视域下的托马斯·品钦小说研究 / 张艳著.
北京：中国社会科学出版社，2025.2. -- ISBN 978-7
-5227-4769-9

Ⅰ. I712.074

中国国家版本馆 CIP 数据核字第 20253CD182 号

出 版 人	赵剑英
责任编辑	郝玉明
责任校对	谢　静
责任印制	李寡寡

出　　版	中国社会科学出版社
社　　址	北京鼓楼西大街甲 158 号
邮　　编	100720
网　　址	http://www.csspw.cn
发 行 部	010-84083685
门 市 部	010-84029450
经　　销	新华书店及其他书店
印　　刷	北京君升印刷有限公司
装　　订	廊坊市广阳区广增装订厂
版　　次	2025 年 2 月第 1 版
印　　次	2025 年 2 月第 1 次印刷
开　　本	710×1000　1/16
印　　张	15.25
字　　数	253 千字
定　　价	79.00 元

凡购买中国社会科学出版社图书，如有质量问题请与本社营销中心联系调换
电话：010-84083683
版权所有　侵权必究

序　言

　　人类对于技术的关注和反思古已有之。真正被学界称为"技术伦理"的学科是伴随着近代科学技术和工业革命的进程诞生的。在工业革命进程中，面对技术化所带来的大规模效应，哲学家们开始从人类、社会和文化的视角对技术问题进行探讨，其中具有代表性的哲学家有：卡尔·马克思（Karl Heinrich Marx）、恩斯特·卡普（Ernst Kapp）、马丁·海德格尔（Martin Heidegger）、赫伯特·马尔库塞（Herbert Marcuse），等等。进入 20 世纪，科学技术的进步对人类的生存环境产生了深刻影响，社会与技术相互影响的关系也深入人类自身状态和周围环境的每一个角落中。"经过科学论证和方案设计的技术成了在各种社会关系形态中——从人的自身和环境状态到人的关系和交往形式，直到社会的生产和再生产方式——起中间桥梁作用的媒介。"（格伦瓦尔德，2013）当下，伴随着科学技术的快速发展，人类对现代技术的目的、结果和后果的伦理反思的需求呈不断上升趋势。由此，技术的伦理价值越发凸显。

　　作为美国当代著名后现代主义小说家，托马斯·品钦（Thomas Pynchon，1937—　）已经出版了包括《V.》（*V.*，1963）、《拍卖第四十九批》（*The Crying of Lot 49*，1966）、《万有引力之虹》（*Gravity's Rainbow*，1973）、《葡萄园》（*Vineland*，1990）、《梅森和迪克逊》（*Mason & Dixon*，1997）、《抵抗白昼》（*Against the Day*，2006）、《性本恶》（*Inherent Vice*，2009）、《致命尖端》（*Bleeding Edge*，2013）在内的八部长篇小说和一部题为《慢慢学》（*Slow Learner*，1984）的短篇小说集。这些作品均获得文学界和公众的广泛关注和高度肯定。著名美国文学批评家哈罗德·布鲁姆（Harold Bloom）将他与唐·德里罗（Don DeLillo）、菲利普·罗斯（Philip Roth）和科马克·麦卡锡（Cormac McCarthy)一起列为当代四位最重要的美国小说家。他曾获得威廉·福克纳奖（1963）、理查德及希尔达·罗森塔尔奖（1967）、美国国家图书奖小说类（1974）、豪威尔斯奖（1975）、麦克阿瑟奖（1988）、克里斯托弗捷足者奖（2018）等重要奖项，并几度获得诺贝尔文学奖提名。品钦关注现代技术语境下人类的存在和命运，在后现代文学语境中，吸收和继承了以马克思为代表的技术伦理思想中对技术的社会功能和历史作用的分析：技术进步与人的发展具有内在的统一性，二者相互渗透、相互依赖、相互促进，创造性地运用自然科学中的概念和理论作为小说中的象征符号揭示作品主题，扩展了技术想象空间，以犀利的后现代批判性思维方式对现代技术以及美国社会文化的方方面面进行了反思，构建了一种独具一格的兼顾科学与文学艺术的双重思维模式，托马斯·品钦也因此被誉为"用科学隐喻后现代社会的作家"。

国内外学者对品钦的创作研究呈现多维度、多元化发展的态势，目前研究主要集中对品钦的单部作品（如短篇小说《熵》或《拍卖第四十九批》《V.》和《万有引力之虹》等）的科学元素及其隐喻功能进行文学阐释。其中，学者们对"熵定律"在不同语境和层面的阐释从整体上拓宽了熵主题小说的研究范围，深化了熵主题的内涵；对大卫·格里芬的后现代科学技术观以及卢卡奇和弗洛伊德精神分析等理论的引入，拓展了品钦小说研究中的后现代主义议题，揭示了品钦对现代科学技术社会中人与技术关系的关注与反思。尽管一些学者关注到品钦小说中的技术伦理思想表达，但基本上是个案研究（如《万有引力之虹》中的技术伦理观），没有面对品钦整体小说创作并上升到技术伦理哲学与创作观的高度来审视其作品中的技术伦理思想价值，因此在技术伦理视域下的品钦小说研究成果还有待拓展与深入。

自 2011 年，笔者先后发表：《〈拍卖第四十九批〉中多义和不确定的隐喻结构》（2011）、《破解美国现实的密码——评〈拍卖第四十九批〉中的隐喻运用》（2011）、《荒诞与理性的对话——评托马斯·品钦的〈熵〉》（2012）、《〈万有引力之虹〉中托马斯·品钦对技术理性的反思与批判》（2015）、《〈万有引力之虹〉中战争主题解读》（2016）、《〈性本恶〉中托马斯·品钦对美国嬉皮士文化的历史记忆与反思》（2016）等研究论文，通过对《熵》《拍卖第 49 批》《万有引力之虹》《V.》《性本恶》等作品的逐一研读与分析，尝试从小说中的"熵"主题、隐喻运用、叙事模式、文化批判、理性价值等多元视角展示品钦作品的历史性和社会性特征，特别关注到品钦在后现代文学语境中，对现代技术的追问及对现代社会中人、自然、社会与科学技术之间内在联系和相互作用的探究。在已有研究的基础上，本书将以跨学科的研究视角，继续从品钦作品中出现的大量科学技术语言与要素入手，通过对品钦作品内容的分解与整合，由点及面，进一步梳理和分析品钦作品中技术伦理思想与文学创作艺术特色，阐述品钦小说中的形式实验（技术隐喻象征体系建构）与现代科学技术在伦理维度、历史逻辑上的关系，讨论品钦如何在后现代文学语境中揭示现代科学技术工具理性与价值理性之间的辩证统一关系，思考与批判现代科技应用以及其产生的负面社会效应、道德责任归属，进而追问现代技术的本质，考量现代技术的社会价值与合理化向度。笔者力图透过文学作品展示一幅现代技术社会的微缩景观，客观辩证地分析现代技术对社会发展的正负双重效应，揭示文学文本对现实世界表达的独特且深刻的人文主义关怀，从经典文学中探索人类未来发展的新出路，给人们的现实生活带来积极的精神启示，实现经典作品文学价值的再发现。

本书共分为四章，从技术的概念入手，分析技术伦理问题提出的历史背景和现实需求；以品钦代表作品为研究对象，聚焦其中的科学技术语言与要素，探究品钦如何在后现代文学语境中，通过建构技术隐喻象征体系实现对技术理性垄断与霸权的批判与反思，认知现代科学技术工具理性与价值理性之间的辩证统一关系，进而揭示其小说的技术伦理思想价值。在第一章"技术伦理发展及其在西方文学作品中的展现"中，首先回顾了从柏拉图、亚里士多德到黑格尔和马克思等哲学家对技术的反思，重点分析了马克思主义技术思想中关于技术的价值和技术活动本质的思考，继而分析了技术伦理问题提出的历史背景。后现代主义文学是第二次世界大战之后西方工业社会中出现的影响广泛的文学思潮，是历史与时代的产物。后现代主义小说家在审视现代社会、人性、道德和良知的相互关系的同时，也把读者引入对科学技术的严肃思考之中。在西方后现代主义小说领域的代表作家中，英国的劳伦斯·杜雷尔（Lawrence Durell）和美国的冯内古特（Kurt Vonnegut, Jr. 1922—2007年）、品钦及巴塞姆（Donald Barthelme, 1931—1989年）作为英美后现代主义小说的重要代表名列其中。他们在小说创作中，兼顾文学与科学的双重思维模式，大胆开拓小说创作的实验领地，强化语言的代码功能，采用百科全书般的叙述方式，描述后现代社会的历史文化变迁。后现代主义小说家力图打破传统，给沉沦于科技文明造成的非人化境遇中的人们敲响警钟，唤醒人们对日趋严重的异化现象的伦理思考，进行价值重估，进而寻找生命的价值和意义。

第二章"托马斯·品钦小说中的技术隐喻象征体系分析"中指出，品钦善于将哲理化、陌生化的技术话语以及自然科学概念、公式等因素融入小说创作之中，构建起一个庞大复杂且兼具科学性的文字迷宫。品钦以"熵"为核心的一系列技术隐喻和象征符号：热力学第二定律、火箭、符号"V."，以及围绕该符号衍生的多义且不确定的隐喻结构聚拢在作品中，化身多元各异的"意义"压缩包，成为挖掘品钦作品深刻内涵的有效载体，它们相互联系、彼此呼应，同时借助"追寻"叙事的"熵"化模式、碎片化与荒诞性的故事情节、多义与不确定的隐喻结构构建起一个立体、多元的技术隐喻象征体系，表达对"一个在物质上和精神上都已支离破碎的"（品钦，2008）现代技术社会趋向物化和熵化的阐释，进而向读者揭示出现当代科学技术发展对人类生存以及人性本质的深刻影响，表达了作者对后现代语境下人类社会缺陷与精神困境的思考。透过作品中技术隐喻符号架起的窥镜，品钦将技术的科学性和文学的想象性结合起来，通过文字文本进行超越时空的思想交流，考量技术与社会、技术与人之间的关系，映照社会现实，走近真相，感知人类社会生活的本质内涵。

第三章讨论"品钦对技术理性的批判与反思"。了解技术理性的兴起、发展与危机的出现成为厘清科学技术与技术理性之间关系，以及反思对技术理性垄断与霸权进行批判的前提条件。托马斯·品钦在小说中专注描写20世纪中叶的美国社会，从人本主义视角出发，建立起一个自由批评的空间，在为科学技术作为知识体系的客观真理性正名的同时，肃清了技术理性对人的全面理性的遮蔽，针对技术理性霸权的绝对理性、技术至上和人的物化这三个重要表征对技术理性进行了深刻的反思和批判，表达了他对技术理性霸权引发的后现代社会问题的忧虑，展现了技术垄断下人类不断异化和物化的现状。

在混乱无序、荒诞神秘的技术世界中，技术理性控制下的现代技术、机器和系统压迫人类生活、钳制人性，人们失去了原有的信仰和价值观，迷失在绝对理性控制下的精神荒原之中。人们对技术理性的过度依赖演化成为技术迷信，严重束缚了人们的思想，剥夺了民众话语权和思考能力，造成现代人单一、僵化的思维模式，进而使得科学技术的发展与创新裹足不前，人类也同时失却了人性的自由和光辉。直面科技对人类社会的影响，品钦立足于发展的观点看待现代社会的科技发展问题，肯定科技发展给人类带来的诸多便利的积极一面，但同时也将批判的矛头直指技术理性的垄断与霸权，犀利地指出人类对技术的盲目崇拜和迷信导致技术走向异化，对人类社会造成巨大破坏，深刻影响当代人的生存状态。

第四章以"品钦对现代科学技术价值理性的思考与剖析"为题，首先从人与自然、人与社会、人与人的关系三个层面对科技理性进行价值反思，剖析价值理性的"迷失"现象，揭示工具理性极端发展的当代后果——人性的异化和道德的沦丧；其次从"解构社会主流文化，复归技术伦理价值"与"呼唤人文关怀回归，抵抗技术异化的世界"两个方面展示品钦对现代科学技术伦理价值的独到剖析：无论是在《性本恶》中对美国嬉皮士文化的历史记忆与反思，还是在《梅森和迪克逊》中对"梅森—迪克逊线"多重隐喻意义的阐释，再到《致命尖端》中有关数字技术对人的认知方法和价值观念的影响以及对"现实世界"的改变的讨论，都旨在揭露现代社会自然价值沦落、人类功利化行为、生态环境恶化危害，唤醒人们以发展的眼光看待现代科学技术的现状与未来，从价值理性的视角考量科学技术实践与人类、自然、社会的伦理关系，从而追问现代技术本质，对其做出更加全面、客观的解释。

通过运用文本释读、比较的方法，笔者力图梳理与研究品钦作品，聚焦其中的科学技术语言与要素，分析和总结托马斯·品钦小说中呈现的技术伦理观。纵观品钦创作，几乎每一部作品都折射出现代科学技术对于整个人类社会及个人生活的深刻影响，品钦客观分析现代科学技术对人类社会发展的积极和负面效应，演示了后工业社会中技术异化给人类带来的毁灭性后果，批判和控诉了技术垄断的负面作用，同时指出技术进步所创造出来的物质世界本应该是一个富有精神内涵和人文内涵的人化世界，因为技术进步本身是渗透着人文情怀和人文精神的，因此聚焦人性爱的光辉，呼唤技术人文关怀的回归，通过科学技术发展和人性自由发展的融合统一，促进人与自然达成"和解"，保持人类活力，对抗人的异化和世界的熵化危机。本书意在抛砖引玉，引起读者对品钦作品的更多关注，推动读者对现代技术工具理性与伦理价值的思考和审视，丰富后现代主义文学跨学科研究，揭示品钦研究的综合学术价值。

本书得到北京联合大学应用文理学院"文理青年文库"学术著作资助项目以及北京联合大学应用文理学院2019年基本科研业务费（122139919290104076）的资助，确保了本研究得以顺利进行。在项目申请和本书写作过程中，我得到北京联合大学应用文理学院以及外语部领导、同事和朋友们的大力支持，特别是院长张宝秀教授、副院长张景秋教授以及黄宗英教授从项目拟题、确定思路到书稿撰写给予的指导和鼓励使我受益匪浅。此外，中国社会科学出版社的郝玉明老师以及相关编辑老师对本书的编辑和出版也给予了大力的协助和支持，在此一并致以最真诚的感谢。

目　　录

第一章　技术伦理发展及其在西方文学作品中的展现 …………… 1
　第一节　技术 ……………………………………………………… 1
　第二节　技术伦理 ………………………………………………… 6
　　一　技术伦理的概念 …………………………………………… 6
　　二　技术伦理的发展历程 ……………………………………… 8
　　三　马克思技术伦理思想的当代启示 ………………………… 20
　第三节　技术伦理视域下的英美后现代主义小说 ……………… 27
　　一　产生背景 …………………………………………………… 28
　　二　发展历程 …………………………………………………… 31
　　三　基本特征 …………………………………………………… 37

第二章　托马斯·品钦小说中的技术隐喻象征体系分析 ………… 49
　第一节　概述 ……………………………………………………… 49
　　一　文坛隐士与百科全书式作品 ……………………………… 49
　　二　国内外研究现状 …………………………………………… 61
　第二节　技术隐喻符号 …………………………………………… 70
　　一　"熵" ……………………………………………………… 75
　　二　火箭 ………………………………………………………… 88
　第三节　技术隐喻象征体系 ……………………………………… 93
　　一　"追寻"叙事的"熵"化模式 …………………………… 93
　　二　故事情节的碎片化与荒诞性 ……………………………… 99
　　三　多义和不确定的隐喻结构 ………………………………… 103

第三章　品钦对技术理性的批判与反思 ……… 111
第一节　技术理性的兴起、发展与危机的出现 ……… 112
第二节　技术理性霸权的三个重要表征及品钦的反思与批判 ……… 118
　　一　绝对理性 ……… 119
　　二　技术至上 ……… 129
　　三　人的物化 ……… 141

第四章　品钦对现代科学技术价值理性的思考与剖析 ……… 148
第一节　价值理性"迷失"的表现及其后果 ……… 150
　　一　人与自然关系的异化导致和谐共生关系的破裂 ……… 152
　　二　人与人之间社会关系的异化导致社会的对抗 ……… 154
　　三　人与自身关系的异化，导致人的主体地位的丧失 ……… 156
第二节　解构社会主流文化，复归技术伦理价值 ……… 158
　　一　西方文化的定义 ……… 159
　　二　技术与文化 ……… 162
　　三　西方历史上的反主流文化现象 ……… 166
　　四　迷幻、对抗、颠覆——《性本恶》中品钦对美国嬉皮士文化的历史记忆与反思 ……… 175
　　五　赛博空间及其现实伦理启示 ……… 183
第三节　呼唤人文关怀回归，抵抗技术异化的世界 ……… 195
　　一　西方人文关怀思想的历史演变过程 ……… 196
　　二　科学技术与人文关怀 ……… 197
　　三　重塑技术进步的人文情怀 ……… 200

结　语 ……… 213

参考文献 ……… 215

第一章　技术伦理发展及其在西方文学作品中的展现

第一节　技术

作为人类文明史的重要组成部分，技术是一个古老的历史范畴，见证了社会的发展和时代的变迁。英语中的技术"Technology"一词源于希腊语的"Techne"，是一个十分广泛的概念，涵盖了技能、技艺、技巧和方法，比如：建筑术、雕刻术、修辞术、辩论术等都可归于其中。因此，技术的概念和工匠与发明家联系在了一起。

有关技术一词最早的文字记载出现在荷马史诗《伊利亚特》（ΙΛΙΑΣ, Ilias, Iliad, 又译《伊利昂记》）。诗中的赫菲斯托斯（希腊语：Ηφαιστος、英语：Hephaestus）是古希腊神话中的火神、砌石之神、雕刻艺术之神与铁匠之神。在利姆诺斯、西西里等岛屿，赫菲斯托斯被尊称为地火之神，据说每当大地轰隆震响、火山喷发，就是他在打铁。他善于建造神殿，制作各种武器和金属用品，比如阿波罗（Apollo）的太阳车、厄洛斯（丘匹特）（Eros）的黄金箭都是他的作品。因"技冠天下"（KAUToTeXums, klytotechnes），他被誉为工匠的始祖，以及锻造的庇护神。作为天神宙斯（Zeus）与赫拉（Hera）之子，赫菲斯托斯因出生时过于丑陋而被赫拉扔到下界，摔成跛子。正是由于必须克服身体上的缺陷，赫菲斯托斯真切体会到辅助工具的必要性和重要性，他曾借助"自制的铁链"捉住了诸神中行动最敏捷的神——负心汉阿瑞斯[①]

[①] 参见［古希腊］荷马《奥德赛》，第8卷，第297—330页，转引自［德］阿明·格伦瓦尔德主编《技术伦理学手册》，吴宁译，社会科学文献出版社2017年版，第145页。

(Ares)。这个故事展示了技术在实现力量平衡上的重要作用。在赫菲斯托斯这个天神"工匠"的背景下,在《伊利亚特》第三章中,荷马(Homer)通过对斧头的实际有效应用的描写对技术进行了定义,指出技术是由工具和技术能力组成,即"手工的灵巧,但也要有如何使用这种灵巧的知识"①。

基于此,希腊哲人开始了对技术本质的追问与思考。出身石匠家庭的苏格拉底(Socrates),从小就跟父亲学习手艺,练就了一手熟练的雕刻技术。他极为关注人事,与普通的工匠接触密切。他承认技术有用,但他认为工匠只懂得操作技术,却不知道技术的定义或知识,只有哲学家才能做到这一点。苏格拉底主张美德即知识,探索美德与生命的意义成为其伦理思想体系的核心思想。在他看来,人们应该去了解社会生活的普遍规律,并"认识自己",而对于人们在现实生活中获得的各种不同目的和道德规范,无论其利弊,都是相对而言的。人的最高生活目的和至善美德就是要去探索具有普遍性和绝对性的善的概念,并掌握这一概念的真正知识。至此,技术成为具有目标的能力和系统性的知识。

柏拉图(Plato,前427—前347年)系统地发挥了老师苏格拉底的思想。在《普罗泰戈拉篇》中,柏拉图引用过普罗米修斯(Prometheus)的神话。在这个神话传说中,面对赤身裸体、手无寸铁、一无所有的人类,普罗米修斯成为他们的守护者:教会他们观察日月星辰的运转;让他们懂得计算和用文字交换思想;还教会他们农耕技艺,驾驭牲口、分担劳动;他发明了船和帆,让人类可以在海上航行。另外,他教会他们通过占卜和圆梦来解释鸟类飞行和祭祀昭示的各种迹象。在他的引导下,人类学会勘探矿石,开采铁和金银。当宙斯拒绝向人类提供生活必需的最后一样东西——火时,普罗米修斯冒着生命危险,偷了赫菲斯托斯(司火和冶炼技术的神)和雅典娜(Athena)(司智慧、战争、农业和各种生产技术的女神)的制造技术,同时又设法从太阳神阿波罗那里盗走火种(没有火是不能取得和使用这些技术的),将其送给了人。火给人类带来了光明,也使人成为万物之灵。普罗米修斯用技术的救世之法弥补了人类在身体方面的缺陷,改变了人类一无所有的状态,使其获得了生存必需的技术智慧。从而,技术成为人类脱离对神的依靠,并能

---

① [德]阿明·格伦瓦尔德主编:《技术伦理学手册》,吴宁译,第145页。

够在生存搏斗中得以幸存的必要条件。

在《政治家篇》中，柏拉图指出纺织的过程是一种编织，需要一系列特定的辅助性行动作为基础。比如，在编织之前，羊毛要剪好，纱线也要捻好，起毛工也要把工作做完；在卷线杆、织布机等工具的辅助下，编织工使用梭子把经纱与纬纱连接起来。纺织的技艺可分为基本的分离和连接两个步骤。梳毛以及编织羊毛衣物时把毛线分开的技艺就是分离，而捻的技艺和编的技艺就是连接。捻就是把用分离技艺分开的羊毛和毛线捻制成经线和纬线。羊毛梳理成"束"，再用纺锤把羊毛束捻成粗毛线，这一过程就是"纺经线"；而与经线编织在一起，组成整个毛织物的纺织过程就是"纺纬线"，通过经线和纬线的编织而生产出毛织物的技艺就称为毛纺技艺了。由此可见，柏拉图有关纺织手工技能的具体描述和分析揭示了技术的系统性质①，同时将人的手工和智慧归纳到"技术"概念中。

苏格拉底和柏拉图的技术态度在古希腊哲人中具有代表性。他们认可技术对于一个城邦繁荣的必要性和重要性，但同时又极力推崇哲学和哲学家，把拥有技术能力的工匠、手艺人等列入最低的等级，具有较为明显的鄙视工匠、怀疑技术的倾向。然而，另一位希腊哲学家亚里士多德却对此抱着怀疑和批判的态度。

在《形而上学》的开篇，亚里士多德（Aristotle）提出："求知是所有人的本性"，而这里的"求知"自然包括了追求技术（Techne）。他认为，经验能力源自对一种事物的许多印象，虽然人和动物都具有感觉，但动物没有经验能力，更没有技术能力和思辨能力，只有具备经验能力的人才有可能去认识新的个别事物，并通过技术进一步认识到与之相关的普遍事物及原因的知识。所以，"惟有人类才凭技术和推理生活"②。可以看出，亚里士多德把技术与经验、科学一起当作人区别于动物的根本标志，同时技术作为一种能够

---

① 参见 Helmuth Schneider, "Das griechische Technikverstandnis", *Von den Epen Homers bis zu den Anfangen der technologischen Fachliteratur*, Darmstadt 1989, p. 172。转引自［德］阿明·格伦瓦尔德主编《技术伦理学三册》，吴宁译，第 148 页。

② 苗力田编：《亚里士多德选集》（形而上学卷），中国人民大学出版社 2000 年版，第 4 页。

揭示事物发展规律的普遍性的理论知识具备了作为技术学的科学特性。在《形而上学》的第六卷，亚里士多德称技术为"创制科学"，连同"思辨科学"（包括数学、物理学和第一哲学或神学）和"实践科学"（包括伦理学、政治学）一起纳入在古希腊人看来具有最高价值的"科学"的范畴，即科学的三种基本形式。①

到了近代，随着自然科学的进步，技术对科学理论的依赖越来越明显了，最终导致了技术的理论化趋向，产生了技术科学，从而使得在技术的构成要素中，科学、知识开始占据越来越重要的地位，技术被视为客观的自然规律在生产实践中有意识的运用，是根据实际生产经验和科学原则开发的各种工艺操作方法和技能。这时，"技术"一词也从最初的 techne 转变成 technology，其后缀"ology"指代一门对传统意义上的"技艺、技能"进行解释和研究的学问，即"技术学"或"工艺学"。

近代自然科学始于天文学革命。面对教会和神学世界观，最早发起挑战的是波兰科学家哥白尼（Mikołaj Kopernik）。哥白尼在《天体运行论》中提出的"太阳中心说"加速了自然科学挣脱欧洲中世纪宗教神学思想束缚的进程。经典力学的先驱伽利略（Galileo Galilei）开创了以实验为基础的近代科学，为标志着近代自然科学的形成的牛顿经典力学的创立奠定了基础。18 世纪后期，蒸汽机在瓦特（James Watt）的改良下得以广泛使用，这也促使传统的手工工场逐渐被机器大生产所取代，工业生产也随之从手工操作过渡到机器生产。当煤炭成为重要的工业能源，人类进入"蒸汽时代"。19 世纪中后期，英国生物学家达尔文（Darwin）在《物种起源》一书中提出的"物竞天择、适者生存"的进化论思想掀起了生物学领域的一场革命，推动了近代自然科学的深入发展。19 世纪 70 年代后，继蒸汽动力之后，作为一种新能源，电力广泛应用于人们的生产生活，自此"电气时代"正式开启。以蒸汽动力和电力的广泛使用为标志的两次工业革命推动科学技术向第一生产力的转化，极大地提高了社会生产力，促使社会结构和世界形势发生改变，伴随着城市化进程的加速发展，人们的物质、精神生活日益丰富。

---

① 参见苗力田编《亚里士多德选集》（形而上学卷），第 143 页。

随着工业革命的兴起，能够代替人类劳动的机器被制造出来了。机器的使用提高了人的劳动效率，把人从繁重的无限重复的劳动中解放出来。作为一种劳动手段，机器延伸了人体的四肢器官所能触及的距离，放大了人的体力，拓展了人脑的记忆和运算功能，补充和强化了人的技能、技巧。可见，机器，包括它的初级形式——工具，在人类社会生活和生产劳动中起到了至关重要的作用。人们在使用"技术"一词的时候，已经自觉不自觉地把机器和工具等物质手段包括进去，认为技术是劳动手段的总和，是人类活动手段的总和，是所有劳动手段和工艺的总和。

从20世纪中叶以来，人类在核能、计算机、微电子、航空航天、分子生物学和基因工程等诸多领域取得重大进展，出现了许多新兴技术，如激光技术、超导技术、基因重组技术等。这些技术都是现代科学的直接产物，是科学知识密集型的技术。技术越新，包含的科学知识越多。当今，科学上的突破是技术进步的前提条件，即使是拥有悠久历史、长期靠经验发展起来的技术，如农业生产技术、建筑技术等，也同样不能脱离科学理论的指导。自然科学作为人类对自然界事物的理性认识，已经广泛渗透到技术的各个领域，成为现代技术发展的关键，使技术真正成了科学的技术。在当代，科学与技术相互依存，紧密结合，科学的突破推动技术的革新与发展，技术的保障为科学的深化与开拓保驾护航，科学技术化与技术科学化的发展趋势越发明显。

科学技术的进步释放出巨大的力量，推动了人类社会的全面发展，人们见证了世界的巨变，也亲身体验到物质财富不断积累带来的生活便利。然而，人们在享受科学技术福祉的同时，也开始遭遇技术进步带来的远虑与近忧，承受着日益糟糕的生存环境。特别是第二次世界大战之后，新兴技术不断涌现，现代科学技术在极大推动人类社会物质文明发展的同时，也在不断挑战和突破人类伦理的底线，给人类社会带来了前所未有的不确定性和社会问题。在这个过程中，英语语境下的"技术"概念也经历了从"方法技能"到"知识应用"再到"劳动手段"的转义化和广义化过程，即表现出规模宏大、形成体系和建制的显著特征。世界知识产权组织在1977年版的《供发展中国家使用的许可证贸易手册》中，给技术下的定义是："技术是制造一种产品的系统知识，所采用的一种工艺或提供的一项服务，不论这种知识是否反映在一项发明、一项外形设计、一项实用新型或者一种植物新品种，或者反映在技术情报或技能中，或者反映在专家为设计、安装、开办或维修一个工厂或为管理一个工商业企业或其活动而提供的服务或协助等方面。"① 这是迄今为止国际上给现代技术所下的较为全面和完整的定义。世界知识产权组织将所有能够带来经济利益的科学知识定义为技术。在现代社会，作为现代科学的一种具体应用，技术常常与大型工业系统、机械和工具相互融通联系，指向"现代技术""科学化的技术""高新技术""系统化技术"的时代含义。② 如今，全球进入一个科学技术主导的时代，在这个全新的语境中，人们对技术的伦理维度进行深入的分析和反思就变得十分必要并且刻不容缓。

第二节 技术伦理

一 技术伦理的概念

伦理学是一门古老的科学。从伦理的概念上说，古今中外的理解不尽相同。在中国，伦理一词最早见于《乐纪》："乐者，通伦理者也。"指明了礼乐在伦理上的教化作用。《说文解字》中解释说："伦，从人，辈也，明道也；理，从玉，治玉也。"这里，"伦"即人类伦常，指人与人之间的道德关系；"理"则是条理，道理的意思。从而得出，伦理，即调整人伦关系的条理、道理、原则，也就是人与人的关系和处理这些关系的行为规范。宋明之后，伦理不仅限定为人与人的关系准则，还有道德理论的含义，从而中国人形成了基于人伦（君臣、父子、兄弟、夫妻、朋友）、天伦（天地君亲师）的处世原则：忠、孝、悌、忍、信，并架构了基于物理、道理和天理的认知系统。

在西方，"伦理"（"ethǒs"）一词最早出现在古希腊的荷马史诗《伊利亚特》中，本意表示一群人共同居住的地方，其后意义扩大为表现这一群人的性格、气质及其所形成的风俗习惯，和对这种习惯的遵守。古希腊著名哲

---

① 吴寿仁：《科技成果转化若干热点问题解析（九）——技术及技术转移概念辨析及相关政策解读》，《科技中国》2018年第2期。
② 参见吴国盛《技术释义》，《哲学动态》2010年第4期。

学家苏格拉底倡导人们认识做人的道理，过有道德的生活。对一个人来说，具有道德的知识是拥有道德的前提，所有不道德的行为都源于无知。物欲的诱惑和后天经验的局限阻碍人们追求人生的目的和善德，唯有通过获得概念的知识，人们才有可能拥有智慧、勇敢、节制和正义等美德。柏拉图在全面继承的基础上，进一步将苏格拉底的伦理思想系统化、理论化，并提出理智决定伦理道德的理性主义思想，对于西方哲学思想的发展起到积极推动作用。公元前4世纪，古希腊著名哲学家亚里士多德构建了一个形容词"thicos"（伦理的），命名了一门新的学科"thika"（伦理学），由此创建了一个完整的学科——规范伦理学。他的儿子尼各马可（Nicomachus）将他在雅典学园讲课的讲义编纂成书，这就是西方最早的伦理学专著《尼各马可伦理学》（*Nicomachean Ethics*），此书是西方也可以说是整个"人类思想的历史上第一个伦理学体系"的奠基作，它构成人类伦理学思考的一块坚实的基石。"这个体系构成了西方伦理学思考的大传统，也构成了人类的伦理学和道德哲学的理论的主要基础。"[①] 亚里士多德以后，伦理学便作为一门专门研究道德的独立科学，在西欧各国日趋发展起来，历经了不同的历史阶段，以不同的形式出现在人类的思想和文化史上。由此可见，西方伦理概念是从风俗、性格、思想方式演绎而来，其研究对象经历了从人与自身、人与人、人与社会的关系再到人与自然的关系的发展变化过程。尽管从伦理学研究的内容上，历史上的伦理学家们存在着或"善"或"责任"或"价值"或"道德"的不同理解观点，但不难看出，从学术角度，不论在中国还是西方，人们往往都把伦理看作对道德规范与标准的寻求。

随着科学和技术的进步，人类的生存条件得到改善，人类的行动范围与可能性也不断扩展，人类对自身传统和大自然的依赖逐步减少。通过技术，人类可以做到很多自身以前无法完成的事情，实现了个人命运的改变和对大自然的改造。科学技术发展到今天已经拥有很强的自主性。在技术实践中，如果对它放任不管，任其肆意妄为，其潜在结果对人类来说既可能是福音，也可能是恶果，极大威胁和破坏人类的生存环境与社会秩序。人类历史上的

---

① 廖申白：《〈尼各马可伦理学〉导读》，四川教育出版社2005年版，第39页。

惨痛教训促使人们意识到不加约束的科学是危险的，其不良效应和可怕后果是任何国家或个人都无法承受的。因此，当人们将技术视为技术行为时，技术开始具有重要的伦理学意义。人们在享受技术进步成果的同时，还需要思考和判断如何正确使用技术，以及面对技术问题应该采取什么样的立场和态度。如何让技术的发展始终朝向有利于人与自然和谐共处的共赢模式成为当今人类亟须面对和解决的现实问题，正是在这样的时代背景下，技术伦理应运而生，即"通过对技术的行为进行伦理导向，使技术主体（包括技术设计者、技术生产者和销售者、技术消费者）在技术活动过程中，不仅考虑技术的可能性，而且还要考虑其活动的目的、手段以及后果的正当性。通过对技术行为的伦理调节，协调技术发展与人以及社会之间的紧张的伦理关系"[①]。

二 技术伦理的发展历程

人类对于技术的关注和反思古已有之，只不过局限于当时的技术发展水平，其影响深度、广度，技术与人类社会的互动程度还远远没有达到近现代社会高度融合的水平，所以，哲学和伦理学视域下的技术还没有受到社会的普遍关注，中西方的古代智者先贤们也只是提出有关技术伦理思想的简单轮廓和零散命题。比如，中国哲学家们对于技术与伦理关系的哲学思考往往聚焦于"技"与"道"之间互相依存的辩证统一关系。庄子就曾鲜明地反对被机心裹挟的"技"，而推崇自然无为的天人合一的道境。同样，在西方，古希腊神话传说中的普罗米修斯被柏拉图、埃斯库罗斯（Aeschylus）等古希腊哲人和诗人塑造为文明的使者，通过天神的介入，人类从此获得了对技术的拥有权，得以摆脱病痛和苦难。同理，《伊利亚特》中有关马车竞赛和伐木的描述，指出只要人们优化运用自己的技术和知识，就能在工作中成功达成自己的技术行为。

虽然技术伦理并非一个新的话题，但真正被学界称为"技术伦理"的学科应该是伴随着近代科学技术和工业革命的进程诞生的。在工业革命进程中，面对技术化所带来的大规模效应，哲学家们开始从人类、社会和文化的视角对技术问题进行探讨。技术哲学开始阶段的理论家关注到技术在社会发展进

---

① 张永强、姚立根主编：《工程伦理学》，高等教育出版社2014年版，第47页。

程中的特殊地位，更多地集中于抽象化的、哲学层面的探讨，促进了对技术问题的哲学探讨，其中具有代表性的哲学家有以下几位。

卡尔·马克思将技术置于经济发展和劳动的框架之中。正如他指出的，"劳动首先是人和自然之间的过程，是人以自身的活动来中介、调整和控制人和自然之间的物质变换的过程"①。马克思把技术分为生产技术和非生产技术两类。生产技术是在创造物质财富的生产劳动中，解决人和自然关系的；而由科学研究技术、文化教育技术、医疗技术和日常生活技术组成的非生产技术主要解决的是在物质资料的直接生产过程之外，人与自然、人与社会及人与人之间的关系问题。由于人类最基本的实践活动是物质资料的生产活动，因此生产技术是技术的主体，它决定着非生产技术的状况、水平和发展前途。

德国哲学家和地理学家恩斯特·卡普（Ernst Kapp，1808—1896 年），是现代技术哲学创始人之一，在 1877 年出版的《技术哲学纲要》（*Grundlinien einer Philosophie der Technik*，1877）一书中最早地系统地发展了一种关于技术之本质的"器官投影"说（Organ Projection），即将技术解释为身体的延伸、人体器官在现实中的投影。卡普从人类学的角度对技术进行论述，指出工具和人体器官之间存在内在关联，人类在使用工具的过程中不仅认识了自身并且通过工具实现了自我的不断创造②，人类文化的进化史通过工具的发展历程得以体现和解释，卡普以器官投影论的新视角，从技术哲学范式内部对技术之本质进行了考察。

德国哲学家马丁·海德格尔（Martin Heidegger，1889—1976 年）在《技术的追问》中从社会批评的视角，关注人类与技术关系问题，对技术时代以及技术的本质进行了深刻的反思和解读。海德格尔指出，技术的本质是一种解蔽方式，这也是贯通古今技术的共同本质。但是，古今技术具体的解蔽③方

---

① 《资本论》第 1 卷，人民出版社 2004 年版，第 207—208 页。
② 参见［美］卡尔·米切姆《技术哲学概论》，殷登祥、曹南燕等译，天津科学技术出版社 1999 年版，第 6 页。
③ 解蔽状态是海德格尔用语。所谓解蔽就是存在者去除遮蔽，显露自身。海德格尔认为"在"即显现，解蔽是显现的一种方式，因此解蔽包含原始的本真状态得以展示的意思。参见金炳华等编《哲学大辞典（修订本）》（上、下册），上海辞书出版社 2001 年版，第 651 页。

式存在不同：古代技术以一种自然而然的方式呈现，而"在现代技术中起支配作用的解蔽乃是一种促逼，此种促逼向自然提出蛮横要求，要求自然提供本身能够被开采和贮藏的能量"①。海德格尔对现代技术及其本质的追问，不仅是为了批判现代技术，更是为了警示人们技术时代的危险，唤醒人们真正认识和反思技术，找到摆脱困境的方法。

在继承马克思辩证唯物主义原理和方法论基础上，德裔美籍哲学家和社会理论家赫伯特·马尔库塞（Herbert Marcuse，1898—1979年）运用卢卡奇的物化理论对海德格尔关于人类真实存在的研究进行了分析说明，进而深刻理解海德格尔对技术本质的解释。基于此，他创立了以技术批判为核心的技术哲学。马尔库塞对发达资本主义工业社会中技术理性的片面化发展和统治支配地位进行了批判。他认为，资产阶级利用技术产品和机制将技术理性意识渗透到人们日常的生产与生活中，弱化和消解人的自由创造力和独立批判力，并通过大力宣扬技术的合理性，强化技术理性的控制力，将统治领域延伸到政治、经济、文化意识形态等方面。科学技术已经成为导致当代资本主义社会和思想文化"单向度"的最本质原因，制约了人们在各个领域的多维全面发展。

进入20世纪，在科学的先导和生产的促进下，人类取得的科技成就和创造的物质财富超过了以往任何一个时代，五大尖端技术即核技术、航天技术、信息技术、激光技术和生物技术应运而生，实现人类在科学技术领域的重大突破。同时，人类在能源、材料、自动化、海洋和环境等高新技术方面也有了长足的进步。科学技术发展对人类生存环境的保障与生命质量的提升产生深刻影响，社会与技术间的互动关系也渗透到人类自身状态和周围环境的每一个角落。技术已经成为一种媒介，"从人的自身和环境状态到人的关系和交往形式，直到社会的生产和再生产方式"②，在各种社会关系之间承载着桥梁的功能。由此，技术的伦理价值越发凸显。

曼哈顿计划（Manhattan Project）是第二次世界大战期间研发与制造原子

---

① ［德］马丁·海德格尔：《海德格尔选集》，孙周兴选编，上海三联书店1996年版，第932—933页。

② ［德］阿明·格伦瓦尔德主编：《技术伦理学手册》，吴宁译，第187页。

弹的一项大型军事工程，由美国及给予相关支援的英国与加拿大执行。此项计划被公认为民众更广泛地探讨科学和技术行为的伦理学问题的开端。①

1939年1月，就在第二次世界大战爆发之前，德国科学家尼尔斯·玻尔（Niels Bohr）在出访美国期间带来发现铀核裂变的惊人消息。由于核裂变时会释放出巨大的原子核能，此消息一出，立即在美国各界引起巨大反响。同年8月，当爱因斯坦从匈牙利籍物理学家利奥·西拉德（Leo Szilard）那里了解到纳粹德国禁止从本国和被它占领的捷克斯洛伐克矿山出口铀的情况后，他推断德国可能正在制造一枚威力巨大的炸弹。于是，一封由西拉德起草、爱因斯坦签名的信件发送给了美国总统罗斯福，正是这封信拉开了曼哈顿计划的序幕。

1942年6月，美国陆军部正式启动利用核裂变反应研制原子弹的计划，该计划于1942—1946年直属于美国陆军工程兵团的莱斯利·理查德·格罗夫斯（Leslie Richard Groves）将军领导，工程原名为"代用材料项目发展"（Development of Substitute Materials），后改为"曼哈顿工程区"（Manhattan District），亦称曼哈顿计划。该计划规模宏大，是一项绝密计划，罗斯福（Roosevelt）总统指出它"特别优先于所有行动"。罗斯福总统于1945年4月去世，随后杜鲁门（Truman）担任新总统，才知道曼哈顿计划。工程执行期间，在曼哈顿工程管理区内，最多曾招募53.9万名员工，其中汇集了以奥本海默（Oppenheimer）为首的一大批来自西方国家（除纳粹德国外）的优秀科学家，科学家人数之多超乎想象，其中还包括不少诺贝尔奖得主。这一工程历时3年，总成本高达25亿美元。1945年7月16日，世界上第一次核爆炸在新墨西哥州阿拉莫戈多的一片沙漠地带成功进行，同时按计划生产了两枚实用原子弹，曼哈顿计划就此宣告结束。随后，美国于1945年8月6日和9日分别在日本的广岛和长崎投下了原子弹。

以爱因斯坦为代表的世界顶尖科学家们对于曼哈顿计划的成功实施功不可没，起到了巨大的推动作用。谈及签署给罗斯福总统的那封信，爱因斯坦给出的理由是"为了预防人类的敌人比我们先得到它；要是按照纳粹的精神

---

① 参见［德］阿明·格伦瓦尔德主编《技术伦理学手册》，吴宁译。

状态,让他们占先,就意味着难以想象的破坏,以及对全世界其他各国人民的奴役"①。正是基于"希望原子武器会导致合理地解决当前和未来的全球冲突"②的美好愿望,在计划执行过程中,尽管许多科学家对于核弹的直接军事应用的可怕后果有所设想并深感不安,但他们始终没有放弃此项研究工作。1945年6月中旬,即第一颗原子弹试验成功之前的一个月,包括尤金·拉宾诺维奇(Eugen Rabinowitch)、格伦·西奥多·西博格(Glenn Theodore Seaborg)、利奥·西拉德在内的七位知名科学家,在詹姆斯·弗兰克(James Franck)牵头下,向美国国防部提交了一份请愿书,这就是著名的《弗兰克报告》。报告中在描述新式武器可能带来的灾难后果的同时,阐述了科学家自身的责任:

> 过去……科学家可以拒绝承担人类使用自己无私发明的直接责任。但是,我们现在被迫采取一种主动的态度,因为我们在核能领域所取得的成就,有比以往的发明大得多的危险。我们所有了解当前核物理学状况的人,都始终生活在一种幻景中,我们的眼前出现的是一种可怕的破坏景象,我们自己的国家遭到破坏,一种像珍珠港一样的灾难,这种灾难会以千百倍的程度在我们国家每一个大城市重复发生。……如果不能达成一个有效的国际协议,那么就在今天早上,就在我们第一次展示我们拥有核武器之后,一场普遍的军备竞赛就要开始。用不了几年,核子炸弹就不可能是只为我们国家所用的"秘密武器"了。③

尽管这份报告中的警告没有引起政治家的重视,在后来提交到原子能专家"临时委员会"进行讨论时遭到了否决,但这份请愿书表明了科学家投身社会活动

---

① 《爱因斯坦文集》第三卷,许良英、赵中立、张宣三编译,商务印书馆1979年版,第205页。
② Raphael Sassower. *Technoscientific Angst*:*Ethics and Responsibility*,Minnesota:University of Minnesota Press,1997,p. 56,转引自叶继红《科学家的社会责任——以"曼哈顿计划"为例》,《科学学研究》2001年第4期。
③ [德]阿明·格伦瓦尔德主编:《技术伦理学手册》,吴宁译,第96—97页。

的积极态度，也使科学家，尤其是那些参与原子弹制造的科学家，深刻意识到自己需要肩负的维护安全、造福人类的社会责任。随后，经历过曼哈顿工程的科学家们组织成立了"芝加哥原子能科学家"协会和"科学的社会责任"协会。后来在不断发展过程中合并为美国科学家联盟（The Federation of American Scientists，FAS），借以履行科学家在重大核决策上对社会的责任。

伴随着两枚原子弹于1945年8月6日和9日在日本广岛和长崎的爆炸，人类结束了战争，但也见证了原子弹的可怕威力，正如新闻记者和历史学家卡顿（Catton）所说，美国虽然取得了战争的胜利，"但是打赢的时候却带着自卑的情节和深深的恐惧感"①。民众纷纷谴责使用原子弹的决定，认为："我们的技术文明刚刚达到最高水平的暴力。近期，我们必须在集体自杀和明智地使用我们的科学成果之间做出抉择。此时，我们觉得庆祝这个发明是不道德的，因为对它的利用造成了史无前例的对人类的毁灭。科学已经献身于大规模屠杀的世界，暴力已经难以控制，丝毫不顾及正义和人们的幸福；这会给这个经受所有暴行蹂躏的世界带来些什么？"② 此时，科学家的社会责任问题尖锐地突显出来，人们对科学成果应用和科学家社会责任问题的讨论更加热烈。

与此同时，面对原子弹在日本的爆炸造成大量平民的伤亡，参与原子弹制造的科学家也因而感到良心上的不安与自责。在科学家的眼中，新能源、新技术的开发和利用本是以造福人类为宗旨而不是毁灭人类，使其陷于灾难之中。曼哈顿计划的技术总顾问和项目组织者奥本海默，在曼哈顿计划执行前后，态度发生了很大的变化。在计划进行之前，他不主张科学家干预政治以及科学成果的应用，他说："科学家不应该对社会有益地或有害地利用他的成果承担责任。他仅对自己的工作或成果的科学价值负责。"③ 最初研究原子

---

① 叶继红：《科学家的社会责任——以"曼哈顿计划"为例》，《科学学研究》2001年第4期。
② [美] G·帕斯卡尔·扎卡里：《无尽的前沿——布什传》，转引自叶继红《科学家的社会责任——以"曼哈顿计划"为例》，《科学学研究》2001年第4期。
③ 胡文耕：《科学前沿与哲学》，转引自叶继红《科学家的社会责任——以"曼哈顿计划"为例》，《科学学研究》2001年第4期。

弹的意义也并不是为了使其成为一种具有巨大杀伤力的武器，而是将原子弹的研发当成对纳粹的一种威慑。但当原子弹在广岛爆炸后，奥本海默内心产生了强烈的负罪感，坦言"物理学家们已经认识到了他们的罪孽"[①]。对科学家的社会责任和义务，他也有了更为深刻的领悟："一、他建议科学家对于他们的知识及他们能够回答技术问题的方式要保持谨慎和诚实；二、他倡导科学家国内的和跨国的友爱，以致于不会在同行科学家中丧失信心；三、他敦促科学家不要丧失对科学价值以及科学能够有益于世界的能力的诚信；四、他提醒科学家要保持与同行科学家的联系以及科学家在职业活动以外所担负的社会责任。"[②]

规模庞大的曼哈顿工程是特定历史条件下的产物，显示出了科技巨大的挑战性和不可预见性。当参与该计划的真诚和善良的科学家们亲眼见证高科技的巨大破坏力和杀伤力时，他们开始醒悟和反思特殊的新技术的后果，面对来自伦理学的挑战，并同时思考科学的精神气质和科学家的社会责任。

进入20世纪50年代，现代科学技术应用中的伦理问题开始受到科学家和伦理学家的关注并成为国际讨论中的热点议题。1955年，先后有三个著名的科学家宣言发表，共同警告核战争将给人类带来毁灭性的灾难，表达了科学家强烈的社会责任感。4月12日，18位联邦德国的著名原子物理学家共同签署发表了《哥廷根宣言》（Gottingen Manifesto），反对当时联邦政府总理康拉德·阿登纳（Konrad Adenauer）和国防部部长弗朗茨·约瑟夫·施特劳斯提出的用原子弹武装联邦国防军的主张。同年宣言领衔签署人卡尔·弗里德里希·冯·魏茨泽克（Carl Friedrich von Weizsäcker）发表文章《原子时代科学家的责任》，这标志着技术伦理学进一步探讨的开始。在文章中，魏茨泽克就科学家个人的责任问题做出一段经典阐释："每个自然科学家要学会做实验时的认真态度，他所从事的科学才不会变得夸夸其谈。我以为，只要我们在

---

① Peter Goodchild, *J. Robert Oppenheimer: Shatterer of Worlds*, New York: Fromm, 1985, p. 174.

② Weiner Smith, *Robert Oppenheimer: letters and recollections*, Cambridge, MA and London: Harvard University press. 1980, pp. 324-325, 转引自叶继红《科学家的社会责任——以"曼哈顿计划"为例》,《科学学研究》2001年第4期。

检验我们的发明对人类生活的作用时，感觉到的那种认真态度不像做实验时那样自然而然，那么我们就还没有成熟到能生活在技术的时代。"①

1955 年 7 月 9 日，英国著名哲学家罗素（B. Russell）在伦敦宣布了《罗素—爱因斯坦宣言》（Russell-Einstein Manifesto），该宣言由他本人亲自起草，爱因斯坦等十位著名科学家联名签署。宣言开篇指出："在人类所面临的悲剧性的情况下，我们觉得科学家应当集会对这种由大规模毁灭性武器所引起的危险做出估计，并且按照所附草案的精神进行讨论，以达成一项协议。"②《罗素—爱因斯坦宣言》强调了核战争将导致的严重后果，呼吁各国科学家行动起来反对核战争，同时敦促各国政府放弃以武力作为实现政治目的手段。1955 年 7 月 15 日，包括玻恩（Born）、海森堡（Heisenberg）和居里夫人（Curie）在内的 52 位诺贝尔奖获得者在德国博登湖畔联名发表《迈瑙宣言》（Mainau Declaration），针对科学技术社会价值的正面效应与负面效应进行反思并犀利指出："我们相信科学是通向人类幸福之路，但是，我们怀着惊恐的心情看到：也正是科学向人类提供自杀的手段。"③

值得一提的是，1955 年发表的三个著名的科学家宣言中，《罗素—爱因斯坦宣言》影响最为深远，因为它的发表同时促成了一次重要的国际性会议——帕格沃什科学与世界事务会议（Pugwash Conferences on Science and World Affairs）的召开。1957 年 7 月，第一次"科学与世界事务会议"在加拿大小城帕格沃什召开，来自 10 个国家的 22 名参会科学家一致认为除完成本职工作外，科学家应该尽最大努力防止战争，帮助人们建立持久而广泛的和平。1958 年，70 位著名科学家在第三届帕格沃什会议上发表联合宣言，就科学家从事科学事业的意义以及需要承担的道德伦理责任做出明确说明：在科学专业知识武装下的科学家具备预见自然科学发展危机与前景的能力，因此科学家不但拥

---

① Carl Friedrich von Weizsacker, *Die verantwortung der Wissenschaft im Atomzeitalter*, Gottingen: Vandenhoeck & Ruprecht, 1957, p. 15, 转引自［德］阿明·格伦瓦尔德主编《技术伦理学手册》，吴宁译，第 101 页。

② 游战洪、刘钝：《〈罗素—爱因斯坦宣言〉的科学社会学解读》，《科学》2005 年第 5 期。

③ 刘铁芳：《走向生活的教育哲学》，湖南师范大学出版社 2005 年版，第 9 页。

有特殊的权利,也肩负特殊的责任去帮助人们化解时代亟待解决的社会问题。迄今为止,已召开61届的帕格沃什会议年会已经发展成为一场经久不衰的科学家国际和平运动,会议议题从最初关注的核武器、核裁军等议题,逐渐扩展到地区安全与和平、区域经济不平等、饥饿与贫困、恐怖主义、生物技术与食品安全等更为广泛的多元议题,来自不同国家和学科的科学家们集聚一堂交流和讨论,寻求解决全球安全威胁的科学途径。

近年来,随着基因编辑、人工智能、合成生物学等新兴科学技术快速发展,科学技术深刻地改变了人类的生存方式以及人类与自然的关系。技术的巨大进步推动了人类社会物质文明和精神文明的发展,扩展了人类对未来的想象,但也带来道德、法律和社会层面不同程度的混乱状态,人们对环境污染、生态破坏、文化危机等诸多社会问题越来越关注。面对现代社会日益凸显的不确定性,人们意识到伦理的规制的不可或缺。1975年2月24—27日,来自全世界的140余名科学家(其中有1/3来自美国以外),4名律师、16名媒体代表及政府官员在美国加利福尼亚州举办了阿西洛马会议(Asilomar Conference),共同商讨重组DNA技术的未来。这次会议成为刚刚起步的技术伦理学发展的又一个里程碑。在这次会议上,基因科学家对重组DNA技术发展初步达成共识,确立了重组DNA实验研究的指导方针或准则,就一些暂缓或严令禁止的实验达成共识,提出生物科学家、科研机构的行动指南。这次会议聚焦科学家的社会责任以及科学共同体在应对技术创新发展过程中的不确定性问题方面发挥的重要作用。保罗·伯格(Paul Berg)作为会议主要发起人评价阿西洛马会议的召开标志着科学和公众参与科学政策讨论的新时代已经到来。①

20世纪70年代,当代著名技术伦理学家汉斯·约纳斯(Hans Jonas)发表《责任原理》(*The Imperative of Responsibility*,德文版1979年,英文版1984年)一书。他在书的开篇指出:"普罗米修斯终于摆脱了锁链:科学使它具有了前所未有的力量,经济赋予它永不停息的推动力。解放了的普罗米修斯正

---

① 参见Paul Berg, "Meetings that changed the world-Asilomar 1975: DNA modification secured" *Nature*, Vol. 455, 2008, pp. 290-291。

在呼唤一种能够通过自愿节制而使其权力不会导致人类灾难的伦理。现代技术所带来的福音已经走向其反面，已经成为灾难。这是这本书的出发点。"①显然，汉斯·约纳斯注意到随着时代的变迁，技术的性质和作用也在发生着变化：进入现代社会，技术不再仅仅是满足人类生存目标的工具，它开始具有超能力，一种超乎所有人所知甚至连做梦也想不到的力量，并以持续增长的迅猛态势实现对物质、人类生命和人类自身的超越。在此过程中，原本的"自然"人亦成为技术的对象之一，摇身变成了"技术人"，人与自然之间本真的和谐关系遭到了破坏。现代社会化的技术活动充满了危险和不确定性：核技术、生物工程、基因技术和信息技术带来了战争、克隆、网络与虚拟世界等现实问题，"恶"的后果不可分割地与"善"的后果相关联，冲击了现有众多伦理规范，因此，"一和恰当的技术伦理学必须考虑技术行动的这种内在模糊性"②。此外，人们对于技术的评价源于对责任的把握，因为"责任的能力——一种伦理能力——基于人的存在论能力：能够在凭借认知和意愿的行为的抉择之间进行选择"③。相对于人类家园的改善以及民生福祉的提高来说，现代技术发展和变革速度实在太快，它的产品迅速遍及世界各地，其累积效应可能会持续影响后人。以长远、未来和全球化的视野探究现代技术行为与后果的实践性判断成为现代技术赋予人类的恶"责任"，属于伦理的范畴。汉斯·约纳斯对传统伦理视域下技术的反思，实现了从哲学角度讨论技术伦理学问题的突破，开启了技术哲学的伦理转向。从此，世界范围内的关于技术伦理问题的讨论迅速展开。

自 20 世纪 70 年代以来，技术伦理学文献的数量大幅增加。在技术伦理研

---

① Hans Jonas, *Das Prinzip Verantwortung—Versuch einer Ethik fuer die technologische Zivilisation*, Frankfurt/Main, 1979, Preface, 转引自李文潮《技术伦理与形而上学——试论尤纳斯〈责任原理〉》，《自然辩证研究》2003 年第 2 期。

② ［德］汉斯·约纳斯：《技术、医学与伦理学：责任原理的实践》，张荣译，上海译文出版社 2008 年版，第 25 页。

③ Hans Jonas, *Philosophische Untersuchungen und metaphysische Vermutungen*, Insel Verlag Frankfurt am Main und Leipzig, 1992, p.30, 转引自李喜英、张荣《一种技术时代的责任伦理何以可能——试论汉斯·约纳斯的责任原理及其实践》，《科学·经济·社会》2008 年第 1 期。

究的队伍中，技术哲学家成为技术伦理研究的主力。值得注意的是，德国技术哲学家在技术哲学的伦理转向研究中取得了令世人瞩目的成果：阿洛伊斯·胡宁（Alois Huning）在《工程学创造性研究》（1974）中揭示了技术从责任问题到评估的伦理广度。冈特·罗波尔（Gunter Ropohl）在《技术系统论——一般技术论基础》（1975）中将技术时代的责任从个体伦理层面转向机制和集体责任层面。汉斯·伦克（Hans Lenk）先后发表的《技术的社会哲学》（1982）、《权力与技术的可行性》（1994）、《应用伦理学导论——责任与良心》（1997）表现出作品关注到技术行为中的责任问题、技术后果预测及风险研究，技术与文化传承的关系等问题，推动了技术伦理学在德国的讨论。进入20世纪90年代后，赫内尔·哈斯泰特（Heiner Hastedt）的《启蒙与技术》（1990），克里斯托夫·胡比希（Christoph Hubig）的《技术与科学伦理导论》，弗里德里希·拉普（Friedrich Rapp）的《进步——一个哲学理念的发展与内涵》（1992），康拉德·敖特（K. Ott）的《生态学与伦理学》（1994）等著作的出版标志着德国技术伦理转向和技术伦理的讨论进一步深入。同时，在德国工程师协会（WDI）的旗帜下，技术哲学家和工程师们共建了"人与技术""技术与哲学""技术伦理"和"技术评估"等专业委员会，开展跨学科的研究，探讨和解答单从工程师的角度难以弄清的工程技术的哲学与伦理问题。

在美国，刘易斯·芒福德（Lewis Mumford，1895—1990年）可以说是美国技术伦理研究的先驱，毕生出版著作三十多部，内容涉及城市规划、城市史、生态学、社会学、技术史和技术哲学等多个领域。面对现代工业社会浩荡的技术进步和城市化浪潮，芒福德怀着强烈的社会责任感和人本主义理想，对技术与文化的历史联系的系统背景与认识背景进行了研究，提出技术不是一个独立的系统，它的产生和发展受到各种社会条件的制约与影响。① 卡尔·米切姆（Carl Mitcham，1941— ）是较早将研究方向转向技术伦理学的当代著名技术哲学家，他曾担任美国哲学与技术学会（SPT）第一任主席（1981—1983），十分关注科学家和工程师的责任问题。他在《"技术伦理学"的成就》（2001）中将美国技术伦理研究的历程分为四个阶段：19世纪服从

---

① 参见吴晓江《芒福德的技术观：破除机器的神话》，《世界科学》2004年第1期。

权威的隐性伦理阶段；20 世纪初期到 30 年代的忠诚伦理阶段；始于第二次世界大战到 70 年代涉及公共安全、健康与福祉的伦理阶段；20 世纪 80 年代以来伴随技术问题出现的伦理学教育阶段。曾任国际哲学与技术学会（The Society for Philosophy and Technology，SPT）副主席的弗雷德里克·费雷（Frederick Ferre）也是早期研究技术与价值关系的技术哲学家之一。他提出"技术必定是由人类价值（喜爱、害怕、希望等等）所促进产生的"与"技术依赖于人类的知识"的观点。[1]

进入 21 世纪，伴随着科学技术的快速发展，人类对技术目的、结果的伦理反思的需求呈不断上升趋势，学者们持续关注对技术本质与价值、技术风险评估与分析及解决方案的探讨，技术伦理有关的文献数量不断增加，并出现了多次增长高峰，表明对技术伦理研究的关注逐步增多，技术伦理研究已经成为当前国际研究的前沿问题，研究主题主要集中在技术伦理基本问题的研究（如伦理原则、伦理责任等）、生物技术伦理、信息技术伦理、纳米技术伦理和技术决策伦理等方面。各种伦理学的机构也应运而生，其中就包括为欧盟委员会提供咨询服务的"欧洲科学和新技术伦理小组"（European Group on Ethics in Science and New Technologies，EGE）、由联合国教育、科学及文化组织（United Nations Educational Scientific and Cultural Organization）设立的"世界科学知识和技术伦理委员会"（World Commission on the Ethics of Scientific Knowledge and Technology）。

技术伦理的出现是科学建制化带来的必然结果，是社会分工与专业化发展的内在要求。技术伦理以研究人类技术应用活动中的伦理问题、道德问题和行为规范为对象，意在通过有效的规范，保证技术实践活动的所有环节都处于伦理的规范空间内，指向追求善的目的。而身处技术突飞猛进的时代，人们想要提炼出具有普遍实践操作性的伦理规范并不是一个简单的问题，因为伴随技术实践形式的多样化，技术伦理学的研究范畴和内容也在不断拓展。《伦理学大辞典》聚焦技术伦理学研究的五方面内容：一是当代新技术革命引

---

[1] 参见郭冲辰、樊春华、陈凡《当代欧美技术哲学研究回顾及未来趋向分析（上）》，《哲学动态》2002 年第 9 期。

发的涉及遗传、试管婴儿、器官移植、安乐死等医疗领域以及计算机应用领域中的一系列伦理道德新问题；二是确定人类在利用技术改变自身、改造自然与外部世界过程中所秉持和恪守的道德界限、标准以及评价机制等；三是把握技术发展与道德进步之间的相互影响又互为制约的关系；四是规范工程技术人员具备的职业道德，即他们对社会和人类的美好生活应该担负的道德责任以及工程技术人员个人应具备的道德素质；五是认识技术道德与技术立法之间的辩证关系，构建科技飞速发展时代背景下的技术道德教育。[①] 面对技术伦理发生作用的空间结构的复杂性和行为结果的不确定性，如何使技术实践活动的运行既满足专业化发展目标，又不违反伦理的要求？在众多哲学流派中，马克思的技术伦理思想在具体指导人、技术和社会整体互动关系中，有重要的实践意义，同时它也为解决技术与伦理的融通问题、技术的人性化和可持续性发展问题提供了有益的启示。

三　马克思技术伦理思想的当代启示

马克思生活的时代正处在两次工业革命之间。生产技术的创新实现了社会生产方式的转变。以技术为基础的机器大工业代替作坊式手工业，引发社会生产力和生产关系发生了更深层次的变革。在这样的历史时代背景下，马克思先后在《经济学哲学手稿》（1844）、《神圣家族》（1845）、《德意志意识形态》（1845—1846）、《哲学的贫困》（1847）、《共产党宣言》（1848）、《机器。自然力和科学的应用》（《1861—1863年经济学手稿》中一部分）、《资本论》（1867）等著作当中，表达了对"技术"想象的高度重视。值得注意的是，马克思在他的作品中很少单独使用"技术"一词，而更多的是使用"技艺""技能""工艺"等抽象术语，或者工具、机器、手推磨和蒸汽磨等技术的物化状态来代替技术。马克思将技术置于人与人、人与自然、人与社会的宏观框架中，作为一种社会历史现象进行分析，从而使其具有伦理学层面的意义。

（一）马克思技术伦理思想的主要内容

马克思特别关注人和人的命运。在《经济学哲学手稿》中，针对人与动

---

① 参见朱贻庭主编《伦理学大辞典》，上海辞书出版社2002年版，第194页。

物的区别,马克思指出,动物的活动只是一种从自然界中直接获取的应激性反射活动,而人类通过自身的技术活动,不仅能够生产直接的食物,即间接地从自然中获得满足生命需求的最基础物质条件,而且还能够生产自然界不能提供的劳动资料。作为物质生产实践的组成部分,技术成为人类生存与发展中不可缺少的劳动资料和实现人与自然之间物质交换的媒介,辅助人类架构起人与人、人与社会、人与自然、自然与社会之间的相互关系。从而,技术活动成为人类的一种基本实践形式,既存在于人的劳动中,也存在于一切现实活动中。工具以及机器的使用不仅促使人类生产劳动从形式到方法上发生了重大改变,而且作为有目的的劳动过程基本要素的劳动对象、劳动材料也随之发生变化。"因此,可以说技术是劳动者自然力的延伸,是劳动过程的杠杆。"① 人类在自然面前不再是被动的客体,而是能够发挥主观能动性的能动主体,并在社会实践中不断追求真理,改变自身的命运。

关于技术与社会的相互作用与共同发展的互动关系,马克思在《德意志意识形态》一书中指出技术是社会的有机组成部分和基本要素,体现在工业的主导作用和社会存在之中。以作为具体技术手段的机器为例,马克思对技术的系统形态表现进行了解释,他指出,在一个自动工厂中,自成独立整体的各种机器通过相互连接构架起一个机器系统,其中汇集了各种机器不同阶段的机械工作过程。就像每一台机器一样,整个机器体系也由动力装置、传动装置和加工装置组成。因此"各种机械技术的发展,只有在整个机器体系的各类机械的相互促进过程中才能实现"②。技术是社会的有机组成部分,不可能脱离社会而存在。在技术进步的促进下,生产力获得发展,进而推动人类的生产方式和生产关系发生重大变革。生产方式是人类社会存在和发展的基础,决定并约束着人类生产活动的范围和过程。正是在一定的生产方式下,通过社会实践,人的自主性得以发挥并收获自身发展。历史上的各种生产关系都是适应一定的生产力发展需要而产生的。生产力形成于实践活动中,旨在满足人类自身生存的需求,它决定了生产关系的性质和形式。这就意味着,

---

① 乔瑞金:《马克思技术哲学纲要》,人民出版社 2002 年版,第 137 页。
② 乔瑞金:《马克思技术哲学纲要》,第 52 页。

有什么样的生产力，就会形成什么样的生产关系。生产力状况是生产关系形成的客观前提和物质基础。作为生产力表现形式的技术，在推动社会发展和变革中具有"一种充满活力、改变社会和革命性的因素"①。马克思曾把火药、指南针、印刷术称为"预告资产阶级社会到来的三大发明"②，技术成为社会生产力发展的原动力，决定了社会协作组成结构的变化，见证了时代的变迁："手推磨产生的是封建主的社会，蒸汽磨产生的是工业资本家的社会。"③在人类历史发展的过程中，技术是人类劳动的产物，是"人与自然的感性中介"，"是一种人类生存的基本而必要的实践，是指包括前两者的改造自然的现实活动和过程"。④在马克思技术伦理思想中，技术是实现人类生存能力提升的有效手段，也是推动人类社会不断前进的动力，对于技术在人类社会生活中发挥的积极作用，马克思给予了高度的评价，认为它是"推动历史前进的有力杠杆"和具有"最高意义上的革命力量"⑤。

与此同时，面对资本主义条件下技术进步带来的社会层面的变化和不确定性的后果，马克思对技术的资本主义应用及其产生的负面社会效应、道德责任归属进行了深刻的理性反思。马克思犀利地批判，"技术的胜利，似乎是以道德的败坏为代价换来的"⑥。随着大机器时代的到来，作为技术的表现形式之一的机器，即物质生产资料，被资本家占有。资本家为了在竞争中立于不败之地，通过广泛应用机器和细致化分工增加劳动的生产力。分工越细致，劳动的难度越低，非熟练工人、女性和儿童加入原本由熟练工人、男工和成年工构成的工人队伍，工人之间的竞争变得越发激烈。机器的大量使用使手工工人的处境日益艰难，生活与安全缺乏保障。越来越多的工人在工厂机械化生产中失去了工作，社会关系日益紧张，矛盾日益加剧。马克思指出，在资本主义社会中，资本家以强权和剥削夺走了工人创造的巨大财富，工人们

---

① ［德］阿明·格伦瓦尔德：《技术伦理学手册》，吴宁译，第155页。
② 《马克思恩格斯全集》第47卷，人民出版社2016年版，第427页。
③ 《马克思恩格斯文集》第1卷，人民出版社2009年版，第602页。
④ 参见牟焕森《马克思技术哲学思想的国际反响》，东北大学出版社2003年版，第55页。
⑤ 《马克思恩格斯全集》第19卷，人民出版社1963年版，第372页。
⑥ 《马克思恩格斯选集》第1卷，人民出版社1995年版，第775页。

始终处于被支配和奴役的地位。技术的资本主义应用对人类的伦理道德产生了巨大的冲击，带来了道德的败坏和堕落。机器把妇女和儿童抛进野蛮的劳动中，冰冷的机器阻碍了人与人之间交往，疏离了亲情关系，限制了人性的自由发展，造成人性的扭曲，人甚至沦为机器和资本的囚徒。

需要强调的是，马克思并不赞成将资本对人和社会的异化片面归咎于技术，他明确指出，技术的异化及其引发的矛盾对抗并非源于机器本身，而是机器的资本主义应用带来的严重后果。就机器本身而言，它的使用不仅缩短了劳动时间还减轻了劳动的强度，但资本主义对它的应用却背道而驰，不但延长了工人的工作时长还变相提高了他们的工作强度；更加糟糕的是，机器原本是人类战胜自然和增长财富的有力工具，而它的资本主义应用却使生产者沦为被奴役的对象和挣扎在贫困线上、需要受人救济的穷人。可见，资本主义对技术的应用才是造成异化与矛盾对抗的根本原因，因此，在人类的实践活动中，只有通过改革和废除不合理的社会制度实践，才能在人与人、人与社会、人与自然之间建立起和谐的伦理道德关系，实现技术与人文的融通发展。

（二）马克思技术伦理思想的历史地位与当代意义

马克思技术伦理思想是以实践为基础的系统的技术整体论，强调技术负载伦理价值。它既是对技术层面上的形而上的哲学思考，又是价值角度下对技术的伦理审视，对于构建技术伦理学体系具有重要的现实意义。在西方，许多著名技术伦理思想家都深受马克思的影响，从他的思想中汲取了丰富的营养。马克思技术伦理思想中对技术本质、技术与人、自然、社会关系及技术的社会价值的一系列深入、系统的阐释，体现出他对人类社会发展的深入关切，也为人类改造社会实践提供了理论基础，为思考技术迅猛发展引发的伦理难题提供了极高价值的理论参照。随着时代的变迁，现代技术为人类带来了经济的振兴与丰富的物质财富，但也引发出诸多新型的伦理问题，涉及生态环境、网络空间、生物医学和遗传基因等各个领域。而今，对马克思技术伦理思想的重新发掘和整理，对克服技术异化、人的异化，进而推动整个社会的进步提供了重要的理论借鉴，对解答当代技术发展的伦理诉求具有重要的现实启示。

首先，辩证分析技术对社会发展正负效应，复归技术伦理价值。

马克思成功地将唯物史观和唯物主义辩证法两大锐利思想武器运用于技术伦理的研究和分析之中，从实践维度理解技术，审视技术发展的历史，揭开技术的源起，探究技术的本质，形成系统完整的科学技术观。马克思从资本主义机械化大生产的时代背景出发，将技术融入人类历史进程，在肯定技术促进社会生产力发展中发挥积极作用的同时，也关注技术背离和阻滞人与社会全面发展的负面影响，提倡对技术的社会影响进行辩证的思考和评判。

根据马克思主义科学的生产力理论分析框架，社会生产力由劳动者、劳动对象和生产资料（劳动手段）三个基本要素构成，伴随生产资料与一定的科学技术结合，劳动者也拥有一定的科学和技术知识。科技进步加速了成果的产出并迅速将其转化为现实生产力，在此过程中，社会生产力中的劳动者、劳动对象和劳动手段发生变化，同时，人类认识自然、改造自然和保护自然的能力也得到提升。马克思有关劳动生产力是随着科学和技术的进步而发展的论断在人类社会实践活动的发展与变化中不断得以证实，科学技术已经成为推动社会生产力发展的关键要素与力量支撑。进入21世纪，随着知识经济时代的到来，人类社会步入知识信息社会，现代化科学技术的超前性和先进性在推动生产力发展和加快经济增长方面发挥主导作用。马克思关于科学技术与社会发展关系的判断启示后人加速科学技术研发与创新，充分发挥科学技术对生产力发展的促进作用，推进人类社会的全面发展。

作为劳动资料的技术延长了人类身体及器官的功能，因而具有自然属性；同时作为人的创造和适应环境的工具，技术又具有社会属性，是人类通过劳动而获取的自然物质存在的社会形式。技术的双重属性将人类的生存环境架构成一个"自然—技术—社会"的综合体。马克思认为，人的技术活动具有正面效应与负面效应，是正面价值与负面价值的辩证统一体。同时，人类作为自然界有机部分，它的存在也是具有双重性的：一方面，人类依赖外部世界提供它维护生命与发展所需的物质资料、能源动力和信息支撑，工具理性成为帮助人类认识自然、协调人与自然关系的基础手段；另一方面，除了物质层面的生存需要，人类还有独特的精神层面的需求，在由理性、情感和意志构成的超自然精神存在中，人类通过自我意识把握内在尺度并有意识地进行衡量和判断。因此，人类在打造物质生存空间的同时，还可以构建一个具有价值理性意义的存在方式。随着科学技术的飞速发展，人们越发重视技术作为改造客观世界的工具理性的实用性价值，而忽略了技术的伦理价值，即技术的社会道德属性。人们预设的技术目的与实际实现的技术功能之间发生了背离，工具理性与价值理性断裂，从而引发一系列的社会问题：生态危机使人类赖以生存的自然环境受到破坏；人的价值与尊严受到摧残，人的创造性、自主性被扼杀，技术成为异己的敌对力量。特别是飞速发展的现代技术更是将它的累计效应延伸到我们的子孙后代，一旦技术被滥用，"恶"的后果会给人类带来深重的灾难和伦理危机；即使是当它被善意地用于合法的目的，技术仍然存在着潜藏的危险：核威胁、克隆人问题、基因诊断与基因治疗问题、转基因食品和网络信息安全危机等潜在的技术伦理风险已然成为现实，切实地威胁到了人类日常生活和未来发展。

面对伦理价值与技术相分离的趋势，马克思曾指出，"科学绝不是一种自私自利的享乐。有幸能够致力于科学研究的人，首先应该拿自己的学识为人类服务"①，强调科学家与科技工作者在应用和发展技术的过程中，应该能够平衡自己的职业伦理责任和社会伦理责任，促成技术价值理性的回归。由此，马克思技术思想之伦理意义引导现当代技术的发展方向要以长远的全球化视野探究技术的正负价值，以满足全人类的共同利益为目标，让技术成果最大范围地惠及民众，造福子孙后代。只有这样，才能尽可能地避免技术的负效应，最大限度地消解由于技术使用不当而引发的技术异化给人类发展带来的种种困境。

其次，追求科学和人文的融合统一，倡导技术进步的"人文关怀"。

科学技术和人文关怀两者之间存在着相互渗透、相互补充的密切联系。马克思早在《经济学哲学手稿》中写道："自然科学往后将包括关于人的科学，正像关于人的科学包括自然科学一样：这将是一门科学。"② 在此，马克思把自然科学与人的科学（即社会科学、人文科学）视为一个整体，它们的产生、形成和发展的内在机理是相通与一致的。科学技术，作为人的思维生产的结果，不仅仅是简单的生产工艺或为人类谋利的工具，它同时肩负着促

---

① 《回忆马克思》，人民出版社2005年版，第187页。
② 《马克思恩格斯文集》第1卷，第194页。

进入与人类社会全面发展的责任与使命。技术成为人类实现社会发展需求的手段，归根到底它以为人服务为目标，在人类的实践活动中实现其价值。科学技术的进步改变了人的思维方式，提升了人的认识能力，影响了人的世界观、人生观、价值观和道德观。显然，马克思对技术所做的一切分析与评判体现了对人类的关注，对人的情感与个性价值的充分重视，蕴含着强烈的人文情怀。

马克思主义哲学思想中的辩证唯物主义世界观的创立就是以当时自然科学的发展为基础和前提的，与当时自然科学所取得的划时代的进展密切相关。恩格斯曾说过："推动哲学家前进的，决不像他们所想象的那样，只是纯粹思想的力量。恰恰相反，真正推动他们前进的，主要是自然科学和工业的强大而日益迅速的进步。"① 在人类实践中，技术进步与人文精神相互依赖、相互促进：人文精神是促发科学技术进步的精神动力，失去了人文关怀支撑的技术至上主义不仅不会促进社会进步，反而会给人类带来无尽的灾难；与此同时，日新月异的科技发展实现了经济的飞跃和社会全面进步，人类的双手和思想都得到了进一步的解放，拥有了更多的自由与选择，人文精神也得以更科学、健康、丰富的发展。科学技术与人文关怀的融合统一并不是一种精神对另一种精神的消解，而应当是二者的协调互补，共同发展。马克思的技术思想蕴含着伦理的意蕴和价值的追求，全面应用技术的过程中，大力倡导人文关怀，重塑技术进步的人文情怀，让科技的求真精神与人文的求善精神相互融合、相互补充，符合全人类的根本利益和长远利益，有利于人的全面发展，有利于人类文明的可持续发展。

最后，正确运用技术重构人与自然和谐统一，实现人与自然的"和解"。

"人作为自然存在物，而且作为有生命的自然存在物，一方面具有自然力、生命力，是能动的自然存在物；这些力量作为天赋和才能、作为欲望存在于人身上；另一方面，人作为自然的、肉体的、感性的、对象性的存在物，同动植物一样，是受动的、受制约的和受限制的存在物。"② 马克思揭示了人与自然之间的辩证统一关系，即一方面，作为自然的一部分，人受到自然界

---

① 《马克思恩格斯文集》第4卷，人民出版社2009年版，第280页。
② 《1844年经济学哲学手稿》，人民出版社2000年版，第105页。

和客观规律的制约，自然环境赋予人类生存发展的基本条件，脱离自然界人既无法生存也无法发展；另一方面，人在依赖自然界的基础上，具有主观能动性，人可以在发展中逐步改造自然。马克思认为人类与自然之间的关系是自在的依赖性与自为的能动性的统一。

随着当代科学技术的发展，人类对自然的影响大大增强。特别是到了20世纪，由于科学技术的发展，人类的实践能力增强了，人类进行了大规模的利用、改造自然的活动，随之而来的是物质财富的迅速增加，却也开始背离科学与人文的统一关系。人类对自然进行肆无忌惮的资源掠夺，致使生态平衡遭到严重破坏，人类生存环境日益恶化，人与自然的关系日趋紧张，如此发展下去，注定要伤及自然、生态和人的精神。自然是人类的家园，在生物种类快速减少的过程中，人类毁灭自然的同时也毁灭了自己。以生态环境破坏为标志的人与自然关系的恶化引起了人们的极度忧虑。反思人和自然互相对立的主客关系，恩格斯强调："因此我们每走一步都要记住：我们决不像征服者统治异族人那样支配自然界，决不像站在自然界之外的人似的去支配自然界——相反，我们连同我们的肉、血和头脑都是属于自然界和存在于自然界之中的……我们不要过分陶醉于我们人类对自然界的胜利。对于每一次这样的胜利，自然界都对我们进行报复。"① 自然与宇宙中的动物、植物和人一样是平等的、拥有生命力的完整主体。人类只有融于自然万物之间，才能抵达人与自然整体和谐的最高境界。这也启示我们要想维持人与自然的和谐发展关系、建立人与自然和谐统一的价值观和伦理观，需要重新定位人与自然之间的关系，对科学技术予以充分的人文关怀，正确运用技术促进"人的自然化"，复归失调的人与自然的关系，实现人与自然的"和解"。

第三节 技术伦理视域下的英美后现代主义小说

文学是社会的表现，20世纪西方文学批评家勒内·韦勒克认为："假如分析得当，即使最深奥的寓言、最不真实的牧歌和最胡闹的滑稽剧等也能告

---

① 《马克思恩格斯文集》第9卷，人民出版社2009年版，第559—560页。

诉我们一些关于某一时期社会生活的状况。"① 可见，作为人类思想载体的文学作品，具有一定的社会属性和文化特性，能够反映社会生活，折射人类自省思考，同时又以特有的方式，反作用于社会，影响人的思想和行为，具有能动的社会作用。但是，文学并不是像镜子一样将社会现象和现实图景原样展示，而是通过艺术的再现与虚构，对现实生活加以补充、重建，并进一步探求与解释社会现象的内在原因，揭示社会的本质。

作为作家意识活动的成果，文学作品源于现实生活的启示和触发。虽然它是一个相对独立的虚构再造的世界，但是与此同时它同客观世界存在着千丝万缕的联系，体现了作家的价值观、人生观和审美体验，从而具有自然、历史、道德、审美和政治等多种属性。所以，文学的功能是在从作家构思创作到读者评价鉴赏这个动态过程中得以实现。正如当代著名俄裔美国小说家费拉迪米尔·纳博科夫（Vladimir Nabokov，1899—1977 年）在《俄罗斯文学讲稿》中所说，"文学，真正的文学，并不能像某种也许对心脏或头脑——灵魂之胃有益的药剂那样让人一口囫囵吞下。文学应该给拿来掰碎成一小块一小块——然后你才会在手掌间闻到它那可爱的味道，把它放在嘴里津津有味地细细咀嚼；——于是，也只有在这时，它那稀有的香味才会让你真正有价值地品尝到，它那碎片也就会在你的头脑中重新组合起来，显露出一个统一体，而你对那种美也已经付出不少自己的精力"②。

一　产生背景

当代科学技术的发展不仅深刻地改变着社会面貌，而且也在改变人们的思维方式、价值观念和行为习惯，包括塑造着新的文化和文学。后现代主义（Postmodernism）一词最早出现在西班牙人费德利科·德·奥尼斯（Federico De Onis）于 1934 年编撰出版的《西班牙与西班牙语美洲诗选》一书中，随后，达德莱·费茨（Dudlty Fitts）在其 1942 年出版的《当代拉美诗歌选》中又使用了

---

① ［美］勒内·韦勒克、奥斯汀·沃伦：《文学理论》，刘象愚等译，江苏教育出版社 2005 年第 1 版，第 114 页。
② 钱满素：《美国当代小说家论》，中国社会科学出版社 1987 年版，第 244 页。

这个词。1957年，英国著名历史学家阿诺德·约瑟夫·汤因比（Arnold Joseph Toynbee）在其历史名著《历史研究》中再次采用了这一术语。20世纪50年代后，美国黑山诗派的主要理论家查尔斯·奥尔森（Charles Olson）经常谈及后现代主义，于是，后现代主义逐渐成为一个广泛应用于艺术、社会、政治、经济、人类学、哲学等人文和社会科学领域的时髦概念，用杜威·佛克马（Douwe W. Fokkema）的话来说，即"甚至人们还未来得及确定其意义，它就已成了一个家喻户晓的用语"。①

后现代主义文学是历史与时代的产物，它聚焦20世纪西方工业社会，展示了矛盾激化下充满危机与不确定性的西方社会风貌。资产阶级利用科学技术进步成果建立了庞大的工业生产体系，大肆敛财，完成了资本原始积累。殖民掠夺的残酷手段与利益分配的不平衡加剧了地区间的冲突与摩擦，最终引发世界大战的爆发。第二次世界大战及战后西方动荡不安的社会生活成为后现代主义文学兴起的直接导因。1939年在人类历史上具有特殊意义，9月1日破晓时分，德军大举入侵波兰，战争的机器一经启动便无法停顿，随着英法对德宣战，第二次世界大战的全面爆发。1939—1945年，先后有61个国家和地区的20亿以上的人口被卷入这场人类历史上空前规模的世界大战。第二次世界大战对人类的命运产生了巨大影响，国际法西斯力量的溃败，从根本上改变了世界政治力量的分布，具有伟大的历史意义，是人类历史的一个伟大的转折点，影响了世界整个战后的发展。

值得一提的是，第二次世界大战是一场现代化的战争，是迄今为止人类历史上军事行动规模最大的武装斗争。据相关统计，全面战争持续了2194天；军事行动遍及欧亚非三大陆地和大西洋、北冰洋、太平洋与印度洋广阔水域；被征入伍者达1.1亿人。伴随着战争的爆发，与战争相关的一些科学技术首先得到了发展。为了应付战争，交战双方加大了战争装备与组织方法的研究，其中最有成效的是两大成果：一个是厘米波雷达研究成功；另一个是运筹学在战争中的应用，实现了作战科学化。在战争中，交战双方大量使

---

① ［荷兰］佛克马、伯顿斯编：《走向后现代主义》，王宁等译，北京大学出版社1991年版，前言。

用坦克、装甲车、飞机、火炮、军舰等现代武器装备,并首次使用雷达、火箭炮、导弹、原子弹等新式武器和技术,出现了闪击战、大纵深作战、登陆与抗登陆作战、潜艇战与反潜战、航空母舰编队作战、战略轰炸与防空作战、空降与反空降作战等新的作战形式和方法。

在人类历史发展历程中,现代科学技术在战争中的广泛应用具有双面性。一方面加速了世界反法西斯战争胜利的进程,使各国免于法西斯的奴役,对于挽救世界文明的毁灭起到一定的积极作用。但与此同时,在另一方面,现代武器装备的大规模使用也造成了人员物资的惨重损失。据相关统计,战争破坏造成的经济损失达 4 万亿美元。合计死亡 5000 余万人,仅苏联就达 2700 万人。[①]特别是原子弹在战争中的使用对人们造成了巨大身心伤害,战争将科技推向极端化,带来毁灭性的杀伤力,造成一种畸形的恶性发展趋势,人类文明陷入充满绝望和痛苦的悲惨困境,人们开始质疑一贯遵从的社会道德标准和价值观念,呼唤对于现代技术的伦理思考。人们发现即使某些现代技术的研究动机是好的也不能保证就符合人类伦理要求。原本旨在提升人类福祉的科学技术如今凌驾于社会规范之上,成为少数人手中实施残忍杀戮和暴力掠夺的帮凶,危及绝大多数人的生命财产安全,站到了历史和人类的对立面。当人沦为机器的奴隶,屈从于工具理性,他就会失去按照事物发展规律和自然进化原则进行分析、判断的独立能力。这迫使人们以怀疑的眼光从不同角度对技术的合理性进行考察。战后,科技的迅猛发展加速了战时技术广泛应用于民用,实现了工业的自动化与管理工作的科学化、合理化,电子计算机技术得到发展和普及。在生产自动化和管理科学化的同时,生产部门的能源与原料由煤向石油转化,石油副产品的利用又推动了石油化工的发展。原子能作为新能源备受重视,喷气机技术带来了一场交通运输的变革,使得火箭进入太空,使人类进入空间时代。不容置疑,20 世纪的科技革命极大地丰富了人类的物质生活,但同时科技进步也给人类带来了诸多困惑与挑战。特别是战后,资本主义社会的固有矛盾进一步激化,国际关系格局几经变化,国际形势动荡复杂。以美国为例,黑人民

[①] 参见中国军事百科全书编审委员会编《中国军事百科全书·军事历史 I》,军事科学出版社 1997 年版,第 218 页。

权运动、妇女解放运动、越南战争、肯尼迪总统遇刺……面对愈加动荡不安的社会，人们挣扎在孤独、迷惘和恐惧之中，陷入精神的苦闷和彷徨。随着现代化进程的加快和技术的迅速扩张，工业自动化、电脑化，现代人的整个生活模式都被"技术化"了，在以机器的模式组织起来的人类活动中，生活的意义和目的丧失了，社会变成了"非人化"。在支离破碎的科技世界里，人文精神和道德规范受到巨大冲击，人与人之间出现隔膜并变得冷漠，渐渐失去了自我。在当今现代科学研究中依然存在诸多值得探讨与约束的地方，否则，科学技术就会从人类福祉变成人类的噩梦。

二 发展历程

英美后现代主义小说的崛起正是在西方现代社会、科技和文化急剧演变直接影响下发生的。后现代主义小说家打破既定的文学边界，革新艺术形式，运用反讽和拼接的手法，通过制作独立的语言符号体系记录时代的历史印记，揭示西方现代社会所蕴含的丰富且变幻莫测的种种可能性。

爱尔兰作家詹姆斯·乔伊斯（James Joyce）的作品《芬尼根守灵夜》（*Finnegan's Wake*）（又译《菲尼根的觉醒》）在1939年发表。这部作品的问世开启了后现代主义新纪元，完成了"以自我为中心的现代主义"向"以语言为中心的后现代主义"的过渡。① 这部作品同科学与哲学之间存在种种内在联系，这与作品的创作背景有着密切的关系。在《芬尼根守灵夜》发表前的20世纪20年代，自然科学领域中的革命不断发生，现代物理学中量子力学和相对论的诞生，彻底打破了经典物理学的传统观念，引出了全新的时空观和宇宙观。这新的时空观和宇宙观在《芬尼根守灵夜》中烙下了深深的印记。同时，18世纪意大利历史哲学家扬巴蒂斯塔·维柯（Battista Vico）和他的《新科学》对乔伊斯的创作理论与实践产生了重大的影响。维柯强调以历史的视角去理解人类的存在，认为人类创造了自己的社会历史，因此人们可以通过语言文献、神话寓言、古代传说、制度体系去认识和理解历史。维柯的思

---

① 参见李维屏《英美后现代主义小说概述》，《外国语》（上海外国语大学学报）1998年第1期。

想对于人们摆脱西方文明中心论,重新认识人类生活的原始世界具有方法论意义。

《芬尼根守灵夜》这部作品总体结构基本套用了维柯的人类历史循环理论,意在揭示人类历史堕落、昏睡、死亡和复活的循环过程。在形式和人物创造上,《芬尼根守灵夜》彻底背离了传统的小说情节和人物构造的方式,以梦呓一般的语言、迷宫一般的结构,构建了一个庞大繁杂的梦境。乔伊斯在书中编造了大量的词语,潜藏了许多历史和文化的背景及哲学的意蕴,同时,在作品创作中,乔伊斯借鉴布鲁诺(Bruno)等人的"对立统一"原则,在内涵上吸纳弗洛伊德(Freud)、荣格(Jung)的心理分析理论,在语言革命上参照了相对论和量子力学中的互补原理、测不准原理等观点,把玄奥与平庸、神话与科学、现代观念与古老智慧结合在一起。难怪美国学者伊哈布·哈山(Ihab Hassan)把《芬尼根守灵夜》视为后现代文学的鼻祖,称"'倘若没有它那神秘的、幻觉式的闪光在每一页中的每一个地方滑过……'后现代作家们就完全可能和他们的前人毫无差别,而不会是今天这个样子"[①]。

美国学者帕特里克·斯莱特里(Patrick Slattery)曾在著作《后现代时期的课程发展》(*Curriculum Development in the Postmodern Era*)中列举了关于后现代主义的 11 种可能的解释。其中特别提到后现代主义"(1)代表了一个新的历史时期,也就是对于工业社会与技术社会的一种超越……(5)对现代技术对于人类心理与环境所造成的负面影响的批判,提倡整体论与可持续生态的整体观……(10)对于现代社会热衷于支配与控制的反对"[②]。由此可见,虽然后现代主义有着广泛的覆盖面,涉及诸多方面与领域,但在众多的表现形式之间存在着一个明显的共同点,那就是强烈的批判性,即从多个角度对人类的现代化进程、现代社会、现代思想体系、现代科学技术等进行深入的反思和批判。

在西方后现代主义小说领域的代表作家中,英国的劳伦斯·杜雷尔

---

① Ihab Hassan, *Paracriticisms: Seven Speculations of the Times*, Urbana: University of Illinois Press, 1975, p. 185.

② Patrick Slattery, *Curriculum Development in the Postmodern Era*, New York: Garland Publishing Inc., 1995, pp. 15–16.

（Lawrence Durell）和美国的冯内古特（Kurt Vonnegut, Jr. 1922—2007 年）、品钦及巴塞姆（Donald Barthelme, 1931—1989 年）作为英美后现代主义小说的重要代表名列其中。他们在小说创作中，兼顾文学与科学的双重思维模式，大胆开拓小说创作的实验领地，强化语言的代码功能，采用百科全书般的叙述方式，描述后现代社会的历史文化变迁。从他们的小说中不难看出，现代科学技术是一把"双刃剑"，它在为人类带来物质富裕的生活的同时，也为人类的实践、生存空间甚至于人类本身带来了巨大的威胁。

《亚历山大四重奏》（The Alexandria Quartet）是英国后现代小说家劳伦斯·杜雷尔创作的长篇巨著，由《贾斯汀》（Justine, 1957）、《巴萨泽》（Balthazar, 1958）、《芒特奥利夫》（Mountolive, 1958）和《克莉》（Clea, 1960）四部小说组成。四部小说的故事均发生于埃及古城亚历山大，既相互联系又彼此矛盾，故事在复写和不断推翻中重构。杜雷尔笔下的亚历山大是"多维度、多层面的城市，是辉煌的历史之城，是人们沉迷和放纵自我的欲望之城，是爱情和政治的阴谋之城，也是充满希望的异托邦"[①]。城市的多维意象体现了现代社会的不确定性，城中的居民被禁锢在城市之中，丧失自主性，沦为物化的对象，陷于无法自拔的精神困境。同时，杜雷尔将爱因斯坦的时空连续体理论和弗洛伊德的精神分析法学说应用于小说创作之中。正如他本人所说，"这项突破的两个主要建筑师是爱因斯坦和弗洛伊德。这部小说既是一个四维的舞蹈又是一首相对论的诗歌"[②]。

《亚历山大四重奏》发表的 20 世纪 50 年代，在大西洋彼岸的美国，以黑色幽默小说为代表的后现代主义小说发展势头迅猛。黑色幽默的产生和发展有其历史的必然性。20 世纪，一连串国内重大社会政治事件以及两次世界大战的爆发对美国人民的政治、经济、文化生活产生了巨大影响，不仅带来国家的动荡还引发了一场美国人的精神危机。刚刚过去的战争像噩梦一样萦绕在人们心头，挥之不去。战争中出现的原子弹、细菌战和化学武器更是向人

[①] 张侠侠、高继海：《〈亚历山大四重奏〉中的多维城市景观》，《乐山师范学院学报》2019 年第 2 期。

[②] Quoted from Contemporary Authors New Revision Series, Gale Research Company Michigan, Vol 40, 1993, p. 128.

类提出严峻问题：科学技术发展目的何在？是在造福人类，还是在为人类挖掘坟墓？随着科技的迅猛发展，在生产的机械化、电子化、整体化与系统化的过程中，人的个性特征逐渐丧失，成为大机器中的一部分，人的异化现象也越来越严重。20世纪60年代的美国经历了动乱的10年：越南战争、种族歧视的抗议、校园骚动、肯尼迪兄弟遇刺杀，连同吸毒、环境污染、人口过剩等社会问题交织在一起。一切都从有序变得混乱，人们被一种强烈的失望和不满折磨。于是，昔日所谓的民族理想、民族信仰被自我怀疑所取代，西方的传统价值观也不复存在。人们苦于找不到危机的确切原因和解决办法，于是他们的怀疑、悲伤与绝望化作悲愤交加的狂笑，黑色幽默便应时出现。面对精神信仰上的危机和现代人内心世界的伤疤，美国战后幽默作家开始把荒诞的观点与荒诞的形式结合，把现代人的心理固结用超现实的手法表现出来，宣泄蓄积的愤懑和攻击情绪。黑色幽默小说就是把社会上积聚过多的丑恶、阴暗和残酷通过夸张的创作手法，在无厘头地放大和扭曲变形中，以一种无可奈何的讽刺态度突显环境与个人的对立与冲突，从而揭示世界的荒谬与冷漠，再现个性的压抑和苦闷。海勒（Joseph Heller，1923—1997年）的《第二十二条军规》（*Catch-22*）、冯内古特的《五号屠物》（*Slaughterhouse-Five*）、品钦的《V.》（*V.*）就是其中的代表作品。无论是把士兵们逼成既非疯子、又非正常人的第二十二条军规，被外星人劫走的从五号屠场里死里逃生的人，还是通向所有阴谋事件的神秘女人"V."的线索，统统将矛头指向社会乱象，于嬉笑怒骂间，看尽人生百态，揭开人类精神危机真相。

值得一提的是，冯内古特的《第五号屠场》出版的1969年在美国历史上非同寻常，无论是尼尔·阿姆斯特朗（Neil Alden Armstrong）代表人类登上月球的经历还是越南战争的炙热化及国内种族矛盾的日益激化，在"改变美国的政治上的和道德上的良知"的同时，也"改写了美国生活的现实"[①]并使美国人"陷入悲剧性的历史时期"[②]。面对官方报告和大众媒体对德累斯顿大

---

① ［美］史蒂文·赛德曼：《后现代转向》，吴世雄等译，辽宁教育出版社2001年版，第372页。
② ［美］雷蒙·费德曼：《华盛顿广场一笑》，林涧译，上海译文出版社1999年版，第33页。

轰炸原因的众说纷纭，作为一名惨痛灾难的亲历者，冯内古特指出"那纯粹是愚蠢的行动，漫无目标的破坏"①。通过《第五号屠场》，冯内古特以辛辣的笔触揭示了战争的残酷，也表达了他对现代人的生存困境的深入思考。由于这部小说"完全抓住了美国变革转型时期的精神状态，从故事到结构都成了新时代最佳隐喻"②。

　　进入20世纪70年代，美国的后现代小说创作空前活跃。作为一名后现代作家，品钦以敏锐的观察力、深刻的反思关注现实世界，既尊崇和精通传统，又富于叛逆和大胆创新。初读品钦的《万有引力之虹》，品钦广博的社会科学知识和永不衰竭的创新力让人瞠目，作品中既涉及物理学、化学、高等数学、心理学、火箭工程学、哲学、历史、地理、政治和经济学等科学专业知识，同时也记录了大量涉及民间文化、商业娱乐、巫术、超自然现象，甚至神仙鬼怪的边缘声音。在这些包罗万象的信息包围中，读者难免会踌躇不前，心生畏惧。然而，随着阅读的深入，所有支离破碎、令人困惑、晦涩难懂的信息都会逐渐汇聚成一个有机的整体，在读者心中产生共鸣。读者在阅读过程中所经历的焦虑、忧郁与愤怒，正是品钦想要传达给读者的现代战争带来的痛苦的精神体验。读者在阅读时不知不觉贴近和融入了作品，见证了一个关于科学技术与战争关系的事实：在技术理性霸权的控制下，科学技术的发展走向极端，加剧了战争的灾难，人类丧失了自由和独立人格，陷入真正的危险境地。

　　20世纪80年代以来，美国后现代小说的发展出现多元化倾向：先是"雅皮"（Yuppie）小说的出现，聚焦城市年轻职业人士，描绘他们面对复杂的社会生活、激烈的职业竞争而表现出的紧张、压抑和惊恐的精神状态；随后是集电脑国际互联网知识和文本自我反映技巧于一体的"电脑小说"（Cybernetic fiction），将语言视为一种可以改变社会特征的机器，意在探讨在一个日益技术化，充满不确定性的世界中如何保持人性的问题。后现代派小说家唐·德里罗（Don DeLillo）在代表作《白噪声》（*White Noise*，1985）中记录了后

---

　　① ［美］库尔特·冯内古特：《没有国家的人》，刘洪涛等译，上海人民出版社2006年版，第15页。
　　② ［美］戴尼蒂亚·史密斯：《库尔特·冯内古特：美国反文化经典作家》，《英语文摘》2007年第6期。

工业社会的种种噪声。各种家用电器产生的噪音和辐射，即"白噪声"，无时无处不在。以广播、电视和报刊为代表的大众媒体更是入侵到人们生活环境的角角落落，控制了人们的思维和判断，严重影响着人们的身心健康，甚至引发了信仰危机。20世纪80年代中期，"赛博朋克小说"（Cyberpunk Novel）对后现代文化的折射，引发文学批评家的广泛关注，在名目繁多的后现代主义作品中异军突起，表现抢眼。"赛博朋克"是由布鲁斯·贝斯克（Bruce Bethke）在他1983年出版的同名短篇小说《赛博朋克》中提出的，是"控制论"（Cybernetics）和"朋克"（Punk）的合成词，cybernetic最初被定义为控制论，后来衍生出"与计算机相关"的意思，而punk则是指20世纪70年代出现的"朋克"文化，以反叛性和宣泄性为其特有属性。"赛博朋克"科幻小说是美国科幻小说新流派，它的出现基于一定的时代背景。第二次世界大战后，科幻小说迎来发展的繁荣期。有关时空和引力的基本理论、原子能的开发与利用，以及人造天体的研制，为科幻作家提供了丰富的素材来源。以艾萨克·阿西莫夫（Isaac Asimov），阿瑟·克拉克（Arthur C. Clarke）和罗伯特·海因莱因（Robert Anson Heinlein）为代表的科幻作家将关注与思考的范围扩展到更为宏观无垠的宇宙空间、机器人世界等。随着20世纪80年代电子信息技术、"控制论"、网络工程和生物遗传工程等一系列新科学飞速发展，科幻小说进入以计算机与信息技术为主题的"赛博朋克"时代。一大批年轻优秀的科幻作家以当代科技发展为背景，展开对未来社会科技发展的想象，探讨了近未来世界的人类生存状况，关注到新科技的发展可能会给社会及人类自身带来的种种影响，表现出对科技泛滥的隐忧和人性伦理的思考。"赛博朋克"科幻小说带有朋克式反文化色彩，反对技术控制和信息控制，有着强烈的现实指导意义及一定的预测性。

"赛博空间"这一词汇的发明者是当代最具影响力的科幻作家、后现代小说家威廉·吉布森（William Ford Gibson，1948— ），他开创了"赛博朋克"小说，被誉为赛博朋克运动之父，他的作品备受众多主流评论家关注。他的第一部长篇小说《神经漫游者》（*Neuromancer*，1984）被奉为"赛德朋克"的《圣经》，在2005年《时代》还将其列入了"1923年以来100本最佳英文小说"。连同《零伯爵》（*Count Zero*，1986）《重启蒙娜丽莎》（*Mona Lisa Overdrive*，

1988）合称为"蔓生都会三部曲"，即"矩阵三部曲"（*Sprawl Trilogy*），以虚构历史为背景，置身第三次世界大战后的反乌托邦电子世界，展示虚拟世界中的人类生活，体现作者对于科技发展的深刻反思，是"赛博朋克"最经典的史诗作品。进入20世纪90年代，电子计算机技术取得惊人进展，美国科幻小说精品迭出，除了威廉·吉布森（William Ford Gibson）创作的"旧金山三部曲"（又称"'桥'三部曲"（*San Francisco Trilogy*），即：《虚拟之光》（*Virtual Light*，1993）、《虚拟偶像爱朵露》（*Idoru*，1996），和《明日之星》（*All Tomorrow's Parties*，1996））以外，还出现了辛纳（Lewis Shiner）的《猛攻》（*Slam*，1990）、卡德（Orson Scott Card）的《迷路的孩子》（*Lost Boys*，1992）和艾丁斯（David Eddings）的《失败者》（*The Losers*，1992）等作品。科幻作者纷纷表达了自己对科技发展带来的隐患的忧虑，对当今人类违背自然规律、不当利用科学技术的现象提出警示。21世纪信息技术时代伊始，科幻小说家笔下的世界发生了由虚拟向现实的转向，逐渐靠拢现实世界。例如，在威廉·吉布森创作的"蓝蚂蚁三部曲"（*Blue Ant Trilogy*）中，小说的背景由未来世界转向"9·11"事件后的当代美国社会，将恐怖袭击后美国人民经历的心理痛苦状态与计算机上的虚拟社区相结合，通过一个独特的数字网络生存世界映射当今美国社会的种种弊端。在现代信息技术的背景下，文学与科学的跨学科融合日益密切并不断深化，科学技术为文学创作从主题、内容到传播方式都带来新思路，引发微妙的变化。因此，人们在后现代主义文学发展过程中见证了文学创作不断革新和开拓的发展规律。

三 基本特征

后现代主义文学与现代主义文学之间并非泾渭分明，而是彼此互补，有着千丝万缕的联系。在理论、概念、风格和方法上，后现代主义文学与现代主义文学之间存在着继承、超越和修正关系。相似之处在于，后现代主义文学和现代主义文学都建立在非理性主义的基础上，并表现出强烈的反传统倾向。不同之处在于，现代主义文学在放弃了以思维反映存在的传统文学的创作原则后，试图建立以"表现主义"为核心的新规则和新范式。后现代主义将反传统推向极端，甚至看似荒谬的程度，颠覆作品的完整性、确定性、针对性和标准化，反对任何规范、模式和中心对文学创作的限制，提倡以无限的开放的、多样化的和不确定的方式塑造形象，呈现作品。科学技术与文化共存，技术进步引发了文化载体与文化范式的变化，改变了文化在社会生活和人类思想意识中的地位。进入20世纪，随着大众传播媒介和现代交通工具、通信技术的飞速发展，人与人之间的时空距离骤然缩短，建立了越来越紧密的相互联系，世界也随之紧缩成为一个人人参与的、新型的和整合的"世界村"。现代出版、新闻和电视电影等新兴媒体行业的快速发展增进了人们之间的相互沟通与理解，给人类带来了一种新的感知模式，促使人们的交往方式及人的社会和文化形态发生了重大变化。"信息时代"开启了人类历史上前所未有的大规模国际文化交流。从此，经历"技术化""工业化"之后的文学艺术成为人人可以任意享用的日常消费和商品，其美学范围延伸至街头文化、通俗文学和地下文化，涉及广告语言、消费信息和生活指南等表现形式，社会上出现了广泛"反文化""反美学"与"反艺术"倾向。伊哈布·哈桑（Ihab Hassan），美国后现代主义文学评论家，在《后现代转向》（1987）一书中，将后现代主义文化的典型特征归纳为不确定性和内在性。在与现代主义的比较中，哈桑对"后现代主义"的文化内涵进行了解释。

1. 跨越了近现代的"城市主义"，"世界分裂成难以尽言的集团、民族、无政府状态和分崩离析"；"自然在生态行动主义、绿色革命、城市更新、健康食品等推动下部分恢复"。

2. 反对"技术主义"，"逃离控制的技术"，探索"新的传播媒介、新艺术形式"。随着现代媒体的"无边无际的扩散"，电脑已经成为"意识的替代品"或"意识的延伸"。

3. "反精英主义、反独裁主义。本我的扩散。""艺术变成公社的、可选择的、无政府主义的"表现方式。与此同时，"反讽变成激进的自我消耗的游戏、意义的熵。还有荒诞的喜剧、黑色幽默、疯癫的滑稽模仿和夸张喜剧，粗俗风格"。

4. 反文化。"超越整个文化的异化、接受分离和不连续性。"

5. 主张"开放的、不连续的、即兴的、不确定或随意的结构"，"大众传媒的混杂、各种形式的融合、各种领域的混淆"。关注以艺术品的"美"或

"独特性"为基本原则的传统审美的终结。①

由此可见，在后现代主义文学中，后现代主义作家通过作品文本结构的全面解体和形式上的无政府主义，力图打破一切传统，给沉沦于科技文明造成的非人化境遇中的人们敲响警钟，唤醒人们对日趋严重的异化现象的伦理思考，进行价值重估，进而寻找生命的价值和意义。

（一）不确定性与多元性

后现代主义拒绝整体性和确定性，认为客观世界是无序和不连续的。它否认客观世界的规律性和统一性，认为整个世界处于混乱和不确定的状态。20世纪以来，接连爆发的世界大战、冷战、地区和种族冲突拼贴出社会动荡且"不确定性"的时代背景。战争摧残了生命，践踏了人的尊严，冲击了人的理性与信仰。人们对未来失去信心，感到困惑和绝望，开始质疑传统价值观中对人类生存目的和价值的定义。正是在这种背景下，叔本华（Schopenhauer）、尼采（Nietzsche）、弗洛伊德等的非理性主义思潮随之产生并风靡。尼采在《查拉图斯特拉如是说》中说"上帝死了"，并要求"重估一切价值"，这就意味着把上帝排除在现代科学体系之外，上帝对科学、对人的理性已经无法管控，一切变得不确定，人们开始逐渐摆脱宗教的束缚，去中心化，迎来人文主义的觉醒。

20世纪物理学领域的重大突破对人类思维产生深远影响。"不确定性"的出现与量子物理学在科学技术领域的发展密切相关。1927年，德国科学家沃纳·海森堡提出的"不确定性原理"，又称"测不准原理"，就是量子力学的产物。他认为，在微观世界中，测量方法不可避免地会干扰被测粒子的运动状态，因此产生不确定性。换句话说就是如果要想测定一个量子的精确位置就需要使用波长尽量短的波，这样做对量子的干扰会变大，对其速度的测量也会越不精确；如果人们想要准确地测量量子的速度，那就需要使用波长较长的波，这就意味着不能精确测定它的位置了。这一原理推翻了传统认知中对科学的确定性与精准性的认定，人们开始意识到包括科学在内的一切事物都具有不确定性和偶然性。同年，卡尔·波普尔（Karl Popper，1902—1994

---

① 参见［美］伊哈布·哈桑《后现代转向：后现代理论与文化论文集》，刘象愚译，上海人民出版社2015年版，第103—111页。

年)作了《量子公设和原子理论的新进展》的演讲,基于对不确定性问题的研究,提出著名的"互补原理",认为在量子力学框架内使用经典物理学概念来描述原子现象并不具有经典力学所要求的完备性,因而必须使用相互排斥又相互补充的经典物理学概念,才能对现象的各个方面提供一个完全的描述。① 随后,不确定性的研究成果被广泛应用于信息工程、数据科学与分析、计算机科学等应用科学领域。

文学中的"不确定性"既与社会历史背景直接关联,也受到当代文学批评理论的影响,其中最具代表性的就是接受美学理论和解构主义理论。最早在文学领域对"不确定性"展开研究的是德国接受美学的创始人之一沃尔夫冈·伊瑟尔(Wolfgang Iser)。伊瑟尔把文学阅读的全过程解释为"典型的意向性主体(读者)—意向性客体(文本)间的意向性活动"②。因此文学文本的语境应该直接建立在读者和文本之间,其中包含了许多潜在因素,主要是那些有意的关联,例如尚未定性确认的事件和事物,伊瑟尔把它们称为"空白"。"空白"表现为"不对称现象、偶然性、'虚无'"等不同形式,并"构成了所有相互作用过程的基础"③,文本意义上的不确定性由此产生。

解构主义起源于20世纪60年代的法国,是对结构主义的批判和修正。解构主义最大的特点是反中心、反权威、反二元对抗、反非黑即白的理论。解构主义主张主体的消散、意义的延伸和能指的自由,强调语言和思想的自由发挥。法国解构主义大师雅克·德里达(Jacques Derrida)指出,当人们使用符号的时候,在场的是取代它们的语言符号,而实物却是一种不存在的在场,这就意味着声音或文本推延了实物的在场。语言成为一种具有延迟功能与差异性的游戏,意义产生于许多不确定的意义差异之中。它难以限定,无影无踪,却又无时无处不在。解构的两大基本特征分别是开放性和无终止性。由此,不同读者可以赋予相同文本任何意义,文本具有了开放性,带有不同

---

① 参见《1922年——尼尔斯·波尔》,《物理教学探讨》2005年第22期。
② 朱刚:《不定性与文学阅读的能动性——论W·伊瑟尔的现象学阅读模型》,《外国文学评论》1998年第3期。
③ [联邦德国] W.伊泽尔:《审美过程研究——阅读活动:审美响应理论》,霍桂桓、李宝彦译,杨照明校,中国人民大学出版社1988年版,第226页。

时代和不同作家的痕迹，而意义又处于结构过程之中，变得不确定。关于"不确定性"（indeterminacy）的定义，美国当代理论家伊哈布·哈桑在其《后现代主义概念试述》中概括为："所谓不确定性，或者更恰当地说，种种不确定性，我指由种种不同的概念帮助描述出的一种复杂的对象。这些概念是：含混、不连续性、异端、多元性、随意性、叛逆、变态、变形。"① "不确定性"贯穿于后现代主义文化艺术的方方面面，是后现代主义文学的基本要素之一。"不确定性"的精神实质是对终极真理的怀疑与颠覆，体现出一种兼收并蓄的开放态度和一种追求自由的精神。后现代主义小说的不确定性主要体现在主题、形象、情节等的不确定。美国先锋派和后现代主义重要作家约翰·霍克斯（John Hawkes）就曾解释说："我是在假设小说的真正敌人是情节、人物、背景和主题的基础开始写小说的。"② 后现代主义小说彻底抛弃了传统意义上的、在历史变迁的线性关系中叙事的创作思路，关注读者对零散片段的材料的现时阅读中体验艺术的存在。

英国后现代主义小说家约翰·福尔斯（John Fowles，1926—2005年）的小说《法国中尉的女人》就是一个很好的例子。约翰·福尔斯曾获1999年诺贝尔文学奖提名，被评论家马尔科姆·布莱德波里（Malcolm Bradbury）称为战后英国最有才华、最严肃的小说家。③ 在1986年中文版《法国中尉的女人》的序言中，福尔斯说："真实生活本身充满了各种解释，有不同的发展趋势。"④ 生活本来就存在着不确定性和多重的可能性，小说就是要表现这种不确定性。小说中，作者一方面通过引自维多利亚时期的历史资料或该时期小说家、诗人、理论家等的著述，对维多利亚时期的小说进行了模仿，营造了逼真的维多利亚氛围，让读者产生一种实实在在的历史感，仿佛置身19世纪

---

① ［美］伊哈布·哈桑：《后现代转向：后现代理论与文化论文集》，刘象愚译，第186页。

② ［荷兰］佛克马、伯顿斯编：《走向后现代主义》，王宁等译，北京大学出版社1991年版，第229页。

③ 参见 Malcolm Bradbury, "The novelist as Impresario: The Fiction of John Fowles", in *No, Not Bloomsbury*, New York: Columbia University Press, 1988。

④ ［英］约翰·福尔斯：《法国中尉的女人》，刘宪之、蔺延梓译，百花文艺出版社1986年版，序言。

维多利亚时代的英国。但是,另一方面,通过作者的主动干预或在小说中穿插20世纪现代社会事物或概念造成一种"年代错置",小说叙述中提到飞机、电视、雷达、计算机、原子弹等现代社会的发明,打断小说的叙事,提醒读者所处的时代,突出小说的虚构性,从而颠覆了复制"历史感"的真实性,营造出小说主题的不确定性。福尔斯在小说结尾写道:"生活之河,充满了神秘的法则和神秘的选择,流经荒凉的河堤向前而去⋯⋯总有一天,生活之河,会重新奔流,最终注入深不可测的、带有咸味的、遥远的大海。"① 生活是神秘而不可预测的,充满了难以预料的可能性。福尔斯创造了一个真真假假,虚实交融,但又无限逼近于真实的虚拟世界。因此,读者是根本无法在后现代主义文学中探寻到藏匿于现象背后的任何确定的意义。

"萨拉是谁?她是从什么样的阴影里冒出来的?"② 小说中,女主人公萨拉(Sarah)始终笼在神秘的面纱之中,形象模糊、谜一般的存在,体现了后现代小说中人物形象的不确定性。正如当代理论家雷蒙·费德曼(Raymond Federman)说:"新小说中的生灵将变得多变、虚幻、无名、不可名、诡诈、不可预测,就像构成这些生灵的话语。"③ 小说的开头以英国诗人哈代(Hardy)的《谜》开篇,女主人公萨拉一袭黑衣孤零零地出现在防洪大堤尽头,向着大海的远处眺望。至于萨拉是谁,小说中不同的人物给出了不同的答案和评价,让人一头雾水。萨拉在父亲的影响下接受了良好的教育,但家境的贫寒使她很难为更高的社会阶层所接纳,所以在那些来自不同阶级的男青年眼中,萨拉显得平庸且过于挑剔,他们纷纷对她避而远之。镇上的居民认为她性情孤僻,行为古怪,对她投去冷漠与鄙视的眼光,将她视为异类和"局外人"。无论是社会地位较高的欧内斯蒂娜(Ernestina)、波尔坦尼太太(Mrs Poulteney),还是处于社会底层的大胡子奶场主,都认为她是个可耻的、狡猾、邪恶的女人。当地的牧师对萨拉的悲惨处境表示同情;而在格罗根(Grogan)医生眼中,萨拉

---

① [英]约翰·福尔斯:《法国中尉的女人》,陈安全译,上海译文出版社2002年版,第500—501页。
② [英]约翰·福尔斯:《法国中尉的女人》,陈安全译,第101页。
③ 刘象愚、杨恒达、曾艳兵主编:《从现代主义到后现代主义》,高等教育出版社2002年版,第16页。

是患有歇斯底里精神病的病人。只有查尔斯（Charles）从一开始就为萨拉的神秘所着迷，并在进一步的交往中与之相爱，觉得萨拉的眼中充满智慧和独立的精神。即便如此，查尔斯后来已发现萨拉在有关那位法国中尉的故事中撒了谎，他困在萨拉的谜团中无法自拔。小说中，萨拉形象的确定性完全被消解了，读者不但不可能将她简单划归"正面"或"反面"人物，更无法对其复杂矛盾的思想性格进行精准定义。在《法国中尉的女人》中，福尔斯作为作者放弃了对情节设计的绝对控制，而是赋予了故事中的人物与读者选择的自由，小说呈现出情节的开放性和不确定性，读者可以根据自己的阅读体验、人生阅历和价值取向完成对小说的个性化建构。福尔斯为小说设计了三个迥然有别的结尾。一是符合维多利亚时代的道德观的传统结局，男主人公查尔斯向现实低头，履行先前婚约，与未婚妻欧内斯蒂娜结婚，生儿育女。在查尔斯的劝说下，萨拉决定离开莱姆镇外出找工作，查尔斯赠予她十枚金币作为补贴。这样的结局是典型的维多利亚时代小说的写法。二是富有维多利亚罗曼蒂克色彩的结局，查尔斯解除了婚约，兴冲冲地来到旅馆，却发现萨拉不辞而别。经过执着地寻找，查尔斯最终找到萨拉，二人终成眷属。三是查尔斯在历经千辛万苦找到萨拉后，萨拉为了追求自由和独立拒绝了他，最后查尔斯只能伤心离开。"查尔斯现在开始在上面踱步的则是另一道无人的大堤，他仿佛是走在一个看不见的炮架后面，而炮架上却躺着他自己的尸体。"① 值得一提的是，小说结尾查尔斯的形象与小说开头处萨拉孤独的身影遥相呼应，显然这个结局预示着他选择了像萨拉一样追求未来的自由生活。

美国后现代主义小说家多克特罗（Doctorow）曾说，"生命的形态是变化无常的，人世间的一切随时都可能变为其它东西。……一切事物，甚至包括语言，都显得无法摆脱变化无常这一原则的支配"②。后现代主义文学的不确定性消解了意义的确定性、价值本体的终极性和真理的永恒性，也促成了思维方式、表现方法、艺术体裁和语言游戏（包括语词歧义、悖论式的矛盾、非连续性等）的彻底多元化。多元化成为后现代主义的基本特征之一。特别

---

① ［英］约翰·福尔斯：《法国中尉的女人》，陈安全译，第500页。
② ［美］E.L.多克特罗：《拉格泰姆时代》，常涛、刘奚译，译林出版社1996年版，第83页。

是20世纪后期的后现代主义小说跨越了艺术与现实的边界，打破了文学作品不同文体间的传统界限，作家以非理性话语叙述和开放的结构展示了其虚构世界无限多元的图景和叙事技巧，建构人类文化的多元学科视野。哈桑，美国著名后现代主义大师，曾经对英美后现代主义文学的多元性特征展开深入的调查和研究。他认为，这种多元性特征在文本叙述的不确定性、语义模糊、不连续性、松散性、反叛性与扭曲变形等方面得到充分体现。① 除形式探索外，在文化领域，后现代主义小说抵抗一切挥舞着真理话语大旗的"中心主义"，对主流传统思想和文化持批判和否定态度，主张尊重异己文化，将不同的文化置于平等的地位，一视同仁，大力推动对长期以来被压制、被遮蔽的少数性别和少数群体文化等边缘文化的身份合法性建构，支持赋予不同话语以平等的权利。

再以美国著名后现代小说家托马斯·品钦的《万有引力之虹》为例。西方评论界称《万有引力之虹》为20世纪最伟大的文学作品，其大胆、离奇和晦涩堪比《尤利西斯》。品钦通过打破传统叙事模式，解构宏大叙事，运用大量想象、隐喻、碎片化的叙述与陌生化的描写，把读者从传统的战争故事情节框架中解放出来，在展示现代战争中人类畸形而痛苦的精神世界的同时，构架起一个多义的文本世界，激发了读者的想象力。读《万有引力之虹》让读者换个角度关注和思考世界，在体会绝望中的一丝感动的同时收获一份新的精彩。巴布罗·毕加索（Pablo Picasso）说过："艺术是个谎言，但却是一个说真话的谎言。"② 正如毕加索在他伟大的立体派艺术作品《格尔尼卡》中诠释的那样，一位真正艺术家的前卫艺术创新绝非意味着对现实表现的放弃。作为一名后现代作家，品钦在《万有引力之虹》中没有直接再现"二战"的真实场面，并非要远离现实，恰恰相反，品钦是要以破裂、解析的碎片形态，积极参与现实并重新组合现实，从多维的、交错叠放的角度探索现实的深层结构，唤醒人们认识战争中的真实生活。

20世纪的现代化进程是史无前例和具有革命性作用的，但是它也同时孕

---

① 参见杜志卿《〈秀拉〉的后现代叙事特征探析》，《外国文学》2004年第5期。
② Robert Cumming, *Art Explained*, London: DK Publishing, 2007, p. 98.

育着发展的重重危机。战争以一种最为惨烈和极端的方式暴露了现代科学技术理性的畸形发展与人类人性自由沦丧的现实生存状态。传统战争文学作品的严整统一、单一写实的表现方法面对 20 世纪复杂严酷的现实显得软弱无力、死气沉沉。品钦对小说的叙事布局有独到的处理方式,对作品的感知形式有迥异于前人的超前意识。小说中各个叙述板块之间既有传统小说叙事结构的前后意义衔接,又有超现实的跨越时空的腾挪与跳跃。"真就是存在。艺术家把存在带到世界上来,有一个实实在在的存在世界。"[1] 显而易见,品钦意在通过作品表现传统"二战"小说不能表现的东西,即呈现战争中人们丰富复杂的感受和多变的矛盾关系的同时还原那些被隐瞒或者被长期忽略的重要事实。借助后现代主义的文学创作技巧,品钦对传统意义上的现实世界表达了他独特且深刻的人文主义关怀。

（二）虚构性与荒诞性

后现代小说的虚构性与荒诞性看似非理性或反理性,但荒诞不经背后也隐藏着理性的气质。从本质上看,无论虚构还是荒诞都是现实生活的产物,与现实存在着千丝万缕的联系,只是它们的表达方式不同于传统的文学表现手法。第二次世界大战带来生灵涂炭,满目疮痍,站在硝烟散尽的废墟上,人们心灰意冷,不再相信这里还会有意义和幻想。战后,随着机器生产技术实力的不断提升,生产线上的工人化身成为大型机器的小部件,整日麻木地重复着操作流程,他们被固定,彼此无差别,毫无主体性而言,此时的人被异化了。同时,现代信息技术的发展加快了社会进步的步伐,人与人之间的距离被拉开,日渐遥远,彼此间的利益冲突也使人际关系越来越冷漠。"冷战、侵朝战争、侵越战争、麦卡锡主义,以及现代科学技术带来的失业率的增长、价值标准的丧失、商品拜物教的盛行等,使许多美国作家由最初的迷惘缄默转向悲观失望。"[2] 在现实世界与人文理性的残酷冲突和紧张较量中,异化的情感聚焦。当传统的表现手法已经无法满足人们对现实世界中非理性、无价值且难以言喻的情感的表达需求时,荒诞的表达形式应运而生。"荒诞没

---

[1] 葛鹏仁:《西方现代艺术·后现代艺术》,吉林美术出版社 2000 年版,第 162 页。
[2] 杨仁敬等:《美国后现代派小说论》,青岛出版社 2004 年版,第 48 页。

有形式上的特殊模式，也没有专门的结构特征。荒诞只是作为内容、一种特性、一种情感或气氛、一种态度或世界观为人们所领悟。呈现它形式的手段很多，各式各样：荒诞可以通过反讽、富有哲理性的争论、或怪诞本身等得以表达。"① 后现代小说家通过运用无逻辑的与非理性的艺术形式，把真实与虚构、写实与夸张、严肃与嘲讽以片段化、怪诞的风格糅合拼接在一起，在荒谬和理性之间建立了一种似是而非的关系，混淆了现实与虚构，多角度、多层次地展示了现实社会的混乱与人的孤独无助，揭示了现代社会的本质现象。后现代小说家擅长以夸张与变形的手法展现现代人的生活困境与内心的压抑，荒唐怪诞的情节表象蕴含深意。充满了调侃，加之种种想象的甚至幻想的，严重失真的，甚至扭曲的情节在小说中比比皆是，形成了一个与现实状况和真实感受大相径庭的小说世界。正如加谬（Camus）所说，当"人们面对着一个丧失理性的世界，而他们的内心却向往着幸福合理性。荒诞便产生于人类的需要同冷漠及非理性的世界之间的冲突之中"②。

库尔特·冯内古特是美国后现代主义作家的重要代表人物之一。在他的长篇小说《第五号屠场》中，冯内古特虚构了一个名叫"毕利·皮尔格里姆（Billy Pilgrim）"的美国人。通过毕利在"二战"中及战后经历的叙说，冯内古特向广大读者"勾勒了人类生存的地球成为'屠宰场'的黑暗图景"③。小说中的毕利同样经历了作者冯内古特那段惊心动魄、痛苦不堪的战争经历：被俘、服苦役与目击德累斯顿大轰炸。战争结束后，毕利带着内心无法平复的战争创伤回到美国，结婚、生儿育女，生活似乎过得优裕自在，但战争的阴影一直萦绕在他的心头并让他的精神开始崩溃。他谈论飞碟和时间旅行，因为他遭遇外星人绑架并在541号大众星上的那段生活历险让他失去了正常的时间概念，时不时游离于过去、现在和未来之间。小说中主人公毕利上天

---

① ［英］菲利普·汤姆森：《怪诞》，黎志煌译，苏丁校，北方文艺出版社1988年版，第52页。

② ［法］阿尔贝·加缪：《西西弗的神话》，杜小真译，生活·读书·新知三联书店1987年版，第43页。

③ 罗小云：《拼贴未来的文学：美国后现代作家冯内古特研究》，重庆出版社2006年版，第160页。

入地的荒唐经历、怪异的故事及表面上杂乱无章的篇幅,为的是展现一个荒谬无序、混乱不堪的世界。

其实主人公毕利·皮尔格里姆的名字颇具象征意义。他的名"毕利"让人联想到 19 世纪美国小说家赫尔曼·麦尔维尔(Herman Melville)的小说《毕利·巴德》中天真圣洁的主人公毕利·巴德(Billy Budd);而他的姓"皮尔格里姆"则滑稽模仿了 17 世纪英国小说家约翰·班扬(John Bunyan)的小说《天路历程》中"朝圣者"。有所不同的是《天路历程》中的主人公斯蒂安的生活中充满了发现和意义,而皮尔格里姆却经历了噩梦般的遭遇,其中尽是暴力和逃避。在小说《第五号屠场》中,就是这位在战争中显得无比天真而又无能为力,对敌无害、对友无益的患有精神分裂症的主人公毕利成为作者冯内古特的"面具"①,以其单纯而独特的感知方式告诉了读者战争的残酷和无情。而身处战争的残酷之中,士兵渐渐变得麻木并最终失去了道义和人性,成为战争的牺牲品。

作家冯内古特本人作为"二战"的亲历者,他对战争的反思无疑具备其他作家不能比拟的深度与力度。而对毕利在特拉尔法莫多尔星球上历险故事的叙述,冯内古特采用了"时间旅行"小说的创作手法,打破了时空常规界限,超越了传统小说叙事有头有尾,情节发展符合内在逻辑关系的讲故事叙述方法,将战争的真实与科幻的离奇交织起来。有评论家称《第五号屠场》是一部寓言。关于战争,冯内古特直言道:"关于大屠杀没有什么聪明话好说。"因为"战争的主要后果之一是:到头来,人们失去了充当人物的勇气"②。的确,任何名义下的战争都是残酷、荒谬和不人道的,它们总是以生命的失去、文明的毁灭、人性的沦落与缺失为代价,在人们心中留下的也永远是噩梦般的回忆。评论家雷蒙·费德曼谈到《第五号屠场》说:

> 冯内古特并非单纯写一部小说来使我们牢记"战争究竟是什么滋

---

① 参见陈世丹、王晓露《冯内古特对小说世界的结构与重建》,《河南师范大学学报》(哲学社会科学版)2005 年第 5 期。
② [美]库尔特·冯内古特:《五号屠场·上帝保佑你,罗斯瓦特先生》,云彩、紫芹、曼罗译,译林出版社 1998 年版,第 126 页。

味",他没有把战争回忆录奉献给读者,却以自我反映的方式把他对自己曾参与的事件的看法和反思呈现在读者面前,甚至引起读者参与对这些事件的思考,从而在这个过程中谴责这些事件的荒谬以及记叙这些事件的手段的荒谬。①

的确,冯内古特在小说《第五号屠场》中运用独具特色的文本追忆并审视了德累斯顿大轰炸这个历史事件,在叙述当中,不时插入、并置和拼贴众多毫不相关的碎片,从而使得故事更加离谱、荒诞。冯内古特在小说中通过运用后现代手法打乱和颠覆了传统故事发生的时间顺序和空间位置,让读者穿梭于虚构与现实之间,往复切换,他们的头脑始终处于一种混乱无序状态,无法使用传统的阅读方法来理解文本,但却能感受到荒诞、虚构的世界确确实实地存在。小说表面上显得有些晦涩难懂,但是广大读者在阅读小说的同时却学会了用更为开阔的视野和全新的思维来重新思考现实,反思历史。

后现代小说家专注审视现代社会中人性、道德和良知的相互关系,与此同时,也对科学技术的社会功能进行了严肃思考。他们认为技术是一把双刃剑,毫无疑问,技术进步为人类创造了今天丰富的物质享受。然而,与此同时,技术发展的"成果"中也包括最"先进"、最致命的武器。一旦科学技术的研究偏离了正确的方向,成为少数人博取利益的手段,科学技术就变成了人类智慧力量的一种异化,它的发展必定会给人类带来灭顶之灾,成为社会最大的不幸。因此,从某种意义上来讲战争中使用的现代武器,如原子弹,如同一种象征:它不仅是人类勇气与高智商的产物,也是人类灵魂罪恶的极端表现。

---

① 罗小云:《拼贴未来的文学:美国后现代作家冯内古特研究》,第 161 页。

第二章 托马斯·品钦小说中的技术隐喻象征体系分析

第一节 概述

一 文坛隐士与百科全书式作品

托马斯·品钦,美国后现代主义文学代表作家,堪称美国当代文学界的一位奇才,颇具神秘色彩。虽然他的作品不多,且读来晦涩难懂,但他的每一部作品都独具匠心,令人回味无穷。如今,品钦的作品已经成为研究后现代主义文学的必读作品。迄今为止,托马斯·品钦先后出版了八部长篇小说,依次为:《V.》(*V.*,1963)、《拍卖第四十九批》(*The Crying of Lot 49*,1966)、《万有引力之虹》(*Gravity's Rainbows*,1973)、《葡萄园》(*Vineland*,1990)、《梅森和迪克逊》(*Mason & Dixon*,1997)、《抵抗白昼》(*Against the Day*,2006)、《性本恶》(*Inherent Vice*,2009)、《致命尖端》(*The Bleeding Edge*,2013)和一部题为《慢慢学》(*Slow Learner*,1984)的短篇小说集,包括《小雨》(*The Small Rain*)、《低地》(*Low-lands*)、《熵》(*Entropy*)、《玫瑰之下》(*Under the Rose*)、《秘密融合》(*The Secret Integration*)五部短篇小说,这些作品均获得文学界和公众的广泛关注和认可。托马斯·品钦是威廉·福克纳奖(1963)、理查德及希尔达·罗森塔尔奖(1967)、美国国家图书奖小说类(1974)、豪威尔斯奖(1975)、麦克阿瑟奖(1988)获得者,并几度获得诺贝尔文学奖提名。2018 年,美国艺术和文学学会(American Academy of Arts and Letters)将首个"克里斯托弗捷足者奖"(Christopher Lightfoot

Walker Award）授予品钦以肯定其终身成就①。与作品引起的轰动效应和媒体对他的狂热追逐形成巨大反差的是，托马斯·品钦本人似乎总是游离于社会潮流之外，从他第一部小说 1963 年问世，品钦坚持不接受媒体采访，从不喜欢抛头露面，甚至不让外界刊登他的照片。对此，他表示："我不知道从哪里得到这样的想法：作者的私生活与他的小说无关。众所周知，目前的事实几乎与我的观点完全相反。"②《纽约时报》曾登载致托马斯·品钦的公开信："托马斯·品钦，你不会不想读对你小说的首批评论吧？"面对媒体的追踪，品钦不为所动，不做任何回应，成为美国文学界的一位真正意义上的隐士。品钦作品获奖不断，但他从没有出现在颁奖会上。1974 年，当《万有引力之虹》被授予美国国家图书奖时，维京出版社特别安排了一位名叫欧文·高里教授（Professor Irwin Corey）的喜剧演员代替品钦出面领奖，并发表了获奖演说。第二年，《万有引力之虹》又获得美国艺术文学院的豪威尔斯文学艺术奖，但品钦拒绝领奖，在他写给评奖委员会的信中表示："豪威尔斯奖是一项重量级的荣誉。再者说，尽管金牌有利于保值，但我不想要这枚奖牌。请不要把我不想要的强加给我。这样做不仅会让艺术文学院有独断专行之嫌，还会让我承担粗鲁无礼的名声……我知道我的行为可以表现地更绅士，但似乎只有一种方式可以说'不'，那就是：不。"③尽管品钦始终为文学界和公众关注，但他一如既往地表现低调，躲避着媒体的追踪。1997 年，品钦的第五部长篇小说《梅森和迪克逊》出版前不久，美国有线新闻网（CNN）的一支摄影队在曼哈顿拍到品钦的镜头。对此，品钦感到非常愤怒，他打电话要求不要播出他的镜头，他说："我已讲得很清楚，我不喜欢被拍照。"当谈及他喜欢隐遁的天性时，美国有线新闻网引用品钦的原话："我相信'隐士'这个词是记者发明的，意思是'不愿意与记者交谈'。"④

---

① 参见张海榕、李梦韵《当代中国托马斯·品钦作品研究评述》，《外国语言与文化》（第三卷）2019 年第 2 期。
② Thomas Pynchon, *Slow Learner*, New York: Little, Brown, Co., 1984, p. 21.
③ Tony Tanner, *Thomas Pynchon*, New York and London: Methuen, 1982, p. 15.
④ "Where's Thomas Pynchon", CNN, June, 1997, 转引自孙万军《美国文化的反思者——托马斯·品钦》，知识产权出版社 2011 年版，第 17—18 页。

近半个世纪以来，曾有两次机会可以揭开品钦的神秘面纱，但在品钦本人的强烈要求下，这些珍贵的第一手资料只在小范围内得以短暂公开，随后又被封存。第一次是在 1977 年，一份品钦早年（居住在格林尼治村期间）向福特基金会递交的申请书列在了《美国文学手稿》的目录中。这份申请书详细记录了 1960 年前品钦的学习经历、写作生涯的初期及他在康奈尔大学写作研讨课上所受到的专业训练、已经完成和正在进行的文学创作情况。这是一份有关品钦个人生活及早年创作实践的珍贵材料，但在随后的 12 年中却没人见到。1989 年，在福特基金会档案员罗伯特·B. 考拉萨克（Robert B. Colasacco）的努力下，这份材料重见天日，并转到了几位学者手中。据说有人和品钦的代理人联系，要将其公开，但遭到了拒绝。随后，品钦要求福特基金会五十年之内不公开此材料，经多次协商后，基金会最终还是接受了品钦的要求。① 第二次是在 1986 年，品钦的第一任文学代理人堪迪达·多纳蒂奥（Candida Donadio）把品钦从 1963 年到 1982 年写给她的 120 多封信件以 45000 美元的价格卖给了私人收藏家卡特·伯顿（Carter Burton），这些信件涵盖了作家最具创造力、最多产的时期。卡特·伯顿于 1996 年去世，后由他的家人将这些信件捐赠纽约的摩根图书馆。最初，学者们是可以在摩根图书馆阅览到这些信件的，1998 年 3 月 4 日的《纽约时报》上曾刊登了信件中的选段。但随后在品钦本人的强烈要求下，伯顿家族和摩根图书馆同意，在品钦的有生之年将不再公开这些信件。② 于是，对于大多数的研究者们只有等到材料解禁后才能看到这些弥足珍贵的一手资料。

不过，尽管品钦在媒体面前始终缄默其口，但是在记者和读者穷追不舍的追踪和挖掘之下，有关他的私人生活情况还是或多或少地为世人所了解。品钦的先祖威廉·品钦（William Pynchon）于 1630 年带着他的妻子和三个女儿随温斯洛普船队先行移居新大陆的马萨诸塞湾殖民地，他的儿子约翰（John）随后来到新大陆。威廉·品钦性格强悍，曾掌管马萨诸塞湾的专利和财政，在他的努力下，原来属于康涅狄格的城市斯普林菲尔德最终划给了马萨诸塞。威廉曾担任地方行政长官，因主持审理了有名的休·帕森斯（Hugh

---

① 参见 Steven C. Weisenburger "Thomas Pynchon at Twenty-Two: A Recovered Autobiographical Sketch", *American Literature*, No. 4, 1990, pp. 692–697。

② 参见 Mel. Gussow "Pynchon's Letters Nudge His Mask", *New York Times*. No. 4, 1998。

Parsons)和玛丽·帕森斯（Mary Parsons）巫术案，一度在塞勒姆市被称作"法官品钦"。威廉·品钦曾写过一本书，名为《我们救赎中值得付出的代价》，因为书中对当时严格的加尔文教义颇有微词，结果遭禁。后来威廉被迫返回英国，留下了他的儿子约翰在新大陆照看家业。在托马斯·品钦的第三部小说《万有引力之虹》中有这样一个情节设置：主人公泰荣·斯洛索普（Tyron Slothrop）的祖先威廉·斯洛索普（William Slothrop）写过一本名为《论弃民》的书，质疑清教教义，并因此得罪了当局，给自己惹来了大麻烦。显然，在威廉·斯洛索普的身上就有威廉·品钦的影子。还有一个插曲值得一提，由于美国早期姓品钦的人并不多，所以后来当美国著名作家纳撒尼尔·霍桑（Nathaniel Hawthorne）在他的作品《带七个尖角阁的房子》中描写了一个姓品钦的反面角色时，品钦家族认为霍桑的小说冒犯了他们的祖先，对此表示不满，当时康涅狄格州哈特福德三一学院的院长，托马斯·鲁格斯·品钦（Thomas Ruggles Pynchon），对霍桑提出了抗议。霍桑之后还回信对此事表示了道歉。① 托马斯·品钦的父亲老托马斯·鲁格斯·品钦（1907—1995年）正是当年给霍桑写抗议信的托马斯·鲁格斯·品钦的侄孙，先后曾担任牡蛎湾镇公路建设的负责人、牡蛎湾镇镇长、产业调研员、共和党官员等职务。托马斯·品钦的母亲名叫凯瑟琳·弗朗西斯·班尼特（Katherine Francis Bennett）（1909—1996年）。小托马斯·品钦于1937年5月8日出生于纽约州长岛的格兰克夫，是家里的长子，他还有一个妹妹和一个小弟弟，分别叫朱蒂斯（Judith）和约翰（John）。在他还很小的时候，全家搬到东诺维奇，定居牡蛎湾。5月8日，对托马斯·品钦来说具有特殊意义，既是生日，同时8年后的同一天，1945年5月8日，盟军在欧洲宣布德国军队投降，这一天成为欧洲胜利纪念日。后来，这个日子反复出现在品钦的作品中。

品钦曾就读于牡蛎湾中学，学习方面一直表现出色。他从小就展示了自己的写作天赋：经常给学校校报投稿，还给校报写过短篇小说，曾获得"年度学生"的奖励。中学毕业时，他作为班级代表在毕业典礼上致辞。1953年，

---

① 参见 Charles Hollander "Pynchon's Politics: The Presence of an Absence", *Pynchon Notes*, 1990, pp. 8–12。

品钦以优异的成绩考取康奈尔大学工程物理专业。第二年年底，他离开校园参军入伍，成为美国海军一名通信兵。两年后，他返回康奈尔大学，转修英语专业并获学士学位。值得一提的是，虽然品钦在返回康奈尔大学后并没有继续学习工程物理专业，但他始终对自然科学抱有浓厚兴趣。"他好像永远都在读书——他是那种读数学书来作为娱乐的人……品钦的一天从下午一点开始，一碗意大利面和一杯饮料就让他开始了一天的学习……他会一直阅读、学习到第二天凌晨三点钟。"① 应该说，大学时代通过广泛阅读获得的丰富知识为品钦未来百科全书式的写作奠定了坚实的基础。在大学期间，品钦曾直接参与康奈尔大学校刊《康奈尔作家》的编辑工作。

大学期间，除了饱览群书外，品钦还遇到了人生中两位举足轻重的人物，一位是他的人生挚友理查德·法里纳（Richard Farina），另一位是著名俄裔美国小说家费拉迪米尔·纳博科夫（Vladimir Nabokov，1899—1977年）。法里纳性格开朗外向，爱好表演，同时还是一位出色的摇滚歌手，出过三张专辑。和品钦一样，他先后学习了工程和英语两个专业，并爱好写作，在《康奈尔作家》上发表过几篇短篇小说和诗歌。法里纳和品钦志趣相投，惺惺相惜，特别是在文学方面，法里纳经常在报刊上向读者推荐品钦的作品，品钦对法里纳的作品也是大加赞誉，因此彼此建立了深厚的友情。1966年，法里纳在一次摩托车事故中丧生。对于朋友的英年早逝，品钦感到非常伤心，在法里纳的葬礼上，他担任护柩送灵人，后来他在《万有引力之虹》一书的扉页上写上"谨以此书献给法里纳"，足以看出他对法里纳的怀念之情。品钦在康奈尔大学英语系上学的时候，著名作家弗拉基米尔·纳博科夫恰好在康奈尔大学任俄国与欧洲文学教授。纳博科夫在进行后现代主义艺术形式试验的同时，兼顾小说创作的社会意义，这使他的作品兼具雅俗共赏的美学效果和玄奥多义的故事主题。品钦曾修过他讲授的"现代文学"课程，纳博科夫的创作理论和富有挑战性的、错综复杂的创作实践直接熏陶和影响了品钦未来的文学创作。他复杂晦涩及化用科技知识的行文中明显带有老师纳博科夫的影子。在《现实主义：纳博科夫对品钦的贡献》一书中，苏珊·斯特莱尔（Susan

---

① Lewis Nichols, "In and Out of Books", *New York Times Book Review*, 1963, p. 8。

Strehle）提出，纳博科夫对品钦文学创作的主要影响体现在他引发并导致了现实主义的释放。① 纳博科夫认为，现实世界充满了不确定性，人们感知世界的方式和方法也是主观的，现实主义不仅仅是对现实的否认，而是对现实本质的独特而科学的理解。而这恰恰与品钦有关文学要如实反映作家对世界的真实感受的观念相吻合，在品钦看来，真实情感的呈现远要比一五一十地忠实反映社会现实更能揭示出社会的本质和外部世界荒谬、混乱与支离破碎的外表。正如品钦在《慢慢学》中所说的，"彼时和现在能打动我、令我愉悦的小说，无论是否出版过，都恰恰是那种从现实生活的共有层面、从深处去发掘和撷取（这并不容易）的东西，是小说家使之熠熠生辉、真实无比"②。品钦的创作观体现出作家对世界、历史与社会的责任感与使命感。

康奈尔大学的许多老师对品钦留有较深的印象，比如曾任教于此的文学理论家 M. H. 艾布拉姆斯（Meyer Howard Abrams）回忆说，有一次，在看了品钦的学期论文后，他觉得论文的写作远超过了一个本科生的水平，有抄袭的嫌疑，于是约品钦面谈论文。结果，品钦一开口，说了没几分钟艾布拉姆斯就已经断定论文确实是出自品钦本人之手，而非抄袭。艾布拉姆斯对品钦的写作水平赞赏有加，先后在好几届的学生面前宣读过品钦的学期论文。③ 还有老师记得品钦在工程物理专业学习时对复杂的基础分子理论产生了浓厚的兴趣，甚至到了痴迷的地步。④ 据小说家詹姆士·麦康基（James McConkey）回忆，1958 年，品钦和同学柯克帕特里克·塞尔（Kirkpatrick Seyle）共同创作了科幻音乐剧《明斯特罗岛》（*Minstral Island*），描述了一个由 IBM 公司统治的未来世界。⑤ 看来，早在大学时代，品钦就开始关注科学成就与人类命运

---

① 参见 Susan Strehle "Actualism: Pynchon's Debt to Nabokov", *Contemporary Literature*, Vol. 24, No. 1, 1983, pp. 30-50。

② ［美］托马斯·品钦：《慢慢学》，但汉松译，译林出版社 2018 年版，第 18 页。

③ 参见 Charles Hollander "Abrams Remembers Pynchon", *Pynchon Notes*, 1996, pp. 179-180。

④ 参见 Frank D. McConnell "Thomas Pynchon", in James Vinson, ed. *Contemporary Novelists*, New York: St. Martin's, 1972, p. 1034。

⑤ 参见 Rodney Gibbs, "A Portrait of the Luddite as a Young Man", *Denver Quarterly*, No. 1, 1994。

之间的关系,对科学技术进步对人类未来生活的改变有了一些思考。

1959年6月,品钦顺利毕业,获得康奈尔大学学士学位。此时,他已经在文学创作方面小有成绩,发表了几篇早期的短篇小说:短篇小说《小雨》于1959年3月刊登在《康奈尔作家》上,这是品钦第一次公开发表自己的小说;《维也纳的生与死》于同年春发表在康奈尔大学英语系的文学季刊《回声》上;《低地》于1960年发表在《新世界写作》上;《熵》于1960年春发表在《凯尼恩评论》上,被选为1961年最佳美国短篇小说;《在玫瑰下》出版于1961年5月的《高贵的野蛮人》。这部小说在1962年获得了欧·亨利奖的二等奖,并被收录在当年欧·亨利获奖小说集中。

大学毕业后,品钦在纽约市内的格林尼治村住了一年,生活无拘无束,开始着手创作他的第一部长篇小说《V.》。一年后,迫于生计品钦离开了纽约。1960年2月至1962年9月,他在波音飞机公司位于华盛顿州西雅图的内部新闻室工作,负责为美国空军波马克地对空导弹技术刊物《波马克军事通迅》撰写技术安全文章。有研究者找到了品钦在波音公司期间为《航空航天安全》写的一篇文章,题为《整体》。文章描述了空运M-994导弹的安全技术。文章中写道:"在给导弹搬新家的时候,一个错误就会造成大笔资金的损失。这是一项需要各个方面都非常仔细的安全工作,'整体协同'是关键词。"字里行间透露出了品钦对技术的一些思考。① 离开波音公司后,品钦先是在纽约和墨西哥住了一段时间,1963年曾在墨西哥城的《流逝时光》杂志担任摄影记者,随后他去了加利福尼亚,据说20世纪60年代的大部分时间和70年代早期他一直生活在加州。品钦早年在美国海军的军事生活经历、在大学里学到的工程物理专业知识、在格林威治村的所见所闻以及在波音公司工作时获得的科学和技术知识,不但为他日后从事创作提供了灵感和源源不断的素材,也帮助他建立了一种独具一格的兼顾科学与艺术的双重思维模式。

20世纪60年代,品钦的文学创作进入一个高潮期,他在1964年4月给朋友的信中提到他当时正同时创作四部小说,声称:"如果我能把这些小说写

---

① 参见孙万军《美国文化的反思者——托马斯·品钦》,第12页。

在纸上，就像它们浮现在我脑海中一样，那么这可以算得上是这个千年中文学界的一件大事了。"① 品钦的第一部长篇小说《V.》出版于 1963 年 4 月，描绘了人们生活在一个混乱无序、不断物化的世界中的盲目和无奈，绝望和挣扎。这部作品一经问世就引起了美国文学界的关注并得到好评。1964 年 2 月 1 日《V.》获"福克纳基金最佳处女作奖"，同年 3 月，该小说还获得"美国国家图书奖"提名，标志着这位文坛巨匠长达近半个世纪的"后现代主义"文学创作生涯的开始。他的第二部小说《拍卖第四十九批》的一部分先是于 1965 年发表在了《绅士报》上，还有一部分于 1966 年 3 月发表在了《骑士报》上，1966 年 4 月 27 日由 J. B. 理品克发行公司正式出版。次年 5 月，《拍卖第四十九批》获得美国国家艺术与文学院颁发的罗森塔尔基金会奖。小说通过错综复杂的叙事，借用熵增理论和不确定性原理，描绘了一幅美国社会千奇百怪的全景图，揭示了人类在一个混乱、空虚和不确定性的现代社会中的尴尬处境，并展示了这位文学奇才的怪谲视角以及他对杂糅和戏仿等艺术技巧的巧妙运用。这部小说中存在着大量的隐喻，分布于标题、主题、背景、结构、篇章等各个层面。尽管这些隐喻繁杂晦涩，给读者的阅读造成很大的困难，但它们却是这部小说叙述过程中的重要结构性要素，在小说主题建构中起着不可估量的作用。《拍卖第四十九批》中的隐喻犹如一面镜子，清晰地折射出美国及后现代社会那种物质文明高度发展而精神扭曲的方方面面。

除了写小说外，品钦坚持用文字与外部世界保持着互动。20 世纪 60 年代中期，品钦还给报纸杂志写一些作品或时事评论。在 1965 年 12 月出版的一期《假日》杂志上，就刊登了品钦对霍尔（Hall）的小说《魔术师》写的简短评论，和其他 7 位作者所写的评论一起被收集到了一个名为"以书为礼"的栏目中。1965 年 8 月，加利福尼亚的洛杉矶沃兹地区发生了种族暴乱，第二年，品钦撰写了一份关于洛杉矶沃兹暴乱的后果和影响的报告，这篇题为《深入沃兹人思想的旅行》的文章发表在《纽约时报杂志》上。② 这些评论反

---

① Mel Gussow, "Pynchon's Letters Nudge His Mask", *New York Times*. No. 4, 1998.
② 参见孙万军《美国文化的反思者——托马斯·品钦》，第 14—15 页。

映了品钦对社会的思考、对人性的透析，为后来的创作积累了素材。

品钦最著名的作品是他创作的第三部长篇小说《万有引力之虹》。这部小说于1973年2月28日由维京出版社出版，第一年就销售了4.5万册，曾是1973年《时代》杂志的畅销书，1974年被授予美国国家图书奖，1975年被授予艺术与文学院的威廉·迪恩·豪威尔斯奖章（William Dean Howells Medal of the American Academy of Arts and Letters）。品钦的博学在这部百科全书式的小说里一览无余，小说既涉及物理学、热力学、化学、数学等自然科学和工程学知识，同时还涉及历史、宗教、音乐、文学和电影等诸多人文领域的不同素材。400多个形形色色的人物置身于70多个变换的场景之中，虚实交融、交互穿插，以亦真亦幻、纷繁离奇的情节设计创造出一个多维立体的意义空间。

品钦在20世纪90年代初与梅勒尼·杰克逊（Melanie Jackson）结婚，育有一子，取名为杰克逊·品钦（Jackson Pynchon）。梅勒尼·杰克逊是品钦的第二任文学代理人，她出身显赫，是美国最高法院法官罗伯特·H·杰克逊（Robert H. Jackson）的孙女，也是西奥多·罗斯福（Theodore Roosevelt）总统的曾孙女。进入20世纪90年代，品钦的文学创作进入第二个高潮期，其间几次入围诺贝尔文学奖获得提名。1990年，托马斯·品钦出版《葡萄园》，他的第四部长篇小说，这部小说的面世距离《万有引力之虹》出版已经过了十七年。这是一部集现代主义、后现代主义和魔幻现实主义于一体的复合型小说，体现了品钦在小说形式和叙事风格上的进一步实验和探索。小说围绕少女普蕾丽（Prairie）寻找失踪多年的妈妈弗瑞尼茜（Frenesi）的故事，呈现了纷繁复杂的人物和荒诞离奇的情节：小说中有普蕾丽的嬉皮士爸爸、表面糊涂却不失真诚爱心的索伊德，有疯狂自私、人格分裂的联邦检察官布洛克·冯德（Brock Vond），有身怀绝技、冒充妓女又杀错了人的女忍者DL，有"因果理算"的创始人、老于世故的日本人武志（Takeshi Fumimota），还有形形色色生活的麻木却又痛苦的类死人……这是一部以20世纪80年代的为背景回顾美国20世纪60年代历史的小说，品钦关注到后现代社会中，以网络、电视、录像、电脑等现代媒体技术手段对人们意识和思想的控制，使读者对美国的社会、政治和民主得到崭新的、更为深刻的认识。

第五部长篇小说《梅森和迪克逊》出版于1997年。小说近800页，讲述了美国独立战争爆发前夕，英国皇家天文学家查尔斯·梅森（Charles Mason）和他的搭档土地测量员杰里迈亚·迪克逊（Jeremiah Dixon）在美国新大陆测定梅森—迪克逊线的传奇经历，内容涉及天文、地理、政治、经济、科学、文化、民俗等方方面面。小说发表之初曾收到一些负面的评价，但大多数的评论家都给予了高度评价，甚至有人认为它超过了《万有引力之虹》并将其尊为品钦最伟大的作品。同年，《时代》周刊将《梅森和迪克逊》列为1997年美国年度最佳小说。美国著名文学批评家哈罗德·布鲁姆（Harold Bloom）将托马斯·品钦与唐·德里罗、菲利浦·罗斯（Philip Roth）和科马克·麦卡锡（Cormac McCarthy）列为当代美国四位最重要的小说家。

进入21世纪，令人不可思议的是，就在2004年，品钦结束了自己长达四十年的媒体抵制——他的身影竟然出现在了系列动画片《辛普森一家》里。品钦先是以头上套着一个牛皮纸袋的动画人物形象出现在"我家有个疯婆子"（Diatribe of a Mad Housewife）这一集里。剧中，带有浓重长岛口音，品钦念着小说封底上的一段"名作家推荐"："注意：托马斯·品钦喜欢这本书的程度几乎和他喜欢摄像机镜头一样啊！"然后他对过往的车辆喊道："嘿，这儿呢，你和一个隐居作家合过影吗？仅此一天，我们还有机会免费签名！不要错过！还有更多的促销活动！"第二个场景是出现在《辛普森一家》第16季的首集"厨房战争不择手段"（All's Fair in Oven War）里，台词听起来像是他作品的宣传语："这些鸡翅真是美味（《V.》）！我要把这个配方写进万有引力之虹食谱中，放在油炸49马铃薯饼旁边（《拍卖第四十九批》）。"① 显然，品钦这次罕见的现身，并不能简单理解为品钦与媒体达成和解，更多的应该是品钦再一次以诙谐、滑稽和夸张的方式回应和反击媒体多年来对他隐私的侵犯和诋毁，表现出品钦特有的黑色幽默气质和机智。

2006年11月21日，在沉默近十年之后，品钦又推出了他的第六部长篇小说《抵抗白昼》，共1085页。对于这部小说的出版，几乎所有英美主要报刊都进行了长篇专论报道与介绍，其中就包括英国的《伦敦书评》《泰晤士报文学增刊》《旁观者》和《经济学人》，以及美国的《纽约书评》《纽约客》

---

① 参见孙万军《美国文化的反思者——托马斯·品钦》，第19页。

《出版商周刊》。维基百科对小说进行逐句注释,同时互联网上还出现了专门讨论此书的博客网站。小说故事主要发生在1983年芝加哥世博会和第一次世界大战爆发后20余年间,以科罗拉多州一座矿场的工头、无政府主义者韦布·特拉弗斯(Webb Traverse)被谋杀为线索,围绕着他的两个儿子的复仇展开。19世纪90年代的美国进入了一个深刻变革和急速发展的时期,科技进步的发展已经成为时代的潮流,以爱迪生为代表的科学家已成为备受民众喜爱和崇拜的对象,新产业、新发明和资本巨头不仅改变了美国的经济景观和社会图景,也冲击和改变了普通人的日常生活,都市社会开始形成。面对19世纪末20世纪初工业化、城市化所带来的巨大社会变革,"美国人在根本性的意义上已经不再知道他们是谁,他们在哪里。改变了的环境超出了他们的理解能力,而在疏离的背景中他们已经失去了自己"①。可是,与此同时,战争的阴霾已经悄然笼罩整个欧洲,人们并没有意识到即将到来的威胁与灾难,正如企鹅出版集团在出版介绍中提到,"若说此书呈现的不是世界本相,也只是略有改动而已"。一场全球性的灾难迫在眉睫,原本安谧、笃定的生活被"一个贪欲横流、集体沉沦的时代"所取代,这里充斥"虚假的信仰、颓丧的低能,还有邪恶的企图大行其道……"②,虽然未来遥不可知,书中的大多数角色仍在努力追求着自己的生活。他们也曾试图把握自己的命运,但奈何生活捉弄,阴险恶毒的企图占据了上风,所以他们依旧难以摆脱被操纵和奴役的结局。

2009年8月,当托马斯·品钦推出自称为"半黑色、半迷幻玩笑"的后现代小说《性本恶》时再一次引发了美国文学评论界的热议:首先,《性本恶》的诞生距品钦发表《抵抗白昼》仅隔三年之久,足见已步入古稀之年的品钦依然保持着旺盛且稳定的创作力;其次,《性本恶》被评论界称为托马斯·品钦迄今创作的最好读的一本书,一改以往作品的鸿篇巨制,全书只有

---

① Robert H. Wiebe, *The Search for Oder*, 1877-1920, New York: Hill and Wang, 1967, pp. 42-43,转引自〔美〕迈克尔·桑德尔《民主的不满——美国在寻求一种公共哲学》,曾纪茂译,江苏人民出版社2016年版,第276页。

② 刘雪岚:《文坛隐士的"觉醒"——评品钦新作〈抵抗白昼〉》,《译林》2008年第1期。

369 页，在类似钱德勒（Raymond Chandler）侦探故事的外壳下，以通俗易懂的语言为读者打开了一扇艺术之窗，呈现了一部"品钦简装版"（Pynchon Lite）的"百科全书式"的后现代小说，让原本晦涩难懂的创作风格变得可感可知。2014 年 10 月，改编自托马斯·品钦这部同名小说的电影《性本恶》首映纽约电影节。这部由导演保罗·托马斯·安德森（Paul Thomas Anderson）执导和编剧的电影堪称一次大师向大师的致敬，在同年 12 月 12 日美国公映后获得了第八十七届奥斯卡金像奖最佳改编剧本的提名。

《性本恶》的故事发生在 1970 年的洛杉矶，讲述私家侦探多克（Larry "Doc" Sportello）多年不见的前女友莎斯塔（Shasta Fay Hepworth）突然造访，多克随之卷入一桩悬疑、离奇的绑架案，其间，围绕着虚实交错的情境以及头绪纷繁、错综复杂的线索，冲浪手、瘾君子、摇滚乐手、毒贩子、警察、牙医、高利贷者等重要角色悉数登场，借助时间的流逝感构筑起一段迷宫般的历史景象，将嬉皮士们反对战争、崇尚自由的生活理念融入艺术想象之中。据说，20 世纪 60 年代和 70 年代早期，品钦一直生活在加州，他也正是在曼哈顿海滩的一间公寓里写出了他的鸿篇巨著《万有引力之虹》。[①] 可见，《性本恶》的创作可以算是"暮年品钦的一次私人化写作，充满了一个老人对 20 世纪 60 年代洛杉矶那个曼哈顿海滩的乡愁记忆"[②]。

自 26 岁于文坛崭露头角，如今半个世纪过去，托马斯·品钦依旧笔耕不辍。迈入 2013 年，他在 76 岁的高龄出版了个人的第八部长篇小说《致命尖端》。在这部小说中，品钦将赛博空间这一由抽象数据、计算机、互联网构筑的数字化虚拟空间设定为小说中重要的叙事主题之一，书中鲜活的人物和错综的情节为读者带来一如既往的惊诧与激动。故事发生在 2001 年，"互联网泡沫"（Dot-Com Bubble）破裂前的最后一年，女主人公玛克欣·塔诺（Maxine Tornow）经营一家名叫"缉凶事务所"的小型欺诈案调查代理公司，因为业务关系她注意到一家名为 Hashslingrz 的计算机安全公司涉嫌洗钱。在对公司 CEO 盖布里埃尔·艾斯（Gabriel Ice）的秘密调查中，她不仅结识了"肥

---

① 参见孙万军《美国文化的反思者——托马斯·品钦》，第 14 页。
② 但汉松：《做品钦门下的走狗——〈性本恶〉译后》，《书城》2011 年第 12 期。

宅"、电脑迷、杀手、警察、特工、恋物癖、极客、宽客、"怪咖"大亨各色人等,也遭遇了黑客入侵、艳遇、暗杀以及世贸大厦被炸等各种离奇事件。在追寻"深渊射手(Deep Archer)"的过程中,玛克欣穿行于"浅网(Surface Web)"与"深网(Deep Web)"之间,跨越"现实"世界与"虚拟"世界,体验到数字存在的种种"矛盾"对立统一:"现实"与"虚拟"、"有形"与"无形"、"控制"与"自由",随之,虚拟地下网络世界成为"权力控制"角力场的真相渐露端倪。

纵观托马斯·品钦的小说创作,主题涉及文化、历史、物理、数学、信息、工程、军事和生物等不同学科领域,涵盖当代社会丰富且多变的信息资源。在小说中,品钦以其全新的视野和独特的感受描绘人类生活在后现代状态下的混乱和无意义,表达对现代科学技术失衡、畸形发展的担忧和警醒,一针见血地揭露出现代人内心世界的压抑和伤痛,为人们重拾希望,走出困境寻求出路。

二 国内外研究现状

托马斯·品钦出版的每一部作品都备受文学界和公众的关注。在其作品中,品钦创造性地将自然学科中晦涩难懂的概念、理论引入后现代文学语境中,无限扩展了技术想象空间,以犀利的后现代批判性思维方式对美国社会文化的方方面面进行了反思,建立了一种独具一格的兼顾科学与文学艺术的双重思维模式。为了挖掘作家作品间内在思想的衔接和语意连贯,加强对作家创作思想的整体把握,也为了更好地帮助读者理解品钦小说奇特诡秘的构思与庞杂晦涩的内容表象下隐藏的深刻人文思想,研究者有必要从散见于品钦多部作品中的大量语言表象出发,厘定一条贯穿众多作品的思想主线,全面呈现品钦后现代思想。基于这些思考,从品钦作品中出现的大量科学技术语言与要素入手,梳理、分析和总结贯穿品钦作品始终的技术伦理观,特别关注和研究品钦如何通过自然科学和人文科学的巧妙结合敦促人们开始思索当下现代科技高速发展对人类的影响和意义,进而追问现代技术的本质、考量现代技术合理化向度。

国外早期评论家对其作品的关注点多集中在"熵"主题上。托马斯·品钦在1960年发表在《肯庸评论》上的短篇小说《熵》中首次将科学概念——热力学第二定律即熵定律引入文学创作。随后研究者们开始关注品钦作品中的"熵"主题，如查尔斯·哈里斯（Charles Harris）发表论文《托马斯·品钦与熵视角》（1971）；阿伯纳希（P. L. Abernerhy）的论文《品钦〈拍卖第四十九批〉中的熵》（1972）；乔治·莱文（George Levine）和大卫·勒沃伦兹（David leverenz）合编的《思考的快乐：托马斯·品钦论文集》（1976）；托尼·泰纳（Tony Tanner）的《托马斯·品钦》（1982）；罗伯特·纽曼（Robert D. Newman）的《理解托马斯·品钦》（1986）；大卫·锡德（David Seed）的《托马斯·品钦的小说虚构迷宫》（1988）；曼格尔·安妮（Mangel Anne）的论文《〈拍卖第四十九批〉中的马克斯韦尔小精灵、熵、信息》（1992）。品钦也因其对科学素材的热衷被一些评论家们归入科幻小说家的行列。1976年《万有引力之虹》这部美国后现代主义文学典型文本的出版将对品钦研究推向从单一到多元，具体到综合视角阐释。

《万有引力之虹》自出版以来衍生出许多注解和评论资料，其中道格拉斯·富勒（Douglas Fowlers）的《〈万有引力之虹〉读者指南》（*A Reader's Guide to Gravity's Rainbow*）（1980）与史蒂文·魏森伯格（Steven Weisenburger）的《〈万有引力之虹〉指南：品钦小说中的来源和背景》（*A Gravity's Rainbow Companion：Sources and Contexts for Pynchon's Novel*）（1988）两篇导读最引人注目，连同扎克·史密斯（Zak Smith）的《托马斯·品钦小说〈万有引力之虹〉中每一页上发生故事的图示》（*Pictures Showing What Happens on Each Page of Thomas Pynchon's Novel Gravity's Rainbow*）（2006）为读者阅读这部巨著提供了全面翔实、实用易读的知识与资料诠释。文学批评家们对《万有引力之虹》这部美国后现代主义文学典型文本的早期研究主要集中在偏执狂思维、追寻、熵、秩序等主题研究，如：马克·理查德·西格尔（Mark Richard Siegel）的《品钦：〈万有引力之虹〉中的创意偏执》（1978）；道格拉斯·A.麦基（Douglas A. Mackey）的《托马斯·品钦的彩虹追寻》（1980）；莫莉·海特（Molly Hite）的《托马斯·品钦小说中的秩序观念》（1983）。随着对品钦小说中历史和科学材料的研究，评论家们开始关注《万有引力之虹》的体裁模式，爱德华·孟德尔逊（Edward Mendelson）称《万有引力之虹》是一部"百科全书式的叙述作品"①。孟德尔逊指出这部小说中融合了多种文体类型，对自然科学和人文科学进行了深入的讨论，幻想与科学共现，带给读者不一样的科技体验。托马斯·穆尔（Thomas Moore）的《关联的风格：〈万有引力之虹〉和托马斯·品钦》（1987）；凯瑟琳·休姆（Kathryn Hume）的《品钦的神话：〈万有引力之虹〉的文本解读方法》（1987）；希奥多·D. 卡波坦（Theodore D. Kharpertian）的《扭转时间之手：托马斯·品钦的梅尼普讽刺》（1990）为研究这部小说的体裁模式提供了广阔视角。进入21世纪，研究者们开始从政治、历史、文化、哲学、法律、宗教、性别和种族等多元视角对品钦作品进行探究。如：斯戴芬·马特西奇（Stefan Mattessich）的《逃逸话语：托马斯·品钦作品中的散漫时间和反文化欲望》（2002）；塞缪尔·托马斯（Samuel Thomas）的《品钦的政治美学》（2007）；大卫·维茨林（David Witzling）的《人人共享的美国：托马斯·品钦、种族和后现代文化》（2008）；大卫·科沃特（David Cowart）的《托马斯·品钦和历史的黑暗通道》（2011）；埃文斯·兰辛·史密斯（Evans Lansing Smith）的《托马斯·品钦与底层社会的后现代神话》（2013）；肖恩·史密斯（Shawn Smith）的《品钦与历史：托马斯·品钦小说中的元历史修辞与后现代叙事》（2013）；乔安娜·弗里尔（Joanna Freer）的《托马斯·品钦与美国反正统文化》（2014）；马丁·伊芙（Martin Eve）的《品钦与哲学：阿多尔诺、维特根斯坦、福柯》（2014）；纳撒内尔·克洛伊德（Nathanael Cloyd）的《恐怖分子、僵尸和机器人：9·11后美国恐惧叙事的政治无意识、主题和影响结构》；肯尼斯·裘德·洛塔（Kenneth Jude Lota）的《后黑色小说：当代美国小说中的低俗类型、异化和后现代主义转向》（2020）。

受其作品翻译出版的影响，国内对品钦文学创作的研究起步较晚。截至目前，品钦作品的中译本出版情况如下：1982年，林疑今最早翻译出版了《拍卖第四十九批》，首次将品钦的作品介绍给国内读者，但当时并未引起很高的关注。此后，萧萍翻译的短篇小说《熵》（*Entropy*）和杨靖翻译的短篇小说《小

---

① Edward Mendelson, "Gravity's Encyclopedia", in George Levine & David Leverenz, eds. *Mindful Pleasures: Essays on Thomas Pynchon*. Boston/ Toronto: Little Brown, 1976, p. 161.

雨》(Small Rain)都发表在 2000 年的第 3 期《外国文学》上。以上两部短篇小说的翻译和介绍已经开始引起国内学者的注意。随后，2000 年，张文宇翻译出版了《葡萄园》，2008 年，叶华年翻译出版了《V.》，2009 年，张文宇和黄向荣共同翻译了《万有引力之虹》，2010 年，叶华年翻译了《拍卖第四十九批》，2011 年，但汉松翻译了《性本恶》，2018 年 1 月，但汉松翻译了短篇小说集《慢慢学》，2020 年 11 月，蒋怡翻译了《致命尖端》，但《梅森和迪克森》（1997）、《抵抗白昼》（2006）两部长篇小说至今尚未出版中译本。

品钦及其作品最早被介绍进入中国是在 1979 年，从陈焜在《外国文学动态》第 9 期发表的论文《"黑色幽默"当代美国文学的奇观》到同年吴安迪在《国外社会科学》第 3 期上对美国西北大学弗兰克·麦康奈尔（F. McConnell）教授所著的《战后时期美国四位长篇小说家》（1977）一书的引介，再到朱世达在《读书》杂志第 7 期（1979）关于美国《时代》杂志评选 70 年代最佳作品的活动介绍，文中都无一例外地谈及汤玛斯·品钦（现译托马斯·品钦）及其作品《V.》和《地球引力的彩虹》（现称《万有引力之虹》），并将品钦称为"黑色幽默作家"。1993 年，钱满素发表了《全部秘密在于保持弹跳——读品钦的〈叫卖四十九号〉》，这成为国内第一篇详细分析品钦作品的论文。她从文化研究和文本批评的角度对《拍卖第四十九批》进行了详细解读，迈出了中国品钦研究的第一步。

2000 年之前，国内品钦评论并不多见，只有十余篇论文散见于国内各期刊和论文集，其中最具代表性的有学者刘雪岚发表的论文《丧钟为谁而鸣——论托马斯·品钦对熵定律的运用》（1998），该论文指出，"熵"作为品钦的短篇小说《熵》的核心主题，一直贯穿渗透于品钦的创作中，是对热力学第二定律的文学性解读。世纪之交，我国几位知名学者在他们编纂的文学史书籍中先后对《万有引力之虹》给予了充分的关注和积极的评价，这无疑对国内早期关于品钦作品的评议起到重要推动作用，如：杨仁敬教授在《20 世纪美国文学史》（2000）中称品钦的《万有引力之虹》为后现代派"开放的史诗"和"时代的启示录"[①]。常耀信所著的《精编美国文学教程》

---

① 杨仁敬：《20 世纪美国文学史》，青岛出版社 1999 年版，第 685 页。

(2005)对《万有引力之虹》中的追寻模式进行了概括。虞建华主编的《美国文学辞典·作家与作品》(2005)一书对品钦包括《万有引力之虹》在内的四部重要作品一一作了介绍。值得一提的是,尽管由张文宇和黄向荣合译的《万有引力之虹》全译本直到2009年1月才由译林出版社出版,但鉴于其典型的后现代主义创作模式和"迷宫式的庞大的隐喻象征系统"① 确立的后现代经典地位,这部作品自出版以来一直得到了国内研究者的关注。

进入21世纪,国内外后现代主义研究不断深入和繁荣,品钦及其作品在国内日益受到学者们的关注,随之掀起一股品钦热。从《万有引力之虹》节译(1984年袁可嘉主编的《外国现代派作品选》第三册中选过李国香节译品钦的《万有引力之虹》)到张文宇和黄向荣合译的《万有引力之虹》全译本(2009)的出版经历了长达25年的等待,这足以说明此项翻译工程之艰辛与浩大。中文译本的出现为国内解读品钦及《万有引力之虹》这部作品提供了载体,为国内对这部号称美国后现代派的《尤里西斯》作品的研究迈出了关键一步。随着中国改革开放步伐的加快,国内外学者之间的思想文化交流日益频繁,2007年,北京大学出版社向英国剑桥出版社购买版权,出版了《剑桥美国小说新论》,其中就包括由奥唐内尔(O'Donnell)编写的《〈拍卖第49批〉新论》一书,从小说的创作历史背景、叙事结构、创作手法包括隐喻运用等角度对文本进行了分析。目前,越来越多的国内专家学者投入托马斯·品钦相关研究中来,其中既有知名教授、博士生导师刘象愚先生、陈世丹先生,也有很多中青年学者如刘雪岚、吕惠、孙万军、张文宇、王建平、但汉松、蒋怡、孙艳等,他们开始从主题、文体、后现代主义、历史文化话语等方面对品钦作品进行多元化、跨学科解读和评价。其中,"熵"和"热寂说"广泛且持续成为中国学者关注的热点主题。早期比较有代表性的论文是刘雪岚、叶华年、吕惠、马小朝和陈世丹五位学者先后发表的《托马斯·品钦的奇诡世界——兼谈其短篇小说〈熵〉》(2000)、《生活的万花筒,历史的热寂观——评品钦的长篇小说〈V.〉中的忧患意识》(2003)、《从秩序到混乱——论品钦作品中的熵主题》(2003)、《后现代社会中熵现象的深刻写

---

① 杨仁敬等:《美国后现代派小说论》,第72页。

照——评品钦的长篇小说〈V.〉中的人文关怀》(2004)、《品钦小说的"熵"定律视角和寓言化叙事》(2007)、《论〈拍卖第四十九批〉中熵、多义性和不确定性迷宫》(2007)六篇论文,结合《熵》《拍卖第四十九批》《V.》和《万有引力之虹》四部作品探讨了科学领域的熵概念如何在品钦笔下实现文学领域的隐喻象征功能。学者们对"熵定律"在不同语境和层面的阐释从整体上拓宽了熵主题小说的研究范围,深化了熵主题的内涵。

同时,不少研究者对《万有引力之虹》这部作品情有独钟,如:收录于王春梅主编的《20世纪西方现代派文学名著导读》中的《无法抗拒的力量——评托马斯·品钦〈万有引力之虹〉》(1999)一文中指出,品钦使用熵的概念隐喻美国乃至西方世界不可避免的无序和混乱状态,学者王约西仔细探索了品钦描绘的怪异荒诞的熵化世界,并讨论了世界的未来和必然走向热寂的最终结局;刘雪岚的《追寻死亡与再生的彩虹——托马斯·品钦〈万有引力之虹〉解读》(1999)探讨作品表现的多元主题,如追寻(Quest)、阴谋(Conspiracy)、启示(Apocalypse)、熵(Entropy)和异化(Alienation)等;孙万军的《后现代叙事对元话语的质疑——解读后现代主义经典小说〈万有引力之虹〉》(2005)及《品钦后现代小说对追寻模式的创新》(2006)指出品钦呈现了一个异质性、多元化的后现代世界,通过"不确定"的后现代叙事,元叙事所表达的绝对理性秩序受到质疑。张文宇在《万有引力之虹》译序对双重追寻的评述反映了学者们对追寻叙事模式讨论的关注。杨仁敬教授的《论美国后现代派小说的新模式和新话语》(2003)、孙艳的《品钦小说的结构性与语言的模糊性》(2003)、孙万军的《主体的幻化与人性的真实——托马斯·品钦后现代主义作品中的人物形象透析》(2006)、王建平,郭琦的《〈万有引力之虹〉的隐喻结构与人文关怀》(2008)以及王建平的《〈万有引力之虹〉的技术伦理观》(2012)、景晓莺,叶华年的《科技时代的生存悖论——反思〈万有引力之虹〉揭示的世界》(2016)等从语言、人物塑造、隐喻结构等后现代主义叙事特征方面对文本进行了详尽地分析。值得一提的是,较之期刊论文,硕博士学位论文研究起步较晚,但它们的出现为品钦研究注入新的活力。截止到2022年,在现有80余篇有关品钦研究的硕士、博士学位论文中,约7成以上的论文都是以《拍卖第四十九批》《万有引力之虹》两部作品作为研究对象，主要集中在熵（科技）、叙事学、后现代性等相关主题。如：硕士学位论文方面，刘蕾蕾的《〈万有引力之虹〉中熵化的虚构世界》（2005）；马春玲的《〈万有引力之虹〉中熵主题文化研究》（2011）；《熵化世界里的集体无意识——以托马斯·品钦的小说〈熵〉为例》（2014）；卫香香的《弹跳中的信息世界——品钦的熵化空间》（2015）；刘金鹰的《熵化社会中现代人的生存困境研究——以〈拍卖第四十九批〉为例》（2019）等论文持续表达了对西方世界从秩序到混乱这一熵主题的关注及解读。张晓娟的《拼贴叙事：托马斯·品钦的〈万有引力之虹〉与刘索拉的〈女贞汤〉比较研究》（2008）对《万有引力之虹》与刘索拉的《女贞汤》中的拼贴叙事技巧进行了比较研究；赵屹芳的《后现代主义小说中的碎片艺术研究——以三部小说为例》（2010）以《万有引力之虹》《白雪公主》和《五号屠宰场》为例，分析了后现代碎片艺术。赵洁琼的《后现代主义视域下品钦作品的独特性研究》（2011）从主题、结构和叙事三个角度系统分析了《V.》《拍卖第四十九批》及《万有引力之虹》；雷蕾的《〈万有引力之虹〉的叙事策略研究》（2015）从叙事时间和叙事主体两方面来探讨《万有引力之虹》独特的叙事艺术；许美红的《〈拍卖第四十九批〉的时空叙事策略》（2019）聚焦小说中的时间叙事策略、空间叙事策略及其达到的叙事效果；李瑶的《〈万有引力之虹〉中的神秘性探寻》（2020）借助"黑色幽默"的叙事策略，反思科学分析和理性推理在探寻世界奥秘方面的局限性。在博士学位论文方面，孙艳的《重构托马斯·品钦的热寂式文本：兼评〈慢慢学〉〈拍卖第四十九批〉和〈万有引力之虹〉》（2005）试图以文化分析和文本阐述为基本方法，研究了这些作品中热寂理论在特定语境中的隐喻用法；孙万军的《托马斯·品钦作品中多元化和动态发展思想研究》（2006）聚焦于小说中的秩序主题；侯桂杰的《托马斯·品钦小说叙事迷宫——以〈V.〉〈拍卖第四十九批〉和〈万有引力之虹〉为例》（2013）借助西方经典叙事学与后现代叙事理论知识，从叙事结构、人物塑造与叙事话语三个层面分析解读了品钦代表作品中的迷宫概念。范蕊的《托马斯·品钦小说研究》（2018）对品钦世界观与创作观在小说主题中的表观——混沌、无意义、不确定性及小说的艺术特色——追寻模式、空间书写和叙事技巧等进行全面系统的分析。

值得关注的是，较之对品钦前期《V.》《拍卖第四十九批》《万有引力之虹》三部作品的"扎堆"研究，学者们对于品钦1990年后创作的《葡萄园》《梅森和迪克逊》《抵抗白昼》《性本恶》《致命尖端》几部作品的研究相对滞后，涉及的研究视角也相对单一，成果也较为有限。研究者对于《葡萄园》的研究多聚焦作品中的神话解构、空间维度、隐喻运用等后现代主义特征，代表论文有李荣睿的《空间化的时间：托马斯·品钦〈葡萄园〉的大众媒体记忆政治》（2015）和《批评距离的消失：托马斯·品钦〈葡萄园〉的超级英雄与大众媒介景观》（2018）。对《性本恶》的研究聚焦于作品中历史叙事与城市空间叙事的解析，如：但汉松的《洛杉矶、黑色小说和60年代：论品钦〈性本恶〉中的城市空间和历史叙事》（2014）；李荣睿的《城市空间认知图绘——托马斯·品钦的〈性本恶〉对硬汉派侦探小说的改写》（2016）；以及硕士学位论文黄思敏的《品钦"加州三部曲"中的城市空间研究》（2020）；对《致命尖端》的研究论文目前只有蒋怡的《从城市空间到赛博空间：论〈血尖〉中的空间书写与技术政治》（2018）和蔡爽的"《致命尖端》的新历史主义解读"（2022），分别从空间视角和新历史主义角度切入解读文本。学者王建平对《梅森和迪克逊》研究作出重要贡献，先后发表两篇文章：《〈梅森和迪克逊〉：托马斯·品钦对美国例外论的批判》（2009）；《〈梅森和迪克逊〉的空间政治》（2015）。截至目前对《抵抗白昼》这部作品研究者鲜有涉足。

2008年以来，孙万军、陈世丹、刘建华、刘风山、王祖友和王建平等几位学者关于品钦及后现代小说的研究专著从思想主题、叙事研究、空间寓意、历史话语等角度对小说深入探索，将品钦的国内研究推向了一个更高的水平，如：孙万军的《品钦小说中的混沌与秩序》（英文）（2008）、《美国文化的反思者——托马斯·品钦》（2011）、刘建华的《危机与探索——后现代美国小说研究》（2010）、陈世丹的《美国后现代主义小说详解》（2010）、刘风山的《奇幻背后的世界：托马斯·品钦小说研究》（2011）、王祖友的《美国后现代派小说的后人道主义研究》（2012）、王建平的《托马斯·品钦小说研究》（2015）。与此同时，品钦小说中引用的大量科学概念、定理和公式也引起了中国学者的注意。研究学者们将注意力转向品钦的技术伦理思想，并从技术的角度重新解释品钦的作品，如：罗江的硕士学位论文《科学地基上生长的魔法城堡——简述〈万有引力之虹〉中的现代神秘主义思想》（2006）；2007年，孙万军在《当代外国文学》上发表论文《论品钦后现代作品中的"复魅"主题》，将大卫·格里芬的后现代科技视角应用于文本分析，反思了技术理性对自然的破坏和对人性的伤害。陈澄在论文《物化后的荒诞文明——论品钦〈V.〉中的物化》（2007）中，通过卢卡奇（Lukács）的社会历史学和弗洛伊德的精神分析理论分析了《V.》中的物化现象及其根源与表现。学者王建平的《〈万有引力之虹〉的技术伦理观》于2012年发表在《国外文学》上，聚焦战争语境下科学技术异化的具体表现及其对人物心理和小说叙事风格的影响，揭示西方社会中工具理性膨胀与扩张引发的灾难后果，引发对人类生存的担忧。这也是国内最早提出技术伦理概念的论文。2015年，学者王建平出版专著《托马斯·品钦小说研究》，其中设两章专门探讨作品《万有引力之虹》中的技术伦理观。邵珊的硕士学位论文《托马斯·品钦小说的技术思想研究》（2014）利用尼尔·波斯曼（Neil Postman）的技术垄断思想和米歇尔·福柯（Michel Foucault）的身体与权力理论，通过对小说中所呈现的科学技术特征进行文本分析，探究品钦的技术思想。蒋怡的博士学位论文《人与机器：托马斯·品钦小说中的后人类想象》（2016）从人与机器关系的议题出发，对人在技术时代生存状况进行批判性反思，探讨及其相应的后人类书写策略。这些评论作品将关注和研究的焦点落在品钦如何通过大百科全书式的叙事揭示在科学技术的霸权统治下世界的荒谬和人性的扭曲，探讨文学对话当代科技发展的批评话语。

  技术理性与人性自由是文学的现代性问题中的不可回避的两大因素，对技术理性与人性自由的关系的解读，有助于我们正确理解文学作品中的现代性问题。在当下技术理性霸权吞噬人文精神，消费主义占据主流生活模式的时代，技术伦理危机不可回避。托马斯·品钦小说中贯穿始终的主题就是对现代技术的反思，关注现代技术语境下人类的生存与出路。品钦通过文学文本展示了一幅现代技术社会的微缩景观，向现实世界表达了独特且深刻的人文主义关怀，对寻求解决不断涌现的"生态的破坏、战争的威胁、社会秩序的急剧转变和人们思想和意识上的不安"等社会问题具有一定的现实意义。

第二节 技术隐喻符号

从词源学（Etymology）角度看，英语 metaphor 一词来自希腊语 metaphora（希腊文拼写为 μεταφορα´），该词由前缀 meta 与词根 phor 构成，其中"meta"兼有"over, across"的意思，即"超越、在……后面、改变"，词根"-phor"或"pherein"与 bring 和 infer 两词同源，表示"to carry, bear"，意指"传送"或"转换"，特别是从一个词到另一个词的意义，因此合起来"metaphor"一词的字面意思就是"转换之后的含义"，体现一种"由此及彼"的意义转换。①

隐喻研究历史悠久，自公元前 300 年至今，一直备受学术界的关注。西学里最早对隐喻进行系统探讨的学者是古希腊著名哲学家、文艺理论家亚里士多德。他在《诗学》（*Poetics*）《修辞术》（*On Rhetoric: A Theory of Civic Discourse*）中聚焦词汇和概念关系的隐喻理论，对隐喻的定义、特征、功能进行了深入探讨，认为"最重要的事莫过于擅长使用隐喻。这无法从其他人那里学来，它是天赋异禀的标志，因为隐喻的成功使用就是对相似点有深刻察觉"②。在亚里士多德看来，隐喻作为一种修辞手段，帮助人们观察到现实物质世界中事物之间的相似点，并把业已存在的相似性呈现出来。但是能够做到兼具创造性和洞察力地使用隐喻并非一件容易的事，因此擅长隐喻的人并不多见。亚里士多德隐喻理论影响深远，直至 20 世纪 30 年代，西方持续聚焦隐喻的修辞学研究视角，普遍认为作为修辞手段的隐喻其本质就是比较或者替代。

1936 年，针对前期的隐喻替代理论（Substitution Theory）和比较理论（Comparison Theory），当代英国文学批评家和修辞学理论家理查兹（I. A. Richards）在《修辞哲学》（*The Philosophy of Rhetoric*, 1936）一书中首次提出了隐喻的互动理论（Interaction Theory）并使用术语 tenor（本体）和 vehicle（喻体）指代隐喻中的两种互相作用的思想。理查兹认为，"在使用隐喻时，我们激活了关于不同事物的两个想法，这两个想法一起被激活，但只能用一

---

① 参见束定芳《论隐喻的本质及与语义特征》，《外国语》（上海外国语大学学报）1998 年第 6 期。

② Aristotle, *Aristotle: Poetics*, London & New York: Penguin Books, 1996, p. 36.

个单词或短语来表达。隐喻是这两种思想相互作用的结果"①。在这里,理查兹把隐喻同人类对外部世界的认识联系起来,突出了隐喻的认知价值。理查兹甚至认为:"在日常流畅的交谈中,如果没有隐喻,我们就无法流利地说出三句话。"② 可见,隐喻不仅成为人们日常生活会话中随处可见的一种语言现象和一个具有特定表达价值的话语辞格,它还帮助人们摆脱单纯的词汇语义范畴的局限,在思维中将两件不同经验体验的事物相互关联,进而增进思想的交流,实现语境间的互相理解。步入 20 世纪 60 年代,麦克斯·布莱克(Max Black)在理查兹隐喻研究的基础上进一步推动了互动理论的发展。在其专著《模型与隐喻:语言和哲学研究》(*Models and Metaphors: Studies in Language and Philosophy*,1962)中,布莱克强调"隐喻表达不是某种比较的替代物……其本身就在创造相似性"③。作为一种认知现象,隐喻突破了修辞学范畴,蜕变成为一种创新思维方式。

20 世纪 60 年代以来,随着学者们对隐喻本质的深化认识和理解,隐喻研究也开始从修辞学扩展到语言学、文学、符号学、哲学、人类学和认知心理学等诸多学科,呈现一种跨学科的多维研究趋势。其中代表学者包括:特伦斯·霍克斯(Terence Hawkes)和布鲁克·罗斯(Brook Ross)分别在其著作《隐喻》(*Metaphor*,1972)和《隐喻的语法》(*A Grammar of Metaphor*,1958)中对修辞学、隐喻和文学批评之间的关系进行了独特的分析。法国哲学家保罗·里科尔在 1978 年出版的《隐喻的规则》(*The Rule of Metaphor*,1978)一书中,从哲学的角度对隐喻的作用进行了深刻的分析,揭示了语言的创造性和生成性。当代美国学者乔治·莱考夫和马克·约翰逊(G. Lakoff, & M. Johnson)在 1980 年出版的合著《我们赖以生活的隐喻》(*Metaphors We Live By*,1980)在隐喻研究历史上是一部具有里程碑意义的著作。莱考夫和约翰逊摒弃了传统研究方法,不再把隐喻视为语言修辞,而是基于文化和经验提出概念隐喻理论(Conceptual

---

① I. A. Richards, *The Philosophy of Rhetoric*, New York: Oxford University Press, 1936, p. 93.

② I. A. Richards, *The Philosophy of Rhetoric*, p. 92.

③ Max Black, *Models and Metaphors: Studies in Language and Philosophy*. New York: Cornell University Press, 1962, p. 37.

Metaphor Theory），从而开辟了一条从认知语言学角度探究隐喻的新途径，在语言学界掀起了一场隐喻的认知科学革命。莱考夫和约翰逊指出隐喻的实质就是"通过一类事物理解和体验另一类事物"①。作为一种认知工具，隐喻完成了从一个概念域（conceptual domain 或称之为认知域 cognitive domain）向另外一个概念域和认知域的结构映射（mapping），莱考夫称之为从"源领域"（source domain 或 donor domain）向"目标领域"（target domain）的映射。真实存在的客观世界是人类认知的源泉，隐喻的发生伴随着人类的发展，在与世界万物的共处和交流之中，人们的思维方式发生着微妙的变化，隐喻帮助人们传递新信息，衍生出观察世界的新方法、新角度，进而在已有认知建构基础上寻求新的突破。1985 年，美国认知语言学家吉勒·福科尼耶（Gilles Fauconnier）在他的专著《心理空间：自然语言意义建构面面观》（*Mental Spaces: Aspects of Meaning Construction in Natural Language*，1985）中首次提出了心理空间（Mental Space）这一概念，强调要在研究人们长期交谈或是听话时形成的认知域的过程中理解语言的意义。20 世纪 90 年代，福科尼耶进一步提出概念整合理论（Conceptual Blending Theory）。2002 年，在福科尼耶和马克·特纳（Mark Turner）合著的《我们思考的方式——概念整合和人类心智的隐匿复杂性》（*The Way We Think: Conceptual Blending and The Mind's Hidden Conplexities*）一书中指出"概念整合"作为一种基本的心理认知机制，为人类创新思维和新概念产生提供了有力的解释。

进入 21 世纪，隐喻研究褪去"隐喻狂热"（metaphormania）时代的喧嚣与躁动，开始步入相对平稳的渐缓发展时期。在沉淀与反思中，隐喻研究的重心不再只专注于隐喻自身研究，而是通过整合理论成果，将隐喻研究置于语言学、文学、心理学、人类学、哲学、社会学、自然科学、历史学、文化、美学等众多学科视域下，以跨学科的多元思维模式深化拓展隐喻认知功能研究，凸显隐喻的思维本质。瑞士语言学家弗迪南·德·索绪尔（Ferdinand de Saussure）和美国著名的哲学家、逻辑学家、科学家查尔斯·桑德斯·皮尔斯

---

① G. Lakoff, & M. Johnson, *Metaphors We Live by*, Chicago: University of Chicago Press, 1980, p. 5.

（Charles Sanders Peirce）创建的现代符号学具有多元化、系统性、科学性的特征，为跨学科隐喻研究提供了一个较为理想的方法论选择。建立在语言学基础上的符号学将一切社会和文化现象都视为符号，致力于研究符号构成物，以及它们与思维构成物的对应①，成为"研究意义的构造、传送、解释的学问"②。因此，在文学批评领域里，借用符号学的分析方法对作为文学表现手段的语言符号进行研究就是在追问文学的意义与价值。索绪尔把语言符号的意义看成促进人际相互了解的全部语言习惯，那么在文学作品中，作为具有"两柄而复具多边"③特征的语言修辞手法，隐喻通过语言符号突显其认知功能与审美功能，达成比直白表达更加深入人心和更加显著的效果，因为当读者真正体会到作者使用隐喻的目的时，对文章的中心即会有一个更深刻的了解。隐喻符号成为人类认识和理解周围世界的有力工具，并以全新的视角重新记录和描绘生活实践，传情达意，展示作品中只可意会而不可言传的潜台词，进而揭示人类共同的基本思维方式。

20世纪，当隐喻研究开展得如火如荼之时，人类也正经历着一场由技术革命带来的社会大变革。众所周知，20世纪初，量子论和相对论的诞生开启了一场延续30多年的物理学革命，革命性地改变了人们对物质结构的认识，提供了新的时空观，创建了"同时的相对性""四维时空""弯曲时空"等一系列全新的概念。这场物理学革命也随即带来了20世纪整个自然科学和技术的革命，促使科学转变成为社会的直接生产力以及全球物质生产社会化的基础。科学技术的进步创造了空前辉煌的成就，极大改变了人们的生产和生活方式，人们得以从繁重的体力劳动中解放出来。科技的突飞猛进为人类带来了巨大的机遇，但与此同时也以前所未有的方式深刻改变着人类的思维观念和对外部世界的认识，特别是原子弹的研制成功与两次世界大战中一系列"非人性化"的暴行的出现引发了一场社会意识的严重危机。西方思想文化中对自由、平等、博爱的价值追求在战争暴力的冲击下变成了空洞的信条，因

---

① 参见［奥地利］赫尔穆特·费尔伯《术语学、知识论和知识技术》，邱碧华译，冯志伟审校，商务印书馆2011年版，第298页。
② 赵毅衡：《时代呼唤符号美学的繁荣发展》，《光明日报》2022年6月29日第016版。
③ 钱锺书：《管锥编（一）》，生活·读书·新知三联书店2019年版，第67页。

麻木与纵容引起的道德震动如此强烈让人们原本平静的生活从有序变得混乱，内心充斥悲伤与无助的情绪。正是在这样一种充满矛盾冲突和不确定性的"技术时代"背景下，科学元素与技术想象得以与文学书写形成深度融合，技术隐喻符号从此为描述和展示现代人类生存状态与思维认知提供了全新维度。

作为20世纪美国后现代主义代表作家的托马斯·品钦一直被誉为"用科学隐喻后现代社会的作家"。他早年工程物理学的学习经历不仅为他日后多学科融合治学奠定了基础，也培养了他对科学技术发展动态的敏锐观察力和洞察力。因此，无论是20世纪上半叶物理学革命对自然科学和技术的深刻影响，还是机械唯物主义自然观让位于辩证唯物主义自然观所引发的哲学思想领域的巨大震动都无一例外地成为他日后文学创作的灵感催化剂和素材来源。品钦善于捕捉物理学、天文学、数学等学科领域中的科学元素，创造性地把其中的技术术语和公式原理运用融入其文学写作中，作品中蕴藏的大量技术隐喻符号，如：热力学第二定律、火箭、符号V.、梅森—迪克逊线、互联网深渊射手等，赋予文学表达一种特殊的科学气质，丰富了文学语言表达的多样性。不同的技术隐喻符号化身多元各异的"意义"压缩包，成为挖掘作品深刻内涵的有效载体，突出了后现代意义的多样性和不确定性。面对迅猛发展的科学技术，品钦肯定技术对人类文明发展的积极作用，但与此同时他对技术异化不可控的后果也深感忧虑。品钦注意到，在高度物质化、技术化的后现代社会环境中，人们往往会满足于高度发达的科学技术创造的那个貌似无比美丽的"新世界"，沦为物的奴隶，从而逐渐丧失了独立的思考力和话语权。当人们开始习惯于技术的操纵，就会变得浑浑噩噩、麻木不仁，既看不见自己的未来，也听不到自己心灵的呼喊和期盼。对此，透过作品中技术隐喻符号架起的窥镜，品钦将技术的科学性和文学的想象性结合起来，通过文字文本进行超越时空的思想交流，考量技术与社会、技术与人之间的关系，映照社会现实，走近真相，感知人类社会生活的本质内涵，揭露技术扩张和技术理性膨胀所造成的恶果，以人文主义学者的眼光对人类的精神危机与未来出路予以关注，期望人类以人性的力量抵抗技术异化，找到生活的意义和未来的出路。下文选择"熵"与"火箭"两个核心技术隐喻符号进行分析说明。

一 "熵"

熵定律作为物理学中的热力学第二定律，对于读者来说是一个相对陌生的术语。熵（entropie）是热力学中表征物质状态的参量之一，即不能再被转化做功的能量总和的测量单位，用符号 S 表示，其物理意义是体系混乱程度的度量。这个概念最初是由德国物理学家鲁道夫·克劳修斯（Rudolf Clausius）于 1854 年提出的。1923 年，中国物理学家胡刚复教授首次根据"热温商"的含义将 entropie 翻译成"熵"。爱因斯坦曾将熵理论在科学中的地位总结为"熵理论是整个科学的第一定律"。

热力学第一定律（1842—1847）与热力学第二定律（1850—1851）是关于宇宙普遍规律的科学理论总结。热力学第一定律也就是能量守恒定律，连同细胞学说（1838—1839）和生物进化论（1859）一起被认为是 19 世纪自然科学的三大发现，证明了自然界的各种物质运动形式都可以在一定的条件下互相转化，同时证明了自然界中物质运动的统一性，为辩证唯物主义自然观的创立奠定了基础。三大发现将广泛的自然科学技术领域联系起来，成为人类认识自然、改造自然的有力武器，沉重地打击了形而上学自然观。恩格斯非常重视并高度评价了这些重要发现，认为"有了这三个大发现，自然界的主要过程就得到了说明，就归结到自然的原因了"[①]。自从焦耳（Joule）以精确实验结果证明机械能、电能和内能之间的转化满足守恒关系之后，人们就认为能量守恒定律是自然界的一个普遍的基本规律：能量不能凭空产生或消失。它只能从一种形式转化为另一种形式，或者从一个物体转化成为另一个物体。在传递和转化的过程中，能量总量保持不变。但这并不意味着人类就可以任意使用永不衰竭的物质和能源。热力学第二定律，也称为熵定律，是指封闭系统中的热能只能自动从高温物体向低温物体流动，最终使温度达到一致水平，系统的熵达到最大值，即在封闭系统中，物质和能量朝着一个方向转换，从可用到不可用，从有效到无效，从有序到无序，并朝着不可逆的耗散方向转换。如果整个世界被视为一个封闭的系统，随着熵的不断增加，

---

① 《马克思恩格斯选集》第 3 卷，人民出版社 1972 年版，第 527 页。

世界将走向混乱、衰退和热寂。根据热力学第二定律，自然界中的任何过程都不能自动恢复，系统想要从最终状态恢复到初始状态，就必须依靠外部力量得以实现。这表明在热力学系统进行的不可逆过程的初始状态和最终状态之间存在显著差异，人们使用状态函数"熵"来指示这种差异。换句话说，对于孤立系统中的可逆过程，系统中的熵始终保持不变；对于不可逆过程，系统中的熵总是会增加。这个定律被称为熵增原理，这是热力学第二定律的另一种表达。熵的增加表明系统从低概率状态向高概率状态的演化，即从更规则有序的状态向更不规则无序的状态演化。

宇宙被视为一个典型的孤立系统，如果将热力学第一定律和第二定律加以应用，人们会发现：第一，宇宙的能量恒定不变；第二，宇宙中的熵值并没有减少。然后，宇宙中的熵最终会达到最大值，也就是说，宇宙最终会达到热平衡，即热寂。热寂理论是一种将热力学第二定律扩展到整个宇宙的理论。宇宙的能量保持不变，宇宙中的熵将趋于最大。在这个过程中，宇宙进一步变化的能力变得越来越小。各种机械、物理、化学和生物运动逐渐转变为热运动，最终达到温度处处相等的热平衡状态。此时，所有的变化都不会发生，宇宙处于死亡和永恒的状态。① 换句话说，宇宙中的一切都始于某种价值和结构，并不可逆转地朝着混乱和枯寂的方向发展。为了真正了解熵的本质，奥地利物理学家、哲学家，热力学和统计物理学的奠基人路德维希·玻尔兹曼（Ludwig Edward Boltzmann，1844—1906年），把物理体系的熵和概率联系起来，对熵做了统计解释，并引出能量均分理论（麦克斯韦—玻尔兹曼定律），为熵概念的泛化奠定了理论基础，在使科学界接受热力学理论，尤其是热力学第二定律方面作出巨大贡献。随之，"熵"概念迅速渗透到自然科学和社会科学的各个领域中。

20世纪初，美国历史学家、作家亨利·亚当斯（Henry Adams，1838—1918年）最早将熵定律应用于人类历史和社会的发展，将熵定律从物理定律转变为文学创作的重要主题之一。在他著名的《致美国历史教师的一封信》（1909）中，他把人类社会描绘成"由一个个独立分离的团体构成的社会"，

---

① 《热力学三大定律》，https://baike.baidu.com/item/ 10572632，2023年3月15日。

由于"熵的定律制约着各种能量的活动——包括人的精神活动",因此在人类社会的封闭体系中,"生活变得毫无意义,探索总是以纯粹的虚无和空乏告终,人没有地方可以逃避"①。美国科学家、控制论的创始人之一诺伯特·维纳(Norbert Wiener,1894—1964 年)在 1950 年出版了《人有人的用处——控制论和社会》一书。在书中,维纳从技术谈起,逐渐将研究视角扩大到文化、社会等各个领域,包括人类与动物不同的学习机制、语言的机制和历史、信息的组织方式、法律和传播过程的关系、传播和社会政治的关系、知识分子的角色问题、第一次和第二次工业革命、语言中的曲解问题等话题。维纳在书中着重探讨了信息学及控制论层面的熵化现象,对于"熵"概念在美国文学界的盛行起到重要推动作用。他论述道:"随着熵的增大,宇宙和宇宙中的一切闭合系统将自然地趋于变质并且丧失掉它们的特殊性,从最小的可几状态运动到最大的可几状态,从其中存在着种种特点和形式的有组织和有差异的状态运动到混沌的和单调的状态。"② 也就是说,当代表无效能量总和的熵增加,宇宙和宇宙中的一切闭合系统,都会自然地走向衰退,从有序和多样化转向无序和千篇一律。而"我们,人,不是孤立系统。我们从外界取得食物以产生能量,因而我们都是那个把我们生命力的种种源泉包括在内的更大世界的组成部分。但更加重要的事实是:我们是以自己的感官来取得信息并根据所取得的信息来行动的"③。因此,作为系统组织化程度度量的信息就是秩序的度量,与代表无序的量度的熵相反。也就是说,一条信息内容的或然性越大,它负载的内涵就越小,提供的信息就越少。"例如,陈词滥调的意义就不如伟大的诗篇。"④ 同外部世界一样,信息世界也具有熵化的可能。特别是在科学技术高速发展的现代社会,面对互联网带来的海量信息,人们忽略了彼此沟通和相互理解,对现实生活产生疏离与排斥感。随着人际交流和情

---

① Henry Adams, *Degradation of the Democratic Dogma*, New York: Harper Porch books, 1949, p.251.
② [美] N. 维纳:《人有人的用处——控制论和社会》,陈步译,商务印书馆 2009 年版,序言第 6 页。
③ [美] N. 维纳:《人有人的用处——控制论和社会》,陈步译,第 13 页。
④ [美] N. 维纳:《人有人的用处——控制论和社会》,陈步译,第 7 页。

感沟通渠道的日益狭窄，信息的内容变得单调和重复，人的思考的深度随之减少，逐渐失去自由思考的能力，从而造成人的精神被信息异化。

托马斯·品钦工程物理学的专业学习背景，加之他对自然科学持续的探索，为他将"熵"这个自然科学概念的理解和思考引入小说创作提供了有力保障。他于1960年发表在《肯庸评论》上的短篇小说《熵》是其最成熟的一部短篇小说。在这篇小说中，品钦首次将科学概念：热力学第二定律即熵定律引入文学创作，创造性地将自然科学和人文科学巧妙融合，借用自然科学的概念"熵"来隐喻充满不确定因素的后现代社会，成为亚当斯和维纳熵化理论的文学性解说。从此，"熵"成为贯穿品钦作品始终的重要主题。品钦曾经谈到再回首去看当初的短篇小说《熵》时的感受："现在这个故事让我吃惊的，并不是它体现了热力学意义上的悲观，而是它反映了一些人对1950年代的看法。我想这是我当时所写的最具'垮掉派'气质的故事，虽然我当时觉得自己是用二道贩子的科学知识来升华'垮掉派'精神。"① 品钦注意到生活在当下这个政治、经济、文化、制度、社会、阶级无处不变的时代，面对各种思潮的涌现，新旧文化的交替，人们感到无所适从，价值观陷入混乱与迷惘之中。尽管那些成长在20世纪50年代的人们宁愿相信"它是永恒的"，但恰如短篇小说题目"熵"一样，对于孰是孰非，人们似乎并没有定论，真相依旧是扑朔迷离，一切终归是混乱与无序的，而那个时代到处弥漫着的迷茫感并不会因为约翰·肯尼迪（John Kennedy）抑或艾森豪威尔（Eisenhower）的出现有丝毫的改变。此时，熵已经成为人类历史发展的一种隐喻：它标志着人类社会中各种机制和秩序最终走向"热寂"，即混乱和无序，而且这一看法几乎贯穿品钦创作的所有的小说。品钦通过技术隐喻符号"熵"阐释了文学艺术与现实社会的相互作用，窥视到现实世界的喧嚣、无序、荒诞和混乱。面对日益混乱的后现代社会，他在思索社会的未来、人类的希望，考量人与科学技术的辩证关系，表达出一位后现代作家执着的人文情怀。

小说中的故事发生在美国华盛顿地区的一栋公寓楼，分楼上和楼下两个空间，呈现了人们截然不同的生活状态，隐喻现代人类社会的封闭和走向"热寂"

---

① ［美］托马斯·品钦：《慢慢学》，但汉松译，第11页。

的未来,正如小说卷首引用亨利·米勒(Henry Miller)《北回归线》中的原话,人类社会终将充满"天灾""死亡"和"绝望","……无可避免地要走向,步步紧跟地走向,死亡之狱"。① 楼下歌舞升平、人影穿梭的热闹景象映射出人类喧闹而复杂的社会大环境。一连几天,"肉球"马利根(Meatball Mulligan)举行着狂欢派对,召来形形色色的人在楼下聚会。各种声音混杂,人们放纵欲望,为所欲为。当各种人员持续不断涌入,觥筹交错间人们开始大声喧哗,甚至争吵,渐进陷入动荡和混沌,此刻楼下的失控状态成为人类生存空间荒谬与尴尬境地的写照。肖恩·麦克布赖德(Sean Macbride)在他主编的著作《多种声音,一个世界》中指出:"交流维持人们的生活,并活跃人们的生活……交流能把知识、组织和力量结合在一起……交流帮助人类摆脱贫困、压迫和恐惧,把整个人类联系到了一起。"② 交流是人类生存的需要,是一种沟通,可以增进人与人之间的信任感,保障社会秩序的稳定。如果没有有效的交流,人们会陷入孤独和迷茫,整个社会也就难以向前发展。在小说《熵》中,楼下从表面上看是个信息自由出入的地方,"肉球"马利根与他"垮掉"的朋友们高谈阔论、侃侃而谈,但他们的谈话多数是不着边际、毫无顾忌的自说自话,缺少专注的倾听和"共感共情"的真实面对,因此只是没有实质内容和意义的无效交流。连续的狂欢派对除了给人们带来喧嚣刺耳的噪音外,只剩下百无聊赖,就连信息理论专家索尔(Saul)在与妻子讨论信息交流理论时都无法做到彼此真正的沟通与理解,最终两人竟然拳脚相加,分道扬镳。索尔执着于用科学解释一切,相信科学万能,但却对人正常的情感表达产生绝望和抵触,"爱"在他眼中是多余的、无用的,"……所有的都是噪音,它把你的信号搞得一团糟,把那个循环也弄得七零八落"③,因而他与妻子之间的交流是机械与被动的沟通,缺少勇敢的坦白与共鸣相融的默契与宽容,本应和乐幸福的夫妻陷入了彼此孤立隔绝

---

① [美]托马斯·品钦:《熵》,萧萍、刘雪岚译,选自《美国后现代派短篇小说选》,杨仁敬等译,青岛出版社 2004 年版,第 29 页。
② [爱尔兰]肖恩·麦克布赖德:《多种声音,一个世界》,中国对外翻译出版公司第二编译室译,中国对外翻译出版公司 1981 年版,第 3 页。
③ [美]托马斯·品钦:《熵》,萧萍、刘雪岚译,选自《美国后现代派短篇小说选》,杨仁敬等译,第 38 页。

的状态，婚姻关系名存实亡，二人只能在痛苦和无聊中纠结。

而另一个空间是楼上的一块个人的私家领地。中年人卡里斯托（Callisto）和女友奥芭德（Aubade）为逃避外界的嘈杂和无序，花了七年的时间建造了一个密封的温室，这里俨然变成一个微缩版的封闭人类社会系统，看似是一块充满鸟语花香的世外桃源，脱离"城市的喧嚣，避开天气、国家政治和市政动乱的变幻无常"①。他们将自己关在房间里，建立自己的圣地：不管外面什么惊涛骇浪，里面却安静祥和。在这里，卡里托斯和奥芭德同样缺少和外界的沟通和交流。他们基本上足不出户，与社会上的人们隔离开来，断绝往来，除了关注一下室内的温度变化，没有什么能激发他们的兴趣。他们的冷漠表现实质上是一种情感的萎缩，卡里托斯和奥芭德虽然同处一室，共同经营着两人的世外桃源，但实际上却是貌合神离，在各自的情感世界里肆意放飞，缺少相互的欣赏与认同，甚至不愿将自己的真实心声与对方分享。奥芭德执着地"栖息在她自个儿古怪而孤独的星球上"②，甚至在两人亲密接触的片刻功夫，"她那决心独自高歌之弦也会盖过绷紧的神经偶尔奏出双音"③。而卡里托斯一直"无助地沉浸在往事中"或是思索着熵定律对思想文化的影响，他并"没有觉察到小鸟体内虚弱的节律开始放慢，甚至紊乱了"④，总之，对周围发生的一切不闻不问，漠不关心。然而，这个封闭系统的温度已连续数日保持在华氏 37 度，而恒温正是宇宙"热寂"的标志。持续恒温室的热量无法被传递，从而出现死寂和静止状态。这样的"热寂"是使宇宙消亡的力量，威胁到他们的生存。为打破这种"热寂"，卡里托斯首先想到的是用"爱"的交流来改变持续恒温的状态。他想用自己的体温温暖一只受伤的小鸟，但他最终没有成功。他开始陷入悲观和绝望，整天躺在床上等待死亡的

---

① ［美］托马斯·品钦：《熵》，萧萍、刘雪岚译，选自《美国后现代派短篇小说选》，杨仁敬等译，第 31 页。

② ［美］托马斯·品钦：《熵》，萧萍、刘雪岚译，选自《美国后现代派短篇小说选》，杨仁敬等译，第 32 页。

③ ［美］托马斯·品钦：《熵》，萧萍、刘雪岚译，选自《美国后现代派短篇小说选》，杨仁敬等译，第 35 页。

④ ［美］托马斯·品钦：《熵》，萧萍、刘雪岚译，选自《美国后现代派短篇小说选》，杨仁敬等译，第 44 页。

来临。相比之下，奥芭德表现得要积极得多。她始终忙碌、敏感、快乐地迎接生活，享受生活所能够给予她的一切：花香、鸟鸣、音乐和爱人。面对"热寂"她勇敢地打碎玻璃，冲破了密室，给自己，也给爱人带来了一些活力。两人最终投入黑夜的混沌，静候"那一刻"的到来。这是社会的生存危机，似乎也预示着个人抗争的失败。

小说借助"熵"的概念颠覆了传统的进化论中"人类社会总是进步"的思想，揭示了文化的"热寂"现象带来的无序灾难。当人们观念陈腐、故步自封，思想就会像热能一样不能传递；而当人们无法关爱他人，无法相互理解、沟通与合作的时候，思维就此停滞，人类的生存危机也就不可避免。品钦有意识地运用碎片化的写作手法展现了纷繁复杂、瞬息万变的现代社会，大胆打破传统小说情节叙事的连续性和逻辑关系，将现实生活与记忆、幻想的碎片混杂在一起，模拟电影拍摄中的"分镜"技巧，引导读者在阅读中将看似杂乱无序的故事情节拼凑起来。虽然缺乏连贯性的描写会产生情节散乱无序的阅读体验，但这种混沌的、无条理的叙述方式恰恰极好地映射出小说主人公迷茫多变的心理状态。

这篇小说像是一则寓言，呈现出人类面对熵化的不同态度：在小说的最后，"肉球"的觉醒赋予交流以意义，尝试力所能及地重建秩序、减缓熵化的过程：他默默地分开猜拳的人们，让他们各自散去；把胖政府女孩介绍给桑多·罗兰斯（Sandor Rojas）以便帮她摆脱麻烦；为喷头下醉酒的女孩擦干身体并安顿她上床休息；又同索尔谈了一次话；最后还叫来了修理工修理坏了的冰箱。相对于"肉球"的实际行动，卡里斯托一直沉浸于宇宙熵化过程的理论建构，但对于如何具体实施抵抗和摆脱熵化危机，他表现被动，有限的尝试也是短暂和苍白无力的。批评家托尼·泰纳指出"通过楼上窗户的破碎和卡里斯托的崩溃，品钦暗示着置身事外，建构模型的方式是危险的"[①]。面对熵化，人类的主动选择显得尤为关键，人与人之间真诚的互助和交流可以帮助民众走出冷冰冰的、迷茫混沌的社会现实，以便探寻危机的根源并尝试

---

① Tony Tanner, "*V. and V-2.*", in Edward Mendelson, ed. *Pynchon: A Collection of Critical Essays*, Englewood Cliffs, N.J: Prentice-Hall, 1978, pp. 18-19.

找到破解压抑、扭曲和异化的新途径,建立理想中的秩序。

品钦的第一部长篇小说《V.》延续了短篇小说《熵》的主题,虽然在小说中并没有明确提出"熵"的概念,但通过对芸芸众生浮躁盲目的生存状态和虚幻缥缈的人生追求的生动描绘,品钦在读者眼前呈现了一个栩栩如生的熵化世界:硝烟四起,阴谋与欲望叠加,嘈杂混乱的佛罗伦萨、堕落的西南非殖民地以及被死亡气息笼罩的马耳他首都瓦莱塔,到处是一片破败衰落的景象。通过两位故事主人公斯坦西尔(Stencil)和普鲁费恩(Profane)的追寻之旅,读者一同见证了国内、国际争端剥削和掠夺的荒诞本质:先是1898年的法肖达事件,再是1881年的马赫迪起义,接着是1904年的德属西南非大屠杀,还有"二战"期间的马耳他之围,再就是1956年的苏伊士危机及20世纪五六十年代美国国内发生的麦卡锡事件,等等。在小说第十章第三节末尾,作者一一列举了从7月1日到8月27日大约两个月时间内遍布世界各地(墨西哥的瓦哈卡、西班牙的马德里、巴基斯坦的卡拉奇、菲律宾中部、爱琴群岛、新泽西麦吉尔空军基地、印度安贾尔、哥伦比亚的卡利、捷克斯洛伐克的普雷罗夫、比利时的马西内耳、勃朗峰、西里西亚北部、佛罗里达州桑福德、加拿大的蒙特利尔、土耳其,等等)发生的各种灾难,其中既有地震、海啸、洪水、雪崩此类天灾,也有火车失事、公寓倒塌、飞机坠毁、卡车爆炸、煤矿大火、矿井中毒等各类人祸,在这些灾难中无辜死亡的人数更是触目惊心。除了以上提到的大宗死亡事件,"此外还有伴随而来的伤残、疾病、无家可归和孤独凄凉。每个月在有生命的群体与根本漠不关心的'和谐'的世界之间的一系列意外遭遇中它都在发生。……这类事情月复一月地进行着"[①]。世界在"熵化",呈现出日趋荒芜、衰败的末世景观:凌乱无序、变幻莫测,直至毁灭消亡。

一系列死亡数字的背后是一条条鲜活生命的逝去,人们挣扎在充斥着战争、阴谋和死亡的混乱世界中,逐渐失去方向感,走向异化的边缘。小说中,"熵"成为一个隐喻:社会能量毫无节制地释放导致了熵的增值现象,人类的肉体、精神和社会生活正逐渐走向退化与堕落,最终迎来寂灭。小说第四章

---

① [美]托马斯·品钦:《V.》,叶华年译,译林出版社2008年版,第312页。

中，少年舍恩梅克（Schoenmaker）亲历了战争的残酷与无情："战争就是如此，有些头脸——布满皱纹的或光洁的，有滑溜头发的或秃顶的——一去不复返了。"① 他心中的英雄埃文·戈多尔芬（Evan Godolphin），一位三十五岁左右的侦查飞机联络官，在默兹—阿尔贡战役结束前的一个雨天遭遇了飞机失事，虽然与死神擦肩而过，但面部却受到重创，"他的一张扭曲得不成其形的好嘲弄的脸无力地垂下。……完好无损的眼睛毫无表情"②。医生为他实施了异体移植的整形手术，将惰性物质植入活的脸上，于是戈多尔芬接受了一个象牙的鼻梁，一个银子的颧骨，一个石蜡与赛璐珞的下巴，但不到六个月他的面部就发生了异体反应，开始变形走样，等在小说尾声部分再次见到戈多尔芬时，他的脸已经变得令人胆战心惊，"它太奇异，太精心设计、过分讲究地弄得丑陋反而显得不真实"③。冷酷的战争毁坏了戈多尔芬的脸庞，失败的整容技术加剧了脸的畸形，面部原本自然流畅的线条在移植异体的作用下变得僵硬、死板，"就如一个死人的面模一样固定不变"④，失去了生命的活力与生气。戈多尔芬因此被人嘲笑为畸形怪物，成为被社会蔑视遗弃的战后群体的一员。造成如此残忍破坏和混乱的罪魁祸首是什么呢？少年舍恩梅克认识到"政客和国家机器——推行战争……或许是人的机器——使他的病人遭受获得性梅毒的蹂躏，是别人——在公路上，在工厂里——用汽车、铣床和其他造成老百姓外形缺陷的工具来毁坏大自然的运作"⑤。战争机器屡屡制造安全危机和人道主义灾难，对于远离战火的无良政客和国家机器来说，战争不过是权力争夺的一种手段，生灵涂炭也只是战争中付出的筹码而已。但当舍恩梅克历经十年的艰辛劳动与学习踏入医务界，成为一名整形外科医生时，曾经驱使他伸张正义的"使命感"却渐渐变得"含糊而脆弱"，少年的梦最终化作虚无。这一切就如小说结尾时穆罕默德（Mehemet）所说："我老了，世界也老了；但是世界永远在变；我们却只能走这么远了。这是一种什

---

① ［美］托马斯·品钦：《V.》，叶华年译，第 102 页。
② ［美］托马斯·品钦：《V.》，叶华年译，第 103 页。
③ ［美］托马斯·品钦：《V.》，叶华年译，第 524 页。
④ ［美］托马斯·品钦：《V.》，叶华年译，第 538 页。
⑤ ［美］托马斯·品钦：《V.》，叶华年译，第 105—106 页。

么变化根本不是秘密……世界和我们都在诞生的那一刻就开始死亡。"① 孤独压抑、迷茫无助的阴影持续笼罩着人们寻觅前行的道路。

需要关注的是，虽然品钦在小说中刻画了人类社会因人性缺乏而导致的物化、非生命化和熵值增加的现象，但并非意在宣扬虚无主义和世界末日的消极思想。在第十一章"福斯托·马伊斯特罗尔忏悔录"中，品钦借助战争幸存下来的人们表达了对20世纪的展望："20世纪的街道，在它远处的尽头或拐弯处——我们希望——有某种家或安全的感觉。"② 在整部小说尾声，品钦借助斯坦西尔之口对战争发表了看法，认为："它是一场新的罕见的疾病，现在它已被治愈并被永远征服了。"③ 无疑，在作品中，品钦通过将人类的病态和异化现象的荒诞放大，旨在表达对人类社会各种隐患的深深忧虑，警醒人们认识到战争的残酷和殖民统治的卑劣，启示人们运用温情与关爱抵抗世界的熵化，赋予空虚的生活价值与意义，以达到匡时救世的目的。

在第二部长篇小说《拍卖第四十九批》中，品钦指出"熵无非是一种形象化比喻，一种隐喻"④，从隐喻视角阐释熵概念的社会意义，建立了一种独具一格的兼顾科学与艺术的双重思维模式。尽管繁杂晦涩的隐喻会给读者的阅读过程造成巨大困难，但它仍是支撑本部小说叙事结构的核心要素之一，在小说主题建构中起着不可估量的作用。《拍卖第四十九批》中的隐喻犹如一面镜子，真实映射出美国后现代社会的现状：人性的扭曲和道德的堕落伴随物质文明高度发展同步发生。社会工业化和城市化的发展增加了人类对能源的依赖和需求。在能源的过度开采和毫无节制地使用中，人们面临资源枯竭和环境污染的巨大压力，无论是能源产品的使用还是社会生产的流程都呈现出一种不可逆转的趋势，工业垃圾迅速增加，环境日益恶化，人类社会在物质的增殖中走向一种缓慢的、熵值不断增加的热寂死亡状态。

小说中一个引人注目的隐喻就是尼法斯蒂斯机器，是约翰·尼法斯蒂斯

---

① ［美］托马斯·品钦：《V.》，叶华年译，第505—506页。
② ［美］托马斯·品钦：《V.》，叶华年译，第353页。
③ ［美］托马斯·品钦：《V.》，叶华年译，第507页。
④ ［美］托马斯·品钦：《拍卖第四十九批》，林疑今译，上海译文出版社1989年版，第101页。

(John Nefastis) 依据"马克斯韦尔小精灵"假想设计的一款所谓的永动机。"马克斯韦尔小精灵"假想是苏格兰著名科学家詹姆斯·克拉克·马克斯韦尔 (James Clerk Maxwell) 在其 1871 年发表的《热力学》(Theory of Heat) 中首次提出。"马克斯韦尔小精灵"是一个能够自动将运动速率快和运动速率慢的分子分开且不需要消耗能量的"精灵"。依照马克斯韦尔的想象,这个位于两个封闭空间开口处的隐形精灵可以快速区分快分子和慢分子,只允许快分子通过中门,而慢分子会被另一边的栅栏挡住。通过这种方式,所有的快分子和慢分子都被分离到不同的空间中,一个逐渐升温并变热,而另一个逐渐冷却并变冷。这两个空间产生了温差,这可能会打破熵增加的定律。[①] 然而,事实上,经过反复的设计研究和实验,科学家们已经证明"马克斯韦尔小精灵"无法启动永动机,因为小精灵不可能不消耗能量。有关"马克斯韦尔小精灵"的描述立刻让人想起了小说中女主人公奥狄芭·马斯 (Oedipa Maas) 的亲身经历。作为已故前男友皮尔斯·尹维拉雷蒂 (Pierce Inverarity) 指定的遗嘱执行人,就像通过分拣分子而获得分子信息的小精灵一样,奥狄芭需要对其名下的大宗遗产查明核验并对涉及账簿、债务、税款、资产目录等一系列事务进行处理。在赶赴加州调查皮尔斯产业的路上,她的足迹踏遍南加利福尼亚,她曾留宿于汽车旅馆,也曾出现在喧闹的酒吧,还曾到访过精神病诊所、军火厂和大学,在这些地方,她遇到形形色色的人,其中既有律师、演员、教授,也有偏执狂、同性恋者和吸毒者。种种意想不到的古怪事让她陷入重重迷雾之中,特别是对神秘的"特里斯特罗"追寻将其困在信息之熵之中却不得其解,伴随收集到的信息越来越多,追寻之旅反倒变得越发扑朔迷离,直到最后她都无法得到任何确切的结论。"马克斯韦尔小精灵"象征性地代表了奥狄芭在现实生活中所充当的角色。尼法斯蒂斯机器实验的失败结果无疑在预示科技高度发达的后工业社会个人和信息流通最终走向消亡的不可逆转的悲惨结局。尽管奥狄芭一直"要给予它们秩序,她要创造星座"[②],但最终留

---

① 参见[美]乔治·伽莫夫《物理学发展史》,高士圻译、侯德彭校,商务印书馆 1981 年版。

② [美]托马斯·品钦:《拍卖第四十九批》,林疑今译,第 85 页。

给她的却是"毫无出路和人生平淡无奇的感觉"①。透过混乱、无序的信息，一幅物质文明高度发展而精神世界日趋贫乏和枯燥的美国工业社会全景图、众生相生动地展示在读者面前，如何在精神的荒原上找寻迷失的家园也就成为作家品钦探查与思考的终极目标。

小说中，尼法斯蒂斯指出熵（entropy）"是一种形象化比喻……一种隐喻。它把热力学世界同信息流通世界联系起来。这机器利用了两方面。小精灵使这个比喻不但听起来文雅，而且客观上是真实的"②。他认为小精灵要想在不损失熵的情况下取得有关分子状况的信息，"关键在于信息的沟通"③。因此，信息交流成为拯救人类毁于"热寂"的唯一出路，而人与人之间真正富有意义的交流无疑建立在彼此真诚的爱与关怀之上。当女主人公奥狄芭在探寻之中陷入困顿与彷徨，她曾在旧金山市中心的霍华德街街头遇见一位左手手背上刺着邮递号角花纹的老水手，他的孤苦、无助让奥狄芭心生同情。于是她走上前询问能否帮上忙，并"伸出双手抱着他，真正地搂着他"④，搀扶着他走回到了住所，帮他通过 WASTE 系统寄了一封信给他在弗雷斯诺的妻子。在她临走的时候，还给老水手留下她钱包里仅有的十元钞票。"她放开他一下，有点舍不得，仿佛他是她亲生的儿子。"⑤ 显然，奥狄芭通过肢体语言与老水手达成情绪上的共振，拉近了彼此的距离，双方真切坦诚地进行了一次心与心之间的精神交流，虽然她最终仍是无法从沟通中找寻到秘密的真相，但她所做的这一切却帮助自己成功地打破了封闭多年的自我隔绝，踏出塔中的孤寂，勇敢地走向外面的大千世界，在充满爱与关怀的真实交流中找寻生命的意义。

伴随科学、技术和社会经济的不断发展，面对机器与机器系统性质和形式的不断更新、变化，以及随之而来的尖锐社会问题，人们开始重新审视和解读人与机器的关系。诺伯特·维纳在《人有人的用处——控制论和社会》

---

① ［美］托马斯·品钦：《拍卖第四十九批》，林疑今译，第 169 页。
② ［美］托马斯·品钦：《拍卖第四十九批》，林疑今译，第 101 页。
③ ［美］托马斯·品钦：《拍卖第四十九批》，林疑今译，第 100 页。
④ ［美］托马斯·品钦：《拍卖第四十九批》，林疑今译，第 122 页。
⑤ ［美］托马斯·品钦：《拍卖第四十九批》，林疑今译，第 123 页。

中指出，在生产活动中，由于人和机器存在功能上的相似性，所以人与机器之间将无法避免地形成一种替代关系，即机器可以替代人。但同时，维纳还指出，自动化技术和机器人技术作为多学科、综合性的应用，正在扩大其应用范围，影响社会经济和人类活动的各个方面，其中既有好的一面，也有坏的一面，技术发展的无限可能性中也隐藏着"人脑的贬值"的威胁。1952 年，约翰·迪博尔德（John Diebold）在《自动化：自动化工厂的到来》（*Automation: The Advent of the Automatic Factory*）一书中指出，以电子计算机为代表的新技术的使用将为人类开启一个智能、可编程、高适应度的工厂时代，从而实现对生产过程进行有效的分析、组织和控制。在迪博尔德看来，自动化机器的应用减少了一些工作，但也带来了更多的工作选择。在更为广泛的经济和社会宏观背景的转变中，人机关系中出现的冲突与矛盾可以得到缓解和解决。① 在 1967 年，美国城市理论家、社会哲学家和技术思想家刘易斯·芒福德在《机器的神话：技术与人类发展》（*The Myth of the Machine: Technics and Human Development*）一书中强烈批评了自动化机器在工厂和企业中的应用。他认为，自动化机器和软件剥夺了人们的工作机会和劳动价值，自动化技术的推广应用将导致整个社会运行机制的机械化，机械化标准进而消除个体差异，自动化机器的强制束缚下，人们失去了个性。现代人的异化正是源于过度依赖机器技术，从而导致对科技盲目崇拜，使得本来是机器创造者的人反倒成了机器的奴仆。由此可见，机器取代人类不仅是后现代熵化社会的重要表征，也是造成世界熵化进程不断加剧的重要原因。

《拍卖第四十九批》中写到无名恋爱者协会（IA）的创办人曾是一家公司的中层管理人员。39 岁时，由于工厂引入自动化系统，他被公司解雇，失去了工作。当他得知自己的工作被国际商用机器公司的 7094 电子计算机取代时，他感到极度沮丧和焦虑，甚至准备自杀。就在这时，他在家中撞见引进这台机器的约约戴恩工厂效率专家正与自己的妻子偷情。当效率专家得知他在准备自杀之前已经思考了三个星期时，感到很惊讶，忍不住嘲笑他，"如果

---

① 参见 John Diebold, *Automation: The advent of the Automatic Factory*, New York: D. Van Nostrand Company, 1952。

用 IBM709 电子计算机,你知道要用多少时间吗?十二微秒。难怪你要被解雇"。然后这位经理放下了自杀的念头,郑重宣布:"我一生最大的错误是爱情。从今日起,我宣誓离弃爱情:不管是异性爱或是同性爱,不管是狗是猫,不管是汽车还是什么,我一概都不爱。我要建立一个单独的人的会社,专门为这个目的服务,而这个由几乎毁掉我的汽油显示出来的奇迹将作为会徽。"①这是一种典型的后现代式的荒谬调侃,置身于一个混沌、充满矛盾和不确定性的现实关系空间中,伴随技术不断更新,越来越多的仪器设备代替了人力,技术的入侵成为诱发中年危机的重要元凶之一。失业和背叛的双重打击让他陷入生死两难的困惑与犹豫之中,安全感的极度缺失直接导致他做出否定真我和拒绝期待的选择:生活失去了意义与方向,沮丧与挫败成了每天的常态,虚空的内耗阻止了情感的自然流动,破坏了自我与他人、事、物建立良好联动关系的基础。正如杰里米·里夫金(Jeremy Rifkin)和特德·霍华德(Ted Howard)在《熵:一种新的世界观》一书中指出,在现代社会中,技术不仅仅是一种工具,而是一种组织所有生产、生活活动的方式,因此它带来的巨大混乱尤其让人难以应对和处理。无名恋爱者协会(IA)的创办人的困境又何尝不是现代人的尴尬,在高度物质化、技术化的压迫下,人的自然存在状态分解、碎裂,人沦为了物的奴隶。思想和情感的机械化使人不能作为一个完整的个体存在,爱和被爱的自由遭到遗弃,生活陷入空虚、孤独和苦闷。最初被人们当作工具的技术发展成为人类生活的衡量标准,控制人类生活的方方面面,最终导致人的异化。

二 火箭

纵观人类历史发展进程,战争从来都没有缺席过。从古希腊特洛伊战争中驶向黑海的战船到蒙古人西征欧洲的铁骑,从滑铁卢战役中的疾风暴雨到太平洋战争中中途岛的漫天火焰,每一场战争都给人类留下了不可磨灭的历史印记,"成为人类文明中各种冲突和危机的一个微观标本"②。战争是残酷

---

① [美]托马斯·品钦:《拍卖第四十九批》,林疑今译,第 111 页。
② [美]欧文·肖:《幼狮》,陆谷孙译后记,上海译文出版社 1987 年版,后记第 924 页。

的，曾经灿烂的文化生命在血与火的摧残下中断，毁灭与死亡降临到那些原本与战争毫无关联的无辜者身上，让他们如临深渊，痛苦不堪。文学家善于以语言文字为工具捕捉和反映客观现实，帮助人们了解历史、认识社会、领悟人生真谛。文学的认识功能赋予战争文学作品见证与反思人类文明背后每一场冲突与对抗最直观的形式。战争是最好的创作主题，它提供了大量的创作素材，加快了情节的推进，增强了行文的节奏感与画面感，尽显人生百态，人情冷暖。因此，有关战争的文学书写成为构架一个国家历史记忆的组成部分，以一种最为惨烈的方式记录战争时期的社会状况、人文心态和民族情感。

20 世纪可以说是人类历史上最为疯狂、最为悲壮的战争世纪：前半个世纪就有两次世界规模的战争发生，1914 年爆发的第一次世界大战，历经 4 年，先后有 35 个国家和地区共计 15 亿人（约占当时世界人口 60%）被卷入，阵亡人数共计 853 万。1939 年爆发的第二次世界大战（1939—1945 年）是迄今为止人类社会进行的规模最大、伤亡最为惨重、造成破坏最大的全球性战争：先后有 61 个国家和地区参战，战火遍及欧、亚、美、非及大洋洲，在大西洋、太平洋、印度洋及北冰洋也有战斗发生，波及 20 亿人口（占当时世界人口的 80%），约 7000 万人死亡，1.3 亿人受伤。后半个世纪，以美苏争霸为背景，先后爆发了印巴战争、阿拉伯—以色列战争（又名：中东战争）、朝鲜战争、越南战争、两伊战争、马尔维纳斯群岛战争（又名：马岛战争）、海湾战争、科索沃战争等现代条件下的地区性战争和局部冲突，累计伤亡人数 400 万人。20 世纪的战争生死簿中不光记录了千千万万的阵亡军人，还有死于战争及相关暴力虐杀和种族屠杀的无数战俘与平民，人们不会忘记，第二次世界大战期间，欧洲和非洲战场死亡人员中的三分之一，约 1500 万人死于纳粹集中营或是被纳粹集体屠杀和虐杀，而在半个世纪后的 1994 年的卢旺达，有超过 50 万人在胡图人对图西族的种族清洗中丧生。战争的血腥残酷不光夺去了成千上万人的生命，致使不计其数的家庭流离失所，它也给世界人民带来了无法弥补的精神痛苦，深刻影响了人类历史的发展。

同为现代科学技术革命爆发的 20 世纪，科学技术研发成果被广泛且深入地应用于军事领域，以前所未有之速度完成从实验室研究到战场实战的转换，催生出的众多新型军事科技产品，引发人类战争形态发生巨大的变革。在第一次世界大战的伊普尔战役中，为了击退英法联军，德军于1915年4月22日首次在欧洲西线试验并使用毒气这一新式武器。德国人从堑壕特置的圆筒里向伊普尔阵地顺风连续施放6000罐约18万公斤的氯气，造成英法联军1.5万人中毒，其中5000人死亡，"伊普尔之雾"开启了人类历史上第一次化学战。第二次世界大战中，精确制导技术的应用与推广帮助德国率先研制出V-1、V-2制导导弹并将其作为复仇武器进行大肆杀戮。用来造福人类的技术一旦用来作恶，就变成伤害人类的杀人工具，吞噬了人性和理性之光，将人置于仇恨、恐惧、怒火、绝望交织的黑暗之中。战争以一种最为残酷最为激烈的暴力手段揭示了现代科学技术理性畸形发展的危险后果以及为"现代化"物化与异化下的人性沦丧。

在小说《万有引力之虹》的开头，划破夜空的一声尖啸将读者带到"二战"期间德国发射火箭弹袭击伦敦的战争现场，俯瞰轰炸后的伦敦街区，残垣断壁，支离破碎，焦虑与恐惧交织，随战火硝烟蔓延，一切尽是空无。据史料记载，1940年9月7日至1941年5月10日，德军对伦敦的轰炸总计超过76个昼夜，至少有4.3万名民众在轰炸中死亡，约10万幢建筑遭到摧毁。1944年6月13日晨德国人第一次将V-1导弹射向英国伦敦，到同年9月8日，第一枚V-2导弹在英国伦敦市区爆炸，直至1945年3月27日导弹战结束，德军累计向伦敦发射V-1、V-2各型火箭弹近7500枚，伦敦因此成为第二次世界大战期间除柏林和重庆以外遭受轰炸最为严重的城市。在《万有引力之虹》中，当人类的欲望无限膨胀，作为现代高科技产物的V-1、V-2火箭，以其震耳欲聋的轰鸣和不可逆转的摧毁力，"推动现代战争机器的运行，展示战争背景下技术对人类社会的强力挟持"①，将人类社会引入一种热寂死亡状态，最终成为人类的终结者。正如卡其克·托洛利安（Khachig Tölölyan）所分析的那样：品钦将德国视为技术社会最极端一个代表，而"火箭展示了战争的动态生成过程，揭开了火箭从设计到生产再到运营全过程的所有秘密，从而窥见了西方社会的本质"②。火箭成为小说中体现无限熵增的技术隐喻符号，向世人揭示了技术理性趋于疯狂的极端表现以及技术至上引发的人性扭曲。

---

① Joseph Slade, *Thomas Pynchon*, New York: Warner Bros, 1974, pp. 53-72.
② Khachig Tölölyan, "War as Background in Gravity's Rainbow", in Charles Clerc, ed. *Approaches to Gravity's Rainbow*, Columbus: Ohio State University Press, 1983, pp. 31-67.

小说中提到的 V-2 火箭是第二次世界大战期间德国最大的军用火箭系统工程 V-2 工程中的重要研发项目之一。除研制火箭外，该工程还包括研制火箭的运输发射车和地面保障设备，建设发射场和测控系统，训练作战使用部队等一系列大型复杂且精密的武器系统研制项目。V-2 火箭原名 A-4，是由德国火箭专家沃纳·冯·布劳恩（Wernher von Braun）带领团队在 1944 年研制成功的第一种弹道导弹，于 1944 年 6 月改名 V-2，1944 年 9 月德国第一次向英国伦敦发射 V-2 火箭，首次将其投入实战。作为当时最强大的导弹，V-2 火箭重量有 13 吨，依靠自身动力装置推进，由制导系统引向攻击目标，最大飞行速度 4.8 马赫，达到四倍音速，可搭载重达 1 吨的高能炸药弹头，杀伤力极其恐怖。V-2 导弹攻击目标时，通常先是听到震耳欲聋的爆炸声，随后才是导弹尾翼的呼啸声，这就意味着小说《万有引力之虹》开头提到的火箭尖啸声成为死神来临的征兆。V-1、V-2 火箭名称中的字母 V 在德文中是"报复性武器"（Vergeltungswaffe）一词的缩写，意味着德国要用这种新式杀伤性武器进行报复性攻击，这其中不光要报德国在第一次世界大战中战败的一箭之仇，还要对第二次世界大战中同盟国对纳粹进行的集中轰炸进行报复。此时，V-1、V-2 火箭变身成为恐怖武器的代表，像"教堂尖顶"[①]"像一个婴儿耶稣"[②]一样冲破地心引力喷火升空，取代了上帝的位置，以超乎想象的残忍手段将人类推进死亡与毁灭的深渊。

说到战争与技术之间的关系，品钦指出，"这场战争……私下里，它却受技术需要的指使……受人类与技术之间的阴谋支配，受需要战争能量爆发的东西支配"[③]。科技的迅速发展加速了人类欲望的延伸与膨胀，而欲望的肆意膨胀势必带来权力的角逐与争夺。《万有引力之虹》中，当火箭发射升空的那一刻，它展示了技术的巨大潜力与威慑力，实现了技术社会的梦想，也成为技术精英们顶礼膜拜的对象：德国火箭部队队长布利瑟罗（Blicero）表示要把它当神一样来崇拜；火箭工程师坦纳茨（Thanatz）认为火箭拥有马克斯·韦伯式的

---

① ［美］托马斯·品钦：《万有引力之虹》，张文宇、黄向荣译，译林出版社 2009 年版，第 33 页。
② ［美］托马斯·品钦：《万有引力之虹》，张文宇、黄向荣译，第 495 页。
③ ［美］托马斯·品钦：《万有引力之虹》，张文宇、黄向荣译，第 554 页。

魔力，是美和救赎的象征；德国党卫军上校魏斯曼（Weissmann）醉心于火箭制造技术中的各种技术参数、标准、公式、密码、速度的计算；赫雷罗人恩赞（Enzian）更是对具有"阳刚气的技术"推崇备至，甚至把火箭比作"我们的《圣经》……它的可爱让我们迷醉、不能自拔……"①，寄希望火箭可以拯救他的族人摆脱殖民压迫。两位"疯子"科学家，德裔科学家拉兹洛·雅夫（Laszlo Jamf）博士与苏联流亡生物学家波因茨曼（Pointsman）痴迷于生物制造技术试验，也参与到火箭的研发中，拉兹洛博士研制开发了一种可以用于火箭制造的仿生物质，取名为 G 型仿聚合物，并把它注射到小斯洛索普（Slothrop）体内，对其进行"生理反应"敏感反射试验。波因茨曼带领"白色幽灵"们一直对斯洛索普进行秘密跟踪，研究斯洛索普成人后性行为地点同火箭落点之间的特殊联系。面对分配和优先权的冲突，拥有绝对控制权的技术精英们将 V-2 火箭视为帮助和满足他们无限扩展欲望的技术操控工具，一个庞大、隐秘的战争实体"火箭国家"悄然成为战争背后的最后推手。

沃纳认为："品钦努力在把他的革命（观念上的）从书本中推进到生活中，他的书属于生活。"②《万有引力之虹》中描写的"二战"后期的占领区成为技术设计和控制下的现实世界的缩影，火箭划过天空呈现的那道炫目的"万有引力之虹"将世间万物与人情烟火操控于股掌之间，没有人能够逃避技术的监视与挤压。当人们无助地站在死亡与毁灭的边缘，自由已经悄然逝去，一去不复返了。喷薄而出的火箭烈焰成为摧残生命的不义之火，人类的肉体凡胎在火箭降落地面引发的巨大爆炸冲击波中向四面八方飞散，最后化为灰烬，可以说一种无名的惶恐和焦虑情绪始终笼罩着整部小说。围绕着火箭发射基地的秘密，几乎小说中的所有人都置身于侦查与反侦查的诡异旋涡，殚精竭虑，只能凭借支离破碎的线索去把握现实世界的真相。V-2 火箭的抛物线，即"万有引力之虹"，不再是《圣经·旧约》中上帝承诺拯救地球生灵免受灾难之苦的救赎之虹，取而代之的是导致人性扭曲与文明断裂的毁灭之虹。在小说的最后一幕，作为技术理性产物的火箭并没有能够摆脱万有引力

---

① ［美］托马斯·品钦：《万有引力之虹》，张文宇、黄向荣译，第 554 页。
② 孙万军：《美国文化的反思者——托马斯·品钦》，第 97 页。

的命运曲线，最终还是屈服于地球引力下落并发生爆炸，难逃熵化世界不可逆转的毁灭结局。小说中看似远离现实的插科打诨，实则内涵丰富，戏谑与绝望交织的火箭之虹为人们留下恐怖、不安的战争记忆，拨开技术拜物教的神秘面纱，揭示出技术并非万能的真相。不可否认，20世纪以生物技术、新能源技术、新材料技术、信息技术为代表的高新技术不断取得突破，科学技术进步成就了社会生产力的飞速发展，为人类的文明开辟了更为广阔的空间，有力地推动了经济全球化的发展。但与此同时，对于技术的盲目依赖和崇拜使得人类物欲膨胀、精神萎靡，人类文明发展危机四伏，其实质就是重技而轻道，重物而轻人。在人类利益冲突和竞争中，以火箭为代表的现代科学技术开始出现失控的局面，最终发展成为人类难以解除的危险根源。

第三节 技术隐喻象征体系

品钦善于将哲理化、陌生化的技术话语及自然科学公式、定律与小说创作相结合，打造出一座兼具艺术性与科学性的文字迷宫。他曾在《笨鸟集》的序言中指出，他对超现实主义的隐喻概念十分感兴趣，并在写作中不断尝试"将那些通常状况下无法同时觅得的东西组合起来，从而产生了一种无逻辑的震撼效果"[1]。品钦将以"熵"为核心的一系列技术隐喻和象征符号聚拢在作品中，它们相互联系、彼此呼应，同时借助"熵"化"追寻"叙事模式、碎片化与荒诞性的故事情节、多义与不确定的隐喻结构构建起一个立体、多元的技术隐喻象征体系，进而向读者揭示出现当代科学技术发展对人类生存以及人性本质的深刻影响，表达了作者对后现代语境下人类社会缺陷与精神困境的思考。

一 "追寻"叙事的"熵"化模式

追溯追寻叙事模式的历史，从古巴比伦文明中吉尔伽美什对死亡与永生奥秘的探求，到古希腊文化中伊阿宋（拉丁语：Easun）对金羊毛的追寻，

---

[1] [美]托马斯·品钦：《慢慢学》，但汉松译，第17页。

《荷马史诗》中阿戏留、奥德修的铁血征途与执着回归,到《神曲》中维吉尔引导但丁幻游地狱、炼狱、天堂三界,《堂吉诃德》中骑士执迷不悟、行侠仗义的臆想游历,再到歌德笔下浮士德不惜以灵魂为代价也要"飞向崇高的先人灵境"的苦苦求索,以及马克·吐温笔下哈利贝克·费恩为逃脱"文明"生活在密西西比河上的漂流。跨越数千年,其历史可谓源远流长。不难发现,以上这些西方文学作品中的追寻者或英勇善战或睿智过人,他们历尽艰难,以无畏的勇气和胆识完成了对人生真谛的追求与探索,颂扬了生命的奇迹和力量。正如英国作家奥登(Oden)在他的文章《追寻的英雄》中说道:"追寻意味着找寻人经验以外的东西。人可以想象那是什么,但这想象真实与否尚待追寻的结果来证实。"传统追寻叙事模式"把人的主观个体经验转化成具有历史意义的象征性表述"①。当人类历史迈入 20 世纪,在科学技术的迅猛攻势下,社会工业化进程不断深入,人类在享受物质繁荣的同时也感受到来自现代资本主义社会"数量化""抽象化"发展趋势下的异化迫害与精神幻灭,人的独立性和创造力趋于瓦解,事物的实际价值和人的具体经验遭到遮蔽。在此过程中应运而生的现代主义文学一反传统文学客观反映现实的美学观点,转而探究人的内心世界和潜意识活动,突出展示理性崇拜的动摇以及现代人的人格流失。虽然追寻主题在文学中从未被抛弃,但现代主义文学中的追寻目标和叙事表现形式都发生了颠覆性的变化,被赋予了新的时代内涵。

品钦对追寻叙事模式可谓情有独钟,自 1963 年他发表的第一部长篇小说《V.》中斯坦西尔对字母 V. 多重符号含义的探究,到《拍卖第四十九批》中奥狄芭对遗嘱之谜的调查,《万有引力之虹》中斯洛索普对于神秘火箭发射基地的追踪,少女普蕾丽在《葡萄园》中的寻母之旅,《梅森和迪克逊》中对美国宾夕法尼亚州与马里兰州之间分界线的勘察和划定,《性本恶》中洛杉矶私家侦探多克对一起富商绑架失踪案的侦破,再到《致命尖端》中玛克欣对虚拟世界"深渊射手"的探访,追寻叙事模式始终贯穿其中。与传统追寻叙事模式不同之处在于,在审美内涵上,品钦笔下的"追寻"叙事呈现一种特殊的"熵"化趋

---

① W. H. Auden, "The Quest Hero", in Sheldon Norman Gerbstein, ed. *Perspective in Contemporary Criticism*, New York: Harper& Row, 1968, pp. 370-371.

势,带着鲜明的反传统倾向:暗示性的隐晦用语取代了明确的格式化语言,荒诞松散的碎片化情节颠覆了统一严谨的逻辑性布局,驳杂的人物出场与交错的时空翻转打破了传统小说中对人物和场景空间设置的秩序约定,充分表现出现代人面对纷乱无序的时代困境所特有的无助感和荒谬感。

以《拍卖第四十九批》为例,女主人公奥狄芭的追寻之旅缘起于已故前男友加州地产巨子皮尔斯·尹维拉雷蒂的一份遗嘱,她被指定为其遗产执行人。而当时的她恰好对家庭主妇日复一日乏味雷同的生活心生厌恶,寻求改变现状,于是一场看似目标明确,但实际上扑朔迷离的追寻之旅就此展开。离开基尼烈,奥狄芭驱车前往加利福尼亚对皮尔斯的遗产进行核查,其间她辗转于圣纳西索、旧金山、湾区和洛杉矶多地,途中曾在汽车旅馆、酒吧、诊所、洗衣店、墨西哥小饭馆、军火厂、大学及拍卖行等不同的场景短暂停留,接触到各种各样的人,其中既有社会地位显赫的律师、政客、公司总裁、导演和教授,也有处于社会边缘的流浪汉、帮派少年、赌博输家、偏执狂、同性恋、妓女和吸毒者。交错、跳跃的叙事与人物形象的多样化呈现打造形成一种割裂、碎片化的空间感,为"特里斯特罗"的地下邮政组织的出现营造出一种神秘、充满悬疑色彩的氛围。调查中,奥狄芭发现"特里斯特罗"的存在犹如迷雾中的魅影,神秘莫测,却总能和她一路上离奇诡异的种种遭遇联系起来,成为小说《拍卖第四十九批》中最关键的隐喻之一。神秘的"特里斯特罗"以一个带有减音器的邮政喇叭作为标志,牵引奥狄芭穿越时空隧道,进入一个充满变量和不确定性的非线性世界,疯狂与无序是它的本质属性,这似乎也注定了奥狄芭的追寻之旅寂寥无果的最终结局。

"特里斯特罗"地下邮政组织的神秘性源于它原始的对抗性与始终保持的静默状态。"特里斯特罗"的历史可以上溯到16世纪的欧洲,其成立的宗旨是去反抗、抵制特恩和塔克西斯(Thurn and Taxis)家族长达几个世纪之久的垄断式邮政通信联络系统。早在13世纪末,塔克西斯家族的先人就开始在意大利城邦经营快递服务。特别是自1489年弗朗茨·冯·塔克西斯(Franz von Taxis)担任神圣罗马帝国邮政局局长以来,在接下来的378年里,在塔克西斯家族掌管下,特恩和塔克西斯邮政成为欧洲唯一的邮政团体,长期垄断欧洲的邮政市场,直至1867年被普鲁士政府国有化。作为欧洲大陆的重要权力机构之一,特恩和塔克西斯邮政网在 16 世纪末就已经辐射到几乎整个欧洲大陆，在奥地利、德国、荷兰、比利时、意大利、法国及西班牙等国的大城市都设有邮政分局。据说最初邮件到达时，信使会使用喇叭进行通知，这也是喇叭徽章标志邮政服务的由来。"特里斯特罗"邮政组织深藏"地下"，躲避官方邮政系统的监视，服务于贩夫皂隶交换信息。19 世纪中叶，它又出现在美国，以对抗与美国运输公司共同承担美国快运业务的小马快运和韦尔斯-法戈快运公司为己任，据说其组织成员行动时常以黑衣匪徒或印第安人形象示人。时至今日该组织仍在加利福尼亚州一带乃至整个美国开展地下活动，暗中对抗政府的权威与秩序，为那些持非正统性取向人士"提供一条信息渠道"①。

深陷"特里斯特罗"今时往日的真相迷雾中，奥狄芭追寻的脚步却从未停止。"特里斯特罗"的标记：字母 W. A. S. T. E. 和一个带减音器的邮政喇叭总是若隐若现，又似有似无。小说中，它最早出现在圣纳西索一家名叫"潜望镜"的酒吧间的女厕所墙上，但当奥狄芭改日再去时，符号却神秘地从墙面消失了。接下来，特里斯特罗这个词始终"悬挂在黑暗中使奥狄芭·马斯迷惑不解"②，奥狄芭不仅在圣纳西索市上演的一出 17 世纪的历史剧《信使悲剧》的歌词中听到"特恩和塔克西斯"和"特里斯特罗"的名字，还发现"特里斯特罗"的标记总会不经意间出现在各种不起眼的地方，比如：工程师的图纸上、一卷古老无政府主义报纸的邮戳边、公共汽车的椅背后面、洗衣店的布告牌上、保健品店的橱窗里、赌客记录赌资的小账目本上、卫生间的一张广告上、皮尔斯留下的邮票中、帮派少年的衣服上、老水手满是刺青的手背上……后来，奥狄芭注意到在她途经的南加州地区仍有很多人通过"特里斯特罗"地下邮政组织进行着秘密的通信联系，其中不光有她的丈夫马乔（Mucho）、尼法斯蒂斯机器的发明人，还有一群奥狄芭压根就不知姓名的陌生人：旅行团成员、约约戴恩军火厂的管理人员、无政府主义者、赌徒、同性恋者、死亡崇拜教信徒、破相的焊工、执意要找海豚理论的小男孩，等等。这些人或寡言少语或离经叛道，游离在社会边缘，其中一些人甚至被视为社会的"渣滓"

---

① ［美］托马斯·品钦：《拍卖第四十九批》，林疑今译，第 104 页。
② ［美］托马斯·品钦：《拍卖第四十九批》，林疑今译，第 69 页。

和"垃圾",在他们的身上表现出与"特里斯特罗"邮政组织标记字母 W. A. S. T. E. 共有的"异质性、边缘性与沉默性"①身份特征,尽管如此,他们仍执拗地坚持通过地下邮政系统秘密地传递信息,渴望与人保持感情上交流和对话。看来,真正的静默不同于默认与逃避,它可以在寂静中释放无限的可能性,建立起一种更加真实与深入的信息传递方式。"特里斯特罗"邮政喇叭上的减音器标志并不是以上提到的社会边缘人群因为害怕受到主流社会排斥或害怕被声讨为"异类"而做出的无声妥协,而是以减音器的无声对抗喇叭的有声,用沉默表示不满,通过对官方邮政系统的戏谑嘲弄,反其道而行之,表达出社会少数族裔与边缘群体对于权力压制的抗议与跳出现代"信息牢笼"的渴望。

在对"特里斯特罗"的追踪中,奥狄芭发现调查线索错综复杂,时而清晰,时而模糊、晦涩,真相变得飘忽不定。当奥狄芭在漆黑的夜色中漫无目的地游走于旧金山大街时,对"特里斯特罗"的追寻陷入困境。蜷缩在公寓楼梯上一位老水手的出现勾起她对美国工业社会前人们日出而作,日落而息,凿井而饮,耕田而食式的质朴生活的回忆与眷恋,她渴望"交流能把知识、组织和力量结合在一起……帮助人类摆脱贫困、压迫和恐惧……"②,于是她尝试拥抱老人,并手牵手帮助他登上楼梯,但当她递出10元纸钞表达关怀时却被老人报以"你干吗不等到他走开才给"③的回应,顷刻间刚刚建立好的沟通联系垮塌疏远。面对拍卖室里那一张张"不动声色","苍白、残酷的脸",上流社会的虚伪和人性的沦丧让她不寒而栗,心中充满逃离"圆塔塔顶房间"的冲动,但残酷的现实又让她手足无措,希望的火苗就如同老水手身下的床垫,"一旦燃烧,一切永远化为乌有"④。她对于"特里斯特罗"真相的追寻并没有伴随第四十九批遗产邮票的拍卖而一锤定音,现实社会的空虚、复杂与神秘让她发现"从来没有探索到中心的真理……只留下一个过度曝光的空白"⑤,人生进入无可挽回的虚无状态。

---

① 蒋怡:《〈拍卖第49批〉中的废弃物及其隐喻》,《外国文学》2022年第3期。
② [爱尔兰]肖恩·麦克布赖德:《多种声音,一个世界》,第3页。
③ [美]托马斯·品钦:《拍卖第四十九批》,林疑今译,第124页。
④ [美]托马斯·品钦:《拍卖第四十九批》,林疑今译,第124页。
⑤ [美]托马斯·品钦:《拍卖第四十九批》,林疑今译,第90—91页。

奥狄芭的追寻困境在品钦作品中不断重现，一群小人物在时代的缝隙间顽强地生长着，表面看上去放荡不羁，骨子里却隐藏着无名的悲哀与抑郁。在社会权力运作机制的规训和管制下，他们总是命运多舛，不得不面对生命的痛苦和现实的虚无，深陷社会认同缺失后的失落、焦虑与困惑之中，但他们从未停下追寻的脚步。《万有引力之虹》中的主人公斯洛索面对一个充满暴力、无序、意义失落的战争世界，表现得胆小怯懦，开始的他还会循规蹈矩地向上帝祈祷，后来连祈祷都懒得去做，更多的是选择逃避。斯洛索普和火箭在 G 型仿聚合物的串联嫁接下建立起人与物之间某种紧张、颠倒的关系，物成了人的主宰，人不断被"物"所包裹，趋向无机化，而依靠动力装置和控制系统发射的战争武器火箭却出现拟人化的趋向。裹挟在战争的腥风血雨之中，斯洛索普一边苦苦寻觅真相，一边又浑浑噩噩地活着，始终处于一种压抑的、矛盾的、撕裂状态下的迷惘和恐惧之中。他不仅见证了官商勾结的黑暗内幕、血腥杀戮的肆无忌惮还目睹了精神扭曲下的恣意妄为。当谜团渐近清晰的时候，他的追寻之旅却戛然而止，他的离奇消失将追寻目标最终引向一个永远无法抵达的，意义飘忽不定的开放结局，这既是对现代战争戏谑荒诞却又无比真实的严肃诘问，也预示人类社会终将走向一种经历无限熵增后的热寂死亡的结局。

《性本恶》中的侦探多克生活在 20 世纪 60 年代的洛杉矶，在这里早已经远离战争的阴霾，但始终笼罩在似乎永远无法消散的雾霾中，"天空的颜色就像兑过水的牛奶……仿佛太阳就是似有若无的存在物"[①]。浓重雾气的出现与多克探案悬疑神秘的氛围遥相呼应，孤独游走于朦朦胧胧的城市画面之中，多克有意无意间窥视到隐藏在浓雾和黑夜背后的城市秘密、阴谋与罪恶，心中的压抑和茫然不断加剧。素有美国西南海岸"天使之城"美誉的洛杉矶自 1936 年开发石油以来，石油化工工业得到迅速发展。大量涌入城市的工厂和人口在凝聚科技创新发展的同时，也带来了诸多安全隐患。在 20 世纪中叶，1940 年至 1960 年，也是小说《性本恶》故事发生的时代大背景，洛杉矶曾多次遭到光化学烟雾的袭击，一度被冠以"烟雾之都"的称号。光化学烟雾是在阳光作用下由汽车尾气中的碳氢化合物与空气中其他成分发生化学作用而

---

① ［美］托马斯·品钦：《性本恶》，但汉松译，上海译文出版社 2011 年版，第 21 页。

产生的有毒气体。1943年7月，洛杉矶第一次遭到光化学烟雾的攻击，据说当时整座城市瞬间淹没在灰色雾霾之中，浓重的烟雾不仅吞噬了楼房与街道，还灼伤了人们的眼睛与喉咙。1955年9月光化学烟雾再次笼罩了洛杉矶，直接导致400多名老人因呼吸系统衰竭死亡。持续多年的光化学烟雾引发的疾病与死亡给洛杉矶居民造成了巨大的身体伤害和心理恐慌。游荡在洛杉矶的大雾中，多克的寻访足迹遍及城市的角角落落，从西海岸中部的戈蒂塔海滩，到西南部的帕洛斯韦尔德半岛，再到圣佩德罗深水港，他亲眼看见了工业化发展带来的城市污染，浓雾笼罩下混沌一片，自然环境的变异破坏了生态的相对平衡，人类家园面临被污染物吞噬的威胁。小说中，尽管多克从没有放弃对绑架失踪案的调查追踪，但有关疑犯的线索信息总是疑点重重，他始终都无法完全破解洛杉矶警察局、克里斯基罗顿研究所以及金獠牙集团之间扑朔迷离的神秘关系，案件侦破陷入僵局。看来，多克接下来的探寻之路注定是曲折的，唯有借助"自己的车头灯"的微光踽踽独行。

二 故事情节的碎片化与荒诞性

阅读品钦的小说，读者仿佛置身于博大庞杂的文字迷宫，所有碎片化、迷乱荒诞、貌似无厘头的零散信息会渐进汇合形成一种奇特、真切的情感共鸣，映射出一个时代的精神风貌。约翰·麦克里兰（J. S. McClelland）指出"20世纪的世界是一个对暴力已经习惯而麻木的世界，也是一个丧尽使人信服的道德情操的世界"[①]。这一时期，西方文明在两次世界大战的摧毁下变得遍体鳞伤，"技术时代"加速了人类的"物化"，将人变成受制于"社会"大机器的零部件，在这样的时代氛围下，动荡不安成为20世纪西方社会的时代主旋律，人们陷入颓废、迷惘与失落的精神危机之中。小说中的碎片化与荒诞性的情节设置架设起一个貌似混乱且诡异的矩阵迷宫，生动再现了20世纪西方现代社会中人与自然和谐共生关系的断裂，以及现代人支离破碎、人性缺失的精神现状，与传统小说叙事追求完整统一结构下的线性逻辑思维模式形成巨大反差。

---

① ［英］约翰·麦克里兰：《西方政治思想史》，彭淮栋译，海南出版社2003年版，第791页。

以战争题材小说为例，据粗略统计，美国有关"二战"主题的小说达1500—2000本。① 美国"二战"战争小说中最常见的就是表现战斗场面的作品。小说家们试图通过对战斗场面和战争生活的复原，揭露和批判法西斯的罪行。其中很多作者都是战争的亲历者，战争之痛无法从记忆中抹去，他们需要倾诉和宣泄，通过细致入微的描写再现一幅幅真实的战争图片，精细之处如评论家约瑟夫·J. 沃德梅尔（Joseph Waldmeir）所述："他们可以在书中有序地拆卸步枪，或是如同约翰·赫西（John Hersey，1914—1993年）在《战争恋人》（*War Lover*，1959）中描述的那样展示如何操作 B-17F 轰炸机上的每门火炮。"② 深受战争创伤，或曾在战俘集中营里挣扎过的小说家们将涌入脑海中残酷的战争记忆如实书写，在读者面前展现了一个令人毛骨悚然的景象：炮弹刺耳的轰鸣、散落一地的残肢、痛苦呻吟的伤兵、骨瘦如柴的儿童、无穷无尽的难民人流……作家们集合所有记忆，真实地展示战争的残酷和恐怖。他们诅咒战争并极力通过他们的作品启发民众去认识法西斯的罪恶。长篇小说《烈日下的行军》（1944）、《战斗呐喊》（1951）、《大战》（1951）、《细细的红线》（1951）、《南太平洋战争》（1951）就是此类题材中的代表作品。战后，人们对于英雄的赞颂和崇拜最初源于对法西斯的无比憎恨，随着反法西斯爱国情怀的日益高涨，作品中英雄人物逐渐开始变得偶像化、脸谱化与简单化。他们几乎都是高大的，个个代表着完美的美国士兵形象。他们爱国、英勇、忠诚与机智，几近完美，但很少揭示其人性中冲突和困惑的一面。此时，理想化、完美化的英雄形象成为文学人物塑造的主要模式。作品通常侧重战争中个人命运与具体战斗的描写，沿袭传统的现实主义和自然主义的创作技巧。

作为一部同样以第二次世界大战为背景的小说，《万有引力之虹》对于战争主题的表现手法异于传统战争小说的处理方式。品钦大胆弱化时间序列先后因素，不再把小说局限于一个限定时空的具体历史事件，而是通过解构宏大叙事，消解时间序列的因果关系，运用大量碎片化的叙述与荒诞戏谑描写，

---

① 参见 Philip K. Jason and Mark A. Graves, eds., *Encyclopedia of American War Literature*, Westport: Greenwood Press, 2001。

② Joseph Waldmeir, *American Novels of the Second War Literature*. Paris: Mouton, 1969, p. 15.

将小说中的人物置于碎片式的时空裂缝中，突出人物的内心体验，呈现现代战争中精神分裂的真实生存状态。托马斯·品钦的《万有引力之虹》"修订了传统"①，选择一个个凝固的瞬间来表现空间的转换，通过大量细节碎片化的交错呈现串联出一幅幅独立于时间顺序之外的记忆画面，在读者的阅读参与下，融接建构起一个全新的记忆空间，进而诠释人在战争中的彷徨与无助情绪。这一点与评论家莫里斯·迪克斯坦（Morris Dickstein）的观点不谋而合，后现代小说并非"通过机械的反射过程来再造广大的世界。……这一过程是阐释，而不仅是反映"②。

《万有引力之虹》中没有关于"战争是什么"的明确且唯一的答案，读者只能参照散落混杂于小说记忆碎片之中的不同细节，凭借逻辑推理将各种意象和暗示拼接得出属于自己的答案。小说中，形形色色的人因战争汇聚在一起，有狂妄自大的战争狂人，有持不同信仰、来自不同国家的科学家、政客、军官和士兵，还有来自各行各业的普通人，他们身份不同、表现各异，其中有的人是战争中的施害者，有的人是受害者，还有人既是受害者也是施害者，他们一边承捱战争的残酷，一边又不得不面对战争对他们的恶意嘲笑和戏弄，因此他们对待战争的态度是复杂矛盾的。嗜爱火箭的德国党卫军上校魏斯曼鼓吹战争"赋予一切生命"，"真正的战争是永远独立存在的"。③ 统计学家罗杰·摩西哥（Roger Mexico）干脆把战争称作妈妈，但这与孩子们心中和善、慈祥的母亲形象截然不同，因为她"冲掉了所有温柔的东西，连微弱的希望和赞扬也冲得四散。……全不顾那些痛苦的呻吟"④。罗杰与杰茜卡（Jessica）在战争中相遇并相知相爱，面对回到敌占区与"纸张、火灾、卡其服、钢铁打交道"⑤ 的退路，两人宁愿选择一场面对枪林弹雨的冒险，虽然困难重重，但至少相爱的人可以相互依偎，温暖彼此。而对于以普伦提斯

---

① Walter James Miller, *Kurt Vonnegut's Slaughterhouse-Five: A Critical Commentary*. New York: Monarch Press, 1973, p. 97.
② ［美］莫里斯·迪克斯坦：《途中的镜子：文学与现实世界》，刘玉宇译，上海三联书店 2008 年版，前言第 7 页。
③ ［美］托马斯·品钦：《万有引力之虹》，张文宇、黄向荣译，第 689 页。
④ ［美］托马斯·品钦：《万有引力之虹》，张文宇、黄向荣译，第 44 页。
⑤ ［美］托马斯·品钦：《万有引力之虹》，张文宇、黄向荣译，第 46 页。

（Prentice）上尉为代表的普通军官与士兵来说，战场如一张巨大的罗网，又像一个强大的激流旋涡，任何一个身处其中的人，每天都不得不承受战争暴力的濡染，痛苦和死亡伴随左右，始终无法摆脱被操纵、被捉弄、被遗弃的命运。战争的冷漠、信念的毁灭比火箭和毒气更具杀伤力，他们无路可逃，只能想出躲进烤箱的办法来逃避战争。战争中受伤最严重的往往是无辜的普通民众，孩子们看着爸爸被"带走"去"战场上打仗——……，得眼睁睁看着死亡发生在他身上……"①，战火中哭泣不止的孩子、倚门含泪盼儿归的母亲和永远等不到丈夫归来的妻子成为一组战争最真实的剪影。卡婕（Katje）感叹战争追逐者们发动战争的借口各异，但究其动机无不出于资源争夺的贪欲，那就是"做买卖，杀戮和暴力可以自行运作，可以让外行去管"②。战争的背后是利益的驱使与财富的掠夺。第二次世界大战堪称迄今为止人类历史上最大的利益争夺战，以美国为例，"二战"期间美国通过向盟军提供物资援助，极大地刺激了本土经济，据战后统计，美国的工业制造能力在"二战"时增长了一倍，难怪卡婕说战争其实就是"市场的福地"，由军火商为首的财团和金融寡头组成的战争利益集团表面打着正义的旗号，暗地里却打造了一条利益庞大的军政商结合的产业链，大发战争横财。《万有引力之虹》中没有关于战争的唯一真相，品钦将世界的纷繁复杂与动荡不安统统埋在了混乱无序的文本中。模棱两可、含混不清的碎片化叙述在绝望的戏谑中留下恐怖、不安的心理阴影。读者在无所适从的绝望感中获得了更大的自主阐释空间。

《万有引力之虹》中还有一个著名的场景，主人公斯洛索普为了去捞掉到马桶里的口琴，"就得头朝下"钻入马桶下面一个污秽不堪、满目疮痍，破败而又荒凉的地下世界。当下水道里的斯洛索普，"发现自己能辨别某些大便的特点，可以具体确认便主是哪个熟人……"③，此刻，信仰、道德和准则彻底颠覆，神圣和污秽结合在一起，打造出讽刺性的狂欢场景，混合着痛苦不安和可笑诡异的荒诞感瞬间爆裂开来，触达人的听觉、视觉、嗅觉、味觉、触觉，渐进转化成为现代人恶心、焦虑、孤独与无奈的情绪。荒唐可笑的闹剧

---

① ［美］托马斯·品钦：《万有引力之虹》，张文宇、黄向荣译，第191页。
② ［美］托马斯·品钦：《万有引力之虹》，张文宇、黄向荣译，第116页。
③ ［美］托马斯·品钦：《万有引力之虹》，张文宇、黄向荣译，第72—73页。

让秩序、理性无处安身，在这样一个看似是幻觉和虚假的马桶下的世界里倒映出马桶上的理性世界的荒诞与混乱，直指人性最深处的欲望与肮脏，拓展了现实主义的边界，比现实主义更大胆，也更自由。评论家托尼·泰纳指出："《万有引力之虹》赋予了我们仿佛在阅读现代世界时的全新感受，很多时候我们都无法确定地说出所描写的究竟是战争的废墟还是人类精神的荒原，但很明显作者的用意的确是在昭示着一些东西。"①《万有引力之虹》中，品钦以破裂、解析的文学碎片形态参与现实的重组，从交错叠放的多维角度刺探现实的深层结构，唤醒人们对于战争真实状态的重视。

三 多义和不确定的隐喻结构

纵观品钦作品，除了"熵"及火箭这两个独特且核心的技术隐喻和象征符号，还有一个不同反响的分散的结构同样值得关注，那就是小说《V.》中神秘莫测的符号 V. 以及围绕该符号衍生的多义且不确定的隐喻结构。

小说《V.》中的"现时"章节背景是 1955—1956 年的纽约，情节线索围绕两个主要人物斯坦西尔和普鲁费恩分别展开。斯坦西尔是小说中最关键的历史叙述人，讲述了发生在 1898—1944 年的一系列国际性的暴力、阴谋以及战争相关的历史事件。这些事件包括 1898 年英国和法国殖民者为瓜分非洲殖民地在苏丹的法绍达村发生的"法绍达冲突"（Fashoda Crisis）；委内瑞拉 1899 年暴动；1904—1908 年，德国殖民者残酷镇压德属西南非洲殖民地土著赫雷罗族人（Herero）和纳马夸族人（Namaqua）的武力反抗，实施大屠杀暴行；1919 年，英国殖民者镇压马耳他抗英独立起义；1922 年，西南非洲英属殖民地（1915 年由德国移交）邦德尔施瓦茨（Bondelswartz）发生暴乱；1956 年，以色列联合英法军队入侵西奈半岛引发苏伊士运河战争，以及 1914—1918 年发生的第一次世界大战和 1939—1945 年爆发的第二次世界大战。以上事件不但空间尺度变化大，还横跨非洲、欧洲、亚洲、美洲、大洋洲，而且时间跨度长，超过半个世纪之久。可见，在品钦的小说创作中，"完全虚构的故事情节与人类经历的历史

---

① Tony Tanner, *Thomas Pynchon*, p. 77.

或科学事件是无法分开的"①。在小说虚构的"现时"世界中，两位主人公普鲁费恩与斯坦西尔行为表现迥异：普鲁费恩是一位海军退伍兵，一直干着修筑马路的工作。他总觉得自己运气不好，是个悲催的倒霉蛋，与周围的世界格格不入，生活充满焦虑。平时无事可做时，他就像"溜溜球"一样四处游荡，随波逐流，始终处于社会边缘化的生活状态。而斯坦西尔有着完全不同的生活状态。他的父亲生前做过英国外交部官员和间谍，留给他一本神秘的日记，日记中提到的一个神秘符号 V.。斯坦西尔对此充满好奇，一心想要揭开 V. 的秘密，追寻父亲的踪迹。在探寻 V. 的真相过程中，他游历世界各地找寻与 V. 相关的线索，采访相关的各种各样的人物，卷入并见证了许多历史事件。普鲁费恩与斯坦西尔的活动轨迹分别构成了英文字母 V. 的两条边，在小说的最后几章，斯坦西尔雇佣普鲁费恩随他一同前往马耳他，故事的两条线索就此相交汇合到了顶点。最终，斯坦西尔发现，由于年代久远，从前的很多人和事早已物是人非，随着时间的流逝早已趋于模糊。小说中纷繁多样的人物、场景、历史事件和"现时"生活都遵循着熵增值这条主线而发展变化，社会面貌指向涣散和无序，人生种种追求最终虚幻为无奈与平庸。

小说《V.》中涉及的历史事件恰好发生 19 世纪 50 年代中期至 20 世纪初期，当时的德国和美国正经历着近代世界历史上的第二次技术革命，其标志是电力能源的广泛应用以及内燃机的发明。第二次工业革命的多数发明与技术成果已经不再主要依靠能工巧匠的实践经验了，而是建立在科学理论的基础之上。科学与技术的紧密结合促成技术成果应用到生产实践的时间大大减短。例如，由于电的广泛应用，从 1831 年法拉第发现电磁感应到 19 世纪 80 年代一系列电学应用技术的出现，科学技术成果应用于生产的时间比第一次工业革命时期缩短了近一半。科学理论成果助力技术的发展，技术的推广与应用又促进了生产规模的扩大和产能的增加，因此，在第二次技术革命中，许多植根于第一次技术革命的老工业，如纺织、采煤、钢铁、运输、冶金、

---

① Richard Poirier, "The Importance of Thomas Pynchon", in George Levine and David Leverenz, eds., *Mindful Pleasures: Essays on Thomas Pynchon*, New York: Little, Brown and Company, 1976, p. 23.

铁路、造船、机器制造与加工工业,得到了新的发展,并推动了电力、石油、化工、电子、汽车制造和飞机制造等新兴工业部门的出现,从而改变了整个行业。第二次技术革命主要以渐进的方式展开,发生在机械制造工业内部,最终导致垄断取代自由竞争,在资本主义发展中占据主导地位。伴随着历史演变与技术变迁,社会、政治、经济与文化发生急剧变化,时间和空间存在的物质基础也在发生变化。巴黎的埃菲尔铁塔矗立在以伏尔泰和卢梭为代表的启蒙思想的光芒下,那么今天神圣的现代光环将在全球影像和信息流中转化为一系列既真实又虚幻的符号和象征。面对黯淡无光的远景,人们确信,他们再也不能用过时的观点看待世界了。① 1927 年,沃纳·卡尔·海森堡,德国著名的理论物理学家、哲学家,量子力学的创始人之一,在量子物理学领域取得了突破性进展,提出了不确定性原理(Uncertainty principle),并指出,人类无法准确判断构成物质的最小单位,即基本粒子的精确位置或波动速度,也无法确定其发展变化的趋势与前景,甚至无法确认其实际存在。因此,一切事物都包含着不确定性因素,不确定性成为一种规律。由此,海森堡认为在当代科技世界中,我们面对的他人永远是我们自己,而我们遇到的"物"只是我们融入自己建构世界的"事物"。在小说《V.》中,斯坦西尔应和了这一观点,"时局只存在于那些碰巧在任一特定时刻在场的人们的头脑中。因为这几个头脑形成的一个整体或复合体往往异质多于同质,对于一个单独的观察者来说,时局一定更像只习惯于见到三维世界的人所看见的一个四维的图形一样"②。这正如德国哲学家马丁·海德格尔在《技术的追问》中进一步纠正的:"在科学技术世界里,我们表面上遇到的是自己本人,但事实上,我们已然不是真实的自己。此时,人早已经离开,留下的只是人的一些符号和片段,甚至技术世界带来的挑战也不一样了。"③ 在《V.》中,符号 V. 摆脱了科学理性的束缚,"驱除了文学文本中存在的一种单一的确定意义

---

① 参见 [美] 曼纽尔·卡斯特《网络社会的崛起》,夏铸九等译,社会科学文献出版 2001 年版译者序。
② [美] 托马斯·品钦:《V.》,叶华年译,第 202 页。
③ Martin Heidegger, *The Question Concerning Technology and Other Essays*, New York: Harper Collins, 2013, p. 39.

的原则"①，释放出巨大的阐释能量，突显意义的不确定性。斯坦西尔清楚地记得父亲老斯坦西尔在日记有关"1899年4月于佛罗伦萨"之下有一段话写道，"隐藏在V.的背后与内里的东西超出我们任何人的猜想。不是谁，而是什么：她是什么。但愿上帝保佑永远不会有人要求我在这里或任何官方报告中写出答案"②。起初，斯坦西尔猜测此人可能与母亲有关系，于是他开始调查V.的身份。V.行踪诡谲，在世界各地以众多不同的形象留下身影和痕迹。V.在书中首先是以一个不断变换身份和名字的女性形象出现的。1898年，她以维多利亚·雷恩（Victoria Wren）的名字现身埃及，并以英国维多利亚女王的姓氏——Victoria作为自己的名字，仿佛她想要成为如英国女王一样的至高无上的女神。虽然没有详细的容貌描述，但从插在她头发里的那把雕刻着五个上了十字架的士兵的象牙梳子可以让人联想到印度教女神卡莉（kali）。卡莉是印度教的神圣母亲，同时具有毁灭性和创造性的双向力量，既能造福生灵，也能毁灭生灵。但维多利亚·雷恩却只能给人带来不幸，她阴险狡诈，荒淫无度，与她纯洁善良的小妹妹米尔德里达（Mildred）形成鲜明对比。米尔德里达在小说中只有短暂的出现，随即便消失不见，不再露面，而维多利亚贯穿小说，可见姐妹俩寓意深刻，象征着世界美丽的外表下正在消失和逐渐泯灭的人性。很快，维多利亚又相继被赋予了一系列新形象：费尔林神父（Father Fairing）爱上的雌鼠维罗妮卡（Veronica）、薇拉·梅罗文（Vera Meroving）、恋爱中的V.和马耳他女扮男装的坏神父。维多利亚每次以新面目示人，她的身体都变得越来越物化、非生命化，她不止有一个以钟面为虹膜的玻璃假眼，还有假牙、假发和假足，肚脐眼竟然是一颗星彩蓝宝石。斯坦西尔发现，他的思维并没有随着信息的不断增加而变得清晰，反而是变得更加混乱，毫无头绪，繁杂的线索错综交织如一团乱麻，答案变得越来越模糊。调查几经周折，斯坦西尔越发觉得难以确定V.的身份，甚至连其性别是男是女都无法准确判断。此时，小说中的V.失去了固定的身份，幻化成了一个虚

---

① ［英］安德鲁·本尼特、尼古拉·罗伊尔：《关键词：文学、批评与理论导论》，汪正龙、李永新译，广西师范大学出版社2007年版，第243页。
② ［美］托马斯·品钦：《V.》，叶华年译，第51页。

无的影子、多义的符号。它"不仅代表一个人，而且可以代表几乎所有以字母 V 开头的人和事"①。V. 可以是呈不对称的 V 字形的水银街灯、一种拼图玩具、纽约一家名叫"V—诺特"的酒吧、啤酒馆盘子上一块洗不干净的 V 形褐色斑痕……还可以是个神秘的地点：变幻莫测的维苏、维多里奥·埃马努埃莱广场、马耳他首都瓦尔塔……总之，V. 可以转化成各种形态，无论是人还是物，使其难以捉摸。V. 繁复衍生的不同意义将小说中断断续续、支离破碎的场景和情节黏合在一起。斯坦西尔对 V. 的神秘身份、飘忽不定踪迹的寻找将他带入对历史的无限遐想与臆断，也赋予小说一种强大的隐喻结构，增加了意义的不确定性，引发了"V. 结构"内部的熵化：层出不穷、无限衍生的阐释，象征"一个在物质上和精神上都已支离破碎的"② 世界正趋向物化和没落。

在小说的第三章"速变艺术家斯坦西尔饰演了八个人"中，读者随斯坦西尔来到了埃及的亚历山大和开罗，亲眼看见了最早出现的 V. 的代言人维多利亚·雷恩的全部活动。斯坦西尔在梦境中饰演了八个角色，叙事角度在这八个角色之间交替波动，断断续续向读者提供了一些破碎的、不连续的历史镜头和片段，演示了 V. 的错综复杂的多重人格和多重身份，突出了被斯坦西尔称为"人格的强制错位"（forcible dislocation of personality）的叙事威力。随着思绪的跳跃，斯坦西尔在自己的头脑中构想生动画面，重新建构历史，他以一种偏执的想象力把许多偶发的历史事件联系到一起，打破了历史那种死气沉沉的状态，历史的真实与主观的臆想交织呈现，时空观念变得模糊与淡化。整个文本呈现出历史的多次反复，充满了意义的随意性和不确定性。斯坦西尔隐约意识到历史的混乱，但他仍然认为，在众多事件背后隐藏着秩序，尝试改变从消亡的历史中发掘意义，有关"人格的强制错位"叙述风格的运用，小说中是这样解释的：

赫伯特·斯坦西尔像某个年龄段的小孩、《教育》一书中的亨利·亚

---

① Molly Hite, *Ideas of Order in the Novels of TP.*, Columbus: OH State UP, 1983, pp.47-66.
② ［美］托马斯·品钦：《V.》，叶华年译，第 331 页。

> 当斯和自古以来各种各样的专制君主一样，总是以第三人称指称自己。这有助于斯坦西尔仅以全套身份中的某一种出现。"人格的强制错位"是他对这种总技巧的叫法，这与"设身处地看问题"不尽相同，因为它牵涉到，譬如说，穿使斯坦西尔感到尴尬的衣服，吃会使斯坦西尔呕吐的食品，住在陌生的居所，频频光顾与斯坦西尔性格不相符的酒吧或咖啡馆。这种情况会持续几个星期，为了什么？为了使斯坦西尔安分守己，即安于第三人称。①

可见，所谓"人格的强制错位"，就是赋予小说中的叙述主体西德尼·斯坦西尔一种全知全能的视角，进行"一次学术性的探索和一场心智上的冒险"。他逐渐系统地分化为多个叙述声音，通过扮演一系列历史人物的化身或替身亲临其境潜入历史的内部，"其中作者所采用或摈弃的作为直线状时间功能的一系列身份都被当作各不相关的性格加以处理。甚至于写作本身也成为另一种摈弃，成为添在过去身上的又一种'性格'"②。此时，这些渗透到小说叙事中的多重人格不仅能够取消叙事主体的优先权，还可以给斯坦西尔提供一条出路，"围绕着每一宗档案这颗种子生长出大量有着珍珠般光泽的推论、富有诗意的自由发挥"，将他带到过去的人格的强制错位，进入那个他"除了有权给予富于想象力的焦虑和历史性的关怀之外既无记忆也无权进入"③的历史。

在第九章"蒙多根的故事"第三节中，斯坦西尔再次借助"人格的强制错位"完成了叙述视角的转换，福帕尔（Foppl）对1904年发生在西南非洲殖民地赫雷罗族人起义后德国人对赫雷罗族人进行种族屠杀的历史回忆是斯坦西尔从目击者蒙多根（Mondaugen）那里听到故事的一部分。但是，正如斯坦西尔自己所说的，"任何时局都不具有客观的现实性"，他从目击者蒙多根那里获得有关多年前发生于德属西南非洲的故事很有可能掺杂着主观的猜测和臆断。小说第八章"蕾切尔取回了溜溜球，鲁尼唱了一支歌曲，斯坦西尔拜访了布拉迪·奇克立茨"中的最后部分提到，蒙多根讲故事的过程只用了

---

① ［美］托马斯·品钦：《V.》，叶华年译，第61—62页。
② ［美］托马斯·品钦：《V.》，叶华年译，第330页。
③ ［美］托马斯·品钦：《V.》，叶华年译，第62页。

不到30分钟，等过了几天，当斯坦西尔来到艾根瓦吕（Eigenvalue）的诊所再次讲起这件事时，故事的内容就发生了很大变化，据艾根瓦吕讲，"它已被斯坦西尔化了"①。显然斯坦西尔对现实的主观色彩影响着陈述。之后，在斯坦西尔向艾根瓦吕转述这个故事过程中，艾根瓦吕插话打断斯坦西尔问道："他们用德语说话？英语？那时候蒙多根是否懂英语？"接着，他质疑蒙多根是否可能在三十四岁之后还会如此具体细致地记得那么平常的一次交谈，因为"那场交谈对于蒙多根毫无意义，而对斯坦西尔却至关重要"②。听起来，艾根瓦吕对蒙多根陈述可信性的质疑不无道理。其实，即使是作为目击者的蒙多根本人也对陈述的客观性本身持怀疑态度，"他此刻在滤除并宁可不去注意的那景象和声音在构造上的变化？没办法说清楚；没人去说清楚"③。第九章中有关福帕尔的回忆体现了叙述的多层化和叙述的模糊性。叙述者的声音与福帕尔的故事相互交融，互为渗透。福帕尔的叙述跨越了四个时间维度：（斯坦西尔或品钦）写作的时间、蒙多根的讲述时间、福帕尔的回忆时间以及福帕尔回忆中关于过去的时间。斯坦西尔、蒙多根、福帕尔和青年时代的福帕尔在对话叙述中构建起四条时间轴，相互交错，打乱了时间固有的先后顺序，实现了人格的强制错位，最终完成对历史的"有限的全知全能叙述"。

《V.》构筑了一个巨大的迷宫，斯坦西尔对于追寻的未来充满焦虑和困惑，他似乎"能预见到某一天他将仅仅被勉强容忍。到那时将只有他和V.孤零零地在一个不知怎的对他们两者的下落都一无所知的世界上"④。"V.结构"为小说提供了一个叙述框架，其中历史事实和虚幻想象相互交织、相互渗透，客观主义和相对主义杂糅其中，表现了历史本身的张力。在小说的第十一章，福斯托·马伊斯特罗尔（Fausto Maijstral）说，"堕落，堕落。这是什么？只是一个很清楚的走向死亡或更适切地说走向非人性的运动"⑤。在第十四章"恋爱中的V."里，伊塔古（Itague）说，"堕落是从人类的层面向下

---

① ［美］托马斯·品钦：《V.》，叶华年译，第244页。
② ［美］托马斯·品钦：《V.》，叶华年译，第267页。
③ ［美］托马斯·品钦：《V.》，叶华年译，第296页。
④ ［美］托马斯·品钦：《V.》，叶华年译，第54页。
⑤ ［美］托马斯·品钦：《V.》，叶华年译，第350页。

掉。我们越往下掉,我们就变得越不像人。因为我们少了人性,我们就采取欺骗手段把我们已丢失的人性强加于无生命的物体和抽象的理论上"①。显然,置身于技术化的生活世界,面对人和世界的"熵"化趋向,托马斯·品钦意在通过《V.》的隐喻结构展现故事情节的多重性、交叉性,以模糊的结构和晦涩的叙述阻隔、推迟了人的无生命化进程。

  托马斯·品钦是一位技艺超群的文学奇才。初读他的作品,读者虽然不免有晦涩难懂之感,有时更是犹如坠入云里雾中,似乎"我们从中了解得越多,一切就变得越加神秘"②;但仔细品味过后,读者不难发现并感叹品钦作品中从字词到句子再到段落乃至每一章节都是经过精挑细选的,令人回味无穷。"隐喻到底是什么?"当我们再次回到这一个古老的问题时,品钦在小说《拍卖第四十九批》中给出了这样的一种解释:隐喻是"对真相和谎言的冲击,就看你在哪一边,在里边就安全,在外边就迷惘"③。这是不是可以理解为,如果你身处其中,隐喻可以帮助你跨越悬疑、纠结和不安,直到触摸破译美国现实的密码;反之,隐喻会令你陷入一个千变万化的文字迷宫,卷入一场有关美国现实的骗局,扑朔迷离、疑影重重。隐喻的巧妙运用使作品充满了意义上的不确定性,时间上古今交错,叙事上虚实交融,读者迷失在虚幻与现实、碎片与拼贴、多义性与不确定性的迷宫里,而这恰恰是黑色幽默和后现代创作的典型特点。托马斯·品钦巧妙运用隐喻这把双刃剑突破了英国作家和科学家查理·拍西·斯诺(Charles Percy Snow)关于科学和文学是两个文化的界限的断言④,带领读者进入了一个"双重影像"的奇异世界,为 20 世纪焕然一新的思想文化潮流注入了新的活力。

---

  ① [美]托马斯·品钦:《V.》,叶华年译,第 446 页。
  ② Tony Tanner, "The Crying of Lot 49", in Harold Bloom, ed. , *Modern Critical Views: Thomas Pynchon*. New York: Chelsea House Publishers, 1986, p. 175.
  ③ [美]托马斯·品钦:《拍卖第四十九批》,林疑今译,第 125 页。
  ④ 参见吕惠《从秩序到混沌——论品钦作品中的熵主题》,《外交学院学报》2003 年第 4 期。

第三章 品钦对技术理性的批判与反思

在现代社会，科学技术已经渗透并融入人类社会生活的方方面面，成为推动人类文明发展进步的重要力量。进入20世纪，世界现代化进程明显加速并迅速向全球范围扩展开来。现代人享受科学技术给人类带来丰富的物质生活的同时，也必须面对伴随技术危机而来的生存风险和意义的迷失。对现代技术本质的追问引发了当代哲学家、思想家和文学家们对技术与人、技术与自然、技术与社会、技术与文化关系的深入探究。

托马斯·品钦密切关注科学技术对人类社会和历史进程的影响，关心人对生活意义的终极诉求，坚持以科学理性为内核的现代性对封闭和僵化的技术思维方式进行反思，以后现代叙事话语讲述和反映现代科学技术对人类社会经济、文化、生活的双面影响。在他的作品中，晦涩难懂的科学概念、公式、定理与小说创作进行了完美结合，大放异彩，成为小说中独特而寓意深刻的象征符号，再现了后现代语境下，科学技术走向失控及科技与人类之间相爱相杀的依存关系。在品钦构建的当代混乱无序、荒诞神秘的技术世界中，人们对技术理性的过度依赖已经演化成为技术迷信，严重束缚了人们的思想，剥夺了民众的话语权和思考能力，造成现代人单一、僵化的思维模式，进而使得科学技术的发展与创新裹足不前，人类也同时失去了人性的自由和光辉。品钦清楚地看到了西方社会中技术扩张和技术理性的膨胀所造成的恶果，并对此深感担忧，但是，品钦并没有因此对人类的未来抱以悲观失望的态度，而是希望通过人们不停的追寻和探索，找到未来抵抗熵化世界的出路，以人性的力量战胜技术异化，帮助人们实现人生的意义。

第一节　技术理性的兴起、发展与危机的出现

理性素来是哲学家们进行哲学反思的重要议题。随着人类实践活动的不断发展，理性的内容和形式也发生着相应的变化。技术理性是人类理性的一种现代模式，成为工业文明社会中主导人们生产生活的基本思维模式。了解技术理性的发展历程成为厘清科学技术与技术理性之间关系以及反思对技术理性的批判的前提条件。

理性的源起与希腊文明密不可分。罗素曾说："在全部的历史里，最使人感到惊异或难于解说的莫过于希腊文明的突然兴起了。构成文明的大部分东西已经在埃及和美索不达米亚存在了好几千年，又从那里传播到了四邻的国家。但是其中却始终缺少某些因素，直等到希腊人才把它们提供出来。"① 而这个由希腊人提出的在文明的兴起中发挥着关键和主导性作用的因素就是理性。对理性的哲学意蕴的探究始于古希腊哲学家赫拉克利特（Heraclitus）提出的"逻各斯"。逻各斯是一个复杂的概念，包括丰富的含义，如语言、规则、说明、定义、尺度、计算、比例和推理等。对赫拉克利特来说，逻各斯是"恒久有效的"，"跟随〈一般〉｛即普遍。'一般'意指'普遍'｝"②，是不以时间和空间的变化而变化，支配着包括自然世界和人类世界在内的宇宙的普遍规律。逻各斯不仅是世界万物运动变化的原理原则，也是人摒弃感觉印象，通过语言和理性思维所把握的世界规律。透过富于诗意和暗示的箴言，赫拉克利特表达出对人类把握逻各斯的理性能力的肯定，同时拒绝以神秘力量来解释宇宙万物，他指出，"〈有序化了的?〉世界，对所有人都是同一个，不由神或人造成"③。以普罗塔哥拉（Protagoras）为代表的智者派深信人的力量能改善自

---

① ［英］伯特兰·罗素：《西方哲学史》（上卷），何兆武、李约瑟译，商务印书馆 1976 年版，第 24 页。
② ［古希腊］赫拉克利特：《赫拉克利特著作残篇》，［加］罗宾森英译，楚荷中译，广西师范大学出版社 2007 年版，第 11—12 页。
③ ［古希腊］赫拉克利特：《赫拉克利特著作残篇》，［加］罗宾森英译，楚荷中译，第 41 页。

己的处境，认为"人是衡量万物的尺度"，人的理性认知范围的划定与神无关，强调"至于神，我不知道他们是否存在"①。虽然在很大程度上智者派的哲学思想去除了逻各斯的神秘色彩，推动了逻各斯概念的世俗化和自然化进程，但其相对主义的主张遏制了人类对真理的追求。随后，以苏格拉底、柏拉图、亚里士多德、笛卡尔、斯宾诺莎（Spinoza）、康德、黑格尔等为代表的学者派哲学家确立和发展了理性主义哲学，并最终发展出了物理学、道德学和逻辑学等各门具体的科学。苏格拉底式对话为人类利用语言进行自由开放的理性交流树立了一个极好的榜样。在希腊文中，"奴斯"本义为心灵，转义为理性。古希腊哲学家、原子唯物论的思想先驱阿那克萨戈拉（Anaxagoras）以此来表述万物的最后动因。阿那克萨戈拉认为"种子"是固定不动的，而促成种子间相互组合和彼此分离的力量是来自种子以外的某种叫作"奴斯"的东西。在他看来，宇宙最初是由无穷无尽的种子混合组成。在"奴斯"的作用下，初始状态下的混合物发生旋涡运动，从一个小点开始，逐渐膨胀，形成太阳、星辰、月亮和气体。在旋涡运动中，稀与浓、热与冷、暗与明、干与湿分置开来，其中浓的、冷的、湿的和暗的结合为大地，而稀的、热的、干的和明的结合为高空，进而形成一个有序的宇宙。亚里士多德将理性视为"逻各斯"和"奴斯"的结合，认为"理智在我们中是最高贵的"，"在理智的所有中，实现活动比其他更为神圣"②，这其中既包括认知和思想，也包括通过技术改造世界，改善人类生活环境的实践活动。因比，亚里士多德认为受理智支配的"技术比经验更接近科学"③，其中蕴含的理性方法和理性知识超越了依靠直觉经验的原始工匠传统，为西方技术思维的形成埋下了理性精神的种子。

罗素对构成希腊文明的重要因素"理性"给予了高度评价，认为希腊人在"纯粹知识的领域上所做出的贡献"④非同寻常。在古希腊，数学一直被视为最能代表人类理性功能的科学。泰勒斯（Thales）是古希腊及西方第一位

---

① S. Marc Cohen, Patricia Curd, and C. D. C. Reeve, *Readings in Ancient Philosophy: From Thales to Aristotle* (Second Edition), Indianapolis: Hackett Publishing Company, 2000, p. 81.
② 苗力田编：《亚里士多德选集》（形而上学卷），第 295 页。
③ 苗力田编：《亚里士多德选集》（形而上学卷），第 6 页。
④ ［英］伯特兰·罗素：《西方哲学史》（上卷），何兆武、李约瑟译，第 24 页。

自然科学家和哲学家,古希腊最早的哲学学派——米利都学派(也称爱奥尼亚学派)创始人,被后人称为"希腊七贤之一"和"哲学和科学的始祖"。他坚持借助经验观察和理性思维而不是依仗超自然因素解释自然现象。他提出了水本源说,即"万物源于水",试图在神以外的客观世界中寻找万物本源。泰勒斯对数学发展作出重要贡献,几何学里的泰勒斯定理由他最先确定和证明,故以其命名。同时,在古埃及土地丈量方法和古巴比伦天文知识的基础上,泰勒斯利用日影测量出金字塔的高度,并准确地预测了公元前585年发生的日食。泰勒斯的两位学生阿那克西曼德(Anaximander)和阿那克西美尼(Anaximenes)随后分别提出"阿派朗"(无限定,英文:apeiron 或 Boundless,希腊文:ἄπειρον,即无固定限界、形式和性质的物质)与"气"本源说。虽然泰勒斯、阿那克西曼德和阿那克西美尼师生三人抛弃了古老的神话传说,试图用理性的解释代替诗人的想象和超自然的力量,但在他们冷峻的理性思考中依然融合着感性的抒写。黑格尔说:"思辨的水是按照精神方式建立起来的,不是作为感觉的实在性而揭示出来的。于是就发生了水究竟是感觉的普遍性还是概念的普遍性的争执。"[①] 而接下来出现的毕达哥拉斯学派,提出数字才是真实物质的终极组成部分,数字意味着所有的事物,所有事物按照一定的数量比例形成和谐的秩序。从此,"量化的方法差不多已经变成了一种世界观,而这种方法也被等同于技术统治的世界观"[②]。数学架起理念世界和现象世界之间的桥梁,"理性"一词也被赋予一种科学精神。

在近代西方启蒙运动中,数学显示了人类理性的能力、根源和力量。数学以规律和秩序瓦解玄秘,牢固把握宇宙的所作所为。理性被主体化和世俗化,神、上帝在理性领域逐渐退隐。数学的客观性、精确性及标准化等特征逐渐内化到社会生活的各个方面。人们认识到"从星体的运动到树叶的颤动,所有感官所能感知的现象都能用一种精确、和谐而理智的形式来描述。简而言之,这种设计,虽然不为人的行为而影响,却能被人的思维所理解",故而

---

① [德] 黑格尔:《哲学史讲演录》(第一卷),贺麟、王太庆译,商务印书馆2011年版,第204页。

② [荷] E·舒尔曼:《科技时代与人类未来:在哲学深层的挑战》,李小兵、谢京生、张峰等译,东方出版社1995年版,第345页。

"最先进的自然科学理论，全都是数学化的"①。数学概念及其推论为重大的科学理论提供精髓的同时，数学方法，以及一些数学概念和定理，也被广泛应用于日常文化活动中。作为人们认识世界和改造世界的技术正是在数学科学基础上逐步发展起来。"量化在与技术相连时是最为有效的，因为随着完全自主性的技术贯彻，人们可以被排除在外。量化提高了技术设计的基础。"②在技术理性的数学化进程中，人们能够以数学为模型，通过自主的技术手段对自然世界进行预测、计算和验证，从而进一步理解和把握世界，并引发了17世纪的自然科学革命。革命首发于当时所称的物理科学，包括了数学、化学、物理学与天文学。在科学实验的基础上，伽利略创制了天文望远镜，发现了木星的四颗卫星，论证了哥白尼的日心说，扩大、加深并改变了人类对物质运动和宇宙的认识。在系统总结伽利略和惠更斯（Huygens）的研究成果后，牛顿得出万有引力定律和牛顿运动三定律，完整的力学理论体系得以形成。同时，牛顿与戈特弗里德·威廉·莱布尼茨（Gottfried Wilhelm Leibniz）在总结前人研究成果的基础上建立了数学分支学科——微积分。微分几何、微分方程、变分方法等后续建立的数学分支学科促进了理论物理学的发展。

17世纪的自然科学革命实现了自然科学史上的第一次大融合，牛顿的力学和热力学的结合引发了从手工劳动向动力机器生产转变的第一次技术革命，这使人类进入以技术的机械性为特征的"蒸汽机"时代。18世纪，蒸汽机作为动力机不仅在采矿业中得到广泛应用，在冶炼、纺织和机器制造等行业中也得到迅速推广，开启了一场机器设备替代人工劳力、工厂规模化生产逐渐替代手工作坊个体操作的生产模式和技术创新革命。由于机器的发明及运用成了这个时代的标志，历史学家也称这个时代为"机器时代"（the Age of Machines）。进入19世纪，技术理性与物理学广泛而深入的结合推动自然科学取得丰硕成果。1831年，英国科学家法拉第（Faraday）发现电磁感应现象，从而奠定了电机的理论基础；1864年，英国科学家麦克斯韦（Maxwell）建立了系统的电磁学理

---

① ［美］M. 克莱因：《数学：确定性的丧失》，李宏魁译，湖南科学技术出版社2002年版，总序第5页。

② ［荷］E·舒尔曼：《科技时代与人类未来：在哲学深层的挑战》，李小兵、谢京生、张峰等译，第348页。

论,进而证明了电磁波的存在;1847年,英国科学家焦耳发现了著名的被恩格斯誉为19世纪三大发现的能量守恒与转换定律;19世纪30年代末,德国科学家施莱登(Schleiden)和施旺(Schwann),在总结前人成果的基础之上,建立了细胞学说;1859年,英国的生物学家达尔文建立达尔文进化论学说;1868年,俄国科学家门捷列夫(Mendeleyev)在发现了化学元素周期率,奠定了无机化学的基础;1895年,德国科学家伦琴(Röntgen)揭开了X射线的神秘面纱。19世纪,物理、化学、生物等各门自然科学的理论化知识通过技术手段快速直接外化为物质性的技术现实,催生了以电学为标志的第二次技术革命的爆发,人类跨入电气化时代。第二次技术革命影响巨大而深远,波及社会生活和生产管理的方方面面,引发了人类生产关系与社会发展格局的重大变化,对促进社会现代化、实现经济繁荣发挥着举足轻重的作用。工业革命以来,科学技术的迅猛发展与层出不穷的新技术、新发明的大规模运用带来了社会经济和财富的日益增长,人类的生存境况得到极大改观,人们充分享受着先进的科技带来的繁荣与文明,沉浸在主宰世界的美好的幻想之中,此时的技术理性融合了人类的聪明才智,以标准化和有效性为目标,在满足人类生存最基本物质需求和维持人对自然依存关系基础上,成为"实践理性和技术精神"①的化身。技术理性自然而然成为人们追求和大力宣扬的对象。在技术迅猛发展的推动下科学成为理性的代名词,被视为把握事物规律的标尺和人类从事活动的唯一根据。特别是"随着大规模的工业研究,科学、技术及其运用结成了一个体系",技术理性的作用日益凸显,科学技术进步看似可以决定政治、经济、文化、体制等一系列社会存在形式的发展。"科技进步的内在规律性,似乎产生了事物发展的必然规律性。"② 正如胡塞尔(Husserl)所说的,到了19世纪下半叶,实证科学主导并控制了现代人理解世界和自身的视角和基本观点,"并迷惑于实证科学所造就的'繁荣'"③,对技术推崇备至,认为技术是推动

---

① 曹克:《生态伦理视野中的技术理性批判》,《南京财经大学学报》2007年第2期。
② [德]尤尔根·哈贝马斯:《作为"意识形态"的技术与科学》,李黎、郭官义译,学林出版社1999年版,第63页。
③ [德]埃德蒙德·胡塞尔:《欧洲科学的危机与超验现象学》,张庆熊译,上海译文出版社1988年版,第5页。

社会发展的根本动力,甚至赋予科学技术神话般的色彩,而不再仅仅是客观存在的知识体系。此时的技术理性已经不同于启蒙时期倡导的"理性",而是从内在蕴含上发生了变化。法兰克福学派认为,在现代工业社会中,技术进步成果为人类提供了自由的条件,但与此同时也附加了更多的强制性规则。技术理性反映了人类理性活动受到技术标准和规则制约与指导的趋势。[①] 马尔库塞把这种趋势解释为"一个无所不在的制度",这个制度具有强烈的排他性,可以吞噬或拒绝所有历史替代选项与方案。它推动了社会生产力的发展,稳定了社会秩序,并将技术进步纳入了"统治框架",此时,"技术的合理性已经变成政治的合理性"[②]。换句话说,科学技术被赋予了意识形态的功能,其意识形态的功能致力于维护现存社会制度和统治秩序,为资产阶级的统治做了合法性辩护。技术理性依靠客观存在的有形物质产品,以满足和改善人们生活需求为目标,"利用技术而不是恐怖去压服那些离心的社会力量"[③],然而,"技术统治论意识"排斥了人们对价值问题的追问及对现存社会制度的批判,人们的思维渐渐丧失了反思的能力,陷入对于技术理性盲目崇拜的陷阱。

马克思早在一百多年前就揭示,"在我们这个时代,每一种事物好像都包含有自己的反面。我们看到,机器具有减少人类劳动和使劳动更有成效的神奇力量,然而却引起了饥饿和过度的疲劳。……技术的胜利,似乎是以道德的败坏为代价换来的。随着人类愈益控制自然,个人却似乎愈益成为别人的奴隶或自身的卑劣行为的奴隶。甚至科学的纯洁光辉仿佛也只能在愚昧无知的黑暗背景上闪耀。我们的一切发现和进步,似乎结果是使物质力量成为有智慧的生命,而人的生命则化为愚钝的物质力量。现代工业和科学为一方与现代贫困和衰颓为另一方的这种对抗,我们时代的生产力与社会关系之间的这种对抗,是显而易见的、不可避免的和无庸争辩的事实"[④]。进入20世纪,

---

① 参见李泳梅《技术理性的实证主义根源及困境——对法兰克福学派技术理性批判理论的深层解读论》,《浙江学刊》2006年第4期。

② [德]赫伯特·马尔库塞:《单向度的人:发达工业社会意识形态研究》,刘继译,上海译文出版社2016年版,第7页。

③ [德]赫伯特·马尔库塞:《单向度的人:发达工业社会意识形态研究》,刘继译,第2页。

④ 《马克思恩格斯选集》第1卷,人民出版社1995年版,第775页。

高度发达的现代科学技术实现了社会生产力的飞速发展，为人类的文明开辟了更为广阔的空间，有力地推动了经济和社会的发展。但与此同时，对技术的盲目依赖和崇拜使得人类物欲膨胀、精神萎靡，科学技术的发展开始出现失控的局面，技术理性在社会中逐渐成为霸权理性，并向一切领域扩展，人类的精神领域开始被技术理性控制并产生了异化。人类文明危机四伏，社会问题不断涌现："生态的破坏、战争的威胁、社会秩序的急剧转变、人们思想和意识上的不安，处处都显示知识增长并非一个可以无限膨胀的气球。"① 人们对技术的严重依赖使他们成为技术试验的对象、机器控制的对象。本身旨在为人类谋求福祉，许诺将人类从愚昧和非理性状态中解放出来的科学和理性也变成压抑和扭曲人们自由天性的异化力量。随之出现的世界大战、核武竞争、种族冲突、经济危机、贫富分化、信仰迷失和毒品泛滥等社会问题使人们对于进步的观念和现代文明的未来产生了怀疑乃至动摇。正是对诸多现代文明中复杂问题的关注引发了人们对现代社会中技术理性地位的反思。

第二节　技术理性霸权的三个重要表征及品钦的反思与批判

作为一种发生在20世纪中后期的文化思潮，后现代主义是对"现时代的实践和人类自身进行反思的思想运动，是对现代资本主义的文化批判；作为一种思维方式，后现代主义哲学是对传统思维方式的挑战和扬弃"②，以全面摧毁传统封闭、简单和僵化的西方思维方式为目标。托马斯·品钦作为后现代主义代表作家，其作品对晚期资本主义社会状况，特别是西方文化传统下的美国社会文化进行了反思与剖析，充分体现出后现代主义思维的否定性和批判性倾向。手握批判这把利器，品钦从人本主义视角出发，在小说的世界里建立起一个自由批评的空间，在坚持科学技术作为知识体系的客观真理的

---

① ［美］华勒斯坦等：《学科·知识·权力》，刘健芝等编译，生活·读书·新知三联书店1999年版，第1页。
② 王治河：《扑朔迷离的游戏——后现代哲学思潮研究》，社会科学文献出版社1993年版，第24页。

同时，消除了技术理性对人类整体理性的掩盖，通过剖析技术理性霸权的绝对理性、技术至上和人的物化这三个重要表征，对技术理性进行了深刻的反思和批判，表达了他对技术理性霸权引发的后现代社会问题的忧虑，更深层次地揭示出现代战争背后人类生存的苦难、残酷和无处排解的悲哀与无奈。通过作品中"冷冰冰的叙述"，品钦张扬人的主体性，表达了对人性自由的向往。读者透过作品见证了一场没有硝烟的战争，即技术理性霸权与人性自由之间的战争。

一 绝对理性

追求秩序和理性是西方文明的基石。从古希腊哲学家赫拉克利特提出逻各斯概念到柏拉图和亚里士多德等人提出的形而上学的哲学认识论都指出，在宇宙万物混乱的外表下有一种绝对的理性或秩序、一个隐藏在一切事物运行中的必然规则。不论是文艺复兴时期为反对神性而建立的人类理性还是17—18世纪发展起来的科学与实证精神，都不约而同地强调理性、权威、同一性、整体性、确定性和终极价值观。人类关注的焦点一直是那些有章可循的、理性的方法和规则。追求理性与秩序也成为人们一贯的思维模式。特别是18世纪法国科学家拉普拉斯（Laplace）在牛顿力学基础上提出的宇宙间的一切事物都照一定的节律运动的动力学决定论，加速了技术理性在各个领域的扩展和控制。决定论在18—19世纪基本上统治了科学界，同时旁及政治、经济、文化等许多领域。根据决定论，世界的一切运动都是由确定的规律决定的；知道了原因以后就一定能知道结果，现在发生的一切都是由过去决定的，它们通过因果而建立起关系。那就意味着一旦人们知道了原因，他们就必然会得知结果。过去决定了现在发生的一切，它们之间的关系是通过因果关系得以建立。基于此，人类取得了一项又一项的技术突破，生产力不断提高，科学得到了巨大的发展。在这种思想影响下，整个世界像时钟一样运行着，人们似乎拥有了预测未来的能力，可以知晓即将发生的一切，这也被称为机械论。随着现代科学技术的迅猛发展，进入20世纪，工业革命和工业化运动完成了从西欧、北美中心区向世界其他地区的世界性扩展进程，传统的农业世界转变成为现代工业世界，社会生活日趋理性化。现代社会，在"秩序"和

"进步"的光环下,以机械论为代表的技术理性取得至高无上的地位,"这样一种有限的、'现成的认识方法'"被夸大成"唯一的、无限的认识方法"。① 人们将技术理性视为人类公认的准则,对它的崇拜也演化成了技术迷信。

正是在这样的社会现实基础上,20世纪中叶,在西方工业社会广泛出现一种极具反叛性和多元性的社会文化思潮,即后现代主义思潮,它对文化、语言、历史等领域产生了广泛的影响,在哲学、艺术和社会文化等方面表达了其认知世界的独特视角。后现代主义将关注的焦点从正统的人文社会科学所研究的现实有序的人文社会现象转向那些"被忽视了的事物,有阻力的领域,被遗忘的事物,非理性的东西,无意义的事物,被压抑的事物,两可之间的东西,经典之物,神圣之物,传统之物,怪诞之物,崇高之物,受鄙视之物,被遗弃之物,无足轻重之物,边缘之物,外围之物,例外之物,脆弱之物,湮没之物,意外之物,被驱散之物,被取消资格之物,被延误之物,被分离瓦解之物——所有那些'现代人不愿去深入了解和特别关注的事物'"②。后现代主义思想家们呼吁摧毁统一性、秩序、一致性和"永恒真理",期望发现"多样性、无序、非一致性、不完满性、多元论和变化"③,以多元视角看问题,避免思维视角的单一和僵化。当代美国著名科学哲学家保罗·法伊尔阿本德(Paul Feyerabend,1924—1994年)在《反对方法》一书中指出,"科学是一种本质上属于无政府主义的事业。理论上的无政府主义比起它的反面,即比起讲究理论上的法则和秩序来,更符合人本主义,也更能鼓励进步"④。在他看来,科学研究采取多元方法论,就应当容纳一切思想,吸收并改造与自己不同甚至相反的观点,反对传统方法论原则的唯一性、普遍性,以及对其他方法的排斥与打击。他主张科学家应该勇于接受不同于自己的观点,同时,在不同观点的比较过程中,尽其所能地努力改进而不是放弃在竞争中失败的想法。只有

---

① 王治河:《扑朔迷离的游戏——后现代哲学思潮研究》,第114页。
② [美]波林·玛丽·罗斯诺:《后现代主义与社会科学》,张国清译,上海译文出版社1998年版,第8页。
③ 王治河:《扑朔迷离的游戏——后现代哲学思潮研究》,第10页。
④ [美]保罗·法伊尔阿本德:《反对方法:无政府主义知识论纲要》,周昌忠译,上海译文出版社2007年版,第1页。

这样，科学家才能在自己的观点中融入更多的经验内容并实现对这些内容的准确把握和理解。他坚持认为，科学的最终目的是增进自由，使人的个性得到充分自由的发展，使人过上一种真正丰富多彩的生活。

后现代思想家崇尚差异性，倡导多元化的思维方式也直接反映到后现代文学作品中，许多作家通过文学实验，进行了种种积极探索，超越文学体裁之间的传统界限，在艺术主张和审美追求上呈现出复杂多样的风格。后现代主义作家以超现实、非理性的言说方式图解世界，超越了艺术与现实的界限，拆除具有中心指涉结构的整体性、同一性，以独特的视角，开放性的结构，创作出许多令人耳目一新的作品，展示了后现代小说的多元性特征魅力。托马斯·品钦的作品通过破坏、颠覆和批判技术理性霸权，赋予西方文化传统"容异"意识新的时代内涵。"容异"意识，即对异质文化和异己观念的宽容态度和容受精神，是对文化专制主义、文化专断、排斥异己和大一统观念的抵制。

作为后现代主义小说代表作家，托马斯·品钦在小说中专注描写20世纪中叶的美国社会，表达了他对现代技术及人与自然关系的深刻思考。在那个时代，科学技术的迅速发展深刻地影响和规范着人类的生活和价值观念。技术理性控制下的现代技术、机器和系统压迫人类生活、钳制人性，人们失去了原有的信仰和价值观，迷失在绝对理性控制下的精神荒原之中。《万有引力之虹》开始处描写了一个巨大的淋巴增生组织，"这个恶毒的增生组织是有总体规划的，只吞噬对它有用的人……而忽略其他人——这一来搞得总部狂乱、痛苦，没了主意……人人束手无策"①。正如其名，"白色幽灵"组织如同无孔不入的幽灵一般利用技术理性将自然界、人性中的神奇之处进行抽丝剥茧式的分析，企图对人们实施从行动到思想的全面控制。"白色幽灵"组织所在地是一所废弃的疯人院，不难看出，品钦有意借对"白色幽灵"组织的疯狂控制欲的描写来影射技术理性霸权主张的绝对理性是如何的残忍。面对技术理性霸权对人性的戕害，品钦直言，"这不是太下作了吗？用这种方式去干预别人的心理……太残忍了"②。

---

① ［美］托马斯·品钦：《万有引力之虹》，张文宇、黄向荣译，第17页。
② ［美］托马斯·品钦：《万有引力之虹》，张文宇、黄向荣译，第93页。

"白色幽灵"组织负责人波因茨曼是巴甫洛夫（Pavlov）心理学条件反射学说的忠实信徒，他把人的有机体看作一个完整的系统，希望通过给人做科学实验的技术手段达到对自然界及人的身体和心理的完全控制的目的。他狂热信奉决定论，认为："如果能发现这种线索，我们就又一次揭示了每件事物、每个灵魂的绝对必然性。"① 在波因茨曼眼里，任何生命体都可以成为他的研究对象，他用动物和人进行意念制动试验，力图用巴甫洛夫刺激反射理论解释人类和动物的任何行为。波因茨曼坚信："我们的理想，我们研究科学的最终目的，就是达到正确的、机械的解释……心理活动能够纯粹归结到生理基础之上。没有无因之果，两者之间有一系列清晰的联系。"② 可以看出，波因茨曼的思维模式是典型的两极化模式，凡事必有前因后果，他把概率学中0和1"中间的东西排除于其理论之外……"③，决定论使波因茨曼身上的人性消失殆尽并完全让位于理性和秩序。在他眼里，自然界的一切生命体都是实验品。他相信在人的大脑中存在一个特殊的开关可以掌控人的性行为和生老病死，并企图通过控制人的思想和生活来达到恢复理性与秩序的目的。为了进行反射实验，他残忍地将活生生的动物进行肢解，只为测试动物能否正常存活；他切除一息尚存的动物大脑组织以检测动物对猎物是否有无条件反应能力，缺乏对研究对象的最起码的伦理关怀。波因茨曼极端的科学思维集中体现在主人公斯洛索普这一"真正的经典案例"中，当波因茨曼把实验目标锁定在斯洛索普身上时，在他的眼里，斯洛索普不再是人，而只是一个供科学研究的物，毫无人的尊严和价值可言。

除了波因茨曼，曾对婴儿时期的斯洛索普进行过残忍的条件反射实验的化学家拉兹洛·雅夫博士也是绝对理性的坚定捍卫者，这一点在他对化学键"离子键"和"共价键"的态度上反映得淋漓尽致。他对"善变、柔弱"的共价键"产生了一种敌意，一种奇怪的个人仇恨"，在他心中"离子键是多么强健、多么永久啊——它们没有共有电子，而是获得电俘获！占有！这些原子会出现正负极，没有模棱两可的东西……他越来越喜爱那种明确性：这样

---

① ［美］托马斯·品钦：《万有引力之虹》，张文宇、黄向荣译，第96页。
② ［美］托马斯·品钦：《万有引力之虹》，张文宇、黄向荣译，第98—99页。
③ ［美］托马斯·品钦：《万有引力之虹》，张文宇、黄向荣译，第61页。

的物质是多么顽强、多么稳定啊"！他不能接受共有电子的碳原子"竟然是生命，他生命的核心"，认为"这简直是天大的耻辱"。而在现实中，原子间并不形成"纯"离子键。所有的键都或多或少带有共价键的成分。成键原子之间电平均程度越高，离子键成分越低。理性在拉兹洛·雅夫博士的心里是一头"不懂得婆婆妈妈、不懂得妥协退让"的狮子，做任何事他都不能接受"共有"原则，"他索取，他占有！……他从来没有相对性这样的说法。他要的是绝对。要么生，要么死。要么赢，要么输。没有缓和，没有协商。只有跳跃、吼叫、血腥给他带来的快乐"①。显然，绝对理性将科学与人文两种文化断裂开来，最终导致了人类文明的灾难。

利奥塔在 1979 年《后现代状况——关于知识的报告》中指出：科学为了证明自己游戏规则的合法化，制造出了哲学这种元话语来，而元话语又制造出"元叙事"，即那些能够为科学立法的哲学话语。"元叙事"被认为是普遍的，可以用来表达绝对的真理，成为理性和秩序的代言人。在信息时代，数字技术成为存储和传输知识的主要手段。无法通过数字技术处理的信息变成不受欢迎的社会"杂音"，面临受人排斥和被抛弃的命运。② 这样，技术理性在人类社会现代化发展进程中不再处于为人服务的地位，而是取得了"元叙事"的地位，成为一种标准，不仅操控着自然还开始操控着人，左右着人们对世界的认识，所有与其相悖或不符合标准的话语都被视为"不科学"或"反科学"的。技术理性的绝对理性与秩序化剥夺、压抑了人的自由意志，让人的思想陷入僵化和封闭，其后果往往是灾难性的。

《万有引力之虹》中荷兰殖民者对度度鸟的残忍屠杀是一个鲜明的例证。仅仅由于荷兰殖民者从没有见过度度鸟这种长相的鸟，就认为"这种路都走不稳的鸟儿是劣质品，肯定是造的时候受了撒旦的干扰，其丑陋是对上帝造物的质疑"③。在荷兰殖民者眼中，度度鸟是"异类"，完全不符合他们业已认知的审美标准，因此他们对度度鸟充满着排斥心理，拒绝与其接触，并以极

---

① ［美］托马斯·品钦：《万有引力之虹》，张文宇、黄向荣译，第 615 页。

② 参见 Jean-Francois Lyotard, *The Postmodern Condition: A Report on Knowledge*, California: Borgo Press, 1980。

③ ［美］托马斯·品钦：《万有引力之虹》，张文宇、黄向荣译，第 121 页。

其傲慢的态度对其所谓"另类"的长相品头论足,极尽讽刺挖苦和贬低压制,甚至不惜以暴戾杀戮的方式将其彻底消灭。书中的弗朗士谈到度度鸟惨遭猎杀时竟然大言不惭地评论:"可是现在有什么办法阻止这种屠杀呢?太晚了……不妨嘴巴再漂亮点,羽毛再丰满点,不论远近只要会飞一点……只要在设计上稍作调整,或者我们在岛上发现了野人,能给这些鸟作陪衬,它们的外貌就会像北美野火鸡,我们看起来就不会那么怪了。"① 在此,西方殖民者的侵略本性和丑恶嘴脸暴露无遗。在绝对理性的思维模式下,西方殖民者的思维是狭隘闭塞的,不但把有别于自己的东西看作异类,而且不能接受新鲜事物。他们唯我独尊,认为自己才是世界的中心,只有自己的好恶和偏见,对于大自然既没有敬畏之心也没有善念。"科学技术"成为他们在利益追逐游戏中排斥异己的工具,他们不但垄断了优质的自然资源还要垄断思想话语权,剥削本质一览无遗。这不由得让人联想到品钦在之后创作的小说《梅森和迪克逊》中涉及美洲印第安人的血泪史。伴随着美国西进运动的大肆扩张,自诩为文明传播者的欧洲殖民者为了抢占美洲广袤富饶的土地和资源,他们将美洲原住民划为劣等民族,视为野兽,并恶意抹黑,将印第安人宣传塑造成为背信弃义、愚昧、危险的异教徒形象。自然天成的"武士之道"和世外桃源般的生存之地被无情的殖民者通过技术手段人为分裂阻断。在西方殖民者的火炮和大锤的摧毁下,本是这片土地原住民的印第安人变成了欧洲殖民者的奴隶,他们饱受摧残,土地被侵占,家园被破坏,家人被屠杀,原本灿烂辉煌的印第安文明也迅速消失。"一战"结束之后的 1924 年,印第安人才获得美国政府赋予的美国公民权利。印第安人在长达数百年中所经历的种族屠杀和文化灭绝可以说是殖民强盗犯下历史罪行的最直接证据。

面对西方殖民者奉为神明的技术理性之绝对理性与秩序,品钦"没有通过冷酷的叙述和狂热的'呐喊'来对人类社会的前景进行警告,而是在无序的表象下对科技无节制发展和人类欲望无限放纵所带来的灾难性后果进行了暗示"②。以《万有引力之虹》为例,本书涉及哲学、政治、经济、历史、物

---

① [美]托马斯·品钦:《万有引力之虹》,张文宇、黄向荣译,第 121 页。
② 王建平、郭琦:《〈万有引力之虹〉的隐喻结构与人文关怀》,《东北大学学报》(社会科学版)2008 年第 1 期。

理、化学、数学、军事工程、心理学等诸多学科专业知识，同时也记录了大量涉及民间文化、商业娱乐、福音布道、巫术、占星术、催眠术和心灵感应等超自然现象，甚至神仙鬼怪的边缘声音：拥有特异功能的卡罗尔·埃温特（Carroll Eventyr）可以充当"灵媒"和鬼魂进行交流；英军执行轰炸任务的轰炸机飞行员圣布莱斯（St. Biaise）中尉在吕贝克的上空竟然见到了天使，"那张以里格计的燃烧的脸，那双眼睛高达数英里，转动着锁定他们的飞机，虹膜红如火炭，自然过渡到黄色和白色"①；赫雷罗人"每天都和祖先有来往"……；杰茜卡也可以随时从自己的身体中抽离出来，进入另一个世界，犹如灵魂出窍一般，观察自己的一举一动和周围人幽灵般的盲目行为。在"哈茨山奇特的、金丝雀聚集的"夜里，"到处是咒语、女巫争斗、女巫团政治……"② 小说中，虚幻、怪异的神秘世界与理性、秩序的"火箭国家"同生共存，科学理性与各种哲学思想、宗教信仰、政治理念和超自然神秘思想并置一起，呈现了一个多元的、有机的、富有灵性的和非决定论的开放社会，对异质思想多了一份包容，对自然规律多了一份敬畏。同时，小说的有些情节完全打破了人们的常规思维和理解顺序，小说描写道，"有一枚导弹，爆炸以后才能听见它向你飞来时的声音。倒过来！整整齐齐地剪出一段时间……倒放的几英尺胶片……火箭弹爆炸，降落速度比声音还快——然后才从炸弹里传出降落的声音，这时候人已经死了、火也烧起来了……简直是从天而降的幽灵……"③ 在这里，火箭的爆炸先于火箭的声音，火箭令人猝不及防的飞行速度和恐怖的杀伤力给人类造成巨大的心理焦虑，令人恐惧不已。以理性的时空观为基础的传统叙事结构在品钦的笔下被无序、错位的情节跳跃和叙事碎片取代，消解了理性的庄严。

在《万有引力之虹》中，围绕在主人公斯洛索普周围的人们，形形色色，性格各异。那些在传统文学作品中坚持不懈、锲而不舍地探索的英雄形象已经消失不见。相反，他们是一群性格压抑、精神扭曲的小人物，在孤独、困惑和恐惧中挣扎。如同《万有引力之虹》中的酒吧："到了里面……所有的房

---

① ［美］托马斯·品钦：《万有引力之虹》，张文宇、黄向荣译，第 164 页。
② ［美］托马斯·品钦：《万有引力之虹》，张文宇、黄向荣译，第 765 页。
③ ［美］托马斯·品钦：《万有引力之虹》，张文宇、黄向荣译，第 53 页。

间都挤满了士兵、水手、少女、嫖客、赢家、输家、魔术师、买卖人、吸毒者、偷窥者、同性恋、恋物癖、间谍、正在找伴的人，都在交谈、唱歌、瞎胡闹，噪音被静默的屋墙完全和外面隔绝开来。"① 在阅读小说的过程中，读者跟随主人公斯洛索普踏上了一条追寻答案的神秘、碎裂的历程，战争的腥风血雨、死亡导弹的近在咫尺与斯洛索普的纵欲妄为荒诞滑稽地纠缠在一起。斯洛索普对导弹秘密的追寻过程怪诞、慌乱且疑团重重。这似乎与战争中人们颠沛流离、惊恐万状的混乱气氛不谋而合。读者伴随着斯洛索普体验世相百态，逐渐领略到战争与政治、战争与经济等权力控制之间隐秘而龌龊的关系，残杀与暴虐的战争本质也越发明朗。斯洛索普的追寻没有一个明确具体的结局，当谜团渐近清晰的时候，斯洛索普却从这个世界消失了。斯洛索普是死是活，去往何方，无人知晓，也无须定论。传统追寻叙事模式中对人生终极意义的追求目标也被彻底颠覆，面对一个充满暴力、无序和意义失落的战争世界，追寻的目标最终指向了混杂、意义飘忽不定的开放结局。从这一充满悬念和不确定性的结局，品钦消解了读者习以为常的秩序，引发了读者对于绝对理性、绝对秩序化思维模式的反思，从而获得了一个开放的、多重的回味与思考的空间。

像《万有引力之虹》中斯洛索普这样的人物，品钦的人物长廊中比比皆是，如《小雨》的内森·莱文（Nathan Levine）、《低地》中的丹尼斯·弗兰吉（Dannis Flange）、《熵》中卡里斯托和"肉球"马利根、《V.》中的普鲁费恩和斯坦西尔、《葡萄园》中的索伊德·威勒（Zoyd Wheeler）和弗瑞尼茜及《抵抗白昼》中的无政府主义者和《性本恶》中玩世不恭的嬉皮士们。他们几乎无例外地都是社会弱势群体，他们在社会中边缘化的生存状态像极了作者笔下那些被上帝遗忘的"弃民"，身单力薄，居无定所，游离于现实生活之外，但是，在品钦看来，恰恰是这些小人物以一己之力打破了熵化的封闭世界，为循规蹈矩的理性社会注入活力、带来变化，赋予秩序以生存的意义。《小雨》中的"肥腚"莱文是一位在路易斯安那州服役的技术兵，军营封闭而单调的生活在他眼里就像"某种类似闭合电路的玩意。每个人都在相同的

---

① ［美］托马斯·品钦：《万有引力之虹》，张文宇、黄向荣译，第642页。

频率上。过了一段时间,大家就忘记了剩下的波段,开始认为这就是唯一重要或唯一真实的频率了"①。在部队里,时间一长,思维、习惯都变得整齐划一,甚至连莱文原本"刺耳的布朗克斯口音"也潜移默化地被本地人同化。当他提出休假想要摆脱这一"闭合电路",去外面"有很多五彩斑斓的颜色,还有 X 射线和红外线"② 的大千世界看看时却总是被拒绝,所以只能以懒惰、无所事事和玩世不恭来抵制军营里扼杀个性的相同"频率"。《低地》中的丹尼斯·弗兰吉人到中年,曾是个美国海军退役老兵,现在是律师,面对妻子的指责,他选择逃避,不愿上班,整日游离于现实生活之外。某日,他被一名叫洛克·斯夸楚尼(Rocco Squarcione)的拾荒者带到一个大型垃圾处理场。在那里,他与洛克·斯夸楚尼、战友匹格·博丁(Pig Bodine)、垃圾场看场人勃林布罗克(Bolingbroke)喝酒畅谈。后来,他在吉卜赛女孩尼莉莎(Nerissa)的歌声的召唤下穿越秘密地道来到她住的地下世界。《熵》中卡里斯托和"肉球"马利根虽然居住楼层不同,一个楼上,一个楼下,但不约而同地都生活在与外界隔绝的孤立系统中,楼上卡里斯托和女朋友搭建的世外桃源,企图"远离城市的喧嚣,避开天气、国家政治和市政动乱的变幻无常"③;而楼下的"肉球"马利根和他那些狂欢的朋友都是玩世不恭之徒,整日狂欢派对,醉生梦死,与世隔绝。《秘密融合》中聚焦以格罗弗·斯诺德(Grover Snodd)为首的一群孩子,在成人的眼中他们整天调皮捣蛋,不守规矩,甚至搞"军事演习",用弹弓把从学校化学实验室里偷来的少量沾水,也就是可以引发爆炸的固体钠,射向一个大庄园的游泳池边正在举行的晚会。而也正是这群通过恶作剧搞得大人们头疼不已,惶惶不安的捣蛋鬼平等而真诚地接纳了一位名叫卡尔·巴林顿(Carl Barrington)的黑人男孩,对他的肤色赞美有加,因为他的肤色使他们联想起"所有种族的融合"。孩子们对待黑人男孩卡尔的态度与成人社会对黑人家庭的敌视、排斥和凌辱形成鲜明对比。在这里,作者品钦反对种族歧视的立场显而易见。《V.》中的普鲁费恩和斯

---

① [美]托马斯·品钦:《慢慢学》,但汉松译,第 18—19 页。
② [美]托马斯·品钦:《慢慢学》,但汉松译,第 19 页。
③ [美]托马斯·品钦:《熵》,萧萍、刘雪岚译,选自《美国后现代派短篇小说选》,杨仁敬等译,第 31 页。

坦西尔都是小人物，整天居无定所。特别是流浪汉普鲁费恩更是个点儿背得要命的倒霉蛋。除了修马路的工作外，他整天无所事事，在东海岸游荡，经常酗酒，甚至做一些荒唐的事情，比如在下水道里追逐鳄鱼。他拒绝婚姻和爱情，不想陷入感情纠葛而失去自由。同时他对周围物化的世界充满焦虑，担心现代人正在遭受异化，常常梦到自己也成了由螺丝零件拼凑成的生物机器人。《葡萄园》中的索伊德是一个老嬉皮士，独自一人抚养女儿普蕾丽，为了获得政府的"精神残疾"补贴维持生计，他每年都要公开装疯卖傻当一次疯子。普蕾丽的妈妈弗瑞尼茜则是一个被联邦检察官布洛克·冯德诱骗，最终背叛了革命的变节者。《抵抗白昼》中围绕着大财阀斯卡斯代尔·威伯（Scarsdale Vibe）雇凶杀害科罗拉多矿山的工头韦布·特拉弗斯为线索，在这部长达一千多页的小说中，品钦描绘了一幅千人千面的人物画卷，包括无政府主义者、军火商、炼金术士、资本家、职业赌徒、骗子、魔术师、数学家、地质学家和骑摩托的朝圣者，还有发明家、间谍、职业杀手、夏威夷四弦琴演奏者、时间旅行者、耶鲁大学学生、西伯利亚罪犯……。《性本恶》中的故事发生在 1970 年的洛杉矶，私家侦探多克多年不见的前女友莎斯塔突然来访，随后他卷入一桩悬疑而离奇的绑架案。在这个过程中，各种角色纷纷登场：冲浪手、瘾君子、摇滚乐手、毒贩子、警察、牙医、高利贷者……线索错综复杂，暗流涌动，情境虚实交错。在这里，阳光明媚的海滩与远离城市的喧嚣的郊外成为嬉皮士、冲浪客和摇滚乐手的天堂。《性本恶》中留着长发，身穿 T 恤、泳裤和拖鞋的嬉皮士和冲浪客拥入以品钦曾经生活过的曼哈顿海滩为原型虚构出来的海滩小镇"戈蒂塔"，为了驱赶对现实社会的不满，寻找内心的欢乐，他们整日流连于大麻用品店和酒吧，或在烟雾缭绕中纵情声色，或伴随摇滚乐的节奏，随心所欲地跳舞和怒吼，或踏着第一抹霞光踏海逐浪。嬉皮士以公社式和流浪、随性的生活方式与小说中代表传统社会的循规蹈矩、流俗无趣的"中原人"形成鲜明的对比。正是透过这一群不羁的边缘人物，原本高度理性和秩序化的世界变成一个喧嚣、无序、碎片化、迷乱、晦涩并失去终极意义的世界。品钦通过引入无序、不确定的矛盾效果抗击技术理性代表的语言和思维的理智与秩序。

二 技术至上

人类关于"技术"的定义及"技术"本质的追问自古有之,无论是古希腊哲人柏拉图、亚里士多德还是现当代的哲学家卡尔·马克思、马丁·海德格尔和赫尔伯特·马尔库塞,对技术问题的哲学思考从未停止过。从古希腊到中世纪再到文艺复兴时期,在宗教神学以及万物有灵论的影响下,大多数人认为大自然具有某种内在的神秘力量,充满了精神和智慧,而技术只是人类改变生存条件的工具,为人所用,为人类服务。所以,在这一时期,"技术并不被认为是独立自主的,受到社会体制或宗教体制的管束"①。人们对技术这种"非自然"的人为活动始终存有戒心,并把对技术的使用维持在一定的限度之内。直至17世纪,机械论哲学的出现和发展为科学革命提供了自然观基础,也改变了技术在人们心中的地位,特别是18—19世纪的科学家们力图对复杂的自然现象做出统一的机械论解释,赋予隐藏在现象背后的某种假想实体的纯机械的(力学的)性质。现代意义上的技术正式进入人类历史是以18世纪末开始的工业革命为起点的。工业革命极大地推动了生产力发展,机器的大力开发和广泛使用帮助科学技术赢得了社会主导地位。正如马克思所揭示的"只是在工具由人的有机体的工具转化为一个机械装置即工具机的工具以后,发动机才取得了一种独立的、完全摆脱人力限制的形式"②。作为科学技术的化身,机器在以自然科学技术为基础的现代工业取代基于经验积累的手工业的过程中,发挥了重要作用。20世纪以来,特别是在第二次世界大战后,科学技术以前所未有的速度和规模发展壮大。自1945年起,科学技术的发展先后经历了5次大的飞跃,每一次飞跃的影响广度与深度都是史无前例的。1945—1955年,原子能的释放与利用标志着核能时代到来;1955—1965年,人造地球卫星的发射成功标志着人类正式开启外太空的探索;1965—1975年,重组DNA实验的成功标志着遗传学和生命科学进入发展新阶段;1975—1985年,微处理器的大规模生产和广泛使用强化了人的脑力,延伸和发展了人类大脑

---

① [美]尼尔·波斯曼:《技术垄断:文化向技术投降》,何道宽译,北京大学出版社2007年版,第12页。

② 《资本论》第1卷,人民出版社2004年版,第434页。

的功能；自 1985 年至今，计算机软件技术的开发推动了信息技术的不断向前发展，信息革命的巨大变革加速到来。伴随着工业化大生产技术的普及，现代科学技术不再仅仅是帮助人类摆脱蒙昧、进入文明时代的简单工具和实践手段，而被赋予了征服自然、控制自然和为人类增添财富的新使命，也因此拥有了至高无上的地位。技术的"无所不能"使人们对科技极度崇拜，人们坚定地认为科学技术是唯一值得信赖和完美无瑕的知识形态，人类对技术的依赖程度逐渐加深，技术至上、科学万能的主体意识变得恶性膨胀。怀着对未来的憧憬和幻想，人们甚至盲目地相信科学技术发展潜力是无限的，可以帮助人类解决所有的问题。19 世纪末 20 世纪初，"技术＝进步"的信条在公众意识中广泛确立，人们对"进步"的虔诚信念不断上升，势不可当，"已超过《圣经》"，不断被科学技术的新奇迹所证实，成为"那个时代的真正信仰力量"。[①] 当机器话语取代了自然话语，现代技术已经弥漫渗透到世界的各个角落，控制了自然和自然界中的人，并压抑和驱使着每个人成为一种异己的力量。此时，技术可以替代人们做出判断并实施行动，人类在政治、经济和文化生活的方方面面都受制于技术的规则。人们失去驾驭技术的能力，反而沦为它的奴隶。这就是美国著名传播学家、媒介环境学家、理论批评家尼尔·波斯曼在《技术垄断：文化向技术投降》一书中所描述的人性被非人性、技术性的要求压迫的技术垄断时代。伴随着电子计算机以及广播、电视和电影新媒介的普及，人类对机器的痴迷越来越严重，"起初的暗喻是，人在某些方面像机器；稍后走向的命题是，人几乎就是机器；最后达到的命题是，人就是机器"[②]。这样的唯科学主义思想将科学技术视为万物法则之首，把技术理性推崇到至高无上的地位，科学技术成了衡量一切的唯一标尺，侵蚀和吞没了人类传统的思想和文化精神，造成了自然价值的流失和人类社会的技术化。正如波斯曼在《技术垄断：文化向技术投降》序言中所说的"技术既是朋友，也是敌人"，人类对技术的可控利用可以推动社会经济的发展，为人类创造舒适、便捷的生活体验，但当技术成为凌驾于世间万物之上的"上帝"

---

① 参见［奥］斯蒂芬·茨威格：《昨日的世界：一个欧洲人的回忆》，舒昌善译，生活·读书·新知三联书店 2010 年版，第 3 页。

② ［美］尼尔·波斯曼：《技术垄断：文化向技术投降》，何道宽译，第 64 页。

时，人类逐渐失去自我意识，落入唯科学主义的牢笼。

法兰克福学派重要成员赫伯特·马尔库塞（Herbert Marcuse，1898—1979年）指出："不仅技术理性的应用，而且技术本身就是（对自然和人的）统治，就是方法的、科学的、筹划好了的和正在筹划着的统治。"① 在马尔库塞看来，技术统治的既定目标和利益长期以来一直被纳入技术设备的结构之中。当人们对绝对理性与秩序的崇尚发展到极致就会引发异化，技术理性变成了技术霸权，一种单向度的思维方式。统治集团利用现代科学对被统治阶级实施统治和管理，当技术获得主导地位时，它就成为统治整个社会的意识形态，操控人们的思维和行动，使人丧失了批判和否定的向度。现代技术给人类社会生活带来双重影响，一方面，它已经成为方便生活和巨大财富的象征，与此同时，它也在一定程度上成为禁锢和压制人性的一种约束性力量，给世界带来了灾难性的后果：过度的工业生产导致了严重的环境污染，空气、水源和土地被工业废物、废水和废气侵蚀污染，自然生态遭到严重破坏。核战争威胁甚至危及人类的生存，人类赖以生存的文明世界受到了巨大的冲击和颠覆。

面对飞速发展的科学技术给现代人类社会在社会结构、道德观念及价值取向等诸多方面带来的巨大变革，科学技术在社会各领域表现出的超大威力及科技发展所具有的负面作用不仅激发了许多思想上的先行者对此问题的深度思考，同时也引起当代文学家对这一主题的密切关注。在品钦创作的奇幻文学世界中，既包含丰富的人文、历史和社会信息，也涉及自然科学、数学、工程学、军事科学、信息学和现代物理学等不同的领域，科学技术的因子遍布于他创作的每部作品之中，以"科学+艺术"的独特视角，表达对当代社会生活复杂性和丰富特征的关注。从早期创作的短篇小说《熵》开始，品钦就开始探讨技术问题，将涉及宇宙未来、人类命运等重大问题的"热寂说"，热力学第二定律的宇宙学推论，引入作品，预示世界走向消亡、美国文化可能热寂的前景，以此来警示世人面对不断熵化的信息时代和混乱、无序且疯狂的现实世界。在《V.》和《拍卖第四十九批》两部小说中，品钦从人类历史演

---

① ［德］尤尔根·哈贝马斯：《作为"意识形态"的技术与科学》，李黎、郭官义译，第39—40页。

进的精神层面出发，探究人类从"后工业社会"步入"电子信息社会"进程中人性的丧失、世界的物化，以及现代技术对人类命运的影响。《万有引力之虹》将品钦对技术问题的思考推进到前所未有的新高度，在战争语境下，作为一种意识形态，异化的现代技术成为可以直接左右人类命运和人类历史发展进程的巨大钳制力量。在被评论家誉为表现失落历史的史诗作品《梅森和迪克逊》中，一直为人们所坚信的可以造福人类、解放人类的科学技术成为欧洲殖民者手中排斥异己的工具，并帮助他们完成了对美国"荒野"西部的征服。《抵抗白昼》中提到的神秘、恐怖的通古斯大爆炸警示人类，一旦技术掌握在缺乏理性甚至丧失人性的狂热科学家或者野心的独裁者手中，整个世界将面临毁灭的危险，因为所有最先进的杀人武器无一例外都是高新技术的成果。《性本恶》的故事发生在洛杉矶。在这里，既有高耸入云的摩天大楼、豪华的商业中心、音乐厅、警察局和司法大厦，也有凋敝的黑人贫民区。洛杉矶成为典型意义上的后工业化城市的缩影："社会控制、政治管理、文化立法、意识形态监视的主要场所。"① 在小说中，房地产大鳄乌尔夫曼（Wolfmann）开发的"峡景地产"毁掉了黑人帮会分子塔里克（Tariq）居住的黑人社区，将这里"碾成碎片……没有人，也没有东西。鬼城"②。而这与"洛杉矶漫长而悲伤的土地使用史"中"把墨西哥家庭从夏瓦兹峡谷赶出来，建了座'道奇体育场'。将美洲印第安人从邦克山扫地出门，建了个音乐中心"③的做法如出一辙。品钦直面科技对人类社会的影响，立足于发展的观点看待现代社会的科技发展问题，肯定科技发展给人类带来的诸多便利的积极一面，但同时也将批判的矛头直指技术的负面影响，犀利地指出人类对技术的盲目崇拜和迷信导致技术走向异化，而科学技术一旦发展成为一种主宰一切的力量，技术的消极作用就会凸显，对人类社会所造成的巨大破坏，深刻影响当代人的生存状态。

在《万有引力之虹》中，品钦借助自己扎实的物理学功底，通过大量包

---

① Edward W. Soja, *Postmodern Geographies: The Reassertion of Space in Critical Social Theory*, New York: Verso, 1989, p. 236.
② ［美］托马斯·品钦：《性本恶》，但汉松译，第19页。
③ ［美］托马斯·品钦：《性本恶》，但汉松译，第20页。

括技术原理、参数、标准、公式、密码和速度计算在内的专业技术描绘，详尽地展示了火箭的制造过程。火箭显示了现代技术的巨大威慑力，成为小说的中心意象并贯穿文本始终。书中的故事情节和人物形象围绕火箭而依次展开：不论是美军中尉斯洛索普，还是德国通用公司总裁拉特瑙（Rathenau）、法本公司的总裁斯马拉德（Smaragd）、美国企业巨头、法本公司合伙人莱尔·布兰德（Lyle Bland）、德国党卫军上校、火箭部队队长魏斯曼、非洲部落首领恩赞和大批像V-2火箭工程师珀克勒（Pokler）、火箭空气动力工程师阿赫特法登（Achtfaden）一样进行火箭研究、生产和发射的研究者，虽然目的不同，但他们无一例外地表现出对以火箭为代表的现代技术的迷恋与追逐。

美国中尉泰荣·斯洛索普在奉命调查V-2火箭作战计划期间发现V-2火箭轰炸位置与他和女人发生怄关系的地点惊人地吻合，于是斯洛索普成为"白色幽灵"组织关注和实验的对象，斯洛索普也在努力追查自己的性行为与V-2火箭奇异联系的过程中发现了有关自己身世的一个秘密。早在20年前，他被父亲卖给了拉兹洛·雅夫，进行了一项实验：使用G型仿聚合物药剂作为刺激介质来产生条件反射性勃起。这种药剂也含在制作导弹的G型仿聚合物当中，因而他从小就受到监控，这也是他在火箭降落到某个地点之前会产生强烈欲望的原因。在调查火箭落点及寻找拉兹洛·雅夫、G型仿聚合物、S装置的过程中，斯洛索普发现了商界、政界与战争之间错综复杂、龌龊不堪的勾结与牵连。面对战争残酷的杀戮和血腥的死亡，斯洛索普没有表现出传统战争文学作品中英雄人物的英勇与无畏，恰恰相反，他表现得胆小怕事，浑浑噩噩，"受不了的时候，他干脆躲到一边，开始循规蹈矩地向上帝祈祷，愿生命取得胜利——这在他可是自上次大空袭以来的头一回。然而死的人太多了，他很快就明白自己是劳而无功，便不再祈祷"[①]。在这个高度物质化、技术化的环境下，斯洛索普体内因被注射了火箭上使用的材料G型仿聚合物，成了火箭的奴隶。机械的、庸俗的与组织制度化的技术世界使斯洛索普丧失了人性的本真与自由。

斯洛索普与黑人支队领袖恩赞上校邂逅于盟军占领的德国火箭制造重地

---

① ［美］托马斯·品钦：《万有引力之虹》，张文宇、黄向荣译，第27页。

北豪森。恩赞的另一个身份是来自非洲的火箭工程师，在他眼里，火箭是他拯救赫雷罗同胞摆脱奴役的唯一武器，是部落的"圣经"和新的图腾。他被魏斯曼从西南非洲带到欧洲学习先进的火箭技术知识，一心要找到导弹部件，以便重组导弹。在恩赞看来，人类对火箭的迷恋与崇拜产生于自身的原始本能和毁灭欲望："如果某个人，某个有名有姓、有一根东西的家伙，不想把一吨阿马托炸药扔三百英里，去炸一栋全部住着平民的建筑，我们能有火箭吗？干吧，把技术这个词的首字母大写了，如果你感觉它不那么负责的话，就把它当神一样来崇拜吧。"① 恩赞率领黑人支队建造火箭，告诫他们不要屈服于火箭的巨大威慑力，而是要征服并最终驯服它，使火箭拯救自身。火箭代表的现代技术成为可以带领赫雷罗同胞超越时空的"神圣文本"，但最终梦想化为泡影。火箭没有能够帮助占领区的赫雷罗人走向通往民主与自由的道路，更不可能拯救殖民统治下的赫雷罗后代回归传统、重建秩序，而是将恩赞和他的同胞笼罩在战争和死亡的阴影之下。

在对火箭顶礼膜拜的人群中，沃特·拉特瑙、斯马拉德和莱尔·布兰德的名字因为他们的特别身份显得非常醒目。沃特·拉特瑙是德国通用电气公司总裁，"一战"期间，主管德国战争原材料部，成为战时主导德国经济的核心人物。斯马拉德是法本公司总裁，莱尔·布兰德则是法本公司的美国合伙人。"二战"前夕，法本公司已经成为世界规模最大的化工企业。德国通用电气和法本公司的名字在《万有引力之虹》中出现了数十次，小说中大量的描述细节聚焦这两家公司与德国军方之间千丝万缕的联系。"战争需要煤……战争需要电嘛。这是个真实的游戏，叫做'电力垄断'，参与者是电力公司、中央电力委员会或其他战争机构，他们想让电网的时间和格林尼治标准时间同步。"② 通用电气和法本公司所代表的大型国家垄断企业（卡特尔）将工商业、现代技术产业与军工产业连为一体，为现代战争的爆发提供了坚实的原材料基础和充分的技术支持，保障火箭国家战争机器得以运转。小说中，被称为"国家卡特尔化的预言家和设计师"的拉特瑙"把正在进行的战争看作

---

① ［美］托马斯·品钦：《万有引力之虹》，张文宇、黄向荣译，第 555 页。
② ［美］托马斯·品钦：《万有引力之虹》，张文宇、黄向荣译，第 146 页。

一场世界性革命,从中脱颖而出的……是一种以经贸为唯一真实、合法权威的国家结构——毋庸惊奇,这种结构是建立在他为德国打世界大战而设计的结构基础之上的"①。法本公司总裁斯马拉德和技术精英们依照拉特瑙的战争理论和经济理论,在所谓"多样化和统一化的外表下",致力于生产大规模杀伤武器的冷战经济。他们掌握着国家的经济命脉,操控市场、制造危机,建立"火箭共同体"。法本公司的美国合伙人莱尔·布兰德之所以把富兰克林·罗斯福总统视为不二人选,也是源于他与拉特瑙在如何实施控制方面持有相似的看法。在他看来,富兰克林·罗斯福(Franklin Roosevelt)能够驾驭、控制并左右历史,"出身哈佛,对各种新旧资金、批发业和零售业、哈里曼和温伯格都抱着感恩之心,这是美国人中前所未有的集大成者,他为美国打开了美好的前景",而这恰恰符合布兰德的愿望,"所有的一切都在'控制'这个术语之下发生,'控制'似乎是个私密的暗号"。② 在研发、制造和使用过程中,以火箭为代表的现代技术渗透到西方社会方方面面,成为一种特殊的意识形态,改变和重塑了西方社会本身,实现了对人类的挟制,驱动了世界战争的发展。正如卡其克·托洛严(Khachig Tölölyan)指出,设计、生产和发射火箭的整个过程隐藏着无数的秘密,见证了战争的演变,揭示了西方社会的本质。③ 现代技术被强大的国家垄断机构控制并运用到极致,呈现体制化和结构化,科学技术出现畸形发展,异化为一种控制自然并最终控制人类的巨大意识形态力量,价值观被抛诸脑后。异化的科学技术成为战争的主要推手,带给社会的只能是灾难与毁灭。

品钦在小说中描绘了火箭制造技术在两次世界大战期间的发展史,从V-1火箭到V-2火箭的发展变化来揭示战争武器技术的发展对人类的伤害,体现品钦对技术本质的追问和对人类命运的忧思。第一次世界大战后,虽然1919年的《凡尔赛条约》对德国在军备方面做出一系列限制,但是德国军界一直寻求机会规避条约秘密发展军火工业。据史料记载,1927年,由奥地利

---

① [美]托马斯·品钦:《万有引力之虹》,张文宇、黄向荣译,第178页。
② [美]托马斯·品钦:《万有引力之虹》,张文宇、黄向荣译,第620页。
③ 参见 Khachig Tololyan, "War as Background in Gravity's Rainbow", in Charles Clerc, ed., *Approaches to Gravity's Rainbow*, Columbus: Ohio State University Press, 1983, pp. 31-68。

数学家赫尔曼·奥伯特（Hermann Oberth）领导的一群德国科学家和工程师成立了德国宇宙航行协会（Verein für Raumfahrt），虽然是个民间组织，但却是世界上第一个航空航天技术研究协会。奥伯特和他的团队成员从那时起便开始研发液态火箭推进器。1932 年，德国陆军在柏林南郊的库斯麦多夫靶场建立了火箭试验基地，启动了液态火箭推进器的军事研究计划，并委任瓦尔德·多恩伯格（Wald Dornberg）上尉组成研究小组，对液态火箭推进器作为长程打击武器的可能性进行专门的研究和试验。沃纳·冯·布劳恩是当时小组成员之一。在接下来的十年里，研发团队进行多次火箭研发试验，其中 A-2 火箭于 1934 年 12 月试射成功。与此同时，德国空军启动了 FI-103 无人驾驶飞行器的研发计划，该无人机后来被称为 V-1 火箭。

在 1942 年，德国研制成功第一枚弹道导弹，V-2 导弹（Vergeltungswaffe-2），字母 V 是德文的 Vergeltungswaffe waffe（复仇武器）的首字母缩写，有复仇雪耻的含义，旨在精准打击英国本土目标。它标志着火箭技术进入一个新时期，航程最大 320 千米，是世界上最早投入实战的弹道导弹。小说《万有引力之虹》中，那些经历过 V-2 火箭轰炸袭击的人对它的威力进行了生动的描述：“那种 V—1 是可以听见的，对吗？也许还能有机会躲开。可这回的东西是先爆炸，然——然后才听见落下来的声音。除非你已经死了，听不见了。”① V-2 导弹的可怕之处就在于它是先爆炸，然后才听到爆炸声，而普通的炸弹通常在击中目标之前伴有呼啸声。V-2 火箭的巨大杀伤力和破坏力令斯洛索普惶惶不可终日，他大骂着"该死的火箭、狗日的火箭"，似乎灾难和毁灭可能随时降临到头上：“没办法。他破天荒地发现，自己真的害怕了。”②

与斯洛索普面对 V-2 火箭时的绝望和恐惧形成鲜明对比的是战争代言人魏斯曼上校对火箭在战争中的巨大潜力和毁灭性的杀伤力的膜拜和渴望。魏斯曼曾在《V.》中以薇拉·梅罗文的伴侣，中尉的身份出现，他参与了德国殖民帝国在 1904 年在西南非洲的殖民掠夺和对当地土著部落赫雷罗人起义的镇压，成为殖民者和法西斯主义分子的化身。虽然在《V.》中，魏斯曼还没

---

① ［美］托马斯·品钦：《万有引力之虹》，张文宇、黄向荣译，第 27 页。
② ［美］托马斯·品钦：《万有引力之虹》，张文宇、黄向荣译，第 24 页。

有表现出对现代技术的狂热与膜拜，对军事技术也是一知半解，但他较早地预见到火箭工程师们对帝国的重要性，他告诉库尔特·蒙多根（Kurt Mondaugen），"我相信有朝一日我们会需要你，为了这件或那件事。有专长也好，有局限也好，你们这些家伙都将是十分宝贵的"①。在《万有引力之虹》中，魏斯曼加入德国党卫军，任德国火箭部队的指挥官，是小说中恶魔般的人物，"……他是占领区里最坏的幽灵，很邪恶，渗透在夏日漫长的夜晚里，像坏朽的根，朝着冬天变化、生长，变得更加苍白，变得懒惫而饥饿。175 们还能选谁做他们的最高压迫者呢？他的权利是至高无上的"②。魏斯曼渴望控制和权力，他先后参与了对西南非洲的赫雷罗人的大屠杀及对犹太人实施的种族灭绝，扮演着刽子手的角色。作为佩纳明德火箭基地里幕后人物之一，魏斯曼"比那些将军们早几年就看到需要一种武器来打破协约，一种同象棋里的马一样可以跃过装甲部队、越过步兵团甚至越过空军的武器"③。V-2 火箭的研制及其巨大潜在价值让他看到了实现追求绝对权力、征服世界梦想的可能，因此面对毁灭性的现代技术，魏斯曼"真心屈服、放弃自己、湮灭于众生"④。在小说的最后，正是他最后下令向奥菲斯影剧院投放火箭，而在火箭发射时，在他眼中映照出的是"一架风车和参差交错的树影……那是爆炸引起的烟云，云体淡褚，从地平线上升起来……"⑤ 除了神圣傲世的火箭带来的毁灭与死亡，没有一丝一毫的人性。

在《万有引力之虹》中，围绕火箭的中心意象，品钦展现了战争语境下现代技术对人类施加的巨大诱惑力和威慑力，揭示了"技术崇拜"导致现代技术异化和人性扭曲的严重危害。但是，品钦并没有简单地将战争罪恶、社会苦难全部归咎于技术，他认为技术的异化根源不在技术，而是人类对技术的盲目崇拜与迷信。他一方面肯定技术进步的积极作用；另一方面也意识到技术至上引发的技术异化和人的精神分裂的不良后果。品钦对现代技术本质

---

① ［美］托马斯·品钦：《V.》，叶华年译，第259页。
② ［美］托马斯·品钦：《万有引力之虹》，张文宇、黄向荣译，第710页。
③ ［美］托马斯·品钦：《万有引力之虹》，张文宇、黄向荣译，第430页。
④ ［美］托马斯·品钦：《万有引力之虹》，张文宇、黄向荣译，第706页。
⑤ ［美］托马斯·品钦：《万有引力之虹》，张文宇、黄向荣译，第714页。

的思考与探索并未止步于此，作品中闪动的人性的光芒照亮了战争的阴霾，带来了希望。

火箭专家弗朗兹·珀克勒在"二战"的最后阶段被魏斯曼委以参与"一个特殊的项目"，为00000号V-2火箭的推进部分设计一个塑料整流罩。为了迫使他专心致志地设计火箭，魏斯曼将珀克勒的妻女扣为人质关押在集中营，只有每年8月在十二子乐园珀克勒才能够与女儿伊尔莎（Ilse）短暂见上一面，就这样一晃过了六年。珀克勒对女儿的思念与日俱增，但这种挂念也只能寄情于黑夜里的眼泪，他对女儿唯一的记忆就是她的名字和她在十二子乐园玩耍的样子，还有"他自己建构整个孩子的幻象……"①。就在"二战"即将结束的时候，珀克勒逃离火箭基地，来到尸体堆积如山的多拉集中营寻找妻女。在充斥粪便、死亡、汗水、疾病、霉菌和小便气味的集中营，珀克勒独自哭泣，但他却发现"没有哪座监狱的墙会消失，眼泪化不了它们，他的发现也消融不了它们……"②。珀克勒对亲人的深厚感情触动人心，与法西斯灭绝人性的冷酷统治形成鲜明对照。战争与死亡密切相连，不可分割。品钦在小说中艺术地重现了战争劫难中令人痛不欲生的历史画面，谴责了战争的残酷、荒谬和不人道。战火纷飞，人们自相残杀，生活如同炼狱一般。生命的逝去、文明的毁灭、人性的沦落在人们心中留下的永远是噩梦般的回忆。品钦并非一位悲观论作家，在他的小说中，温情的一幕出现在一处黑暗的角落，一位瘦弱的女子卧倒在肮脏的污秽之中，珀克勒发现她的时候，她气息微弱，临近死亡。珀克勒握住她的手，陪着她坐了半个小时，在他起身离开前，摘下自己手上的结婚戒指，把它戴在女人骨瘦如柴的手指上，想着如果她能活下来，这枚戒指没准够她买点充饥的食物或御寒的衣服，或是勉强找个地方过夜或坐车回家。此时，微弱的人性之光在黑暗、混沌与破碎的灾难废墟上为人类点亮希望之灯，善良和友爱的回归为冷酷无情的世界添加了一丝人文关怀的温情。

在《万有引力之虹》中，还有一对恋人引人关注。在战火纷飞中，统计学

---

① ［美］托马斯·品钦：《万有引力之虹》，张文宇、黄向荣译，第451页。
② ［美］托马斯·品钦：《万有引力之虹》，张文宇、黄向荣译，第461页。

家罗杰·摩西哥和杰茜卡收获了短暂而真挚的爱情。虽然战时的爱情短暂且有着不可预知的结局，但这并没有妨碍两人真诚呵护彼此宝贵的爱情。他们小心翼翼地躲避危险，圣诞节前相互依偎在教堂里祈祷的温情画面与战争中整座城市破败恐慌的气氛形成强烈对比，这也成为小说中最打动人心的部分。作为一位独特的后现代主义小说家，品钦在小说中几乎不描写男女之间的纯真爱情，但这并不意味着品钦不相信爱情，恰恰相反，品钦对爱的信念从未消失，正如小说中提到的从一家衣店没有玻璃的橱窗里传来的女孩儿的歌声：

> 爱不会消失
> 只要它曾真实，
> 不论白天夜晚，
> 它都会回来，
> 一如菩提树叶，
> 碧绿、新鲜、温柔，
> 那是我的爱呀
> 是我给你的赠留。①

战争是残酷的，它可以改变现实和人的命运。战争仍在继续，世事总是不确定的，充满了各种可能性。罗杰和杰茜卡因战争相遇、相知、相爱，但战争也是他们彼此分开的原因。战后，罗杰失去了杰茜卡，因为她回到了丈夫身边。虽然他们的爱注定没有结果，但在惨烈的战争环境中，它温暖人心，赋予人希望，消减了战争带给人们的痛苦与混乱。在罗杰·摩西哥眼中，杰茜卡"是冲破波涛的力量。不管情况有多糟……而她永远都能抵御他身后的苍茫大海，用爱吓退一切。……与她相伴，他便可以找到生命与快乐的正途"②。爱是内心流露出的温暖情感，可以消除一切纷争，平息一切灾难，指引身处黑暗中的人们心存感恩与希望，最终找到归家的路。

---

① ［美］托马斯·品钦：《万有引力之虹》，张文宇、黄向荣译，第313页。
② 杨仁敬等：《美国后现代派小说论》，青岛出版社2004年版，第71页。

品钦对爱的定义不只限定在人与人之间的关怀与爱慕，还可以扩展为人与自然间的相互依存、和谐共生的生态美学理念。美国锡恩那学院雷切尔·斯泰因（Rachel Stein）教授的专著《地面转移：美国女作家关于自然、性属、种族的修正》（*Shifting the Ground: American Women Writers' Revision of Nature, Gender, and Race*, 1997）与波士顿大学副教授亚当·斯威廷（Adam Sweeting）的专著《第二个太阳之下：印度安夏季文化史》（*Beneath the Second Sun: A Cultural History of Indian Summer*, 2003）中都不约而同地提到，西方传统观念强调，人作为万物灵长，在人与自然的关系中通常占有主体地位，而自然往往被视为客体，成为被人征服、轻视的对象。1962 年，美国海洋生物学家蕾切尔·卡森（Rachel Carson）发表了她的名著《寂静的春天》（*Silent Spring*），第一次就环境问题的严重性向全世界敲响了警钟，成为人类生态意识觉醒的标志，拉开了生态学时代的序幕。面对全球变暖、能源短缺、水土流失和物种灭绝等不断恶化的生态环境，人们越来越重视人与自然之间的相处方式。在《万有引力之虹》中，品钦透过度度鸟的微观世界折射出人类生活的大千世界原生态的缩影："数以千计的度度鸟排列在海滩上，身后的水上是披着晨光的礁石，独自在周围的静寂中轰鸣着，火上沉寂，海风暂歇，秋天的旭日把明净而又深沉的光芒洒在它们身上……度度鸟们的眼睛里流下了幸福的泪水。现在都是兄弟了——它们和那些曾经猎杀过它们的人类——成为兄弟，统一于基督了。"[①] 品钦对自然的视角始终是平等的审美视角，自然是人类最为亲密的朋友，而不仅仅是服务于人类的存在物。人和自然之间存在一种精神对应关系，融入自然就是人类寻找本真之美、寻找与自然精神联系的过程。在这一点上，品钦小说的艺术表现形式继承了美国作家爱默生（Emerson）的超验主义思想精神。爱默生在《论自然》中提到，自然以其天然之美满足慰藉人的心灵，静观大自然及其形态变成一种纯粹的乐趣。[②] 爱默生强调"天人合一"，认为精神渗透人的心灵和大自然，自然为超灵的化身。精神无处不在，既存在于人的灵魂之中，更遍布于自然万物之中。如同斯洛索普对于一

---

① ［美］托马斯·品钦：《万有引力之虹》，张文宇、黄向荣译，第 122 页。
② 参见 Ralph Waldo Emerson, *Selected Writings of Ralph Waldo Emerson*, William H. Oilman ed. and fwd. , New York: Penguin, 1965, p.192。

棵树的思索:"每棵树都是一个生灵,作为一个生命个体存在着。"① 品钦承认人在自然面前的力不从心和无能为力,超越现实的意味,重新诠释人与自然的关系,修正了美国人关于自然的传统观念,自然并不是完全服务于人的意志的工具,而是与人共荣共生的心灵伴侣。农场中的树木成为斯洛索普表达自身体验与情感的载体,架构起自然之魄与精神渴求的桥梁。

三 人的物化

技术至上观念的影响深远而复杂:它的影响不仅表现在人们对技术的盲目追求、过分依赖和不当使用,它还使人物化,使人渐渐失去了作为一个具有丰富情感与思想内涵的生命整体的意义,从而也失去了对于事物的真实判断。在技术至上的社会中,伴随需求的增长、环境遭到破坏、战争对于人性和人格造成巨大戕害,科学技术的滥用给人类带来的灾难日益显现,人们在迷失自我、失去自由的困惑中挣扎,人与人的关系也变成人与金钱的关系、人与机器的关系。科学技术越发达,人们所受到的奴役和统治程度就越为深重,最终使人成为捆绑在技术、机器之上的附属物。早在马克思生活的时代,人们就已经达成对人的"物化"状态的共识。在马克思看来,在事物有形的外表背后,隐藏着更加真实和更为本质的存在。因为在日常生活中,人们对有形的事物非常重视,所以事物的社会性质往往会被忽视和遮挡。一旦人被限定于某种特定的存在方式,而不是动态的、开放的存在,人作为有血有肉的生命体原本所具有的多样性、独特性及自主性会逐渐丧失。当人自身所具备的人性的东西越来越少,而物性的东西越来越多时,人逐渐具有了物的属性,最终沦为会说话的"劳动工具"。马克思明确指出,被物化了的人"只是劳动工具",至于"我是什么和我能够做什么,决不是由我的个人特征决定的"②,人丰富的创造力被无情扼杀,无论是人的年龄大小还是性别的差异都不会给社会的发展带来任何影响,即使他们接受了教育,也只能把人变成训练有素的机器,消除人性中的执行差异,并作为物体存在。由此,人们如同整个社

---

① [美]托马斯·品钦:《万有引力之虹》,张文宇、黄向荣译,第 589 页。
② 《1844 年经济学哲学手稿》,第 143 页。

会机制中的一个零件，被迫不停地运转在不断加速的传送带上。在科学技术高度发达的现代社会中，人不再是自然的人，而变成了一架"没有思想、没有感情的机器"①，人的世界异化为"物"的世界。在《单向度的人》一书中，马尔库塞认为，技术越进步，个人的本性就越受压制，这种压制使人变成了只追求物质的人，并日益渗透到政治、经济、教育、私人生活、人的内心世界等各个方面，最终使人们丧失了追求精神自由和批判的思维能力。当人性中应有的信仰的、美感的、伦理的价值维度消失殆尽，人便失去了精神家园，就此成为生活在一个冷酷无情的"单向度的社会"中只拥有物质生活的"单向度的人"。

品钦作品中许多人物表现出对无生命的物品的迷恋和崇拜，身心迷失在物质的世界中，逐步走向物化，最终沦为技术的奴隶。作为文化媒体之一的电视就是此类无生命物品中的一个，它通过电子技术复制和传播视觉幻象，多次出现在品钦作品中。科学技术的进步使得电视迅速普及，走进千家万户，从此改变了人类的生存状态，让人类拥有了全新的视觉体验。现代社会中，电视是使用电子技术传送活动的图像画面和音频信号的设备，同时作为一种新型的社会媒体形式，促使社会完成从"规训社会"（disciplinary society）到"控管社会"（society of control）的历史转变。② 在小说《拍卖第四十九批》一开篇，"奥狄芭站在起居室里，只有电视机绿幽幽的，一闪也不闪的指示灯盯着她……"③ 女主人公奥狄芭不像是在看电视反而是她自己被电视机"绿幽幽的"眼睛盯着，监视着。以电视为代表的新型媒体已经形成主流意识形态的神经网络，成了人类生活必需品，控制着电视机前的每个个体。人们在每天被动接受电视媒介输送的海量图像、信息的同时，他们的自由也在不知不觉中遭到入侵和吞噬。在《葡萄园》中，电视更是无处不在，成为人们日常生活中朝夕相伴、不可缺少的部分。普蕾丽和索伊德在家时似乎总是坐在电

---

① Erich Fromn, *The Revolution of Hope: Towards a Humanized Technology*. New York: Harper & Row, Pub., 1968, pp.40—41.

② 王建平：《〈葡萄园〉：后现代社会的媒体政治与权力谱系》，《外国文学评论》2009年第3期。

③ [美]托马斯·品钦：《拍卖第四十九批》，林疑今译，第1页。

视机屏幕前；弗瑞尼茜的儿子贾斯汀（Justin）在幼儿园里认识的最聪明的孩子告诉他，要假装父母是电视情景剧里的角色，"假设他们周围有个电视一样的框子，假设他们是你看的电视节目。如果愿意的话你可以加入，也可以只看不介入"①。缉毒警海克特（Hector）患有电视成瘾症，在一家专业"电视迷戒瘾所"接受治疗。住院期间，每天观看一个小时"低毒性的电视节目"成为治疗中必不可少的一个治疗环节。每当夜幕降临，他悄悄溜出病房寻找任何可能会有电视机的地方，然后沉浸在电视的光电影像之中，不能自拔。小说中那些终日沉溺于电视的"类死人"更是时刻都不能离开电视，"只要不是睡觉的时候，他们每个小时至少有部分时间是一只眼睛瞄着电视的"②。就像小说中"电视迷戒瘾所"歌中唱到的一样，电视已经渗透到社会生活及人们日常生活的方方面面，控制着人们的思想和意识：

哦……电……视
让你的大脑中毒！
哦，不错……
电视让你理智全无！
它向你射来光线，
笼罩你所有的活动，
卧室里它监视你，
厕所里——也把你跟踪！
哟嗬！电
视……
它了解你的每个想法。
嘿，笨蛋，你还以为尔不会
落入魔爪
当你坐在那儿，盯住

---

① [美]托马斯·品钦：《葡萄园》，张文宇译，译林出版社2018年版，第435页。
② [美]托马斯·品钦：《葡萄园》，张文宇译，第210—211页。

《布雷迪之家》
又大又胖的电脑让你
把午饭吃下，唔
电视
现在已经插好，你看吧！①

伴随着技术垄断程度不断加深，人们开始着了魔似地崇拜自己的创造物。他们放弃了独立思考的能力，赋予人造物品以超自然的能力，并以拜物教的方式理解周围世界。马克思在分析商品拜物教时指出，"商品形式和它借以得到表现的劳动产品的价值关系，是同劳动产品的物理性质以及由此产生的物的关系完全无关的。这只是人们自己的一定的社会关系，但它在人们面前采取了物与物的关系的虚幻形式。因此，要找一个比喻，我们就得逃到宗教世界的幻境中去"②。对于商品拜物教的拥护者来说，金钱是衡量人类价值的唯一标准，而所有的社会关系都是可以计算和量化的简单交换关系。人们对待人类社会和对待自然没有任何差别，把非物质性的存在当作物质性的存在去理解和处理。此时，人不再是原本完整意义上的人，丧失了实践活动的自由性和创造性，从而成为被驯化的物。在品钦的短篇小说《玫瑰之下》中，古德费罗（Goodfellow）手下的一个名叫班戈-夏弗兹伯里（Bongo-Shaftsbury）的间谍在手臂上装上"一个黑亮的微型电子开关，单极，双掷，缝在皮肤里面。银色的电线从终端一直伸向手臂，消失在袖子里"，把自己变成一个电控的没感情的玩偶，最终杀死泼潘提恩（Porpentine）。在《V.》中，画家斯拉柏（Slab）痴迷于绘画"丹麦奶酪酥皮饼"，他疯狂地通过各种角度、背景，采用不同风格、手法，没日没夜地创作着丹麦奶酪酥皮饼画。在他的眼里，酥皮饼"这一普遍性的象征将取代西方文明中的十字架"③。在人体研究所，普鲁费恩看到了用以测定辐射输出功率的人造人形体施罗德（SHROUD）和用于研究汽车事故运动学的人体模型肖克（SHOCK）。施罗德，一个类似弗兰肯斯泰因怪物的人造人形

---

① ［美］托马斯·品钦：《葡萄园》，张文宇译，第415—416页。
② 《马克思恩格斯选集》第2卷，人民出版社2012年版，第123页。
③ ［美］托马斯·品钦：《V.》，叶华年译，第302页。

体，向普鲁费恩预言道："终有一天你和大家会像我与肖克一样。"设想一下，在技术至上观念控制下的人们如若丧失灵魂，势必变成类似于人体模型施罗德与肖克一样毫无思想的、徒有其表的行尸走肉。同样在《V.》中，通过展示神秘人 V. 不断物化的身体，斯坦西尔见证了现代技术垄断下人与机器之间的关系由最初"人在某些方面像机器"到"人几乎就是机器"，进一步发展到"人就是机器"的过程。神秘人 V. 身体上的假发、假牙、假眼、假足以及镶嵌在肚脐上的蓝宝石"使她变成——对于弗洛伊德学派、行为主义学派和宗教信奉派，无论谁——一个纯粹被定了类的有机物，一个机器人，只不过是用人的肌体奇特古怪地组装成而已"①。趋向物化和虚无的神秘人 V. 宣告斯坦西尔执意追寻的人生走向幻灭，世界"逐步趋于无生命化"。

在高度技术化环境中，人类物化程度日益加深，人和机器之间的界限逐渐变得模糊，人们丧失了生活的目标，在不知不觉中沦为物的奴隶，由技术的主体地位沦为物的客体附属地位。小说《拍卖第四十九批》从女主人公奥狄芭·马斯参加特百惠家庭派对后回到家说起，详细描述了她每天购物、聚会、打理家务的日常生活：下午去商业区市场购买意大利乳酪和聆听音乐广播网的背景音乐，然后回到"家里的香草园，在阳光下采摘茉乔栾和甜薄荷，这以后就浏览一下最近一期刊物《科学美国人》，给扁面条一层层铺乳酪屑，给面包夹黄油蒜泥，撕莴苣叶子，最后就开了电炉，调配柠檬威士忌，准备迎接丈夫温德尔·马斯下班回家"②。无节制的物质享受、消遣与享乐主义让奥狄芭沉迷，但奢华的物质生活似乎并不能给她带来自由与幸福，恰恰相反，奥狄芭陷入孤独、苦闷和焦躁不安的精神空虚，仿佛困入一座孤塔，倍感压抑。结婚前她曾与加利福尼亚房地产巨子皮尔斯·尹维拉雷蒂有过一段情缘，但奥狄芭知道在皮尔斯眼里邮票远比她重要，投资才是他真正的兴趣所在。在金钱面前，爱情退居到次要地位。在拜金主义的社会中，及时行乐和随心所欲的消费提供给异化现实中的人们一种自由和快乐的假象，用来掩盖现实中的迷失自我的真正缺憾。奥狄芭淹没在物欲横流的世界中，说不清自己在

---

① ［美］托马斯·品钦：《V.》，叶华年译，第 452 页。
② ［美］托马斯·品钦：《拍卖第四十九批》，林疑今译，第 2 页。

寻找什么，又在逃避什么，她在苦闷压抑中丢失的东西恰恰是"自我"的主体地位，最终难逃被物化的命运。在《万有引力之虹》中，德国纳粹军官魏斯曼疯狂追逐、迷恋高科技火箭技术，言行古怪变态。在小说的最后，他残忍地将为他而存在的娈童戈特弗里德（Gottfried）塞进装有 G 型仿聚合物的，代号为 00001 的火箭里。戈特弗里德从不与人对话和交流，仿佛被囚禁在一个与世隔绝的陌生世界。在他的意识里，他完全丧失了自我，感受不到作为独立自我的存在，最后甘愿被魏斯曼装入火箭，走向死亡，预示着被科技异化的人在混乱堕落的世界中最终走向死亡的命运。小说中的苏军情报官齐切林（Tchitcherine）上尉也是一个像戈特弗里德所象征的那种物化、丧失人性的代表，在战争的残害下，他的身体受到了毫无生命的物体的入侵："他身上的金属比什么都多，他的大背头下藏了一块银板，右膝盖下软骨和骨头的细缝间有一片立体文身，里面都布上了金丝线。他总能够感觉到膝盖里的造型。"他一步步变成了金属人，正如品钦讽刺地说："齐切林在这些跳荡的肉体间进进出出，拼命地捡垃圾。"① 齐切林对种族主义血统论的认同让他对同父异母的黑人兄弟恩赞始终抱有刻骨铭心的偏见与仇恨，在他眼中恩赞就是令他无法容忍的野蛮人，因此他一心想找到并除掉同父异母的黑人兄弟。《万有引力之虹》中的占领区的两千名难民更是成为被物化的对象，他们处境悲惨，像货物一样被人搬来搬去，"手上、额头上、屁股上都盖上了橡皮印章，除虱、挨戳、把脉、更名、编号、托运、上发票、误转、扣押、遗忘"②，没有起码的人格尊严而言。这些难民彻底丧失了自由的身份，命运也被别人控制和操纵。

在技术异化的世界中，人类逐渐丧失了独立思考能力，失去了对技术的掌控，听命于技术，受技术支配，不再是自由的。技术负效应日益凸显：一方面技术异化对生态的破坏导致环境污染、资源枯竭、土地退化等，进而引发失业、贫富差距等社会问题；另一方面，技术异化影响和压抑人的本质，挫伤人的尊严、价值、创造力和自我实现的潜力，从而引发道德沦丧、亲情

---

① ［美］托马斯·品钦：《万有引力之虹》，张文宇、黄向荣译，第 362 页。
② ［美］托马斯·品钦：《万有引力之虹》，张文宇、黄向荣译，第 713 页。

淡薄、身心健康受损等人本伦理危机。随着技术的应用，技术在满足人类物质需求的同时，也扩张了人类日益增加的物质欲望。人成了迎合技术发展需要的工具，人的价值大打折扣，自由也被奴役。原本是为人类服务的技术反倒成为人类的主人，排斥、挤压人的自由发展，使人的身心健康严重受损。技术对人类的反控制力致使人的劳动价值丧失、人的价值观也在物欲的膨胀中发生扭曲，精神性的人被完全物化了。现代社会中出现的拜金主义、功利主义都是人文精神缺失的具体表现。

品钦在作品中展现了技术垄断下人类不断异化和物化的现状，这是他向人类发出的警示和预言。人类的未来令人担忧，但是品钦却始终坚信通过不断追寻，人们一定可以打破封闭系统，摆脱衰退与异化，恢复沟通与秩序，回归人类主体性的生存方式，只有当技术的进步符合人的自由全面发展时，技术才真正实现了为人服务的价值理念，人的彻底的解放才有了依靠。

第四章　品钦对现代科学技术价值
理性的思考与剖析

关于科学技术活动，联合国教科文组织在《关于科技统计国际标准化的建议案》中作了明确阐述：科学技术活动是指"所有与各科学技术领域，即自然科学、工程和技术、医学、农业科学（NS）、社会科学及人文科学（SSH）中科技知识的产生、发展、传播和应用密切相关的系统的活动。"① 由此可见，科技活动既包括自然科学活动，也包括社会科学及人文科学活动，是融知识、技术与生产于一体的一种人类实践行为。针对社会现代化进程中的人类实践行为，马克斯·韦伯（Max Weber）提出用"工具理性"与"价值理性"加以区分。在改造未知世界的过程中，人类将科学技术作为实现发展社会生产力目标的重要手段。这种实践行为体现在思维方式上，即工具理性思维。反过来，工具理性思维占据并支配着人类的认知行为和方法②，形成工具理性行动。与强调手段和目的的工具理性相比，价值理性是"通过有意识地对一个特定的举止的——伦理的、美学的、宗教的或作任何其他阐释的——无条件的固有价值的纯粹信仰，不管是否取得成就"③。也就是说，价值理性更关注行为本身的价值，表达人在社会实践中所具有的价值判断和伦

---

① 国家科委综合计划司主编：《联合国教科文组织科学技术统计指南》，田清雯译，祝友三、董丽娅校，科学技术文献出版社1990年版，第6页。
② 参见周家荣、廉勇杰《从工具理性到价值理性：科技与社会关系的重大调整——兼论科技在构建和谐社会中的功能整合》，《科学管理研究》2007年第5期。
③ ［德］马克斯·韦伯：《经济与社会》（上卷），［德］约翰内斯·温克尔曼整理，林荣远译，商务印书馆1997年版，第56页。

理诉求，即"运用工具理性所内涵的操作、验算、模型、方式等方法来实现自身的意义与价值"①。价值理性以"人"为基础，尊重人的需求、守护人的精神成长、关注人生意义与生命价值的实现，因而"既指向终极关怀，又指向现实关切，其中凝结着历史反思的结晶"②。

马克思在提到人和动物之间的区别时指出，"动物只是按照它所属的那个种的尺度和需要来构造，而人懂得按照任何一个种的尺度来进行生产，并且懂得处处都把内在的尺度运用于对象；因此，人也按照美的规律来构造"③。在认识和改造自然的过程中，人类既要遵循客观世界的必然规律开展实践活动，又要基于自身的生存和发展需要来改造客观世界以获取物质、精神生活资料。人在科学技术活动中发挥了主观能动性，这也使科技活动在形成和发展的过程中蕴含了逻辑的、审美的和道德的价值因素。由此，只有在工具理性和价值理性相互结合和共同引导下，科技活动才能在处理好人与自然、人与社会及人与自身的关系基础上真正造福于人类。

进入20世纪，特别是第二次世界大战以来，现代科技活动凭借其在认识和改造世界过程中的活跃表现和显赫成就，毫无争议地成为新时期推动社会生产与经济发展最强大的力量。英国著名科学家 J. D. 贝尔纳（J. D. Bernard）分析"二战"后科学技术对社会发展的重大影响时曾说过，"从物质方面说，我们今天所见到的文明，如果没有科学，是不可能的。从知识和道德方面说，其与科学的关系亦同样深重。科学思想的扩展对人类思想的全部形式的改造已成了一个决定性的因素"④。战后，科学的进步与技术的开发紧密结合，并在生产中得以产业化。科学技术广泛渗透到现代社会生产和人类生活的各个领域，一场以原子能、电子计算机和空间技术应用为主要标志的科技革命随之推展开来，涉及信息技术、新能源技术、新材料技术、生物技术、空间技术和海洋技术等诸

---

① 周家荣、廉勇杰：《从工具理性到价值理性：科技与社会关系的重大调整——兼论科技在构建和谐社会中的功能整合》，《科学管理研究》2007年第5期。
② 徐贵权：《价值世界的哲学追问与沉思》，中国社会科学出版社2012年版，第64页。
③ 《1844年经济学哲学手稿》，第58页。
④ ［英］贝尔纳：《历史上的科学》，伍况甫等译，科学出版社1981年版，第3页。

多领域，推动了人类社会经济、政治和文化领域的变革，也在方方面面影响和改变着人们的生活方式和思维方式。伴随着物质生活水平日益提升，人们获得前所未有的自由与解放，拥有更多的时间和更大的空间去实现在人文科学领域的探索和追求，从而推动着人类社会在政治、法律、伦理道德、艺术、价值观念等诸多方面的进步和发展。然而，任何事物都具有两重性，科学技术的发展也是如此。维纳曾说过："新工业革命是一把双刃刀，它可以用来为人类造福，但是，仅当人类生存的时间足够长时，我们才有可能进入这个为人类造福的时期。新工业革命也可以毁灭人类，如果我们不去理智地利用它，它就有可能很快地发展到这个地步的。"① 这里提到的"双刃刀"可以理解为现代科学技术对社会的作用同样具有两重性：科学技术的发展对人类既有积极的作用又有消极的影响，它不仅可以通过促进社会经济发展提升和改善人们的生产、生活质量，还可能将人类置于不可控的生存和发展危机之中，导致难以预计的不利后果。在享受便利和繁荣的同时，人们也不得不去面对现代科学技术发展引发的环境污染、能源枯竭、生态恶化、人性异化和核武器威胁等日益严重的社会问题与矛盾，心中充满对未来的焦虑和不安。维纳对工具理性和价值理性的功能关系提出警示：离开了工具理性的价值理性只是虚幻的"空中楼阁"，但离开了价值理性的工具理性势必引发技术异化的恶果。

第一节 价值理性"迷失"的表现及其后果

《梅森和迪克逊》（*Mason & Dixon*，1997）是美国小说家托马斯·品钦（Thomas Pynchon，1937— ）创作的第五部长篇小说，出版于 1997 年，讲述了英国天文学家、工程师查尔斯·梅森（Charles Mason）和他的助手、勘测员杰里迈亚·迪克逊（Jeremiah Dixon）于 1763 年奉英国皇家天文学会之命前往美洲大陆执行勘察宾夕法尼亚州和马里兰州地界，并测定梅森—迪克逊线的传奇经历。《梅森和迪克逊》以真实历史人物和事件为题材，反映了 18 世

---

① ［美］N. 维纳：《人有人的用处——控制论和社会》，陈步译，商务印书馆 2009 年版，第 142—143 页。

纪美国独立战争前北美殖民地时期的社会面貌。18世纪正是西方以理性主义和高涨的科学兴趣而闻名的一个世纪，天文观测与勘察测量技术体现了理性时代的智慧与进步，小说就是在这样的时代大背景下展开的：1767年，梅森和迪克逊带领勘测队完成勘察测量并划定了两条边界线：一条是宾夕法尼亚南部与马里兰、弗吉尼亚之间的边界，它的位置是西经39°43′26.3″，其后这条线以他们的姓字命名为"梅森—迪克逊线"；另一条是特拉华州与马里兰州之间的边界线。梅森—迪克逊线的勘察与划定构成了小说情节的主线，也成为"美国文化区域的标志和美国奴隶制的历史记忆"①，因为后来人们发现，在殖民地时期，它将奴隶殖民地和自由劳动的殖民地分开来；在19世纪上半叶，这条线又将自由州和奴隶州隔离开来。因此，小说中的梅森—迪克逊线不只是一条地理分界线，还被赋予了一定的政治和伦理寓意，成为品钦表达对技术伦理批判话语的一个重要隐喻。

从这个意义上说，《梅森和迪克逊》不仅仅是一部"历史小说"，因为"它不仅记录了已经发生的事情，还生动地再现了可能发生的事情"②。小说中，品钦将历史事实与文学想象相融合，"在科技自成体系的新纪元中，深入审视其给现代世界所带来的精神层面的深度绝望，揭露科学理性主义在十八世纪大行其道之际存在的谬误"③，与此同时，他还展示了一个现实以外的想象中的18世纪。这个想象中的18世纪同20世纪后现代主义的印象非常相似：会说话的狗、法国厨师爱上机械鸭子的情节显得荒诞不经，人物间以戏谑式的油腔滑调进行互动，"对地球的漠视"与"对偏执的关注"④ 引发读者对20世纪人类生存状况的共鸣。形形色色、性格迥异的小说人物悉数登场：除了头顶"理性光环"的梅森与迪克逊、权力加身的宗教团体、党派贵族，还有身受鞭挞的黑人、无助的土著印第安人、街头卖艺的女人、渴望重建家园的

---

① 王建平：《托马斯·品钦小说研究》，外语教学与研究出版社2015年版，第300页。
② Elizabeth Jane Wall Hinds (ed.), *The Multiple Worlds of Pynchon's Mason & Dixon: Eighteenth-Century Contexts, Postmodern Observations*, Rochester, NY: Camden House, 2005, p.4.
③ David Cowart, "The Luddite Vision: Mason and Dixon", *American Literature*, Vol.71 No.2, 1999, p.342.
④ Elizabeth Jane Wall Hinds (ed.), *The Multiple Worlds of Pynchon's Mason & Dixon: Eighteenth-Century Contexts, Postmodern Observations*, p.5.

民众、逃避耶稣教会追捕的中国地卜者和乔装打扮成樵夫的密探等芸芸众生。透过浮生百态众生相，品钦引导读者"重新思考和定义殖民地时期美国和当代美国的理性思想和理性话语"①，从人与自然、人与社会、人与人的关系三个层面对科技理性进行价值反思，剖析价值理性的"迷失"现象，"预见"工具理性极端发展的当代后果——人性的异化和道德的沦丧。

一　人与自然关系的异化导致和谐共生关系的破裂

自然科学在实践中进入人的生活，它的发展充分表达人与自然之间相互依存、休戚相关的联动关系。但是，伴随自然科学在实践中成为人实现社会目标的有力工具，并为人类创造大量物质财富，技术与人的关系、人与自然的关系发生了变化，科学技术开始成为人们赞美和崇尚的对象，而不再只是为人服务的工具。如果说 17 世纪见证了科学理论的突破（开普勒行星运动定律、牛顿的光学颜色理论和运动定律、波义耳定律、莱布尼茨的微积分等），为启蒙运动奠定了理性主义的思想基础，那么 18 世纪则见证了科学的拓展和应用：蒸汽机、珍妮纺纱机、动力织布机、航海经线仪等一系列发明带来了西方文明的经济成功，打破了宗教的桎梏，科学技术也因此被摆到至高无上的位置。在利润、战争等因素的驱动下，人不再以自然界为精神食粮，而是转头滥用科学技术对自然界进行无情的资源掠夺。此时，科学技术的价值理性已经"迷失"，人与自然的关系日渐疏远，发生异化，人与自然间和谐共生的关系就此破裂。

在《梅森和迪克逊》中，天文学家梅森和勘测员迪克逊运用天文学、地质勘探学知识和精密仪器设备对新大陆进行测量并勘定分界线。谈到划定疆界的勘测任务，迪克逊引用书中读过的一句话解释，"直线是人类在这个星球上存在的证明"②。在他看来，直线代表"科学"和"理性"，体现了人类征服自然、驯化自然的能力。乔治·华盛顿将军评价梅森—迪克逊线是"一条横贯东西的线把南北边界线一分为二，这绝对是一个壮举"③。这呼应了 18 世

---

① Jason T. McEntee, "Pynchon's Age of Reason: Mason & Dixon and America's Rise of Rational Discourse", *Pynchon Notes* 52-53, 2003, p. 186.

② Thomas Pynchon, *Mason & Dixon*, New York: Henry Holt Co., 1997, p. 219.

③ Thomas Pynchon, *Mason & Dixon*, p. 276.

纪以后主张"以理性取代神性,以科学取代迷信,以线性取代轮回,以进步破除天定"的线性历史观。① 梅森和迪克逊带领勘探队从欧洲、新大陆的东海岸到"荒野"的西部一路走来,横穿美洲大陆,致力于"在荒野深处划一条八英尺宽,朝向正西的直线"②,相信理性和文明之光会指引人们驱散西部的"蒙昧"和"荒蛮"。但是随着勘测的推进,梅森和迪克逊发现,勘察与测量的理性化和工具化直接导致地理和自然景观被人为野蛮地分割和宰制,引发新的不确定性和灾难后果。

小说中有一条"武士之道",呈南北走向,是印第安人祖祖辈辈按照天然的地标,顺应着水流山势,踩出来的山间通道,来自不同地方的人们通过它进行交往和沟通。在这种状态下,天、地与人亲近交融,以自然有序的方式循环运转,形成一个和谐的整体。然而,东西走向的梅森—迪克逊分界线通过技术手段人为强行阻断了本来通畅的"武士之道",截断了人们世代交流和沟通的通道,也打破了人与自然之间业已形成的平等、有序的生态循环。通晓风水的华裔张船长评价梅森和迪克逊的勘测工作是"在地球上人为地切画出一条直线,无异于在龙的身体上砍上一刀",梅森—迪克逊线如同一道"长长的伤疤",一条恶毒、野蛮的"残暴之线",显示了人类对赖以生存的栖息地的无情伤害,是"对自然法则的公然蔑视"。在他看来,世界上的分界线都应当顺应大自然的天然界定,就像海岸线、山峦和河岸一样,它们无一不是大自然的鬼斧神工,历经千年才得以形成,"龙的精气无处不在",是大自然内在"龙脉"的外化表现,这也正是地图历史学家约翰·亨德森(John Henderson)所描述的"坐落的位置要顺应融聚于山川溪流之间的能量("气")的流动"。③ 但是,如果非要人为设置一条分界线横亘阻隔,大自然的"气脉"势必断裂从而导致不堪设想的严重后果:"灾难将会接踵而至,如上天安排,

---

① 李帆:《清季的历史教科书与线性历史观的构建》,《吉林大学社会科学学报》2015年第2期。

② Thomas Pynchon, *Mason & Dixon*, p. 325.

③ John Henderson, "Chinese Cosmographical Thought: The High Intellectual Tradition", in J. B. Harley and David Woodward (eds.) *The History of Cartography*, vol. 2, bk. 2, *Cartography in the Traditional East and Southeast Asian Societies*. Chicago: Univ. of Chicago Press, 1987, p. 216.

导致战争和毁灭"①。品钦以间接的方式预言了南北战争,并暗示"梅森—迪克森线在下一个世纪的道德经济中可能变成的样子"②。的确,在人类征服自然的过程中,技术文明的背后往往隐藏着人类空前膨胀的贪婪和欲望。在欲望的驱使下,人类变得冷漠与一意孤行。科学与理性不再仅仅是能够赋予人们力量和自由的技术工具,它也可以成为打破人与自然和谐秩序、破坏人类生存家园的帮凶。显然,梅森—迪克逊线代表的"科学"与"理性"并没有给予自然足够的尊重,而是把自然视为实现自我目的的手段。片面追求物质成果,割裂科学与责任伦理关系的人类文明进步往往是以自然生态的破坏为代价,人类因此丧失了对技术伦理价值的合理判断,人与自然的亲密关系也随着工具理性的恶性膨胀而渐行渐远,最终破裂,迷失在贪婪与无知之中。

二 人与人之间社会关系的异化导致社会的对抗

"技术不仅是工匠的活动和技能的名称,也是心灵艺术和美术的名称。技术属于创制,它是一种诗意的东西。"③ 人类的智慧和创新意识聚力推动技术发展,技术进步取得的丰硕成果成为人类文明的重要组成部分,体现了人对自身和外部世界所持有的理想与信念,因此富有一定的精神和人文内涵。在人文精神的支持和引导下,技术趋向于更加人性化和多元化的发展方向,同时,技术的发展进步又会反过来影响人的思维方式和生产生活方式,进而改变人们的价值选择。当技术进步和人类发展失衡,人的价值等同于商品的价值,而不是作为一个人的生产劳动的价值时,人与人之间本应包容、平等的关系开始解体并发生异化,彼此间的冷淡、敌对关系得以确立,从此,以"相互掠夺"为基础的人际对抗关系使社会陷入无序、混乱:"蛮族的入侵,甚至是通常的战争,都足以使一个具有发达生产力和有高度需求的国家陷入一切都必须从头开始的境地。"④

---

① Thomas Pynchon, *Mason & Dixon*, p. 615.
② David Cowart, "The Luddite Vision: Mason and Dixon", p. 349.
③ Martin Heidegger, *The Question Concerning Technology, and Other Essays*. Trans. by William Lovitt. New York: Harper & Row, Publishers, Inc., 1977, p. 13.
④ 《马克思恩格斯文集》第 1 卷,第 560 页。

在《梅森和迪克逊》中，梅森和迪克逊奉命执行勘察测量任务的初衷是调停宾西家族和巴尔的摩家族之间的地界纠纷，但是当勘测队员和工人在宾夕法尼亚州和马里兰州之间崎岖不平的土地上开辟和划定出一条真实的边界线时，梅森和迪克逊却发现越来越多的边界纠纷和诉讼案正沿着这条边界线展开，由此，他俩也开始对划定疆界的意义和合理性产生了怀疑。围绕边界线的诉讼案件不断增加，"为地球上最爱打官司的人——各种信仰的宾夕法尼亚人"① 提供了新的"机会"，这其中就包括因测量员没能及时预测月食而威胁提出诉讼的罗迪·贝克（Roodie Beck），还有陷入困境的雷辛格女士（Frau Redzinger），她一直向宾夕法尼亚州纳税，但在新的边界划定下，她的财产竟被归入马里兰州，再有就是"在土地纠纷与边界问题上表现出狂热迹象……特殊激情"② 的谢尔比船长（Captain Shelby）。由此看来，旨在利用科学技术解决地界纠纷的目标不但没有真正达成，反而制造出了新的人际冲突和社会混乱。

美洲大陆本是一片充满生机的富饶之地，资源丰富，美洲印第安人世代居住在这片土地上。在北美殖民地时代，生活在北美的印第安人分散居住在多个文化各异的土著部落中，他们因地制宜，与自然和谐相处。但是随着16世纪早期欧洲殖民主义者的到来，美洲大陆原有的平静被殖民主义者的入侵打破。他们为了掠夺资源，拓展疆域，不断向内陆扩张，砍伐森林，赶走部落赖以为生的大型野生动物，并时常毁坏当地印第安人种植的庄稼，对当地的土著印第安人实施了武力高压镇压。西班牙教士巴托洛梅·德拉斯·卡萨斯（Bartolomé de las Casas）在1542年创作的《西印度毁灭述略》（西班牙语：*Brevísima relación de la destrucción de las Indias*，另有中文译名《西印度灭亡简史》）中揭露了西班牙殖民者在美洲对印第安人的掠夺与残虐行为。

在小说《梅森和迪克逊》中，梅森和迪克逊目睹"暴君"奴役下的土著印第安人的苦难生活。他们曾前往印第安人居住的兰卡斯特镇，"一座见证白人残暴行径的小镇"，在那里曾经多次发生白人与土著人之间的冲突，手无寸铁的无辜百姓遭受屠杀和掠夺，其中就包括1676年印第安原住民和英国殖民

---

① Thomas Pynchon, *Mason & Dixon*, p. 324.
② Thomas Pynchon, *Mason & Dixon*, p. 585.

者之间爆发的菲利普王战争期间对兰卡斯特印第安人的大屠杀现场。迪克逊感叹道："我原以为美国会是个例外，其实不然"，"如今，我们又重回殖民地，而且这次还要在奴隶主和奴隶之间画上一条直线，命中注定去见证这个公开的秘密，人类心灵的耻辱"。① 显然，此时的梅森—迪克逊线从一道地理勘测分界线变身为欧洲文明人与"野蛮"的土著人之间的一道分界线。面对西部大片"人迹罕至"且"尚未被纳入帝国版图的土地"，欧洲文明人要做的就是占有："一切按部就班，直至西部的土地被观测，被记录，被测量，纳入已知的体系，逐渐并入大陆的版图"②，而内心充满恐惧和愤怒的土著印第安人却"不知道怎样才能抵挡住那只在他们的土地上匍匐前进且不可遏止的巨大而无形、摧毁一切的怪兽"。那只"怪兽"就是梅森—迪克逊线的化身，它有着"钢牙铁齿，张着血盆大口，虎视眈眈，要把西部的一切吞入口中"③。就这样，欧洲文明人打着"科学"和"理性"的旗号，掠夺并占有了土著印第安人原本安居乐业的家园，将其变为征服者的乐园。难怪迪克逊问梅森："为什么皇家学会提议的每一个观测点都是一个工厂，或领事馆，或是皇家特许公司的其他机构？"梅森回应说"特许公司可能确实是如今世界上越来越普遍采用的形式。"④ 在这里，科学知识与技术是为强权者服务的工具，大英帝国"公开的、无耻的、直接的、露骨的剥削"⑤ 本质大白于天下。

三 人与自身关系的异化，导致人的主体地位的丧失

技术的价值要通过人来实现，一切技术活动的目的最终指向的都是现实的人。随着近代科学技术的发展，人类社会不断壮大，但人类个体能力与价值却在强大的社会力量面前不断削弱。特别是当人过度追求技术的"工具性"和"力量性"，忽略人作为个体的发展与价值需求，工具理性与价值理性开始出现某种失衡，其表现就是工具理性的片面凸显与价值理性的日渐式微。技

---

① Thomas Pynchon, *Mason & Dixon*, p. 692.
② Thomas Pynchon, *Mason & Dixon*, p. 345.
③ Thomas Pynchon, *Mason & Dixon*, p. 678.
④ Thomas Pynchon, *Mason & Dixon*, p. 252.
⑤ 《马克思恩格斯选集》第 1 卷，人民出版社 1995 年版，第 275 页。

术被赋予了明显的功利色彩，呈现出简单化、单一化和片面化的特点。随着人类越来越多地控制自然，"个人却似乎愈益成为别人的奴隶或自身的卑劣行为的奴隶"①。人与自身关系的异化直接导致人的主体地位的丧失，表现为人越来越不自由、个体人格趋于分裂、本能受到压抑、生活失去目标与意义，最终沦为马尔库塞所说的失去创造性和批判精神的"单向度的人"。

小说中，梅森—迪克逊线"将广袤无边、丰饶无限、无尽绵延的海岸线、无法测绘的海湾整齐划一地进行条块分割"②，技术对土地的"理性"分割和划定加剧了"物的世界"对"人的世界"的包裹与入侵，生活在其附近的百姓无路可退，开始过起"被动"的、身不由己的生活：宁静、温馨的家庭生活被无情打破，家人被迫分隔两地，家园被破坏。梅森—迪克逊线横穿了普利斯夫妇的房子，房子被分成两半，一半在宾夕法尼亚州，而另一半则属于马里兰州，普利斯太太因此跟丈夫调侃说，既然他们是在宾夕法尼亚州结婚的，那么他们的结婚证书在马里兰州就失效了，由此她也就毋须履行妻子的义务和服从于丈夫的"发号施令"。这个情节看似滑稽可笑，令人哭笑不得，但恰恰是普利斯太太这样一番荒诞不经的玩笑话揭露了工具理性权威对价值理性的漠视与放弃，以非人道的暴力控制剥夺了人类追求公平正义和自由发展的权利。"梅森—迪克逊线"压根没把民众的生活福祉放在眼里，分割土地，剥夺了人的归属感，成为象征毁灭性力量的"邪恶的通道"。③

小说主人公之一梅森是皇家天文学会的天文学家，作为美洲殖民地地界勘查划定任务的重要执行人，他与勘测员迪克逊一起勘测地界、绘制地图，工作涉及数学、天文学、勘探学及测绘学等方面的原理与知识。梅森对科学技术表现出执着的追求和崇拜，他与迪克逊不辞辛劳地先后完成了金星凌日的观测和美洲殖民地分界线的勘测任务，甚至不惜以牺牲自己的家庭为代价。当梅森起程动身去美国时，他的妹妹安妮责备他抛弃了自己的孩子："下次什么时候你才能再见到他们？又要好几年了，是不是？"④ 梅森一直自诩为"科学家"，对科

---

① 《马克思恩格斯选集》第 1 卷，第 775 页。
② Thomas Pynchon, *Mason & Dixon*, p. 354.
③ Thomas Pynchon, *Mason & Dixon*, p. 701.
④ Thomas Pynchon, *Mason & Dixon*, p. 202.

学知识的痴迷让他身上表现出的"理性"远远超出了"人性"。事实上，就是在这样一位堪称"理性"典范的科学家身上出现了精神机能障碍的症状，包括精神忧郁、行为怪异、情感障碍。小说中，迪克逊把梅森称为"浮士德"不无道理。歌德笔下的浮士德满腹经纶，代表着近现代社会人们对知识和理性的执着追求，但学术上的成就却未能填满他内心深处的渴望与满足，他长期对生活感到迷茫和不满，不知道何去何从。像浮士德一样，梅森饱受情绪抑郁的折磨，他的痛苦恰恰来自理性追求和感性需求之间的冲突，一面是对科学知识的痴迷，另一面又是情感的羁绊，失去妻子丽贝卡的过度悲伤常常让他陷入幻觉之中不能自拔。梅森在一次梦境中对迪克逊说，"所有关于文明世界和异教世界的知识，无论是最近还是古代，都可以向我提问"，迪克逊回答说，"我想我知道这个故事——'是那个德国人'——浮士德，对吗？"梅森回答说，"但他，至少，能够生活在一个完整的世界里——唉，我却是孤独的……"①。梅森一直挣扎在孤独、焦虑、迷惘和恐惧感中，始终无力以他的理性逻辑推理了解亡妻的讯息，科学技术似乎并非无所不能。面对一个迷失本性的自己和一个意义失落的世界，梅森唯有寄希望通过幻觉和疯狂弥补理性无法触及的人性的本质。梅森与迪克逊彼此问着，"我们在干什么？"②"我们为谁工作？"③ 对此，评论家杰森·麦肯特（Jason McEntee）指出，梅森与迪克逊的问题表明，他们已经与理性发生了冲突，与此次勘探任务的目的发生了冲突，而"这些冲突将导致他们在理性和对理性的厌恶之间游走"④。

第二节　解构社会主流文化，复归技术伦理价值

同当代许多哲学家、思想家、小说家一样，品钦密切关注现代科学技术发展对人类社会和历史进程的巨大影响。一方面，他肯定科学技术对人类社会发

---

① Thomas Pynchon, *Mason & Dixon*, p. 558.
② Thomas Pynchon, *Mason & Dixon*, p. 253.
③ Thomas Pynchon, *Mason & Dixon*, p. 347.
④ Jason T. McEntee, "Pynchon's Age of Reason: Mason & Dixon and America's Rise of Rational Discourse", p. 190.

展的积极促进作用,科学技术进步为人们带来最新的知识成果和实践手段,极大提高了人类的物质文化生活水平。另一方面,他也注意到西方社会中技术工具理性膨胀与扩张给人类的生存和发展带来的威胁和破坏。由于现代科技活动在追逐经济功利的过程中忽略了技术本身负载的伦理价值,对科技活动的价值意义没有进行必要反思,从而割裂了技术与社会的关系,使科技成为一种奴役人、压迫人的异己力量。品钦作为后现代主义小说代表作家,在其小说中聚焦20世纪的美国社会,描写了一个被技术全面浸染的世界,在这里,人们的生活、生产和思维统统被技术化了,对技术的过分依赖致使人类丧失个性自由,沦为科技的奴隶。为了打破封闭的系统,恢复人与人之间、人与自然之间的有效沟通,品钦通过"狂欢化"的后现代叙事文本,创建了富有颠覆性、包容性和开放性的自由批评空间,解构崇尚权威和绝对真理的"元叙事",完成后现代文本对文学批评理论的重构。由此可见,品钦的创作目的并非单纯地批判技术理性的负面性或是简单地否定启蒙运动以来的科技进步观,他对现代社会自然价值沦落、人类功利化行为、生态环境危机与世界局势种种危机的无情揭露更多是为了唤醒人们对技术本身负载的伦理价值的认识,以发展的眼光看待现代科学技术的现状与未来,从价值理性的视角考量科学技术实践与人类、自然及社会的伦理关系,从而追问现代技术本质,对其做出更加全面客观的解释。

一 西方文化的定义

在西方,文化一词的定义历经多重演进变化。1952年,美国人类学家阿尔弗雷德·克罗伯(Alfred Loues Kroeber)和克莱德·克拉克洪(Clyde Kluckhohn)在他们合著的《文化——关于概念和定义的评述》一书中列举了1871—1951年人类学家、社会学家、精神病学家及其他西方学者有关文化的164种定义。自此以后,各种文化的定义呈现复杂化、丰富化的发展趋势,据不完全统计已达上万条之多。从词源上来说,英文中的文化(culture)一词源于拉丁语"cultura",表达"耕作、培育"的含义。这一含义聚焦人类对土地的耕耘、改良及对动植物的培育和栽培,以满足人们衣食所需为目的,至今在现代英语中仍可寻到这一原始意义的踪迹,如农学、园艺和蚕业三个词汇均继承了"种植"和"培殖"的含义。文化一词的原始含义出现转义发生在古罗马时期，古罗马著名政治家、演说家、法学家和哲学家马库斯·图留斯·西塞罗（Marcus Tullius Cicero）提出"智慧文化即哲学"的主张，将文化延伸到培养、教育，转意为改善和重建人的内心世界。17 世纪，德国法学家普芬多夫（Samuel von Pufendorf）把文化作为独立概念第一次引入德国，并在《自然法与万民法》一书中赋予文化新的含义："文化是社会人的活动所创造的东西和有赖于人和社会生活而存在的东西的总和。"① 据此，"文化"转指包括物质和精神在内的人类所创造的全部产品。18 世纪启蒙运动是继文艺复兴运动之后欧洲近代第二次思想文化解放运动。启蒙运动的倡导者们作为文化先锋宣传自由、平等和民主思想，倡导"理性崇拜"，希望以理性之光驱散愚昧的黑暗。此时，文化的定义开始摆脱宗教神学的桎梏，其旨在实现和促进人类物质富足和精神富有的功效和作用进一步明确。1790 年，德国哲学家伊曼努尔·康德（Immanuel Kant）在其著作《判断力批判》下卷"目的论判断力批判"中从哲学高度提出了西方思想史上第一个明确的文化概念，他指出："一个有理性的存在者一般地（因而以其自由）对随便什么目的的这种适应性的产生过程，就是文化。"② 文化成为人类在达成各种行为目的过程中所具备的适应性和熟练度的具体表现。③ 康德将文化视为目标驱动下的人类实施自由创造活动的过程和结果，人类从中占据主导地位，并将构成人类存在和本质力量的精神内核归于"文化"的范畴。康德的文化思想为西方学界研究文化问题奠定了坚实的理论基础，对整个西方文化学的发展产生了深远影响。

19 世纪中叶，德国学者列维·皮格亨（L. Peguiehen）提出了"文化科学"的概念，并倡议建立专门学科，开展对文化的全方位的系统研究。随后德国人类学家古斯塔夫·克莱姆（Gustav E. Klemm）致力于将文化作为一种社会现象进行专门研究，先后出版了《人类文化通史》和《普通文化学》两部学术专著，其中《普通文化学》成为文化学的第一部系统理论专著，由此，"文化学"作为一个学科名称正式被提出来。1871 年，英国文化人类学的奠基人爱德华·

---

① 郑杭生主编：《社会学概论新修》（第三版），中国人民大学出版社 2002 年版，第 66 页。
② ［德］康德：《判断力批判》，邓晓芒译，人民出版社 2002 年版，第 289 页。
③ 参见 ［德］康德《判断力批判》，邓晓芒译，第 289—291 页。

伯内特·泰勒（Edward Burnett Tylor）在其代表著作《原始文化》中"首次将德国学者提出的'文化学'一词引进英语"①，同时在"关于文化的科学"一章中，他开宗明义地指出："文化或文明，就其广泛的民族学意义来说，乃是包括知识、信仰、艺术、道德、法律、习俗和任何人作为一个社会成员而获得的能力和习惯在内的复杂整体。"② 基于泰勒提出的文化进化论，后来学者们结合人类学、社会学、历史学和文化学等各自不同的学科领域，对文化这一"复杂整体"展开深入研究，从而形成各具特色的不同学派，其中最有影响的为古典进化论学派、传播论学派和历史特殊论学。

19世纪末20世纪初，文化学研究取得了重大发展，研究中心逐渐从西欧转移到美国。美国"人类学之父"弗朗兹·博厄斯（Franz Boas）是这一时期的典型代表。在他看来，文化本身就具有一种塑造自身物质、心理世界的能动力量，文化的多样性与复杂性使得普遍文化发展规则潜藏巨大危险。博厄斯提倡文化相对主义，他强调不同民族文化之间存在差异，每个文化都有自己独一无二的历史，不同的文化背景有着不同的价值和功能，因此，衡量文化没有普遍绝对的评判标准，各族文化没有优劣、高低之分，一切的评价标准都是相对的。他对将世界多元文化归入"单一进化模式"的做法持否定态度，在他看来，"差异话语意味着一种新的价值立场，它要通过强调多样性、多元性、异质性来揭示、批判同质化、抽象化话语中的压制性的霸权因素"③。20世纪中叶，博厄斯的学生，同时也是博厄斯学派代表人物的克罗伯和克拉克洪在广泛考察和充分研究西方学者先后提出的164种文化定义后，对现代意义上的文化做出概括："文化存在于各种内隐的和外显的模式之中，借助符号的运用得以学习和传播，并构成人类群体的特殊成就，这些成就包括他们制造物品的各种具体式样，文化的基本要素是传统（通过历史衍生和由选择得到的）思想观念和价值，其中尤以价值观最为重要。"④ 克罗伯的定义兼顾文化模式理论和象征符

---

① 向翔：《哲学文化学》，上海科学普及出版社1997年版，第8页。
② 徐行言主编：《中西文化比较》，北京大学出版社2004年版，第11页。
③ 季中扬：《论"文化研究"领域的认同概念》，《求索》2010年第5期。
④ 中国大百科全书总编辑委员会《社会学》编辑委员会编、中国大百科全书出版社编辑部：《中国大百科全书》（社会学），中国大百科全书出版社1991年版，第409—411页。

号学说，既强调历史对文化形成的重要性，也肯定了文化的独特性和超然性。在他看来，由于人们在价值观和思想观念上存在不同，群体内部或个体之间自然会形成文化差异。不论是人类活动中的物质产品还是精神成果既是文化的载体，也是文化的象征性表征。文化的多元呈现方式会直接导致文化载体或表征存在的繁杂性。与此同时，英国著名文化理论家雷蒙德·威廉斯（Raymond Henry Williams）在其1958年出版的著作《文化与社会》中通过梳理文化观念的历史演变过程，勾勒出自19世纪以来"文化"的四个义项：心智的一般状态或习惯；社会知识发展的总体状况；各种艺术形式的普遍状态；文化是一种由物质、知识和精神组成的完整生活方式。[①] 1961年，威廉斯在著作《长期革命》中进一步修正了以前的"文化"定义，提出"文化"的三种定义，"第一种是'理想的'定义，在这种定义中，文化是根据某种绝对或普遍价值而言的人类完善的状态或过程……第二种是'文献式'定义，据此而论，文化是智识和想象力作品的整体，详细记载了人类丰富的思想和经验……第三种定义是文化的'社会'定义，即文化是对某种特定生活方式的描述，不仅仅表述艺术和学问中的某些意义和价值，也表现机制与日常行为的意义和价值"[②]。可以看出，20世纪五六十年代以来，西方现代意义上的文化概念更趋向于历史与社会视角下的文化价值意义，也就是文化作为反映社会、表现信仰和价值观的表意象征意义。文化概念的丰富化、多样化趋势有助于人们更加全面、深刻理解和认识日益复杂的社会现象的文化内涵。

二 技术与文化

从人类文化概念的生成与发展历程看，技术与文化的内在联系与相互作用从人类出现起就存在，人类文化在形成过程中受到物质、精神、技术与思

---

① 参见［英］雷蒙德·威廉斯《文化与社会》，吴松江、张定文译，北京大学出版社1991年版。

② William Raymond, *The Long Revolution*. New York: Columbia University, 1961, p.41, 转自邹赞《试析雷蒙·威廉斯的"文化"定义》，《新疆大学学报》（哲学人文社会科学版）2014年第1期。

想等诸多因素的影响。文化的词源学研究表明，文化有关"耕作、培育"的内涵从一开始就打上了技术的烙印。英国著名的科技史家查尔斯·辛格（Charles Singer）在其主编的著作《技术史》中，通过全面分析和总结人类早期对动物的驯化和植物的栽培，指出："一个简明的观点，植物种子的播种就成为技术进化史的里程碑。"① 在此，技术成为文化的标识物，是促进文化发展与进步的动力与手段。正如当代美国人类学家威廉·A. 哈维兰（William A. Haviland）所指出的："那些在社会生存方式中起一定作用的文化特质就是所谓的文化核心。文化核心包括社会的生产技术以及开发资源的生产知识。它包括劳动方式，即把技术应用到当地自然环境上的方式……还包括那些影响食物产品及其分配的文化方面。"② 由此可见，技术是文化不可或缺的重要组成部分，在人类文化的形成与发展中发挥着举足轻重的作用。随着时代与社会的变迁，技术日益渗透、影响着自然、社会以及人类的思维，从而改变了人的生活与世界观，技术与文化的关系也随之发生了转折。

德国哲学家海德格尔从技术角度认为，"文化的本质就是技术展现的过程和结果"，"文化具有技术的性质"。③ 海德格尔通过追问技术的本质得出："技术就不仅是手段，技术乃是一种解蔽的方式。"④ 工业革命后诞生的"新时代"技术与工业革命之前的传统技术之间存在着本质区别。海德格尔认为，新时代以前，传统技术是一种"产出式"解蔽的方式，人与天地、自然和世界和谐相处，诗意地栖居在大地上。传统技术在人们眼中只是征服自然、改善生活的一种手段和工具，且应用范围十分狭窄，是以自然自身的承载量为限，包含在文化的总体框架之中，受制于文化。但是，"新时代"技术属于一种"促逼式"的解蔽。所谓"促逼"在德语中，经常有"挑战、挑衅、引起"⑤的意思，海德格尔往往把它用在"强使某物如何如何，或强使某人如

---

① Charles Singer, *History of technology*, Oxford: Oxford University Press, 1958, p. 374.
② ［美］威廉·A·哈维兰：《当代人类学》，王铭铭等译，上海人民出版社 1987 年版，第 332 页。
③ Roger Lewin, "Ethics and Genetic Engineering", *New Scientist*, Vol. 64, October 1974, p. 163.
④ ［德］马丁·海德格尔：《海德格尔选集》，孙周兴选编，第 931 页。
⑤ ［德］马丁·海德格尔：《海德格尔选集》，孙周兴选编，第 932 页。

何如何做"① 的结构中。显然，现代社会中的技术在改善人们的生活的同时，迅速扩大了它的应用范围，使之悄无声息间就凌驾于人类之上，渗透并迅速占据各领域的主导位置。由于现代技术的建构和支配，现代社会的文化也随之转变成为具有技术本质的文化。在海德格尔看来，"试图在技术之旁保持文化的独立的东西，甚至以为有可能使用文化作为堡垒去抵挡到处蔓延、持续上升的技术……从一开始就注定要失败的。技术的本质不仅决定了与自然的交往，而且也深深地铭刻在人的文化创造上，占领了一切存在领域，包括科学、艺术或政治，以至于从本质上来考虑，尽管有存在领域的差别，已不存在自然和文化在展现上的区别"②。

当代社会背景下，现代技术与知识具有让人无法抗拒的魅力，人们对各种科技产品竞相追捧，科学技术成为人类心中的图腾，渗透于各种文化媒体方式，影响和控制着人们对艺术、社会、政治、宗教、商业以及自身价值的思考。在现代工业和技术的促进下，人类的生活方式和居住环境发生了巨大的改变，技术与文化的关系也随之发生了历史性转变："在今天，技术已不只是机械'力'的凝结器，而是社会的人的工艺学。技术所支配的已不只是烟囱林立的大城市，不只是整个工业国，而是人原先没有转让的隐秘的内在生命；技术对智力的支配，已经一般地扩展到操纵心理生活，包括无意识的东西"③。技术的进步提升了人们对不同生存和工作环境的适应能力，使人类最大程度地发挥其才能与潜力。科学技术成果不断被投入生产实践活动中，丰富了人们的物质生活，也改变了人类社会的文化风貌。但是，犹如一把"双刃剑"，现代技术在带来人类社会的进步与繁荣的同时，也使人类身处生态的、社会的与伦理的种种危机之中。马克思早在《1844年经济学哲学手稿》中就指出："人越是通过自己的劳动使自然界受自己支配，神的奇迹越是由于

---

① 宋祖良：《拯救人类和地球未来——海德格尔的后期思想》，中国社会科学出版社1993年版，第54页。

② [德] 冈特·绍伊博尔德：《海德格尔分析新时代的技术》，宋祖良译，中国社会科学出版社1993年版，第136页。

③ [苏] 格·姆·达夫里扬：《技术·文化·人》，薛启亮、易杰雄等译，河北人民出版社1987年版，第88页。

工业的奇迹而变成多余，人就越是会为了讨好这些力量而放弃生产的乐趣和对产品的享受。"① 技术理性和控制集结成新的社会控制形式，社会从而失去批判性，伴随而来的压抑与奴役让人们感到绝望。在现代技术霸权的挟持之下，人们唯理性至上，只知道追求功利与效率，在日益单一化、固定化的生活模式下，人的个性、价值与尊严销蚀殆尽，人与自然、社会的关系日趋紧张，发生异化，人类曾经多姿多彩、各具特色的文化家园被如今高度组织化、社会化的现代文明所取代，最终引发现代人的生存危机。

美国学者尼尔·波斯曼按照技术的发展阶段将人类文化划分为工具使用文化、技术统治文化和技术垄断文化的三个不同阶段。波斯曼指出，在从远古时期到17世纪的工具使用文化阶段，发明工具是为了解决以下两个问题："一是解决物质生活里具体而紧迫的问题，水力、风车和重轮犁头就是这样的问题；二是如何为艺术、政治、神话、仪式和宗教等符号世界服务的问题，例子有城堡和教堂的修建、机械时钟的开发。"② 显然，此时的技术服务从属于社会与文化，受到文化的指引和约束，对人类不构成伤害。欧洲中世纪的三大发明：机械时钟、印刷机和望远镜的普及标志着技术与文化之间建立了一种新型互动关系，产生了全新的时间观念、认知方式（印刷机使用活字，攻击口头传统的认识论）、价值体系（望远镜攻击基督教神学的根本命题）、文化关系和生活方式，随即人类文化进入了技术统治文化阶段。在这个阶段，技术开始不断地与文化发生冲突，并对其发起攻击，试图主导和取代文化。但事实上，这个时候的技术不足以动摇文化的基础。技术世界观虽然强大，但传统世界观依然存在，两者互为对立，但又在摩擦中共存，究其原因在于人们对工业化的热情刚刚萌发，应用范围也比较有限，还没有对人们的内心生活产生太过强烈的影响，也无法赶走工具使用文化留存下来的社会记忆。③ 但当人类社会步入20世纪，进入技术垄断文化阶段，情况变得大不相同，飞速发展的技术力量日益强大，而文化的权威性不断削减并逐渐丧失。特别是伴随电子技术发展产生的信息传递介质上的变化以及随之而来的信息爆炸和信息混乱，切

---

① 《1844年经济学哲学手稿》，第59—60页。
② ［美］尼尔·波斯曼：《技术垄断：文化向技术投降》，何道宽译，第12页。
③ 参见［美］尼尔·波斯曼《技术垄断：文化向技术投降》，何道宽译，第27页。

断了信息和人的意旨之间的纽带。现代文化无法抵御泛滥成灾的信息，只能臣服于技术的垄断统治，于是，传统的技术与文化的关系被彻底颠覆了。波斯曼认为，"技术垄断并不使其他的选择不合法，也不使它们不道德，亦不使之不受欢迎，而是使之无影无形，并因而失去意义"①。波斯曼注意到以媒介为代表的技术的固有意识形态造成人类对技术的过分依赖与盲目崇拜，人们不再倚重传统的人文价值和伦理道德，而是以标准化的程序即"科学"与技术理性作为道德评判的权威。显然，在这里，波斯曼对现代技术的分析并不是反对技术，而是通过谴责唯科学主义，批判反思技术理性，呼吁人们重新思考现代技术力量对人类生活和文化产生的影响，找到一条冲破技术垄断，恢复人的本性，实现人与人、人与社会之间的平衡和谐的救赎之路。

三 西方历史上的反主流文化现象

在西方，文化的概念在历史进程中发展变化，被赋予了深刻且丰富的内涵，是社会发展过程中所创造的物质财富与精神财富的总和。在一定的时代与社会背景下，具有广泛的民众认同性和强大的传播力的民族文化主线成为所在时代的主流文化。每个时期的主流文化会有所不同，反映特定时代背景下的社会意识形态，如价值观、世界观和道德观等，进而影响人们的行为。根据辩证唯物主义的观点，世界上的任何事物都是作为矛盾对立统一体而存在的，矛盾是事物发展的源泉和动力。作为唯物辩证法根本规律的对立统一规律揭示出，自然界、社会和思想领域中的任何事物及事物之间都包含着矛盾性，事物矛盾双方在一定条件下既相互依存又相互排斥、互相斗争，推动事物的运动、变化和发展。纵观西方历史，特别是近现代史，伴随表达正统意识形态的主流文化观念和形式的出现，必然存在与社会主流价值体系相冲突的非主流或反正统文化思想和形式，以抵制和反抗主流文化。正是在这"正"与"反"的矛盾冲突和演变转换中，事物得以推动和发展。可以说，反主流文化是西方近现代史上的常见现象。在一定程度上，西方社会正是依托不同时期反主流文化思潮对主流文化观念的不断质疑与挑战获得纠错、校正的活力，从而避免了思想的僵化和社

---

① ［美］尼尔·波斯曼：《技术垄断：文化向技术投降》，何道宽译，第 28 页。

会的停滞不前。不可否认，不同时期的反主流文化各有其历史局限性，甚至还有荒唐、过激的一面，但是在解放思想观念和促进社会文化多元化方面，反主流文化运动确确实实对西方社会的进步与发展起到积极的推动作用。

以发生在17—18世纪的欧洲启蒙运动为例。启蒙运动爆发前，封建贵族和基督教会联合专制的势力最盛，由神教、神学与神权构成的庞大社会网络不仅在精神上控制着民众的思想，也在世俗生活中束缚着人们的行为规范，致使广大民众长期生活在愚昧的状态之中。此时，神文化成为占社会主导地位的正统文化，文化和教育完全掌握在教会手里，所有的思想追求和价值观念都必须围绕神学、神权和神灵进行，任何人不得越雷池一步，否则就会被视为异端邪说，受到严厉惩罚。正是在这样的历史背景下，17—18世纪，伴随自然科学突飞猛进的发展，以霍布斯（Hobbes）、笛卡尔（Descartes）、孟德斯鸠（Montesquieu）、伏尔泰（Voltaire）、狄德罗（Diderot）、卢梭（Rousseau）、康德等为代表的一批启蒙思想家旗帜鲜明地挑战神学思想，反对神学文化观点。他们在很多方面从新兴的自然科学中找到启蒙思想的理论根据和思想方法，从根本上颠覆和取代了中世纪蒙昧时代的文化观念和价值体系，打破了束缚人们头脑的中世纪经院哲学枷锁，以理性之光驱散愚昧的黑暗。法国哲学家、数学家、物理学家勒内·笛卡尔是欧洲"理性主义"的先驱，他提出，人是一种理性动物，可以使用理性进行哲学思考，从而理解自然世界，也认识人本身。英国早期启蒙运动思想家托马斯·霍布斯作为"第一个近代唯物主义者（18世纪意义上的）"在《利维坦》一书中反对和批判了君权神授，国家是人们在理性指引下，放弃个人的自然权利，相互间订立契约，将之交付给一个人或由一些人组成的议会，从而组成国家。主权是国家的本质，主权者的权力是绝对的、不可分割的。《利维坦》给后来的英国哲学家约翰·洛克（John Locke）、法国启蒙思想家让·雅克·卢梭的社会契约论带来了深远的影响。① 洛克同样认为国家起源于契约，提出民权政府的理念，同时洛克指出所有人都是平等而独立的，没有人有权利侵犯其他人的"生命、自由或财产"。卢梭提出"人民主权"的思想，认为国家

---

① 参见［日］小川仁志《完全解读哲学名著事典》，唐丽敏译，华中科技大学出版社2016年版，第138—141页。

是因订立契约而产生，人民是制订契约的主体，人权必须反映人民的意愿，法律必须是公意的体现，君主不能高于法律。他主张自由平等，反对私有制及其压迫。不难看出，启蒙思想家们共同强调人的力量而不是神的力量，呼吁人们相信理性，倡导信仰自由，对抗宗教迫害，强调"法律面前，人人平等"，代替社会等级观念。显而易见，作为一场反封建、反教会的思想文化运动，欧洲启蒙运动具有浓厚的反主流文化色彩，从认知体系到价值标准，它与中世纪蒙昧时代的神学正统文化思想表现截然相反，互为矛盾，形成一个对立统一体。

在启蒙运动的推动下，提倡自由、平等和博爱的启蒙思想迅速在欧洲大陆传播，解放了人们的思想，在人类思想发展史上发挥了重要作用。启蒙运动的影响远远超出了欧洲的范围，对于整个世界的格局产生了巨大影响。美国，作为一个汇集了欧洲多国移民的"文化大熔炉"，有着错综复杂的文化背景，同样受到了欧洲启蒙运动的深刻影响。启蒙运动促进了美国独立战争，为后来经济社会快速发展打下了坚实基础。早期的美国处于殖民时代，从1607年第一批来自欧洲的清教徒到达北美弗吉尼亚建立詹姆斯顿定居点，到1776年美国发表《独立宣言》的169年间，美国的文化基本上是对欧洲文化，特别是英国文化的继承和发展。这是因为，英裔北美人是当时最早殖民、开拓北美新大陆的主体民族，伴随着他们的到来，英国的文化传统、风俗习惯与价值观念也被带到新大陆。

宗教是社会文化价值观的重要源泉之一。价值观是基于社会成员一定的思维感官之上而作的认知、理解、判断或抉择，是文化的灵魂与精髓。当一个民族中大多数人对某些价值观持有普遍接受的态度时，这个民族的主流文化价值观就形成了，表现为民族文化心态和思维定式，代表该民族的规范性判断。殖民地时期，开拓北美的英国清教徒带来了基督教新教主义思想并在美国扎下根来，经过长期的发展，形成十分突出的美国特色，极大地影响了美国的文化和政治。美国政治学家查尔斯·爱德华·梅里亚姆（Charles Edward Merriam）在《美国政治学说史》一书中指出，"清教徒的政治观念和道德观念在美国的国民特征的发展过程中一直是一种强大的力量"[①]。自早期的殖民时代起，直到19世

---

① ［美］查尔斯·爱德华·梅里亚姆：《美国政治学说史》，朱曾汶译，商务印书馆1988年版，第3页。

纪上半叶，清教主义在美国思想意识形态中持续占据主流地位，深刻地影响了美国社会。在清教主义和加尔文主义长期统治下，民众的思想在相当程度上受制于新教教会为代表的传统神学观念和教规，"教徒们终日惶惶不安，为自己的灵魂归宿问题忐忑不安，心神不宁"①。加尔文主义的"预定论"和"上帝选民论"本质上也与中世纪的神学观如出一辙，宣扬上帝的万能与至高无上，贬低人的主观能动性和个体创造力，制约了人们的思想自由和个性发展。

19世纪初，随着生产力的进步及理性时代的到来，一些重大变革开始重新塑造美国传统，也为诸多更加持久的国家特性确立了基本框架。1801年，民主共和党托马斯·杰斐逊（Thomas Jefferson）当选美国第三任总统。在连续两届总统任期内，他废除了前届亚当斯政府所颁布的《归化法》《客籍法》《敌对外侨法》和《镇压叛乱法》，实施削减开支，减轻税收，取消酒税，鼓励农产品出口的政策，保障了人民的基本权利。1803年，杰斐逊政府通过谈判购入法属路易斯安那，其面积超过214万平方公里，此举使美国领土扩大近一倍。同时，美国政府积极推行向西扩展的政策，派遣远征队西行，使其领土到内战前从大西洋沿岸扩张到太平洋海岸。1812—1814年美国进行了第二次对英战争，美国在这次战争中的最终获胜使美国得以摆脱英国政治上的控制和经济上的渗透，成为一个完全独立的民族主权国家。在大力扩展领土的同时，美国经济也发生了显著变化。从19世纪初期起，美国在大力引进西欧科学技术的同时，积极鼓励创造和发明，工业化迅速推进，工业生产得到发展。1860年，美国工业生产居世界第4位。

正是在这样的历史背景下，美国人的思想观念与社会文化生活发生了根本的改变，开始寻求更深刻的变革。无论是主张"预定论"和"上帝选民论"的加尔文正统神学观，还是后来以经验主义为思想基础的一神教派别，都与19世纪初期美国人渴望打破旧的思想观念，寻求自由和个性发展的精神需求产生了矛盾，成为人们追求独立与自由的障碍。随着矛盾的逐渐加剧，19世纪30年代，以爱默生为代表的美国超验主义者们发起了一场反对加尔文正统神学观的

---

① Mary Beth Norton, "*A People and A Nation*", *The History Teacher*, Vol. 16, No. 1, November 1982, p. 122.

反正统文化思潮。他们以先验主义、浪漫主义和上帝一位论思想为武器,对抗新教加尔文教派以神为中心的正统思想和物质主义。他们呼唤人文精神,追求个性解放,倡导人类通过直觉理解真理,突出人的需要、情感等主观因素在道德生活中的地位和作用,认为人类的自由和理性才是最重要的,把人性的自由提高到了一个前所未有的高度。与此同时,针对社会上盲目追求物质享受的观念和行为,超验主义者进行了犀利谴责,号召人们摆脱物质和欲望的束缚,回归本真,在自然中体会生命之美,感悟自由的力量,因为"大自然是精神的象征……整个世界都是象征性的"①。显然,美国超验主义思想向正统神学和主流价值观提出了挑战,打破了长期以来欧洲神学和教条对美国人民的束缚,展现出鲜明的反正统文化的特色,积极地推动了美国的思想文化独立。

与欧洲启蒙运动和美国超验主义思潮两次西方重要思想解放运动不同的是,20世纪上半叶出现在巴黎的波西米亚文化从艺术创作和生活方式角度对当时的正统文化发出了挑战。波西米亚并不是一个地理概念,而是一种精神状态。"波西米亚人"一词常常指的是一群艺术家和作家,他们摒弃了对传统的幻想,通过非传统的生活方式表达了对正统文化的不满。他们往往过着自由漂泊、放逐自我的生活,拥有与社会主流价值观迥异的习性,生活习惯与性格也显得与外在社会格格不入。德国文学评论家海尔默·克鲁则(Helmut Kreuzer)把波西米亚主义描述为"一种知识分子的亚文化,特别是资产阶级经济秩序中的一种亚文化,由那些行动和尝试主要反映在文学、艺术或音乐领域,其行为和态度表现为非资产阶级或反资产阶级的边缘群体组成"②。克鲁则首先阐明了波希米亚作为一种知识分子亚文化的基本性质,将波希米亚从资产阶级占有型的个人主义提升到知识分子群体和整个社会文化的范畴。其次,波西米亚与布尔乔亚的对抗关系揭示了波西米亚文人与艺术家们独特的反资产阶级性。波西米亚主义者在政治上和艺术上拒绝常理,探索禁区,反抗世俗。他们同情弱势和边缘群体,通过奇异独特、惊世骇俗的创作风格

---

① 王恩铭:《半个文明人+半个野蛮人=一个完整的人——论亨利·索洛有关人与自然的哲学观》,《解放军外语学院学报》1994年第6期。

② Michael Soto, *The Modernist Nation: Generation, Renaissance, and Twentieth-Century American Literature*, Tuscaloosa: The University of Alabama Press, 2004, p. 96.

以及在公共场合的夸张、嘲讽性表演表达不同思想，挑战资产阶级生活与艺术法则，从而确立了自己反正统文化的立场，体现了他们的反叛精神。美国社会学家和政治哲学家丹尼尔·贝尔（Daniel Bell）在《资本主义文化矛盾》（*The Cultural Contradictions of Capitalism*）中对文化界出现的反资产阶级情绪进行了说明，活跃在艺术领域的先锋艺术家们首先发起了对资产阶级价值观的进攻，继而延伸至生活领域。通过大众媒体，波希米亚人的生活方式已经成为一种颇具影响力的流行文化。①

20世纪初，伴随着社会现代化进程的快速推进，先锋派艺术家们愈加感受到现代社会工具理性的蛮横与人性自由的沦丧，特别是第一次世界大战的非人道本性及人类对大自然的肆意掠夺让他们倍感痛苦和绝望。当正统观念陶醉于现代技术的进步并对所谓拯救人类文明的"正义"战争大唱赞歌的时候，巴黎的波西米亚艺术家们通过扭曲、怪诞与变形的超现实艺术形象表现现代社会的变态与荒唐，向现代社会的正统文化提出质疑并发起进攻。一场反艺术反传统的文化运动——达达主义就是在这样一个特殊的历史背景下出现的。达达主义主张"反传统""反审美""反理性"，将批判的锋芒直指野蛮而残忍的第一次世界大战及支撑这场空前浩劫的理性主义逻辑，坚持认为"走出这个疯狂世界的唯一途径就是反其道而行之，选择以非理性、不服从和对抗挑衅颠覆传统"②，彰显了强烈的反叛精神。达达主义者追求清醒的非理性状态、拒绝约定俗成的艺术标准，信奉"破坏就是创造"的原则，通过反美学的艺术作品和抗议活动来表达他们对资产阶级主流价值观和现代社会荒诞与虚无本质的愤怒。正如瑟律斯（Sirius）所描述的那样，达达主义旨在打破和颠覆现存的所有事物，一并将其"倒入抽水马桶，然后一冲了之"③。达达主义先驱法国画家马塞尔·杜尚（Marcel Duchamp）最著名的现成品艺

---

① 参见［美］丹尼尔·贝尔《资本主义文化矛盾》，赵一凡、蒲隆、任晓晋译，生活·读书·新知三联书店1989年版，第100—101页。

② R. U. Sirius, and Dan Joy, *Counterculture Through the Ages: From Abraham to Acid House*, New York: Villard Books, 2004, p. 203.

③ 王恩铭：《美国反正统文化运动——嬉皮士文化研究》，北京大学出版社2008年版，第217页。

品《自行车轮》(1913) 和《喷泉》(1917) 就是最好的例证。1913 年，杜尚完成了用自行车轮固定在凳子上的雕塑，这是现成品的开始。1917 年，杜尚匿名将一个男用小便器送到美国纽约独立艺术家展览，并将其命名为《喷泉》。他要求将其作为艺术品展出，这成为现代艺术史上里程碑式的事件。杜尚通过现成品对艺术的边界和本质提出了质疑，打破了现成品与艺术品、创造者与欣赏者、艺术与生活之间的界限，促使人们以全新的眼光和视角来看待整个艺术史和艺术品。达达主义在现代艺术发展史中是一个特殊的存在，虽然它持续的时间不长，但其极度反叛的精神和反艺术的态度对后来的艺术思想有特别重要的意义。达达主义作品表现出的怪诞与丑陋旨在揭露现代社会的非理性本质，进而摆脱正统文化的束缚，将反传统美学的思想发挥到了极致，它的影响波及之后的超现实主义、抽象表现主义和概念艺术等，为现代艺术的创作注入了全新的活力。

20 世纪以来发生的两次世界大战深刻影响着人类社会发展的进程，改变了历史发展的面貌，形成了新的世界格局。对于美国而言，第二次世界大战的影响最为深刻。在战争末期，美国不失时机地参战，由于美国本土远离战场，并未遭受到空袭、屠杀、逃亡和物资匮乏的战争摧残，所以相较于其他同盟国而言，美国参战付出的代价相对较小，百姓的生活也没有因为战争的爆发而受到太大的影响。虽然历经了一场世界大战，但战后的美国却迎来了更多的发展与机会，以战胜国的姿态掌握了称霸世界的先机和主导地位，曾在 20 世纪 30 年代出现的失业、通货膨胀和工业萧条等社会问题也相应得到解决，美国一举成为世界上最富有、最强大的国家。进入 20 世纪 60 年代，人均国民收入近 2000 美元①，美国经济呈现欣欣向荣的繁荣景象。但实际上，在风平浪静的社会表象下是暗潮涌动的重大精神危机和尖锐文化冲突。战后，在政治思想领域，伴随着杜鲁门主义和麦卡锡主义的甚嚣尘上，冷战序幕正式拉开，国内激进主义遭到封杀，进步组织遭到围攻，反共运动使得全国上下谈"红"色变，惶恐不安。与此同时，经济生活领域的持续繁荣使得美国

---

① 参见王锦瑭《美国的反主流文化运动——嬉皮士运动剖析》，《世界历史》1993 年第 3 期。

社会快步进入美国经济学家约翰·肯尼思·加尔布雷思（John Kenneth Galbraith）提出的"丰裕社会"，中产阶级人口迅速扩大，国民收入的大幅增加与商品的极大丰富激发了人们的消费热情，随之而来的就是物质主义、消费主义和享乐主义价值取向的日益盛行，但是"富裕和强大并不能排除深刻的焦虑和痛苦的分歧"①，政治胁迫和文化成见加剧了社会和文化的不安与动荡，"垮掉的一代"就是在这样的社会环境中应运而生的。

美国当代著名学者艾布拉姆斯（M. H. Abrams）在《文学术语词典》中对"垮掉的一代"做过界定："一些诗人和小说家由于共同的社会观念——反现有秩序、反政治、反理性——而结成的一个松散的集团，他们反对主流文化、文学和道德价值观，主张无拘无束的自我实现与自我表现。"②"垮掉派"作家成为"二战"之后质疑和否定美国社会传统文化价值观的重要力量。他们对主流文化权威的反抗和反叛态度影响了后世对文化的理解。美国"垮掉的一代"的代表作家杰克·凯鲁亚克（Jack Kerouac）在自传体小说《在路上》中借助主人公萨尔以行走江湖却不知用世界的眼光审视大都市的疯狂和浮躁，看到"数百万居民为了钱而你争我夺，疯狂的梦——掠夺、攫取、给予、叹息、死亡，只为了日后能葬身在长岛市以远的可怕的墓地城市"③。在"垮掉派"文人的描绘下，美国社会现状是异常沉闷和令人沮丧的。此时，"美国梦"最初象征的自由和美丽已经被高压、权力和物欲所粉碎和取代。生活在这样一个精神压抑和缺乏生机的时代，"垮掉的一代"渴求无序、狂欢状态的浪漫主义情怀，他们反对扼杀天性和心灵的文化秩序，追求自发的艺术创作，通过亲身体验被主流社会视为极端的生活方式，如流浪、爵士乐、东方宗教、性与毒品来表达自己与主流文化背道而驰的态度，表达对主流社会奉行的顺从和一致的道德准则的反叛。20世纪60年代，一群游离于正统文化之外的"垮掉派"在对抗中成长并逐渐

---

① ［美］艾伦·布林克利：《美国史》（1492—1997），邵旭东译，海南出版社2009年版，第823页。

② ［美］M. H. 艾布拉姆斯：《文学术语词典（中英对照）》（第7版），吴松江等编译，北京大学出版社2009年版，第43页。

③ ［美］杰克·凯鲁亚克：《在路上》，王永年译，上海译文出版社2006年版，第135页。

演变成为更具反叛精神和鲜明个性的反主流文化形象——嬉皮士。可以说，嬉皮士文化是20世纪50年代"垮掉的一代"精神的延续与发展。

任何一场运动的发生都具有历史的必然性，与其所处的社会环境紧密相连。莫里斯·迪克斯坦（Morris Dickstein）曾经这样说过："五十年代是我们当前文化形势的温床，又是六十年代的动乱赖以确定自身意义的背景。"[①] 战后的美国，新技术革命拓展了市场，释放经济发展潜能，劳动生产率大为提升，从而建立起一套有利于其势力扩张的经济体系。经济的发展与科技的进步又进一步推进了工业的机械化、自动化进程，"当工作与生产组织日益官僚化，个人被贬抑到角色位置时，这种敌对性冲突更加深化了。工作场所的严格规范和自我发展、自我满足原则风马牛不相及，难于和平相处"[②]，物质文明进步与精神文明发展之间矛盾日益尖锐，美国著名社会学家丹尼尔·贝尔称这种矛盾为资本主义经济冲动与现代文化发展之间的敌对关系。与此同时，伴随着美国的经济、军事实力的增强，其称霸全球的政治野心也随之膨胀，不管是杜鲁门主义还是麦卡锡主义都是其实施强权政治、霸权主义的直接表现。由于第二次世界大战期间美军死伤、失踪和被俘人数达110万[③]，残酷血腥的战斗与原子弹爆炸所造成的生灵涂炭使战争早已成为美国人心头挥之不去的阴影，而战后各种毁灭性武器的研发制造及全球范围的核竞赛猛烈冲击了美国"互助""友爱""人人生而平等、自由"的传统伦理观和价值观，旧的信仰随之瓦解，新的信仰却杳无踪迹，美国社会的精神危机不断加剧。在当代美国历史上，20世纪50—60年代爆发了一系列政治和文化运动，如非裔美国人民权运动、"新左派"运动、反越战运动、反正统文化运动和妇女解放运动等，共同绘制了美国社会文化一道独特且错综复杂的风景线，"改变了美国的政治和社会景象"[④]。正是在这样的时代和历史背景下，嬉皮士反主流文

---

① ［美］莫里斯·迪克斯坦：《伊甸园之门——六十年代美国文化》，方晓光译，上海外语教育出版社1985年版，第28页。
② ［美］丹尼尔·贝尔：《资本主义文化矛盾》，赵一凡、蒲隆、任晓晋译，第34页。
③ 参见［美］阿瑟·林克、威廉·卡顿《一九〇〇年以来的美国史》（中册），刘绪贻等译，刘绪贻校，中国社会科学出版社1983年版，第190页。
④ William S. McConnell ed., *The Counterculture Movement of the 1960s*, San Diego: Greenhaven Press, 2004, p.11.

化运动向资产阶级传统价值观发起了猛烈攻击。

四 迷幻、对抗、颠覆——《性本恶》中品钦对美国嬉皮士文化的历史记忆与反思

20世纪60年代爆发的嬉皮士运动是一场深刻的反正统文化运动,因为它符合于反正统文化"敢于怀疑正统文化的真理性和勇于挑战正统文化的权威性"的最基本特征。[①] 嬉皮士文化运动激发了民众质疑美国传统价值观念的勇气,以其特有的非理性的行为方式,挑战、冲击和解构当时美国以传统清教主义、现代理性主义、物质消费主义和技术至上主义为主导思想的主流社会文化。嬉皮士反主流文化运动同样对美国文学界产生了巨大影响,它不仅打破了美国文学中高雅与通俗之间的严格界限,而且激发了美国文坛的文化创造力,促进了思想观念的解放和流派的多元化发展。在这个时期涌现了以约瑟夫·海勒、库尔特·冯内古特、托马斯·品钦和约翰·巴斯为代表的一批反正统文化的作家,他们创作的"黑色幽默"小说深受嬉皮士运动影响,小说中的主人公大多具有嬉皮士一样叛逆随性的个性特征,通过夸张、怪诞的反叛行为表达对当时社会制度以及主流文化的不满,揭露和影射社会现实的荒谬和冷酷。

托马斯·品钦创作的小说《性本恶》出版于 2009 年,但小说讲述的故事却发生在 1970 年的洛杉矶,品钦以其特有的职业敏感,在有限的文学场景之内对20世纪60年代的美国社会进行了完整而又独具特色的勾勒,记录下多个经典的历史瞬间,得以让全世界的人们借助文学去触摸那个时代。《性本恶》中他对嬉皮士生活的描绘,很多取材于自身的实践和他当时在曼哈顿的所见所闻。因此,《性本恶》再现的不仅仅是一段历史,更多的是一位执拗的亲历者对20世纪60年代美国嬉皮士文化的历史记忆与批判性反思:迷幻、对抗、颠覆。《性本恶》如同一面双面镜,一方面折射出20世纪60年代洛杉矶"曼哈顿海滩"的物质生活和精神面貌,另一方面则深入探讨并剖析了这个时代的症结所在。

《性本恶》扉页题词"在行道石下,是海滩!"表达了嬉皮士对随性、自由、本真的自然空间的向往。20世纪60年代中期,阳光明媚的海滩与远离城

[①] 参见王恩铭《美国反正统文化运动——嬉皮士文化研究》,第 227 页。

市的喧嚣的郊外成为嬉皮士、冲浪客和摇滚乐手的天堂。在这里，嬉皮士们崇尚大自然，为了摆脱"一个思想封闭的制度和意志强加于人的"病态社会，嬉皮士选择了吸毒、摇滚乐与性自由等另类、反传统的生活方式，挑战和抵抗正统社会和主流文化的道德标准，开启了一个富于反叛和大胆尝试的迷幻时代。小说主人公多克是一位私家侦探，他留长发，穿着奇特，崇尚自由，无论是形象还是气质，他看起来都与当时美国主流社会中的警察截然不同，可以说他就是一位典型的嬉皮士。可是别看他表面行为举止嘻哈，实则思维缜密，足智多谋，在接到前女友莎斯塔的求助之后，他毫不犹豫地前去帮忙调查，其间他不畏强权，与联邦调查局人员几经周旋，斗智斗勇。面对社会中的弱势群体，他也是尽其所能给予同情和怜悯，不计报酬地帮助科伊·哈林根（Coy Harlingen）三口之家重获幸福生活。主人公多克的形象显然印证了词源学对"嬉皮士（hippie）"的解读："一个知道正在发生的事情的人。"[①] 一名真正的嬉皮士在玩世不恭的面具下会始终坚信自己对社会现状保持着清醒认知，拥有一份"众人皆醉我独醒"的自信。

20世纪60年代，特别是下半叶，毒品在嬉皮士中广泛传播，成为他们蔑视和对抗正统文化的最常见的表达方式和基本身份标识。置身于一个以技术理性为标准的社会，作为对技术治理的回应，嬉皮士选择致幻药物帮助他们"飞越"理性世界这个"疯人院"，回归人的本真与原始朴实。嬉皮士曾把毒品称作一种"文化解毒剂"，它能够"帮助人们冲洗掉现实生活中的虚假和伪善，穿破美国社会这个活地狱，看到主流文化一直设法破坏的美丽景色"[②]。借助毒品，嬉皮士发起所谓的"幻觉革命"。美国心理学家、作家蒂莫西·利里（Timothy Francis Leary）是20世纪六七十年代一位颇受争议的人物，他因公开支持使用LSD致幻药曾受到美国许多保守派人物的攻击[③]，但同时他又被一些史学家称作嬉皮士毒品的先知，提出"Turn on, tune in, drop out"的"幻觉革

---

① Terry Anderson, *The Sixties*, New York: Longman, 1999, p. 131.
② Timothy Miller, *The Hippies and American Value*, Knoxville: The University of Tennessee Press, 1991, p. 35.
③ 《蒂莫西·利里》，https://baike.baidu.com/item/ 9823521? fr = Aladdin，2024年3月15日。

命"口号。据蒂莫西·利里本人解释，"turn on"就是"开启人的感觉器官，开启人的细胞智慧，开启人的内心世界"。"tune in"呼吁人们探索内在世界，通过打开心灵世界，理解人的情感、思维和意志，从中获得对自体的认知和启迪，并将其应用于外部世界。"drop out"鼓励人们摆脱主流社会制度的约束，体验新的感知方式，将自己从这个充斥着虚伪、欺诈与谎言的现实世界中抽离出来，进而解锁并启动心灵深处的快乐密码。①《性本恶》真实再现了嬉皮士颓废派运动时期"毒品文化"的盛行和影响。在小说中，绝大多数的嬉皮士使用大麻，或是吃迷幻药（LSD），即使个别嬉皮士自己不吸毒，他们也不反对别人使用毒品。小说主人公私家侦探多克在大麻的作用下进入迷幻状态，南加州海滩原已不复存在的风景：棕榈树、比基尼宝贝、冲浪板、建筑物，"在阴影下亮起来……形成闪烁的边缘，让那个夜晚变得如史诗般迷人"。而地产大鳄米奇·乌尔夫曼（Mickey Wolfmann）在嬉皮圣药 LSD 的催化下突然良心发现，"觉得仿佛自己突然从一个犯罪之梦中醒来"，认识到身上的"无法赎还"的原罪，"不能相信自己一辈子就是在让大家成为房奴，而居所本应该是免费的"。因此他决定要"让一切从头开始"，把万贯家财捐给"各种堕落之人——黑鬼，留长头发的，流浪汉"②，并通过乌托邦式神秘建筑"阿瑞彭提米恩图"来"救赎自己曾经向人类居所收费的罪孽"③。由此看来，在嬉皮士眼中，毒品是他们忘记现实、发泄不满的有力工具。通过毒品这个重要的媒介，小说中"迷幻"场景贯穿始终，似真似幻，难辨真假。嬉皮士对大麻和各种迷幻药的痴迷模糊了现实与幻觉的界限，就在这种游离的氛围当中，"迷幻的六十年代就像是闪着光的小括号"就此终结。④

摇滚乐是嬉皮士文化另一重要表现形式。嬉皮士通过摇滚音乐表达他们的感受与理想，向美国社会的不公正现象发出了愤怒的呐喊。其实，对于 20 世纪 60 年代的嬉皮士来说，摇滚乐并非一个新事物，因为摇滚乐最早可以溯源到 40 年代的美国黑人音乐"节奏布鲁斯"。在 1951 年，美国电台 DJ 艾伦·弗里德

---

① 参见王恩铭《美国反正统文化运动——嬉皮士文化研究》，第 107 页。
② [美] 托马斯·品钦：《性本恶》，但汉松译，第 272 页。
③ [美] 托马斯·品钦：《性本恶》，但汉松译，第 280 页。
④ [美] 托马斯·品钦：《性本恶》，但汉松译，第 286 页。

(Alan Freed)受到一首名叫《我们要去摇,我们要去滚》(*Were Gonna Rock, We're Gonna Roll*)的节奏蓝调歌曲的启发,提出了"摇滚"(Rock and Roll)的概念。经过广泛传播,"摇滚"一词最终成为这种新兴音乐类型的正式名称。1955 年 7 月,电影《黑板丛林》(*Blackboard Jungle*)片中插曲《昼夜摇滚》(*Rock Around the Clock*)在波普排行榜上获得第一名,标志着摇滚时代的到来,从此,摇滚乐开始响彻大街小巷。可以说,"摇滚"的初始定位就是一种"颠覆性"的音乐,通过奔放、大胆的表现力和节奏感冲击传统陈旧的"父辈的品味",以其特有的新鲜感与先锋性"抵抗社会对本能的压抑"[1],唤醒内心深处的蓬勃生命力。在嬉皮士看来,摇滚不仅是一种音乐风格,还是一种文化语言,传递着离经叛道的讯号。[2] 摇滚乐无拘无束的表演形式,简单、直白的表达,特别是它那强有力的节奏与嬉皮士的叛逆心理相适应,他们通过摇滚乐发出"性爱的咆哮,狂欢的颤抖,幻觉的恍惚,神秘灵魂的惊叹"[3]。年轻人想摆脱眼前的现实,就用摇滚乐做工具。他们把对独立、自由的向往,对贫困、疾病和战争的不满全部发泄在摇滚乐中。摇滚乐作为一种集体外在的体验方式,帮助嬉皮士实现自我超越,探寻到人性的本真,进而成为嬉皮士挑战和反击正统文化的有力武器。

20 世纪 60 年代的摇滚乐手不光以其灵活大胆的表现形式和富有激情的音乐节奏表达情感,同时他们也认识到创作"文以载道"的歌词同样重要。因此,这个阶段的摇滚歌曲的歌词以最直观、最明确的方式反映和表达了嬉皮士对内在的精神痛苦和外在的社会现象的共同关注。值得一提的是,在 20 世纪 60 年代的摇滚乐热潮中,有一支来自英格兰利物浦的英国摇滚乐队对美国反主流文化运动作出了贡献,那就是甲壳虫乐队(The Beatles,别称"披头士")。他们勇于挑战传统,对传统摇滚乐进行了革新,打破了传统的固定节拍,以躁燃的

---

[1] Allen J. Matusow, *The Unraveling of America: A History of Liberalism in the 1960s*, New York: Harper & Row Publishers, 1984, p. 29.

[2] 参见 Timothy Miller, *The Hippies and American Values*, Knoxville: The University of Tennessee Press, 1991, p. 74。

[3] Charles Perry, "The Sound of San Francisco", in Jim Miller, ed., *The Rolling Stone Illustrated History of Rock and Roll*, New York: Rolling Stone Press, 1976, p. 248.

节奏和旋律，讽刺叛逆的歌词，点燃了年轻人内心的激情。美国反主流文化先驱肯·凯西（Kesey）在1965年参加了甲壳虫乐队的演唱会后激动地说："他们可以把音乐厅里的所有年轻人都弄得如痴如醉，神魂颠倒……其开启新感知、新意识的威力无可估量。"① 披头士推出的歌曲"妈妈我不想成为一名士兵（I Don't Want to Be A Soldier Mama）"中反复吟唱的几句"妈妈，我不想成为一名士兵……我不想死，我不想飞、我不想成为一个失败者，妈妈，我不想哭泣……"，直白地传达了他们的反战立场，内心的悲愤与无奈溢于言表，一语道破战争的残酷，战争就意味着鲜血的流淌、生命的消逝、妻离子散、家破人亡。作为一名流行音乐的狂热爱好者，托马斯·品钦在《性本恶》中记录了20世纪60年代涌现的"海滩男孩""门"乐队、"摩托头""铁蝴蝶""蓝色喝彩""电子梅干"等知名摇滚乐队的四十二首摇滚歌曲。其中一首《漫长之旅》让人联想到美国战争史上最受争议也是最被人诟病的越南战争，场景游离于德浪河谷的战争记忆和疯癫的现实世界之间，"曾经为一个法西斯国家而征战"的年轻人"迷失在那充满炮火和恐惧的子夜"，死亡、困境、危险和恐惧戳穿了战争谎言，见证了战争对人类生命、道德与灵魂的一次摧残。年轻人变得无比失落与消沉，他们对祖国的信任逐渐瓦解，怀疑一切，终日以大麻为伴，最终成为美国"堕落的一代"。在嬉皮士眼中，美国人深陷其中的越南战争"实际上代表了一种循环往复的因果报应"②。此时，嬉皮士将摇滚乐变成反战武器，而"不要战争，要爱情"（Make Love，Not War）的口号，用最直接、最朴实的语言表达了嬉皮士反对战争、追求和平的愿望。

第二次世界大战结束后，美国经济飞速发展，技术治理成为现代社会的主体模式。为了摆脱理性化制度对人的自然需求的压抑，嬉皮士们呼吁唤醒内心的情感和精神力量，回归简朴生活，强调"官能……尤其是两性及同性关系上的解放"③ 以实现自我解放和个性自由，进而抵御现代社会的技术理性

---

① Nicholas Schaffner, *The Beatles Forever*, Harrisburg, Pa：Stackpole Co.，1977，pp. 75-76.
② ［美］托马斯·品钦：《性本恶》，但汉松译，第121页。
③ 周伦佑：《反价值——对既有文化观念的价值解构》，http：//www. poemlife. com：9001/reviewcolumn/zhoulunyou/article. p. 14，2024年3月15日。

统治的精神控制。因此，性自由和性解放成为嬉皮士反叛正统文化的又一重要表现形式。当代精神分析学家诺尔曼·布朗（Norman O. Brown）从心理分析角度研究解读现代工业社会中人的生活困境，为嬉皮士追求的性解放提供重要的思想武器。他认为现代美国社会倡导的理性主义、物质消费主义及其道德规范阻碍了人类的自由生活，极大地压抑了人的本能情感、本能欲望和本能需求。对此，他提出了"泛性主义""多形式性欲倒错"和"狂欢的自我"等观点，主张以全面、绝对的自由抵制西方现代工业文明的束缚。在此影响下，《性本恶》中再现了"爱之夏"的场景：脖子上挂着各式珠子，头发上插着各色鲜花，嘴里嚼着大麻的年轻男女们要么坠入烟雾缭绕的毒品幻境，要么随着欲望的燃烧，陷入爱欲的旋涡。① 由此可见，嬉皮士不为传统道德所局囿，他们所寻求的是最大限度地实现男性和女性的性自由，让人的性本能得到充分的释放。在他们看来，性是人性中最原始也是最自然状态的表现，也是人类相互交流和发展更深层次交流的工具。嬉皮士著名的反战口号"不要战争，要爱情"不仅极大地推进了反战运动，而且鲜明表达了嬉皮士的性观念：性欲为人类提供了更多的理解、沟通的机会，这不仅"让所有人以更加真实的面目示人……让我们再次相聚，身心不可分离，男女交融，和谐交流"②，而且世界也因此永葆和平，免受战争之苦。

"文学作品既不是一种单纯的想象游戏，也不是狂热的头脑的一种孤立的遐想，而是时代风尚的副本，是某种思想的表征。"③《性本恶》不仅是暮年品钦对于20世纪60年代那段迷幻岁月的私人追忆，更是一位具有社会良知、敢于担当的知识分子对60年代嬉皮士文化的历史记忆与批判性反思。小说中，品钦通过多重的叙事视角、变幻莫测的叙事层次引导读者从虚虚实实的文本世界去感悟历史的真实与文学的虚构。

大都市的物欲横流、残酷虚假、人性泯灭与嬉皮士选择远离病态社会，

---

① 参见 John C. McWilliams, *The 1960s Cultural Revolution*, Westport, CT: Greenwood Press, 2000, p. 70。

② Leah Fritz, "Female Sexuality and the Liberated Orgasm", *Berkeley: Tribe*, October 1970, pp. 16-23.

③ 朱雯等编选：《文学中的自然主义》，上海文艺出版社1992年版，第27页。

回归自然，尊重自然，以"农业自给公社""自然公社"这种集体生活方式消除人际隔阂，在大自然的怀抱中寻找人性的本真和自由的自然生态理念形成鲜明对比。"公允地说，嬉皮士在环保方面的认识和行动意义积极，可圈可点，对当时方兴未艾的环保运动起了积极的推动作用。"① 嬉皮士青年渴望一种与世无争、和平与平等的世界，旨在消除贫富差距，消灭虚伪、欺诈与谎骗。尽管嬉皮士发起的反主流文化运动最终被正统文化及保守势力所扼杀，嬉皮士们作为反叛青年的突出代表，对于促进美国文化反省自身、打破僵滞与走向新生起到了一定积极的作用。

尽管作为一个亲历者，品钦对20世纪60年代嬉皮士文化有着隐秘的怀念，但是这并不意味着小说中全都是关于嬉皮士文化的正面描写。事实上，现实世界中，将现代社会问题根源仅仅归咎于现代技术对人性的压抑显得过于片面。在《慢慢学》的序言中，品钦曾经谈论60年代嬉皮士反正统文化运动与50年代"垮掉派"运动的异同，他认为嬉皮士反正统文化运动实际上是"垮掉的一代"的文化延续与精神复兴，但两者共同的问题在于"过分强调了青春，包括过度追求新花样"，"对性和死亡的不成熟态度"说明两者都并未真正地长大。②

在品钦看来，嬉皮士发起的"幻觉革命"并没有带来真正的社会变革，对于改变现实世界也未发挥任何实质性功效。尽管嬉皮士声称吸毒可以帮助人们摆脱现实生活的陈腐与忧虑，感受全新的认知，但实际上嬉皮士对毒品的沉迷阻挡了他们身心的健康成长。毒品产生的幻觉稍纵即逝，嬉皮士寄托毒品建立的"群体归属感"在迷幻效力消失后亦是脆弱虚幻，因此毒品并不是消解技术社会人情冷漠、增进友情和平等的一剂良方。同时，一旦陷入毒品的控制，原本充满活力的年轻人便沉迷于致幻药物所营造的虚幻世界，不能自拔，在现实生活中变得意志消沉、毫无生机，这绝非心灵得以真正解脱的途径。《性本恶》中，私人侦探多克每日沉浸在大麻的幻觉中，依靠毒品来获得力量也只能帮助他从烦琐、毫无头绪和钩心斗角的现实生活暂时逃离。

---

① 王恩铭：《美国嬉皮士运动：对正统文化的反抗和颠覆》，《历史教学问题》2009年第5期。

② 参见［美］托马斯·品钦《慢慢学》，但汉松译，第7页。

同时，嬉皮士津津乐道的"迷幻摇滚乐"也同样不能有效变革美国社会体制和正统文化价值观，反而因其过度疯狂的摇滚、吸毒与滥交引发社会公众的不安、厌恶和抵制。小说中的"冲浪板"乐队就是一个例证。他们留长发，着奇装异服，在迷幻药物的影响下，伴随着震耳欲聋的强烈节奏、尖锐而响亮的电吉他演奏以及充满迷幻超现实主义色彩的歌词，他们营造出一种如痴如醉的致幻意境。"LSD"歪曲了他们对时间、触觉、味觉、听觉的感知能力和对事物的推理能力，改变了摇滚乐手对声音的感觉，也改变了他们想表达的内容，以及他们想表达的方式。在多克探访"冲浪板"乐队的噩梦之旅中，他确信"这个乐队的所有人都是僵尸……充满污秽"①。他们开始背离仁爱、反对暴力、提倡和平的初衷，到处肆无忌惮地赞美性爱、毒品、无政府主义和极端享乐主义，最终变为一群肮脏邋遢、吸毒成癖、逃避现实和性变态的流氓。当多克驱车逃离"冲浪板"乐队住所时，从反光镜看见"几个长着白色獠牙的黑影"窜进一辆"邪恶的"木纹轿车向他们追来，"车的前端和分框的挡风玻璃看上去就像掠食野兽的嘴和无情的双眼"②。此时，以"冲浪板"乐队为代表的"嬉皮主义"已经变成绝对的"自我中心主义"和纯粹的享乐主义。小说中，虽然船上的乘客都表情真诚地跟着哼唱"雷鸣合唱团"那首著名的革命预言歌曲《即将来到》(Something in the Air)，但是多克却在怀疑，"有多少人能真正认识到这是革命，并且上去问声好"③。显然，作为"嬉皮"运动的亲历者和幸存者，品钦借助主人公多克之口宣告一个不争的事实：嬉皮士曾经以为可以改变社会的革命不过是一个美好的幻想罢了。

小说中，洛杉矶亿万富翁克罗克·芬维（Crocker Fenway）的话表达了品钦的心声："看看这里。房产，水权，油，廉价劳力——所有这些都是我们的，而且会一直是我们的。而你们，你们又到底是什么？不过是在这阳光灿烂的南方大地上来来去去的众多过客里的一员，渴望着能被一辆某厂、某款、某年的轿车收买，要么就是穿着比基尼的金发女郎，或是找个由头能爽上三十秒钟——天啊，就是个红辣椒热狗……我们永远都不会缺少你们这样的人，

---

① ［美］托马斯·品钦：《性本恶》，但汉松译，第 148 页。
② ［美］托马斯·品钦：《性本恶》，但汉松译，第 149 页。
③ ［美］托马斯·品钦：《性本恶》，但汉松译，第 398 页。

这种供给是无穷无尽的。"① 品钦清楚地意识到，由于嬉皮士自身的不理智和贪婪，嬉皮士文化运动并不能真正解决现代社会面临的种种问题，也不能实现增进友爱和平等的初衷。反而是嬉皮士的恣意纵欲、懒惰和幼稚引发了新的伦理道德和社会家庭问题。虽然嬉皮士青年整天喊着反战、爱情、和平，但是他们并没有真正积极参与到社会活动中去，而是选择消极地回避现实，或在迷幻世界醉生梦死。品钦在小说中反复提到的"曼森家族"谋杀案便是以一种极端的方式向大众展示了嬉皮士运动的负面影响。

目送 20 世纪 60 年代远去的身影，品钦开始自我反省和思考，他知道，60 年代嬉皮士的革命理想与乌托邦主义已经终结，虽然嬉皮士文化更多的是"一种暂时的逃避或是永久的慰藉"②，但毕竟嬉皮士的不羁与狂热打破了正统文化权威的完整性，产生了一种无形的自由。《性本恶》在见证一个时代终结的同时也引领迷失的人们寻找新的出路，小说中提到了"阿帕网"，它以令人难以置信的速度将人们重新连接起来，"就像是迷幻药"，带领人们进入"完全是另一个奇异的世界——时间，空间，所有这些都不同"。③ 从此，人们开始重新思考自由的本质，领会社会的多元性。小说《性本恶》的结尾一改托马斯·品钦之前作品扑朔迷离、虚幻缥缈的结束惯式，以"大团圆"的模式结尾：失踪的莎斯塔重回海滩小镇，摇滚乐手科伊·哈林根戒掉了毒瘾与妻女团聚，地产大亨乌尔夫曼经历绑架后终又安然返家。这个看似平淡的"大团圆"的结局其实给读者同样留下了广阔的想象空间，在耐人寻味的同时，更为小说平添几分悲情色彩，因为它对应了一个时代的终结：信仰爱和摇滚的嬉皮士一代和他们的信仰成为"闪着光的小括号"，"就此终结，全部遗失，复归于黑暗中……"④。

五 赛博空间及其现实伦理启示

站在 20 世纪 60 年代的终结处，嬉皮士一代挥手告别不羁与狂热的"迷幻

---

① ［美］托马斯·品钦：《性本恶》，但汉松译，第 388 页。
② ［美］戴维·斯泰格沃德：《六十年代与现代美国的终结》，周朗、新港译，商务印书馆 2002 年版，第 271 页。
③ ［美］托马斯·品钦：《性本恶》，但汉松译，第 215 页。
④ ［美］托马斯·品钦：《性本恶》，但汉松译，第 286 页。

世界",迎来一个"地理上无限的、非实在的"虚拟世界,"在其中——独立于时间、距离和位置——人与人之间、计算机与计算机之间以及人与计算机之间发生联系"①。1982年,美国裔加拿大小说家威廉·福特·吉布森(William Ford Gibson)在他的短篇小说《燃烧的铬合金》(*Burning Chrome*)(1982年)中首度引入"赛博空间"(Cyberspace)一词,随后在其长篇科幻小说处女作《神经漫游者》(*Neuromancer*)(1984)中,吉布森对这样一种新型的,包含着人的思想,以及人工智能和虚拟现实共同构建的网络空间进行了生动的描述:如同"超级简化版的人类感觉神经中枢"②,"每天都在共同感受这个幻觉空间的合法操作者遍及全球,包括正在学习数学概念的儿童……它是人类系统全部电脑数据抽象集合之后产生的图形表现"③。人们可以随时随地通过细细的光纤将自己接入其中,在"矩阵"里合成一个整体。自此,由控制论(cybernetics)和空间(space)两词组合而成的"赛博空间"一词更广为人知。

进入20世纪90年代,智能数字技术发展进入不断加速的过程:1993年,美国最大的公共超级计算机机构,国家超级计算机应用中心(National Center for Supercomputer Applications,简称NCSA),发表了互联网历史上第一个获得普遍使用的 Mosaic 网页浏览器;1994年,万维网(World Wide Web)的诞生将分散于全球各地的人群相互联系,因特网也从军事专家研究领域面向平常百姓的日常使用;特别是在1997年,IBM 开发的"深蓝"计算机(Deep Blue)与国际象棋卫冕世界冠军加里·卡斯帕罗夫(Garry Kasparov)之间的一场对决引发了世界媒体的巨大关注,20世纪末的这场人机大战以计算机的微弱优势取胜而告终,这场较量引发了关于人类创造物与自身关系的深刻且广泛的讨论。进入21世纪,互联网经历了从平台向用户的单向传播模式(Web 1.0)到用户与用户之间的双向互动(Web 2.0)的转变。在2014年,Web 2.0 实现了大规模应用,互联网用户不仅可以通过网络读取信息还可以

---

① [荷]西斯·J. 哈姆林克:《赛博空间伦理学》,李世新译,殷登祥校,首都师范大学出版社2010年版,第8页。

② [美]威廉·吉布森:《神经漫游者》,Denovo 译,江苏文艺出版社2013年版,第66页。

③ [美]威廉·吉布森:《神经漫游者》,Denovo 译,第62页。

转发、分享、评论与互动，自己创建文字、图片和视频，并上传到网上。显然，随着网络全球化趋势的展开，赛博空间突破了人类生存的时空界限，将人类的生存范围从原有的物理空间延展至一个数字化虚拟空间，曾经出现在吉布森小说中的技术幻想开始转向到触手可及的社会现实。

　　托马斯·品钦对"网"的关注始于小说《性本恶》中提到的"阿帕网"（Advanced Research Projects Agency Network，ARPANET），即美国国防部高级研究计划署组建的计算机网。"阿帕网"是世界上第一个运营的封包交换（packet switching）网络，也是全球互联网的始祖。时隔四年，托马斯·品钦在2013年出版的长篇小说《致命尖端》（Bleeding Edge，2013）中再度"触网"，不同以往的是，这一次品钦对"网"的关注不仅仅满足于"点"到为止，而是将赛博空间这一由抽象数据、计算机、网络构筑的数字化虚拟空间设定为小说中重要的叙事主题之一，在现实世界与虚拟世界的切换中，进行了一场人与技术之间的对话，讨论数字技术对人的认知方法和价值观念的影响以及对"现实世界"的改变，思考人类与技术发展之间的关系，揭示赛博空间可能性和不确定性的数字化本质，对技术选择进行批判性的和伦理层面的反思。大卫·考沃特评价《致命尖端》为品钦"占据了艺术最前沿的位置，而这决定了他在文学史上的地位"①。

　　品钦使用"Bleeding Edge"作为书名，别有深意。小说英文标题 Bleeding Edge，既可以直译为"淌血的利刃"或"血尖"，也可以意译为"前沿技术"。有评论家还指出"淌血边缘也是一种失去锐度的边缘"②，"暗示了对技术进步的不可动摇的追求，这种追求超越了任何地图的边界"③。小说中，品钦借用极客卢卡斯（Lucas）之口给出的解释是"所谓血尖技术……就是没有经过可靠测试、具有高风险、只有沉迷于技术尝鲜的人才能自如使用的东西"④。正所谓

---

① Miriam Fernandez Santiago，*"Acting Out" and "Working Through" Departure in Thomas Pynchon's Bleeding Edge*，Nordic Journal of English Studies，2019，18（2）．
② Leo Robson，*Dotcom Survivors*，New Statesman，2013，p. 56．
③ David Haeselin，*Welcome to the Indexed World：Thomas Pynchon's Bleeding Edge and the Things Search Engines Will Not Find*，Critique：Studies in Contemporary Fiction，2017，58（4）．
④ ［美］托马斯·品钦：《致命尖端》，蒋怡译，译林出版社2020年版，第87页。

"前沿美好，却致命淌血"，伴随数字化时代网络技术的社会化，一方面革命性的"血尖技术"为人类搭建了一种全新的网际生存和发展平台，赋予人们控制自然、掌握社会的技术"超"能力，突破了自身所处的时空约束，能够以开放的、松散的方式探索"自由"的创造性活动；但与此同时，互联网前沿信息通信技术也"来势汹汹"，以比现实人际互动更为直接的方式，迅速渗透并遍及社会的各个角落，将人们置身于前所未有的新风险之中，人与技术创造物之间的区别变得模糊，人的身份感、使命感和尊严感受到威胁，现实生活中一切不道德行为在虚拟现实中似乎获得新的维度，甚至演化成为各种罪恶。

唯物辩证法认为事物的联系是普遍且客观的，那么整个世界就是一个普遍联系和不断运动变化的有机体。恩格斯曾指出："自然界中物体——不论是无生命的物体还是有生命的物体——的相互作用既有和谐，也有冲突，既有斗争，也有合作。"① 赛博空间中，作为工具的数字存在，虽然不是物质客体，但却具有某种类似"物"的特征，如人们可以像对待物理客体一样对其进行反复操作，因而数字存在具有某种"持久性"；数字存在以其色彩性和"类似广延性"（如长度、高度、深度、硬度、光泽度等表面特性）具有了某种程度的"实在性"；因此，在某种意义上，数字存在成为"存在世界"的一部分。那么，物质世界中无处不在，无时不有的矛盾也同样存在于数字化的赛博空间中。② 矛盾反映了事物之间相互作用、相互影响的一种特殊关系，如同自然科学领域中的"吸引与排斥"现象，"物质的离散有一个界限，达到这个界限，吸引就转变成排斥；反之，被排斥的物质的凝缩也有一个界限，达到这个界限，排斥就转变成吸引"③，那么，对于矛盾的双方来说，它们之间既有区别，又彼此联系，待"达到极端时"，二者之间可以互相转化。这一过程反映了事物之间"对立统一"的辩证关系，也促成了矛盾双方间的一场特殊对话。

小说中，以纽约为故事背景，玛克欣徘徊于虚拟与现实的边界之间。在她的眼中，"现实"世界的纽约是一个既繁华又落寞、既喧嚣又隐秘的大都

---

① 《马克思恩格斯文集》第10卷，人民出版社2009年版，第410页。
② 刘丹鹤：《赛博空间与网际互动——从网络技术到人的生活世界》，湖南人民出版社出版2007年版，第41—42页。
③ 《马克思恩格斯全集》第26卷，人民出版社2014年版，第608页。

市。这里既有大名鼎鼎的自由女神像、时代广场、帝国大厦、世界贸易中心、华尔街、百老汇、硅巷，同时又有混乱的街头、破烂不堪的地下室公寓、纸醉金迷的脱衣舞俱乐部、弥漫着香烟味和油烟味的低档餐馆。高楼大厦林立的曼哈顿与荒凉破碎的"地狱厨房"（俗称西中城）将纽约城分成两个截然不同的世界。"从五十层楼的高处往下观察纽约，或者说瞄准纽约，那个确切的无底深渊"①，玛克欣发现，在资本铸就起来的霓虹璀璨、奢华迷乱的国际大都市的背后留下的是"影影绰绰、不祥的垃圾填埋地"，"这座城市的完美的阴暗面"②，一片令人沮丧的污痕。"无家可归、没有发言权的弱势群体"被赶出了时代广场，"那些只有在郊区有车有房的人才消费得起的电影院、购物中心、大型连锁商店"让玛克欣"感到恶心"。③ 技术在不停发展，人的欲望随之不断变化和膨胀，但人心却在热闹的生活中相互远离、孤立。难怪维尔瓦·麦克尔默（Vyrva McElmo）抱怨自己搬来纽约的决定是"那么地天真"，如今真切地感受到"就是这种恐怖的断裂，孩童般的希望与纽约现实世界的贫瘠之间的断裂，变得让人无法承受"④。

《致命尖端》中，玛克欣的两个儿子齐格（Ziggy）与欧蒂斯（Otis）在电脑游戏《雷霆快艇》中见证了游戏世界中的纽约。借助数字化网络技术，加之网络用户之间想象的交互感应，人们行走在由电子象征物搭建的"物理空间"，在这里，声音、图像、文字、符号逼真地还原了纽约城地标建筑的风貌，以可听、可见、可感的"有形模仿"再现现实世界，产生一种身临其境的感觉。但是，赛博空间中的纽约并不是一个真正物理意义上的城市空间，因为此时它作为真实客体的时空界域已经被移除，因此虚拟世界的存在形态又是"无形"的，它以一系列二进制字节或数字作为自己的存在形式，而这些存在形式最终都归结为数字化符号。所以，与传统世界不同，网络世界的虚拟"无形"是把现实生活中的各种真实属性，如身份、地域、个性等都模糊化和符号化，从而为各种可能的活动，包括犯罪活动提供了更为便捷和隐

---

① ［美］托马斯·品钦：《致命尖端》，蒋怡译，第 301 页。
② ［美］托马斯·品钦：《致命尖端》，蒋怡译，第 179 页。
③ ［美］托马斯·品钦：《致命尖端》，蒋怡译，第 58 页。
④ ［美］托马斯·品钦：《致命尖端》，蒋怡译，第 382 页。

蔽的条件。在齐格与欧蒂斯眼中，游戏中的纽约是一个"有形"与"无形"同构的悲剧城市，自由女神像、世界贸易中心和时代广场等地标式的建筑在游戏残酷的都市巷战的摧残下落得一幅"破败"景象：令人窒息的薄雾，"昏暗的"灯光，"自由女神像戴着一顶海草做的王冠，世界贸易中心以一个危险的角度倾斜着，时代广场上的灯一大片一大片地没有规律地灭了"。齐格与欧蒂斯不由得想要搬到"不那么危险的地方住"①。显然，在虚拟世界中，网络信息技术打破了物质世界"这里"或"那里"的界域，同时延伸了人的感官知觉与神经系统，并参与到人对现实世界的建构中。正如学者威廉·J. 米切尔（Willam J. Mitchell）所说，置身数字网络，"我和我那不断延伸、不断变化的网络已经密不可分，但它们并没有束缚我。它们不仅对我的物理生存至关重要，而且还构建了我感知和行动的渠道——我了解世界和行动于世界的方式。它们不断地、不可避免地调整着我的全部社会、经济和文化生活"②。从这个角度看，游戏世界中的纽约更像是一个逻辑意义上的"心理空间"，映射的是人们的思维活动，挑战和改变了人们对现实的认知。因此，从本质上看，"虚拟"世界的纽约城与现实世界的纽约城平行不悖，其原因在于虽然它不是现实的，但它却体现了人们实际的心理体验，是人们对于现实体验的再现，只不过是以数字化的"无形"方式存在着。

品钦对于网际互动的反思还体现在对数字存在的"控制"与"自由"间对立统一关系的讨论。小说中，玛克欣曾与父亲厄尼（Ernie Tarnow）讨论过互联网，双方各执一词。对玛克欣来说，互联网带来希望，"让几十亿人变得更加强大"，获得了前所未有的表达、交往机会，使人们跨越"这里"和"那里"的界线，紧密联系在一起，通过"聊天室、万维网、在线购物"进行互动交流。同时，海量信息的共享与传播消除了传统权力、市场、科学的遮蔽，打破了地域的隔阂，让人们以更透明、更开放、更平民化的方式进行人际交往，为个体造就了一个敞开的多元化视界。可是在厄尼看来，这个最初服务于军事目标的"便利装置"由"罪恶孕育"，虽然经历了不断的演变，

---

① [美]托马斯·品钦：《致命尖端》，蒋怡译，第310页。
② William Mitchell, *Me++: The Cyborg Self and the Networked City*. Massachusetts: MIT Press, 2003, p. 61.

"但它的心中从未放弃过希望地球毁灭这个歹毒的意愿"①。当玛克欣提到互联网承诺给予所有人自由的时候,厄尼反驳道:"叫它自由吧,可它是基于控制的……把它跟这些手机连起来,你就有了一个监控的天网,再没有地方可逃。"② 厄尼强调网络社会对人们生活的制约和控制,此时的网络技术已经不再是传统意义上的工具,它已经深度介入人的生活和工作中,甚至占据了生活的全部,从人的物质生活延伸至人的内心世界,影响人的思维。从这个意义上说,网络平台犹如一个天平,控制和自由是分置天平两侧的砝码,无论是哪一方的砝码过重都会带来天平的失衡。当网络技术以绝对"替代决定"的逻辑展开设计和实施计划,整个世界将被彻底数字化,个人便落入技术法西斯式的控制陷阱,失去了自由;而当个人对网络技术毫无控制地肆意使用,甚至为所欲为从事危害网络安全的活动时,势必引发公共秩序混乱与无序,网络内质的自由和共享本色就无从谈起。要维持网络天平的平衡务必要关注"度",即马克思所说的"一定事物保持自己质的量的限度"③,一旦超出量的限度,质变就会骤然发生,事物的质量统一体就此破裂。

《致命尖端》展示出网络的双刃剑特征:既可以为人类带来数字福音,也可以为人类招致数字灾难。玛克欣眼中的网络自由体现在互联网的开放性和无限的可能性。不同于报纸、广播、电视等传统媒介,网络技术向现实时空约束提出了挑战,以前所未有的开放方式"延伸"了人类的身体与心智,使虚实世界之间的自由切换成为可能,人的自我认同也随之出现了虚实结合、去中心化、多元流动的特点。人们在真实世界的身份根植于生理基因、人格系统、传统记忆中,在规范和秩序的约束下表现为理性和连贯统一。而在赛博空间的虚拟世界中,人们可以隐匿自己在现实世界的"真实"身份,自由地调整,甚至重新选择,从而塑造出多重身份的自我。在电脑黑客艾瑞克·奥特菲尔德(Eric Outfield)的带领下,玛克欣发现,搜索引擎可以找到的浅网其实只占网络的一小部分,"横幅标语、弹出式广告、用户群和自主复制的聊天室"④ 都属于普通

---

① [美] 托马斯·品钦:《致命尖端》,蒋怡译,第 448 页。
② [美] 托马斯·品钦:《致命尖端》,蒋怡译,第 448 页。
③ 马克思主义哲学编写组:《马克思主义哲学》,高等教育出版社 2009 年版,第 136 页。
④ [美] 托马斯·品钦:《致命尖端》,蒋怡译,第 254 页。

人光顾的表层信息网,而依托于加密技术人们只有通过"非常规方式"访问的深网才真正占据了互联网主体,在那里,表面上似乎只是一片"废弃的网站和断开的链接",需要用户在没有链接存在的情况下"自己想法子进入地址,自己搜索",但实际上"它的表面以下是一套完整的具有重重限制的隐形迷宫"。① 在斑驳陆离的"深网"虚拟世界,充斥着大量只有高级"码农"才能透彻理解的专业术语与行内"黑话":爬虫、法式化整、本福特定律、校验数位、卢恩算法、温尼列表、阿拉伯黑客文、哈希算法、标签杂烩汤、毒蘑菇、比特桶、脚本小子、"后门"、包猴……而且"如此人满为患。探险家、朝圣者、侨居他国靠国内汇款生活的人、逃跑中的爱侣、强占他人土地者、潜逃犯、神游症患者"② 聚集于此,他们藏得如此隐秘,甚至成为完全无法追踪的网络"法外之徒"。

以软件"深渊射手"为例,作为进入"深网"的导航,它位于网络平台的某个边缘深处,人们无法在地图上清楚标注它的位置,更无法实际到访。只有当源代码开放时,用户才可以进入这个"逃离真实世界里种种烦扰的虚拟避难所,开启'一趟旅程'"③。在设计者贾斯丁、卢卡斯眼中,那是"一个更加黑暗些的地方","里面孕育着光被创造出来以前的模样"④,存在着无数的不确定性和无限的可能性。成千上万的网络节点延伸着人的心智和体验,不受历史的干扰,摆脱了身份、地位的制约。在那里,玛克欣既可能结识陌生人,也可以与志趣相投的人畅所欲言,甚至与亡者对话,其中就包括已经被人谋杀身亡的莱斯特·特雷普斯(Lester Traipse),她体验到众生的存在:"不管你是穷的叮当响,还是无家可归,哪怕是最低等的阶下囚,贱犯,被判了死刑"⑤,通过信息的快速传播,人们得以隐匿"真实"身份,超越时间和空间的限制,网络为心灵的沟通与交流构建了一个人们得以畅快地倾吐心声的交际平台。同时,玛克欣也真切感受到"资讯革命"的威力,"后现代中的

---

① [美]托马斯·品钦:《致命尖端》,蒋怡译,第241页。
② [美]托马斯·品钦:《致命尖端》,蒋怡译,第254页。
③ [美]托马斯·品钦:《致命尖端》,蒋怡译,第42页。
④ [美]托马斯·品钦:《致命尖端》,蒋怡译,第83页。
⑤ [美]托马斯·品钦:《致命尖端》,蒋怡译,第397页。

单一化现实"被打破，她得以卸下社会人的面具，"创设出新的身体，一种多元的、非线性的、跨界的外形"①，以自己想扮演的角色示人，体验到一个可见、可听、可感的多元虚拟现实。

不可否认的是，互联网技术的出现，让人们看到了实现梦寐以求的自由和平等的希望，网络的发展为人们的生活带来了极大的便利，但与此同时，网络技术也带人们走进一个以比特为基础的数字"符号化"迷宫，信息、知识和娱乐以爆炸的姿态呈现在人们眼前，眼花缭乱、目不暇接。不同于工业技术的"显性"影响，网络技术依托网络结点、宽带网络系统、资源管理和任务调度工具、应用层的可视化工具一起形成一个"虚拟组织"，外在表现为无形性态，带有比特的非原子特性："没有颜色、尺寸或重量，能以光速传播"②，以"潜在"的方式作用于人与社会。那么，伴随着互联网高度技术化的推进，人们真能借助网络技术实现个人本质的解放，踏上真正的自由之旅吗？玛克欣的父亲厄尼的回答是否定的，因为在厄尼眼中迅猛发展的互联网正"像一股气味那样，悄悄地渗透到我们生活中最细末的地方"，"吸取我们的精力，耗光我们宝贵的时间"③。在网络技术创造与应用中，人们不知不觉间沉浸于网络虚拟世界难以自拔，甚至因过度沉迷而引发网络上瘾的社会问题。同时，社交媒体的匿名激发了人们的表达欲望，使得网络环境呈现野蛮生长的态势，导致网络暴力的滋生。此时的网络技术反客为主，人则听命于它并受其"控制"。将自己的时间全都贡献给了网络和虚拟世界的人们似乎忘记了对现实世界的承诺与担当，逐渐成为技术的附庸，甚至可以说成了网络数字的奴隶。当人们的社会生活日渐趋向符号化和抽象化，人与人、人与外界社会之间的交流出现疏离，人们在肆意放纵自我的过程中不再受到传统社会道德的约束并逐渐丧失真正的社交能力，变得冷漠和孤独，生存能力大为消解，最终技术带来的是网络符号的异化和人的不自由。

---

① Riley McDonald, *The Frame Breaker: Thomas Pynchon's Post-human Luddites*, Canadian Review of American Studies 44.1 (2014).

② ［美］尼古拉·尼葛洛庞帝：《数字化生存》，胡泳、范海燕译，海南出版社1997年版，第24页。

③ ［美］托马斯·品钦：《致命尖端》，蒋怡译，第448页。

当人们进入虚拟现实，他们的真实身份化约为网络代码，"一个你用来代表自己的 3—D 图像"①，这就意味着交往双方不再需要面对面的交流，而是以数字存在的形式交换和分享体验。在赛博空间，交互主体"身体缺席"式的沟通互动，冲击了传统社会人际关系的基础，而那些在现实人际交往中发挥着重要作用的社会规范、道德伦理、责任义务在网络社交中的约束力也大打折扣。小说中的卡西迪（Cassidy）、艾瑞克、卢卡斯、贾斯丁（Justin）就是极客中的典型代表。年仅 12 岁的卡西迪可谓一位天才电脑少年，她参与设计了"深渊射手"的启动画面，灵感突然来袭时仿佛感到在跟"正常能力范围以外的力量过招"，一心"只是想尽快摆脱，就写了文件，编 Java 语言"。艾瑞克一直帮助玛克欣在深网打探计算机安全公司 Hashslingrz 的秘密。调查中，艾瑞克先后假装成"脚本小子"和"包猴"，打算从"后门"进入公司服务器，却发现要破解 Hashslingrz 安全系统的加密设置非常富有挑战性。这里提到的"脚本小子""包猴""后门"涉及网络社会中一个特殊群体和一种特殊现象，即"黑客"。媒体常把黑客描绘成非法入侵他人网络系统的计算机高手。《牛津英语词典》对"Hacker"的定义是："利用自己在计算机方面的技术，设法在未经授权的情况下访问计算机文件或网络的人。""后门"是所有"黑客"行为中极具破坏性的一种类型，即黑客在对方的系统中植入特定的程序或者是修改某些设置，表面上很难被察觉到，但在特定的时间或条件下，入侵者可以根据需要随时连接并重新控制这台电脑，干扰网络正常运行甚至导致网络完全陷入瘫痪状态。尽管极客卢卡斯是这样解释的，"你从一个节点走到另一个节点，越往深处走，越会感受到你眼前的视觉图像是由全世界的用户贡献的。所有的全免费，这是黑客伦理"②，但事实上全部免费的网络资源并不能为黑客非法入侵的行为开脱责任，因为在未经允许的情况下入侵系统显然侵犯了他人的隐私，如果偷取或破坏计算机中的资料更是属于违法行为，因此黑客的伦理其实是"一种故意破坏的伦理"③。

在经营"缉凶事务所"调查欺诈案过程中，玛克欣发现，号称自由和匿

---

① ［美］托马斯·品钦：《致命尖端》，蒋怡译，第 78 页。
② ［美］托马斯·品钦：《致命尖端》，蒋怡译，第 77 页。
③ ［荷］西斯·J. 哈姆林克：《赛博空间伦理学》，李世新译，殷登祥校，第 29 页。

名"堡垒"的互联网已经展现出不断叠加的多样性和复杂性,"在数不清的自得其乐的幻想中,黑暗的可能性开始慢慢浮现出来"①,现实生活中那些不道德和犯罪行为在"赛博空间里广袤的模糊的无政府地带"都如数再现:网络的匿名性让撒谎和背叛变得轻而易举、个人隐私受到侵犯、数字信息通信技术的发展加快了不实、虚假信息的传播、也为许多带有犯罪动机的偷窥、偷盗和欺诈行为创造了机会,其中就包括玛克欣努力追查下落的那些幽灵款项、"法式化整"的计算机欺诈行为、杀手软件诈骗、影子软件伪造收据,除此之外,"还有黑客大战、DOS 攻击、木马病毒、其他病毒程序、蠕虫病毒……"②。令事态变得愈加扑朔迷离和更加疯狂的是,"人人都在觊觎深渊射手……一批接着一批,有国安局、摩萨德、恐怖分子的掮客、微软、苹果和一年内会销声匿迹的新公司、新资本、老资本,只要你能想到的都来了"③,这就意味着即便是"深网"中貌似"坚不可摧"的"神圣的庇护所"——"深渊射手"——也会很快就被"出于自身远非无私的目的"的商业网络爬虫入侵和腐蚀。④ 在这里,互联网不再为人们提供对抗权力的庇护,技术官僚控制下的"新"秩序——网络监控在搜索引擎的帮助下得以实现,只需通过监视代码,人们的行踪就可以被轻松绘制和追踪到,"阴谋现在被塑造成一个数据库;价值被跟踪和配置,而不是被发现"⑤。

基于互联网技术的数字化生存是现实人的新的社会存在方式,展现当代社会生活样态,四通八达的网络帮助人们开拓社会实践并创造出选择的诸多可能性,但这些可能性中又蕴含着巨大的不确定性,甚至是危机。它对人和社会到底产生什么样的影响?网络技术进步会将人一步步降低为"持存物"吗?面对这些问题,品钦的回应一直是批评家们关注的焦点。无意陷入技术悲观主义与技术乐观主义之争,品钦更执着于找寻现代人免于技术伤害栖居

---

① [美] 托马斯·品钦:《致命尖端》,蒋怡译,第 347 页。
② [美] 托马斯·品钦:《致命尖端》,蒋怡译,第 53 页。
③ [美] 托马斯·品钦:《致命尖端》,蒋怡译,第 231 页。
④ [美] 托马斯·品钦:《致命尖端》,蒋怡译,第 180 页。
⑤ Mitchum Huehls, *The Great Flattening*, Contemporary Literature, 2013, Vol. 54, No. 4, p. 869.

于技术世界的出路，因为无论是全盘接受还是否定排斥的态度都不能帮助人们摆脱数字化生存的现实困境，毕竟在人类发展的历程中技术进步的步伐从未停歇。海德格尔认为，新技术时代的真正威胁源于"滚滚而来的技术革命可能会束缚人，蛊惑人，令人目眩进而丧心病狂，以至于有朝一日只剩下计算性思维作为唯一的思维还适用和得到运用"①。这里所提到的计算性思维是一种表象思维，即"始终是在计算已给定的情况"②，区别于"探讨意义"③，面向真实存在的"沉思之思"。品钦注意到，传统的文字的、逻辑的思维模式正在被数字化形态所颠覆和消解，人的社会生存方式正在经历深刻的变革，逐渐转型为实验式、体验式的数字化生存模式。"现实的人"与外部世界的关系变得疏离且趋向单一化，相互的联系往往只停留在数字和符号层面。人越来越关心效用，只从自身的尺度出发去计算和投机，外来的一切，包括自然与他人，都被引入"计算性思维"之中。其后果就是技术时代"事物和人的自身性遭到扭曲，人类持久的生存根基在动摇"④。那么，如何才能突破"计算性思维"之围，帮助人们走出技术异化的困境？品钦注意到，"一切都是手段，对话才是目的。单一的声音，什么也结束不了，什么也解决不了。两个声音才是生命的最低条件，生存的最低条件"⑤。因此，他尝试通过基于"关系"的伦理思考推动数字化生存中人与技术的对话，以向善的追求，帮助人们排除孤独，改善人与人、人与社会、人与自然的伦理关系，达成彼此之间的融合与融活。

贯穿小说始终的情节主线是女主人公玛克欣·塔诺对盖布里埃尔·艾斯的秘密调查。可以说这次调查开启了玛克欣的一段探索之旅，"旅程"看似既无起点也无终点，但其探索的目标是明确的——寻找真相。无论是在现实世

---

① ［德］马丁·海德格尔：《海德格尔选集》，孙周兴选编，第 1240—1241 页。
② ［德］马丁·海德格尔：《海德格尔选集》，孙周兴选编，第 1233 页。
③ ［德］马丁·海德格尔：《海德格尔选集》，孙周兴选编，第 976 页。
④ 宋文新：《技术异化及思维方式变革——兼评海德格尔的技术拯救之道》，《自然辩证法研究》2004 年第 7 期。
⑤ 参见［苏］巴赫金：《陀思妥耶夫斯基诗学问题》，《巴赫金全集》（第五卷），钱中文译，河北教育出版社 2009 年版，第 335 页，转引自王文毓《大文本·大时间·大对话：巴赫金的俄罗斯性》，《中国图书评论》2022 年第 4 期。

界探寻真相的蛛丝马迹，还是在虚拟空间追踪"深渊射手"，玛克欣都表现出强烈的参与互动意识，她愿意与人交往并做出积极回应，展示出对连通性和社交性的渴望，尼克莱恩·蒂默（Nicoline Timmer）称之为"对'我们'的结构性需求"①。比如，她与儿子同学菲奥娜的妈妈维尔瓦成为朋友，并热心提供帮助。"9·11"发生后不久，面对从曼哈顿下城逃难到她家的德里丝科尔（Driscoll）和艾瑞克，她选择收留他们，"以宽厚的胸襟接纳了这些房地产业的受害人住了进来"②。不同的选择带来不同的结局，"有些时候忠实的友谊甚至变得更加坚固，有些时候就永远形同陌路了……"③，玛克欣的选择成就了友谊，也证明了她的善良。莱斯特遇害后，玛克欣感到伤心和懊恼，她总是忍不住想去找"深渊射手"，希望尽快找到杀害莱斯特的凶手。置身数字化虚拟世界，玛克欣模拟了真实世界的人际关系，通过符号互动努力建立"人与人的连接"，她不仅与艾瑞克、卢卡斯、贾斯丁这些"现实的"朋友连线，而且还与莱斯特和尼古拉斯·温达斯特（Nicholas Windust）的"亡灵"交谈，互联网变成不同世界之间交流的媒介，隔空传递了真诚的哀悼之情。在这里，玛克欣遵从"向善"的规则和道德标准与现实世界别无二致，真实世界的信息传递方式在互联网得以移植和延伸，她本人成为网络的一个"节点"，并围绕着此节点，逐渐架构形成一个虚拟的"关系"网络，促进了人的价值的建构。

第三节　呼唤人文关怀回归，抵抗技术异化的世界

美国《哲学百科全书》指出："人文主义是指任何承认人的价值或尊严，以人作为万物的尺度，或以某种方式把人性及其范围、利益作为课题的哲学。"④通过这个定义可以看出，人文主义是一种以人为中心和准则的思想态度，强

---

① Nicoline Timmer, *Do You Feel It Too?: The Post-Postmodern Syndrome in American Fiction at the Turn of the Millennium*, Amsterdam-New York: Rodopi, 2010, p.359.
② ［美］托马斯·品钦：《致命尖端》，蒋怡译，第352页。
③ ［美］托马斯·品钦：《致命尖端》，蒋怡译，第352页。
④ 沈恒炎、燕宏远主编：《国外学者论人和人道主义　第一辑：西方国家》，社会科学文献出版社1991年版，第758页。

调人的价值、尊严与自由，倡导人文关怀。

一 西方人文关怀思想的历史演变过程

人文关怀思想经历了一个漫长的历史演变过程。它始于古罗马思想家西塞罗（Cicero）提出的有关通过教育培养完善人性的理念，意味着与人、人性、人情和文化教育有关的含义。文艺复兴时期的思想家关心人世和自然界，他们反对神的权威，把人归为理性，"人的根本特征是人具有理解力，人有智力，人有思想，人有追求智慧和知识的能力"[①]，将人的价值和人的尊严视为人文的基本内容，从而赋予了人文关怀的近代意义。17世纪和18世纪启蒙时期的思想家和哲学家以"天赋人权"的口号来反对"君权神授"的观点，宣传了人的自由、民主和平等的思想，凸显人的主体性，丰富了人文关怀的内涵。19世纪，德国哲学家路德维希·费尔巴哈（Ludwig Feuerbach）反对基督教神学，提出人本学哲学，"将人连同作为人的基础的自然当作哲学惟一的，普遍的，最高的对象——因而也就将人类学连同生理学当作普遍的科学"[②]。不过，费尔巴哈有关人的学说是存在缺陷的，因为人本学脱离人的物质生产活动和社会历史的发展，抽象地从人的自然属性谈论人的类、人的本质是不科学的。尽管如此，费尔巴哈的人本学推动了近代西方哲学对人的本质问题的思考和追问，使人文思想更加系统化。可以说，从文艺复兴到启蒙时期的人文运动先驱们坚持以理性去评判和捍卫人的一切，从而使西方哲学理性传统在近代得到了充分的弘扬，特别是在德国哲学家黑格尔的哲学思想中达到巅峰。

但是进入20世纪，理性主义出现过度膨胀的趋势，理性不再是原本维护人的尊严的手段和工具，而是演变成目的，凌驾于人类和宇宙万物之上，割裂了人的完整存在，放弃对人的精神世界的探求。这样的现状显然违背人文运动先驱们以人为本的初衷。正是在这样的历史背景下，非理性主义思潮应运而生。非理性主义者对理性展开了反思和批判，揭露理性的局限和缺陷，主张把人作

---

① 杨寿堪：《冲突与选择：现代哲学转向问题研究》，北京师范大学出版社1996年版，第123页。

② 《费尔巴哈哲学著作选集》（上卷），生活·读书·新知三联书店1959年版，第184页。

为研究的主体和主要内容,强调人的精神生活的各种非理性因素。其中,德国著名哲学家亚瑟·叔本华早在19世纪中叶就提出"世界是我的表象,世界是我的意志",对传统哲学中的主客两分的本体论发难,指出人的意志才是最根本的本体。叔本华也因此成为哲学史上第一个公开反对理性主义哲学的人并开创了非理性主义哲学的先河。随后,从20世纪开始,非理性主义思潮风靡西方,形成非理性主义各流派,通过各自不同的方法批判传统哲学的本体论,确立了以人为中心的本体论,领域涉及哲学、伦理学、心理学、社会、政治等。德国哲学家弗里德里希·威廉·尼采基本上继承了叔本华的方法,指出世界的本体是生命意志,对现代理性也持批判态度。奥地利心理学家西格蒙德·弗洛伊德从自然科学出发,通过精神分析研究了人类意识的深层结构,确立人的非理性的本体地位,为非理性主义的研究提供了科学的基础。存在主义主要代表德国哲学家马丁·海德格尔和法国哲学家让—保罗·萨特指出存在不是客体而是主体,倡导以人为中心、尊重人的个性和自由。应该说,现代非理性主义强调人的存在状态的完整性,在一定意义上体现了现代人的精神,对于揭示在当代资本主义制度和科学技术条件下,人的生存状况及其所面临的挑战具有一定的积极意义。但同时非理性主义者片面夸大非理性的直觉在认识中的作用,把直觉认识视为认识的本质,主张主观衍生万物,所以他们的世界观从本质上说仍然是唯心主义的。面对人的生存状况的恶化,非理性主义者选择通过心理调整来寻找本真的存在,而不是到现实世界中寻求出路,显然这样的做法是无法真正达到对人的拯救与解放的终极目标的。20世纪70年代出现的后现代主义哲学是现代西方非理性主义的延伸与发展,以德里达、福柯、罗蒂(Rorty)等为代表的后现代主义的哲学家们主张真理与意义的可解释性、多元性,从社会、历史、文化的不同角度解释理性、主体,促成了西方社会从科学主义向人文主义思潮的转变,科学的思维方式向人文思维方式的转变。

二 科学技术与人文关怀

被誉为当代人文主义技术哲学开山鼻祖的刘易斯·芒福德(Lewis Mumford)在他的著作《技术与文明》(*Technics and Civilization*, 1934)中把技术发展史划分为始技术时代(The Eotechnic Phase, 1000—1750年)、古技术时代（The Paleotechnic Phase，1750—1900 年）和新技术时代（The Neotechnic Phase，1900 年至今）三个阶段。他指出，作为技术发展分期标准的"技术复合体"（The Technological Complex）是以能源和原材料为基础渗透和决定社会文化的整体结构，显现人的可能性和社会的目标。始技术时代是水和木材的复合体，古技术时代是煤和铁的复合体，而新技术时代是电与合金的复合体。在芒福德看来，技术进步为现代人的生活带来翻天覆地的变化，开辟了前所未有的全新远景，但片面追求工具价值，忽略人的存在价值以及人文资源的创新和开拓会给人类社会带来奴役和控制的极端后果。

从更深层的根源上讲，科学技术与人文关怀之间的关系体现工具理性和价值理性之间的关系，科学技术是工具理性在实践中的体现和延伸。人文关怀体现人类对自己生存意义和生命价值的关怀，正是价值理性的现实诉求。两者彼此依存，相互促进。片面追求或无限夸大任何一方都会打破天平的平衡，造成一定程度上的对人性的摧残和对社会发展的阻碍。在西方人文关怀思想的历史演变过程中，科学技术始终伴随左右，但两者的关系却在历史发展过程中发生着微妙的变化。古希腊先哲重学术（自然哲学、伦理学），轻技术，他们往往将道德和形而上学作为判定技艺优劣的标准。文艺复兴时代正是近代西欧技术的起步时期，此时的科学与技术联系并不紧密，科学只是科学家个人的兴趣、爱好。恩格斯称这是一个重新发现人的时代，人文主义者重视人的价值和尊严，倡导挖掘人的潜在能力和创造能力，技术的开发与利用也被包含其中。启蒙时期又被称为理性时代，工业革命的爆发促进了科学技术的快速发展。技术与人的关系开始发生变化，科学技术开始成为人们赞美和崇尚的对象，而不再只是为人服务的工具。在理性和技术高奏凯歌的 19 世纪，科学技术的进步带来了西方文明的经济成功，也打破了宗教对人的思想的束缚，科学技术也因而被摆到至高无上的位置。进入 20 世纪，伴随着现代科学技术的迅速发展，唯科学主义与实证主义成为主导一切的思维方式，技术理性的恶性膨胀和现代技术沙文主义式的扩张带来了人类生存困境与伦理危机。现代技术作为现代科学的一种应用，呈现单一化、片面化和系统化的特征，丧失了传统技术所包含着的独特而又丰富的人性温度，构成了对人文精神与自由的威胁，背离了人文关怀的初衷。人在技术化的现代社会中处于一种被压抑的、被异化的生存状态，逐渐沦为马尔库塞所说的失去批判和超越本性的"单向度的人"。

值得注意的是，20世纪中后期，伴随着计算机、互联网与人工智能的出现，当以二进制代码0和1为载体的数字化表达与传播方式取代了传统人际面对面的交往，图像化、虚拟化、程序化的技术特征不仅瓦解了语言的再现性，也颠覆了人对于自身和人际关系的许多传统认知。正如斯各特·拉什（Scott Lash）在《信息批评》（*Critique of Information*）中所指出的，"在速度的时代，技术和'机械'侵入文化和主体的空间。……技术和机械原则就替代了主体原则"①，追求算法和进制精准度的数字信息技术在给人们带来瞬息即逝的速度体验和感官延伸体验的同时，也让人们在不知不觉间沦为大数据模型的附庸，陷入深深的人文忧虑。数字技术的数理逻辑思维无法真实模拟和再现人特有的发散性且不确定性的思维活动，更无法实现对人的情感活动、伦理道德与价值判断的量化和数据化，这就注定新技术无法从根本上取代传统人文的内在精神与价值。面对技术、机器对人的"压制"，在过去几十年中，刘易斯·芒福德、尼尔·波斯曼、卡尔·米切姆、西奥多·罗斯扎克（Theodore Roszak）、恩斯特·卡西尔（Ernst Cassirer）、迈克尔·海姆（Michael Heim）、马歇尔·麦克卢汉（Marshall McLuhan）、尼古拉斯·尼葛洛庞帝（Nicholas Negroponte）、曼纽尔·卡斯特（Manuel Castells）、兰登·温纳（Langdon Winner）、斯各特·拉什、罗伯特·洛根（Robert Logan）、厄休拉·弗兰克林（Ursula Martius Franklin）、凯文·罗宾斯（Kevin Robins）、弗兰克·韦伯斯特（Frank Webster）等学者对现代技术实践提出了一系列疑问。技术到底是手段还是目的？技术与人文之间存在什么样的关系？人怎样才能避免成为技术的奴隶和牺牲品？在针对现代技术的批判和反思中，学者们并没有将技术视为洪水猛兽，将批判的矛头对准技术，而是对因技术的过度应用引发的负面问题深深忧虑。技术发展与人文进步并非天然的对立。在人类历史进程中，是"人"赋予了技术存在的意义和进步的空间，技术为人类超越自身局限性提供了手段和工具，是人类思想和智慧的结晶，但当人一旦沦为技术支配物时，人对

---

① ［英］斯各特·拉什：《信息批评》，杨德睿译，北京大学出版社2009年版，第215页。

技术的依赖性和唯命是从替代了人在创造"技术"过程中具备的主观能动性。"以人为本"的人文关怀思想要求重新审视人与技术的关系，两者不可分割，在珍视和追求人的自由、尊严、价值的同时也要尊重物质世界客观存在的原理，技术的创新和发展应当始终为人服务。因此，无论是技术至上论还是过分突出人的主观能动性都犯了同样过于绝对化的错误。

三　重塑技术进步的人文情怀

品钦对科学技术的密切关注不仅体现在其作品中大量出现的繁杂高深的科学概念与原理，而且反映在他对后现代文学语境中科学技术与人文关怀之间关系的深入思考上。面对现代科学技术的两重性和复杂性，品钦强调人的价值与尊严，表达了一种对技术社会中人的处境的关怀，对人的终极价值和生命意义的追寻。从这个意义上说，品钦的小说体现了他一贯的以人为本的人文主义思想。

在品钦的作品中，科学技术的身影几乎无处不在，贯穿始终。在《梅森和迪克逊》中，围绕数学、物理学、天文学、地理学、地质勘探等知识领域，品钦通过使用大量相关科学概念与原理描绘出一个被技术浸染的世界，在这里，人们的生活、生产和思维变得与技术密不可分。不同于他创作的《拍卖第四十九批》《万有引力之虹》等后现代小说，《梅森和迪克逊》直接将历史坐标定位于美国独立战争前欧洲人在美洲大陆进行科学勘测的18世纪70年代，此时的科学技术远未形成20世纪科学技术垄断与恶性膨胀的态势。真实史实的重现让这部小说初看起来像是一部记录18世纪科技理性"开疆扩土"的历史小说。美国小说家科拉格桑·博伊尔（Coraghessan Boyle）指出，"如果传统历史小说试图复制一种生活方式、语言和服装，后现代主义版本只寻求成为这样一种版本"[①]。历史小说——《梅森与迪克逊》也不例外——具有鲜明的"自我指涉"的特征。通过对一本正经的正史的戏仿，品钦将读者引领至小说的历史细节和宏大叙事之中，探讨科技与人类之间相爱相杀的依存关系，同时借助

[①] Coraghessan Boyle, "Mason & Dixon, by Thomas Pynchon", *New York Times Book Review*, 18 May, 1997, p. 9.

文学想象和虚构，预见现代社会工具理性恶性膨胀、价值理性沦落的严重后果，提前揭开生态环境危机与科技异化的面纱，危机四伏的未来跃然纸上。

托马斯·品钦化用科技知识的行文表达他对现代科学技术负载的伦理价值的思考：一方面，科学技术进步为人们带来最新的知识成果和实践手段，"为实现人类自由、反思生命意义、创造美好生活提供了无限的可能性"①；另一方面，在追逐功利与霸权的过程中，"人在技术自主性面前丧失了自主性"②，原本作为人的劳动延伸和本质表达的科学技术在现实发展中摇身变成对抗人的异己力量。对于工具理性膨胀与扩张可能给人类生存和发展带来的威胁和破坏，品钦深感担忧，但是，他并没有因此对未来报以悲观失望的态度，更没有选择逃避或者放弃科学技术，因为"危险的不是技术，而是人将其置于超出个体控制，甚至可能超出人类控制的统治地位，最终造成人类失去对自我存在的正确理解"③。针对科技异化现象，品钦强调人的价值与尊严，表达对技术社会中人的处境的关照，呼唤对人的终极价值和生命意义的追寻。

（一）以诗意地栖居实现人与自然的和解

海德格尔写道：栖居"设立于和平，意味着和平地处于自由，保护和守护每一事物本性的自由领域之中。"④ 通过海德格尔的话我们可以看出栖居的本质显现在栖居者对"家园"的寻觅和对自由的追问。那么人之栖居并非简单的物质层面的居住，而是更多地从精神层面上体现人本身的存在。马克思指出："人靠自然界生活。这就是说，自然界是人为了不致死亡而必须与之处于持续不断的交互作用过程的、人的身体。"⑤ 在这里，人是自然界的一部分，"自然性"成为人的第一属性。来自自然界的人类依靠自然完成了自身进化并获取生存

---

① 陈多闻：《生态人文主义的技术审视：批判、建构及意义》，《长沙理工大学学报》2022年第2期。

② Jacques Ellul, *The Technological System*. Trans. by Neugroschel Joachim. New York: Continuum, 1980, p. 256.

③ Paul Gorner, "Heidegger's Phenomenology as Transcendental Philosophy", *International Journal of Philosophical Studies*, 2002, Vol. 10, No. 1, pp. 31-32.

④ ［德］M·海德格尔：《诗·语言·思》，彭富春译，戴晖校，文化艺术出版社1991年版，第134-135页。

⑤ 《马克思恩格斯文集》第1卷，第161页。

所必需的栖息地与资源。同时,"从理论领域来说,植物、动物、石头、空气、光等等,一方面作为自然科学的对象,一方面作为艺术的对象,都是人的意识的一部分,是人的精神的无机界,是人必须事先进行加工以便享用和消化的精神食粮;同样,从实践领域来说,这些东西也是人的生活和人的活动的一部分"①。可见,人从属于自然,大地是家园,自然才是人类栖居之地。即使在现代技术的促逼之下,人类也需要按照其本真的状态存在,摆脱技术的任意摆置,在实践活动中尊重自然、保护自然,并在彼此之间形成不可分割的物质变换关系和持续的精神互动关系,最终回归自然性倡导的世界。

在《万有引力之虹》中,"海盗"普伦提斯种植的形如火箭抛物线一样的香蕉"可爱的香味……就像一道符咒,把落下来的东西都挡在外面"②。此时香蕉代表了战争阴霾中涌动的一丝生命跃动,香蕉为备受战争折磨的士兵带来的愉悦同战争的残酷形成鲜明对比,也成为他们抵御战争的利器。斯洛索普体内因被注射了火箭上使用的材料G型仿聚合物,成了技术控制的对象。机械的、庸俗的和组织制度化的世界使斯洛索普丧失了人性的本真与自由,当他走到树林中间,他明白了"每棵树都是一个生灵,作为一个生命个体存在着,他也能感受到树周围发生的一切——树,不只是一大块等待砍伐的木头"③。此时的树林是大自然的化身,当他义无反顾地投入了大自然的怀抱,肉体分解消散,"完全进入了自然状态……"④ 斯洛索普才找回了失去的自我。

在小说《梅森和迪克逊》中,美洲被描绘成一块充满生机和"复杂性"的"处女地",在这里"没有原来的界线""没有篱笆""没有街道",就是"一个多边的世界"⑤。在特拉华山脊地区,"有着不为人知的世界","密密麻麻的青纱帐"中有着各式各样的"小路"和"空地",人走进去几分钟就会"迷失"其中。⑥ 显然,面对自然天成的山脊地形和美洲大陆的复杂性,梅森

---

① 《1844年经济学哲学手稿》,第56页。
② [美] 托马斯·品钦:《万有引力之虹》,张文宇、黄向荣译,第11页。
③ [美] 托马斯·品钦:《万有引力之虹》,张文宇、黄向荣译,第589页。
④ [美] 托马斯·品钦:《万有引力之虹》,张文宇、黄向荣译,第669页。
⑤ Thomas Pynchon, *Mason & Dixon*, p.586.
⑥ Thomas Pynchon, *Mason & Dixon*, p.470.

和迪克逊想要以一条理性的"直线"来界定地界的确是一件无法完成的任务。对自然的敬畏和对矮树林的欣赏让各色人等在秋收后汇集在特拉华山脊地区的一块沙地竞技场上,其中也不乏"偷情的情人""走私武器的商人""贩卖货物的小贩""地产投机商"。① 在这里一片喧嚣,充满人间烟火气,置身大地、天空、山峦、树木的包围之中,人恢复了活力,克服了人性分裂,成为自己的主人。"真相也在想象力支配的地方悄然而至——尤其是多视角的想象力。"② 品钦通过"孕育着生命的矮树林"发出召唤,当人性重新回归到"和谐"与"静穆"的自然境界,恢复人与人之间、人与自然之间的有效沟通,"人的本质力量"才能得以重构。

（二）以求真向善的价值取向对抗技术异化

在《梅森和迪克逊》中,品钦一如既往地以滑稽夸张的创作手法塑造人物形象,其中既有像梅森、迪克逊、富兰克林、华盛顿等真实的历史人物,也有以故事讲述者威克斯·切里科克（Wicks Cherrycoke）为代表的一系列虚构人物。穿梭于历史与虚构之间,透过文字的丛林,品钦窥见工具理性膨胀与扩张引发的严峻后果以及其代理人的残忍和野蛮,同时也目睹了观测金星凌日或荒野勘探等看似无害的科学技术探索行为对人类自然生存状态的威胁。书中有这样一个情节,当奴隶主残忍地殴打奴隶时,迪克逊走上前抓住监工的鞭子以阻止他,并将其狠狠地教训了一顿。后来,迪克逊将这个鞭子作为战利品保留了下来,并把它带回了科克菲尔德,在那里它一直被视为"家庭珍宝"。其实,梅森与迪克逊都知道一时的善意之举虽出自善心却未必有益,从监工手里夺过的鞭子并不能帮助奴隶获得真正的自由。迷茫沮丧之际,迪克逊想知道:"一个有良知的人该怎么办?"③ 那么什么是良知?黑格尔称"良知"是"一种道德天赋"④,它"赢得的是充实的事情本身"⑤。那也就是说,良知并非一种纯粹理性的道德思辨,而是富有实在内涵并与现实行动紧密相连的"一种真正意

---

① Thomas Pynchon, *Mason & Dixon*, p. 470.
② David Cowart, "The Luddite Vision: Mason and Dixon", p. 358.
③ Thomas Pynchon, *Mason & Dixon*, p. 699.
④ ［德］黑格尔:《精神现象学》,先刚译,人民出版社2013年版,第403页。
⑤ ［德］黑格尔:《精神现象学》,先刚译,第394页。

上的道德行动"①。当人对焦伦理，思考、关心并重视人的命运、情感、生存状态时，人文关怀的光芒便会从心灵与良知的交汇处迸发。

人文关怀表达人类对生存意义和生命价值的关注与追求，是人文主义和人文精神的具体体现，也是价值理性的现实诉求。西方人文主义思想的发展先后经历了古希腊先哲重学术（自然哲学、伦理学）、轻技术的源起阶段、文艺复兴运动以人为中心而不是以神为中心的人文主义思想复兴时期、启蒙运动提倡科学、自由和平等，呼唤用理性的阳光驱走现世的黑暗的人文主义思想的成熟阶段、再到近现代伴随着现代科学技术的迅猛发展，开始反思技术工具理性霸权危害，继续宣传自由和平等思想的进一步发展阶段。不难发现，在西方人文主义的历史演变过程中，科学技术始终伴随左右，虽然两者的关系在历史发展过程中经历了微妙而复杂的变化，但它们始终彼此依存，互为补充。"哪里有危险，哪里便有救。"②当梅森和迪克逊目睹欧洲殖民者打着科学勘探的旗号在南非和美洲大陆残忍屠杀黑奴和土著人，并无耻侵占印第安人的家园时，虽然他们在"理智"的支配下不得不屈从殖民命令，但他们的内心却一直备受煎熬，他们对上级表现出的极度冷漠而感到沮丧，并开始对科学勘探的"目的"产生怀疑，这种不信任表达出他们对工具理性和西方价值观的质疑。在良知和道德的驱动下，他们承认"印第安人愿望的正义"，认为梅森—迪克逊线"正是张船长和其他人一直以来认为的那样——一条邪恶的通道"③。旅途中，他们倾听他者并对观察到的情况进行反思，迪克逊使用"怪兽"来描述分界线，表达了印第安人对"这个匍匐在他们的土地的巨大而无形、摧毁一切的"④ 入侵者的恐惧和愤怒。因此，对迪克逊来说，欧洲白人正是他们"自己最糟糕的梦境中的野蛮人"⑤，而印第安人才是美洲大陆这片广沃土地真正的"所有者"⑥。虽然迪克逊与梅森同为梅森—迪克逊线勘探的

---

① ［德］黑格尔：《精神现象学》，先刚译，第 391 页。
② ［德］M·海德格尔：《诗·语言·思》，彭富春译，戴晖校，第 107 页。
③ Thomas Pynchon, *Mason & Dixon*, p. 701.
④ Thomas Pynchon, *Mason & Dixon*, p. 678.
⑤ Thomas Pynchon, *Mason & Dixon*, p. 307.
⑥ Thomas Pynchon, *Mason & Dixon*, p. 468.

执行者，但他对友人的关心和对土著人和黑奴的同情赋予他一种求真向善的品质，与殖民者冷漠和残酷的侵略和杀戮行为形成鲜明对比。求真向善的价值取向正是科技活动价值理性在审美和道德维度的体现，成为对抗工具理性异化的利器，为实现人类自由、感悟生命意义、追求美好生活提供了无限的可能性。"在未来的世界里，所有的边界都将被抹去。"[1] 可以说这一宣言不仅适用于美国独立战争，同时它也昭示人们未来超越工具理性的霸权定位，以对自然的敬畏，对真善美的向往"复位"价值理性。

在《梅森和迪克逊》中，品钦以当代视角，穿越回18世纪美国独立战争前北美殖民地时期，"把过去的生活当作现在的前历史来书写"[2]，以发展的眼光看待现代科学技术的过往、现状与未来，从价值理性的视角考量科学技术实践与人类、自然及社会的伦理关系与价值意义，直击现代社会技术理性霸权的种种危害，从而追问现代技术本质。小说中，品钦对历史的重新构建与其说是为了揭示真相，不如说是为了激活赋予科技活动的审美与道德价值因素，找到抵抗西方技术异化的驱动力，实现技术在工具理性和价值理性上的真正统一，在处理好人与自然、人与社会及人与自身的关系基础上真正造福于人类。

人类在征服和改造自然的过程中，只有尊重自然，善待自然，承认所有自然存在的固有价值和存在目的，才能与之和谐相处，进而实施符合道德原则的伦理实践。显然，梅森—迪克逊分界线所代表的现代技术与现代工业并没有给予自然足够的尊重，而是把自然视为实现自我目的的手段，人类也因此丧失了对技术伦理价值的判断，最终迷失在贪婪与无知之中。片面追求依靠技术进步增加物质财富而罔顾人与自然、人与社会、人与人之间的和谐统一，其结果便是人成了技术进步的牺牲品和机器的奴隶，人的尊严荡然无存，人类成为精神恍惚、死气沉沉的空心人。可见，唯科学至上，只见技术进步不顾人文情怀的观点是片面的、畸形的，是"一叶障目，不见泰山"的形而上学观点。

科学技术的片面发展以及对自然的恣意征服与破坏给人类带来意想不到的灾难，在机器的轰鸣声中，人们无法找到质朴宁静的心灵居所，他们只能用物

---

[1] Thomas Pynchon, *Mason & Dixon*, p. 406.
[2] Georg Lukacs, *The Historical Novel*. Trans. by Hannah and Stanley Mitchell. Boston: Beacon., 1963, p. 53.

质弥补和填满自己的精神生活。就像在《V.》中蕾切尔（Rachel）在现实世界中找不到自己心爱的人，但却爱上了她的莫里斯汽车。她甚至在深夜洗车、擦车，像个恋爱中的女孩一样与车聊天："我们将永远在一起……我再也不能与你分手，我的宝贝。"① 在《性本恶》中，一个长得和杰庞嘉（Japonica）一模一样的机器人代替她和其他人出去吃饭，而这个机器人"实际上是一个受控有机体，或者叫电子人，她受程序操纵去吃喝，去交谈寒暄"②。而真正的杰庞嘉却在别的地方处理其他重要的事情。电子人"杰庞嘉"成功地代替真实的"杰庞嘉"完成会友的工作，甚至帮她做更多事情，这意味着电子计算机技术不仅广泛应用于现代社会的各个领域，而且从最初的文字编辑、数据处理发展到规划设计、信息记录，进而完成对人脑的模拟及人体整个神经系统的延伸。电脑已经完全融入社会生活并发挥着无所不能的用途。品钦在作品《性本恶》中通过里特（Reet）姨妈之口表达了人类对电脑技术的由衷崇拜和无比信任，"总有一天……会由计算机代劳……只要你想要的，相信我，一切都会查到"③。但与此同时，放眼更长远的未来，如果人脑沦为电脑技术的附庸，放弃对电脑的主动控制权，作为"技术垄断论中最典范的、无以伦比的、近乎完美的机器"④ 的计算机很可能成为整个人类社会的威胁，强化商业世界"强者恒强，弱者更弱"的鸿沟，引发社会的冲突与对立。

在品钦混乱无序的小说世界中，汇集了一群看似荒唐怪癖的小人物，他们既没有传统文学作品中英雄人物的宏才大略，也不具备英勇无畏的豪迈气概，他们踏上探求生命意义，实现人生价值的追寻之旅，路途艰险，受挫不断，时而迷茫，失去理想和信心，时而消沉，沉迷享乐，但是他们并没有停下找寻的脚步，至少他们行动起来，敢于正视后工业时代科学技术侵蚀下的空虚异化的世界，以自己微乎其微的力量对抗异化和熵化，即便在追寻之路上可能一无所获，但他们执着的行动至少可以赋予人们希望，收获保持生命的活力。在中短篇小说《小雨》中，主人公内森·莱文生活在封闭、毫无生气的军营中，整日

---

① ［美］托马斯·品钦：《V.》，叶华年译，第23页。
② ［美］托马斯·品钦：《性本恶》，但汉松译，第191页。
③ ［美］托马斯·品钦：《性本恶》，但汉松译，第7-8页。
④ ［美］尼尔·波斯曼：《技术垄断：文化向技术投降》，何道宽译，第64页。

浑浑噩噩、萎靡不振，不断地被熵化，甚至面对死亡也是选择以睡懒觉、插科打诨的方式逃避，但是当主人公自觉地参与到救援中，他不再麻木不仁，"莫名地意识到，在这种情况下并不需要什么思考或理性。他在打捞尸体。这就是他在做的事情"①。此时，实施行动成为突破封闭桎梏，防止世界走向熵化的有效手段。《拍卖第四十九批》中，女主人公奥狄芭·马斯在对前男友皮尔斯·尹维拉雷蒂遗产进行调查的过程中，经过几个世纪的沉寂，一个秘密地与美国官方邮政部门竞争的通信系统——"特里斯特罗"浮出水面，面对纷乱的线索，奥狄芭陷入迷茫，无法确定自己的感觉，迷失在多义性和不确定性的迷宫中，甚至最后产生幻觉，她几乎看什么都是邮递喇叭和"特里斯特罗"。在小说的最后，奥狄芭在拍卖厅静静等待拍卖会的开始，期待从拍卖人中找到"特里斯特罗"的秘密代表，可是故事却在即将揭开谜底的时刻戛然而止。奥狄芭的追寻注定存在太多的不确定性。而正是这种结局的不确定性昭示了生活的无限性及多种可能性，同时赋予奥狄芭探究真相的动力。虽然奥狄芭的追寻始终充满困惑与迷惘，但扑朔迷离的追寻目标驱使她打破封闭多年的自我隔绝，勇敢地逃离水泥森林，迈出机器轰鸣的工业囚笼。奥狄芭在旧金山街头对一个左手背上刺着邮递喇叭文身的孤苦老水手施以救助，爱与关怀架起沟通的桥梁，让人们感到安全，收获相互扶持的能量，赋予生命活力和生存意义。

正如美国著名评论家伊哈布·哈桑所说的："追寻永无止境。它们是宇宙中人类命运的极端体现。它们包含了一切……作为当代社会一种极具象征意义的选择，追寻揭示了人类生活的一些本质。追寻也许是毁灭性的或扑朔迷离的，但它拨动了人类生存的神经扫清了当今奢靡生活中的记忆缺失、麻木不仁和自鸣得意的虚无主义。"②《V.》中的斯坦西尔出生在1901年，作为一个"世纪婴儿"，这意味着"他将作为现代人的代表去探寻意义"③。斯坦西尔之所以不知疲倦地追踪和搜寻 V. 的秘密，是因为对于他而言，尽管这是一个艰苦的过

---

① ［美］托马斯·品钦：《慢慢学》，但汉松译，第24页。

② Ihab Hassan, "Quest: Form of Adventure in Contemporary American Literature", in Malcolm Bradbury and Sigmund Ro., ed., *Contemporary American Fiction*, London: Edward Arnold, 1986, pp. 136–137.

③ David Seed, *The Fictional Labyrinths of Thomas Pynchon*, London: MacMillan, 1988, p. 84.

程，甚至有时还需要有意识地接受不愉快的事情，但对 V. 的追求给了他一种充满活力的感觉，所以"找到这种感觉之后，他很难放弃它，因为它太珍贵了。要维持它，他只有去探寻 V."①。追寻的意义让斯坦西尔从"随心所欲""怠惰无力"的被动状态变得"目标专一""活跃积极"。他得以有机会从机械的生活中逃离开来，重新思考生活的意义，体验生命的活力。在某种程度上，斯坦西尔对 V. 的追寻"其实不过是对异化的逃离"②。虽然他并不清楚 V. 到底是什么，找到之后又该如何处理，但他知道要维持这种"生机勃勃的感觉"，他只有去追寻 V.。小说的最后，V. 到底是什么似乎已经变得无关紧要，对 V. 不断追寻的行为本身已经变成斯坦西尔生活与人生的全部意义所在。在追寻的过程中，他完成了对自我身份的重新认知，同时以"世纪婴儿"的身份重新梳理与解读了人类 20 世纪的灾难历史，一个充满了战争、危机、冲突与骚乱的世纪。莫里斯·迪克斯坦指出："小斯坦西尔对 V. 的追求既是寻找父母和个人本质，又是试图解释一段历史。这段历史的意义就隐藏在早期历史和前辈人的零星遗物中。"③ 在《万有引力之虹》中，作为现代科技代表的火箭无情地冲击着人类固有的生存环境，为人类带来了战争和死亡，甚至入侵个体的情感体验，加速了人类的物化。生活在迷宫式的熵化世界，美国上尉斯洛索普坚持不懈地追查自己的身世之谜和 V-2 火箭之间的关系。面对技术与人性之间的艰难抉择，他宁愿选择随着掉下厕所的竖琴一起顺流进入下水道的神秘世界，也不愿与高举"科学万能论"的波因茨曼、雅夫和海盗普伦提斯等人为伍。在小说最后，随着火箭在空中炸裂，一道彩虹浮现天际，意味着痛苦的结束，新生命的开启。斯洛索普的肉身消散预示着技术理性的控制下的人类开始从麻木、混沌的状态中清醒过来，带着对光明和活力的憧憬，完成对现实的超越。

在《致命尖端》中，在对计算机安全公司 Hashslingrz 的调查中，玛克欣结

---

① [美] 托马斯·品钦：《V.》，叶华年译，第 53 页。
② Alan W. Brownlie, *Thomas Pynchon's Narratives: Subjectivity and Problems of Knowing*, New York: Peter Lang Publishing Inc., 2000, p. 21.
③ [美] 莫里斯·迪克斯坦：《伊甸园之门——六十年代美国文化》，方晓光译，第 107 页。

识了不少"朋友",虽然性格各异,但都是"性情之人",他们从不掩藏自己的真实的感受。拍纪录片的雷吉·德斯帕德(Reg Despard)在与盖布里埃尔·艾斯面对面地交锋后,向玛克欣坦白,"就在那时我开始害怕了。……我要再考虑考虑整个该死的项目了"①。海蒂(Heidi)在参加完万圣节的动漫展后表示,"太令人沮丧了。……模仿再也不可能了。万圣节就此结束。……我责怪该死的互联网,毫无疑问"②。玛奇·凯莱赫(March Keheller)扯着嗓门大喊,"我讨厌城市这个悲惨的鬼地方!"③ 极客艾瑞克这样描述他眼中的互联网,"你瞧瞧它,每天里面的废材比用户多,键盘和屏幕只不过变成了通往网络的入口,那些网站的管理层希望大家都迷上购物,打游戏,手淫,接收无穷无尽的垃圾——"④。网络上传递的资讯只是内容的表达,人与人之间的情感关系变得无关紧要和异常脆弱。艾瑞克对 Hashslingrz 和叫嚣着"互联网自由"的那帮人表示不满和愤慨,认为正是这些人"继续把越来越多的自由交给那些坏人……我们都很孤独……我们正在被人玩弄"⑤。艾瑞克的孤独感源于互联网时代个人价值行为的道德"自律"与约束社会道义行为的"他律"伦理的日渐失效,呼应了玛克欣置身"深渊射手"中的沙漠所体验到的那份失落与孤独的虚空状态。尽管玛克欣同样受到"虚拟恐惧症"的困扰,但她并没有失去梦想美好未来的能力,她劝说艾瑞克,"如佛陀所言,人要心怀善念"⑥。美国心理学之父与实用主义奠基人威廉·詹姆斯(William James)曾在其著作《信仰的意志》中指出,"善的本质就是满足需求,这种需求可以是对太阳底下任何东西的需求"⑦。作为道德意识概念和重要的伦理学范畴之一,"善"与社会生活密切相关,可以激发维持或拉近"我们",即人与人或是人与其他事物之间关系的诉求。"善"为"我们"更好地满足需求提供了契机,合作关系的

---

① [美]托马斯·品钦:《致命尖端》,蒋怡译,第 100 页。
② [美]托马斯·品钦:《致命尖端》,蒋怡译,第 398 页。
③ [美]托马斯·品钦:《致命尖端》,蒋怡译,第 139 页。
④ [美]托马斯·品钦:《致命尖端》,蒋怡译,第 460 页。
⑤ [美]托马斯·品钦:《致命尖端》,蒋怡译,第 461 页。
⑥ [美]托马斯·品钦:《致命尖端》,蒋怡译,第 461 页。
⑦ 《詹姆斯文选》,万俊人、陈亚军编,万俊人、陈亚军等译,社会科学文献出版社 2007 年版,第 343 页。

确立可以帮助人们摆脱孤立状态，重新创造价值，恢复对美好未来的憧憬。

对于玛克欣和她的朋友们来说，重建能够为他们提供归属感的"人与人的连接"是避免孤独、恐惧和威胁的药方，为此，他们一直尝试继续寻找他们迫切需要的真诚和彼此的情感联系。"9·11"发生后，玛克欣和前夫霍斯特·莱夫勒（Horst Loeffler）重归于好，当他们带着孩子们步行去哥伦比亚大道上的汤姆比萨店用晚餐时，玛克欣回想起当年把比萨饼切成一口一块的小正方形喂给孩子们吃的情景，突然觉得"怀旧情绪蠢蠢欲动，随时准备从打埋伏的地方跳出来"①。怀旧是一种情感，饱含对过去时光的眷恋与不舍，它更是一种情怀，可以真正触碰到人心灵深处最柔软的地方。回归家庭的玛克欣重拾安全感，也恢复对周围环境的判断和把控。面对父亲厄尼，玛克欣将她蓄积已久的不安与困惑和盘托出，其中也包括她与是 FBI 资深特工温达斯特之间的秘密，厄尼听后告诉女儿，"没有其他选择，你要相信他们，相信你自己，霍斯特也要这样……。就像乔·希尔所说的，不要哀悼我，组织起来"②。信任与重建的原则同样适用于恐惧悲伤情绪笼罩下的纽约市民，在纽约马拉松日的那一天，"成千上万的跑者出来纪念'9·11'及其遇难者，藐视悲剧会重演的任何可能性"③。重建"连接"的愿望不仅根植于真实的现实世界，也延伸到虚拟的赛博空间，赋予生活以新的希望。玛克欣在浅网下面发现儿子齐格和欧蒂斯创建的齐欧城，孩子们选中的是 2001 年 9 月 11 日以前的纽约城的图形文件，"采用老式彩色印刷的那种很有爱的明亮颜色"④，齐格和欧蒂斯在这里自由漫步，可以像什么都没发生过一样享受"9·11"之前的纽约，"丝毫不用担心自己的安全、救赎和命运……"⑤。这个虚拟世界中"尚未腐化的屏幕景观"与"深渊射手"中"支离破碎""充斥着冷漠与伤害"，甚至"还有未清理到的狗屎"的城市景观大相径庭。作为母亲，玛克欣倾其全力呵护她的孩子不受伤害，绝不允许"深渊射手"中的那些"脏东

---

① ［美］托马斯·品钦：《致命尖端》，蒋怡译，第 333 页。
② ［美］托马斯·品钦：《致命尖端》，蒋怡译，第 450 页。
③ ［美］托马斯·品钦：《致命尖端》，蒋怡译，第 400 页。
④ ［美］托马斯·品钦：《致命尖端》，蒋怡译，第 456 页。
⑤ ［美］托马斯·品钦：《致命尖端》，蒋怡译，第 457 页。

西"弄脏孩子们的幸运之城。此时,家庭成为对抗权力的有力武器。正如约书亚·科恩(Joshua Cohen)所评论的,面对网络巨头们的说服和控制,"家庭成为最后的堡垒,最后一场战争将在我们的虚拟身份和血缘之间展开;这场战争旨在防止虚拟世界对血脉的腐蚀,即使不是永远,也要留足时间让小齐格和欧蒂斯以最纯粹的自由(童年)继续生活在这个世界上。……只有家庭才是真实的"①。

品钦对家庭的专注还体现在对小说开头部分和结尾部分的独到设计。小说开始于2001年的春分,玛克欣送儿子齐格和欧蒂斯去上学,尽管"也许他们已经过了需要接送的年龄",当孩子们走到街角,她依然"习惯性地做出掩护的动作,挡在孩子们和某个就爱在拐角把人撞倒的司机之间"②。在小说结尾,就在孩子们即将离开公寓的时候,玛克欣站在门口目送"他们走过走道,两人谁也没有回头"③。此时的齐格和欧蒂斯在父母的关照和鼓励下内心已经足够强大,可以不再需要长辈手把手的牵引,他们自发地独立去面对充斥着恐怖、监视和控制的现实前景。科拉多·罗德里格斯(Collado Rodríguez)认为,《致命尖端》结尾处的春天宣告了"创伤治愈后另一个生命周期的开始"④,揭示了一种贯穿品钦作品核心的人文主义情怀。

品钦密切关注现代技术语境下人类的存在和命运,以一位小说家特有的"文字的良知",诚实叙述和深度思考数字化时代技术应用对人与人、人与社会、人与自然伦理关系的影响,拒绝成为散播网络谎言和谣言的帮凶。借助文学的智慧,品钦描绘了一个充满不同需求、组件和体验的世界,在这里,信息与网络技术的迅速发展大幅提高了社会生活与生产效率,并为社会带来丰厚的经济利益,不断扩大的人机协同范围,人与技术日益密切的响应关系都促使人们的思维方式、行为模式和社会关联发生转变和重构,但与此同时,

---

① Joshua Cohen, *First Family, Second Life: Thomas Pynchon Goes Online*, New York: Harper's Monthly, October 2013: 105.
② [美]托马斯·品钦:《致命尖端》,蒋怡译,第1页。
③ [美]托马斯·品钦:《致命尖端》,蒋怡译,第508页。
④ Francisco Collado-Rodríguez, *Intertextuality, Trauma, and the Posthuman in Thomas Pynchon's Bleeding Edge*, Critique: Studies in Contemporary Fiction 57. 3, 2016: 240.

品钦也发现，伴随互联网、大数据、人工智能等信息技术的大规模应用，数据与资本依然被少数的"富有者"所占有和控制，社会关系的隔阂和冲突并没有因技术的进步而有所缓解，反而引发了信息落差、隐私终结、数据失真、信任危机、互联网歧视等一系列新的现实伦理问题。在《致命尖端》中，品钦把"纽约故事"书写在虚实转换的感知体验之中，无论是在虚拟空间的寻奇探幽，还是与现实世界的直面相对，品钦始终强调并提醒人们珍视人的价值，保持强烈的社会意识。在不断更新和超越自我的过程中，一个善于思考并充分展示自我生命表现形态的人可以与他人、与社会、与自然建立一种积极且和谐的伦理关系。置身数据、智能和网络架构的数字空间中，品钦呼唤以公平为前提，把善作为追求的目标，聚焦人的全面发展，以人为本，尤其是要以弱势群体为本，因为只有当数字变得具有温度，值得人的信赖，符合人类的价值观，"天、地、人"之间才能建立真诚的情感联系，实现人与数据的自由关系，进而克服冲突和化解矛盾，帮助人们摆脱技术的阴影和灰暗的情绪，找回心灵的充盈和安宁，实现技术与人文的统一，重塑生活的美好意义。

结　语

　　工程物理学的学科背景为品钦提供了观察和理解世界的独特时空透镜，以及别具一格的科技书写方式。他对科技变革引领下的时代变迁和社会动态始终保持着敏锐的洞察力和深切的关注，这使得他的作品能够精准捕捉并深刻剖析科技与社会交织的复杂关系。纵观品钦创作的小说，技术隐喻和象征符号贯穿始终，为作品增添了丰富的文学内涵和思想深度。无论是《V.》中的热力学定律，《万有引力之虹》中的火箭发射系统、《拍卖第四十九批》中的电路技术、《梅森和迪克逊》中天文测量，《抵抗白昼》中的极地探险，还是《性本恶》中提到的"阿帕网"与《致命尖端》中的赛博空间，无一例外成为品钦生动展示后工业社会现实，深刻揭示科技变革对人类生活、社会结构和伦理道德深刻影响的媒介。品钦观察到，科技的迅猛发展不断挑战并重塑人类的道德观念和行为模式。基因编辑技术、核能技术、人工智能、社交媒体和大数据的发展已经引发了关于人类尊严、生命伦理以及众多社会道德问题的热烈讨论。在这些问题上，化用科技知识的行文，品钦将技术的科学性与文学的想象性相结合，以"熵"为核心的一系列技术隐喻和象征符号聚拢建构起多义的隐喻结构，跨越时空，映照社会现实，审慎地评估科技发展的伦理影响，探讨技术与社会、技术与人的关系，揭示现代科学技术负载的伦理价值，赋予作品深刻的时代意义。

　　品钦在作品中不仅探讨了现代技术对人类社会和个人生活的深刻影响，也对现代技术与人、自然和社会发展之间的辩证关系进行了深入思考。他吸收了以马克思为代表的技术伦理思想中对技术的社会功能和历史作用的分析，认同技术进步与人的发展具有内在的统一性，二者相互渗透、相互依赖、相互促进。科学技术的价值在于服务和保护人的本质力量，技术创新是达成社会进步，增进人类福祉，实现人的自由与全面发展的有效手段。但是，对科技的过度依赖可能导致人的主体性丧失，技术的不当应用和失控会引发安全事故，加剧社会不平等，造成环境破坏的伦理问题。特别是当科学技术沦为少数人片面追求物质利益、榨取剩余价值的手段时，人文伦理往往被忽视，这导致劳动、科学技术、人自身、人与自然以及人与人之间的关系出现一系列异化现象，进而引发危及人类生存的严重后果。

在后现代文学语境中，品钦以犀利的笔触深刻揭示了后工业社会中技术异化的种种迹象，它如同一把双刃剑，既带来了生产力的飞跃，也带来了人类所面临的生态危机、物欲的泛滥以及道德的沦丧。这些毁灭性后果令人警醒，品钦不仅仅是在展示这些现象，更是通过其作品中强烈的批判色彩，控诉了技术垄断下人文精神的逐渐淡化与衰退，呼吁人们重新审视技术与人性的关系，以及如何在科技飞速发展的同时，守护和弘扬人类的精神家园。无论是在硝烟弥漫、战火纷飞的世界大战的残酷背景下，还是在当今这个由互联网编织、大数据驱动、人工智能引领的新时代，一旦人类失去对技术的驾驭之力，技术失控的阴霾便可能悄然降临。这种失控状态如同脱缰的野马，极易导致技术的滥用，其背后的潜在风险和后果，既难以预见，又难以驾驭。更为严重的是，技术滥用和失控可能会对人类自我意识和自我存在造成深远的影响。人们不仅可能失去对自身存在的准确理解，更可能遗忘人的本质与核心价值观。

作为社会的敏锐观察者和忠实记录者，品钦秉持作家的职业良知，深入关注社会现实，不懈探索人性的复杂面貌。他倡导人们从更为全局和长远的视角审视世界，立足于"自然—人—社会"这一紧密相连的命运共同体，聚焦人文关怀，寻求人与自然、人与社会之间的和谐共生之道。通过技术智慧赋能，人类能够增强保护自身和自然环境的能力，为生态修复和可持续发展留下足够的空间，构建一个技术与人性、自然与社会和谐共融的世界，以期摆脱生命异化和世界熵化的危机，实现人类持久而繁荣的未来发展。

参考文献

经典著作

《资本论》第 1 卷，人民出版社 2004 年版。
《1844 年经济学哲学手稿》，人民出版社 2000 年版。
《马克思恩格斯全集》第 4 卷，人民出版社 1958 年版。
《马克思恩格斯全集》第 19 卷，人民出版社 1963 年版。
《马克思恩格斯全集》第 42 卷，人民出版社 1979 年版。
《马克思恩格斯全集》第 47 卷，人民出版社 2016 年版。
《马克思恩格斯全集》第 1 卷，人民出版社 1995 年版。
《马克思恩格斯文集》第 1 卷，人民出版社 2009 年版。
《马克思恩格斯文集》第 4 卷，人民出版社 2009 年版。
《马克思恩格斯文集》第 9 卷，人民出版社 2009 年版。
《马克思恩格斯文集》第 10 卷，人民出版社 2009 年版。
《马克思恩格斯选集》第 3 卷，人民出版社 1972 年版。
《马克思恩格斯选集》第 1 卷，人民出版社 1995 年版。
《马克思恩格斯选集》第 2 卷，人民出版社 2012 年版。
《回忆马克思》，人民出版社 2005 年版。

中文著作

陈杰：《本真之路：凯鲁亚克的"在路上"小说研究》，四川大学出版社 2010 年版。
陈世丹：《美国后现代主义小说详解》（中文版），南开大学出版社 2010 年版。

葛鹏仁：《西方现代艺术·后现代艺术》，吉林美术出版社 2000 年版。

国家科委综合计划司主编：《联合国教科文组织科学技术统计指南》，田清雯译，祝友三、董丽娅校，科学技术文献出版社 1990 年版。

胡文耕主编：《科学前沿与哲学》，副主编：林夏水，中共中央党校出版社 1993 年版。

侯桂杰：《托马斯·品钦小说叙事迷宫——以〈V.〉〈拍卖第四十九批〉和〈万有引力之虹〉为例》，上海外国语大学 2013 年版。

廖申白：《〈尼各马可伦理学〉导读》，四川教育出版社 2005 年版。

刘丹鹤：《赛博空间与网际互动——从网络技术到人的生活世界》，湖南人民出版社 2007 年版。

刘风山：《奇幻背后的世界：托马斯·品钦小说研究》，外语教学与研究出版社 2011 年版。

刘建华：《危机与探索——后现代美国小说研究》，北京大学出版社 2010 年版。

刘铁芳：《走向生活的教育哲学》，湖南师范大学出版社 2005 年版。

刘象愚、杨恒达、曾艳兵主编：《从现代主义到后现代主义》，高等教育出版社 2002 年版。

［美］欧文·肖：《幼狮》，陆谷孙译，上海译文出版社 1987 年版。

罗小云：《拼贴未来的文学：美国后现代作家冯内古特研究》，重庆出版社 2006 年版。

马克思主义哲学编写组：《马克思主义哲学》，高等教育出版社 2009 年版。

苗力田编：《亚里士多德选集》（形而上学卷），中国人民大学出版社 2000 年版。

牟焕森：《马克思技术哲学思想的国际反响》，东北大学出版社 2003 年版。

钱满素：《美国当代小说家论》，中国社会科学出版社 1987 年版。

钱锺书：《管锥编（一）》，生活·读书·新知三联书店出版社 2019 年版。

乔瑞金：《马克思技术哲学纲要》，人民出版社 2002 年版。

沈恒炎、燕宏远主编：《国外学者论人和人道主义 第一辑：西方国家》，社会科学文献出版社 1991 年版。

宋祖良：《拯救人类和地球未来——海德格尔的后期思想》，中国社会科学出版社 1993 年版。

孙万军：《品钦小说中的混沌与秩序》，河北大学出版社 2008 年版。

孙万军：《美国文化的反思者——托马斯·品钦》，知识产权出版社 2011 年版。

王恩铭：《美国反正统文化运动——嬉皮士文化研究》，北京大学出版社 2008 年版。

王建平：《托马斯·品钦小说研究》，外语教学与研究出版社 2015 年版。

王治河：《扑朔迷离的游戏——后现代哲学思潮研究》，社会科学文献出版社 1993 年版。

王祖友：《美国后现代派小说的后人道主义研究》，国防工业出版社 2012 年版。

向翔：《哲学文化学》，上海科学普及出版社 1997 年版。

徐贵权：《价值世界的哲学追问与沉思》，中国社会科学出版社 2012 年版。

徐行言主编：《中西文化比较》，北京大学出版社 2004 年版。

杨仁敬：《20 世纪美国文学史》，青岛出版社 1999 年版。

杨仁敬等：《美国后现代派小说论》，青岛出版社 2004 年版。

杨寿堪：《冲突与选择：现代哲学转向问题研究》，北京师范大学出版社 1996 年版。

虞建华主编：《美国文学辞典·作家与作品》，复旦大学出版社 2005 年版。

袁可嘉等选编：《外国现代派作品选　第三册（上）》，上海文艺出版社 1984 年版。

张永强、姚立根主编：《工程伦理学》，高等教育出版社 2014 年版。

郑杭生主编：《社会学概论新修》（第三版），中国人民大学出版社 2002 年版。

中国大百科全书总编辑委员会《社会学》编辑委员会编、中国大百科全书出版社编辑部：《中国大百科全书》（社会学），中国大百科全书出版社 1991 年版。

中国军事百科全书编审委员会编：《中国军事百科全书·军事历史 I》，军事科学出版社 1997 年版。

朱贻庭主编：《伦理学大辞典》，上海辞书出版社 2002 年版。

中文论文

曹克：《生态伦理视野中的技术理性批判》，《南京财经大学学报》2007 年第

2 期。

陈多闻：《生态人文主义的技术审视：批判、建构及意义》，《长沙理工大学学报》2022 年第 2 期。

陈世丹：《论〈拍卖第四十九批〉中熵、多义性和不确定性的迷宫》，《外国文学研究》2007 年第 1 期。

陈世丹、王晓露：《冯内古特对小说世界的结构与重建》，《河南师范大学学报》（哲学社会科学版）2005 年第 5 期。

但汉松：《做品钦门下的走狗——〈性本恶〉译后》，《书城》2011 年第 12 期。

杜志卿：《〈秀拉〉的后现代叙事特征探析》，《外国文学》2004 年第 5 期。

郭冲辰、樊春华、陈凡：《当代欧美技术哲学研究回顾及未来趋向分析（上）》，《哲学动态》2002 年第 9 期。

季中扬：《论"文化研究"领域的认同概念》，《求索》2010 年第 5 期。

蒋怡：《〈拍卖第 49 批〉中的废弃物及其隐喻》，《外国文学》2022 年第 3 期。

李帆：《清季的历史教科书与线性历史观的构建》，《吉林大学社会科学学报》2015 年第 2 期。

李维屏：《英美后现代主义小说概述》，《外国语》（上海外国语大学学报）1998 年第 1 期。

李文潮：《技术伦理与形而上学——试论尤纳斯〈责任原理〉》，《自然辩证研究》2003 年第 2 期。

李喜英、张荣：《一种技术时代的责任伦理何以可能——试论汉斯·约纳斯的责任原理及其实践》，《科学·经济·社会》2008 年第 1 期。

李泳梅：《技术理性的实证主义根源及困境——对法兰克福学派技术理性批判理论的深层解读论》，《浙江学刊》2006 年第 4 期。

刘雪岚：《文坛隐士的觉醒——评品钦新作〈抵抗白昼〉》，《译林》2008 年第 1 期。

吕惠：《从秩序到混沌——论品钦作品中的熵主题》，《外交学院学报》2003 年第 4 期。

宋文新：《技术异化及思维方式变革——兼评海德格尔的技术拯救之道》，《自然辩证法研究》2004 年第 7 期。

束定芳：《论隐喻的本质及与语义特征》，《外国语》（上海外国语大学学报）1998 年第 6 期。

孙万军：《主体的幻化与人性的真实——托马斯·品钦后现代主义作品中的人物形象透析》，《外国文学研究》2006 年第 5 期。

孙万军：《品钦后现代小说对追寻叙事模式的创新》，《解放军外国语学院学报》2006 年第 3 期。

孙艳：《品钦小说的解构性与语言的模糊性》，《英语自学》2003 年第 12 期。

王恩铭：《半个文明人＋半个野蛮人＝一个完整的人——论亨利·索洛有关人与自然的哲学观》，《解放军外语学院学报》1994 年第 6 期。

王恩铭：《美国嬉皮士运动：对正统文化的反抗和颠覆》，《历史教学问题》2009 年第 5 期。

王建平：《〈葡萄园〉：后现代社会的媒体政治与权力谱系》，《外国文学评论》2009 年第 3 期。

王建平、郭琦：《〈万有引力之虹〉的隐喻结构与人文关怀》，《东北大学学报》（社会科学版）2008 年第 1 期。

王锦瑭：《美国的反主流文化运动——嬉皮士运动剖析》，《世界历史》1993 年第 3 期。

王文毓：《大文本·大时间·大对话：巴赫金的俄罗斯性》，《中国图书评论》2022 年第 4 期。

吴晓江：《芒福德的技术观：破除机器的神话》，《世界科学》2004 年第 1 期。

吴国盛：《技术释义》，《哲学动态》2010 年第 4 期。

吴寿仁：《科技成果转化若干热点问题解析（九）——技术及技术转移概念辨析及相关政策解读》，《科技中国》2018 年第 2 期。

杨仁敬：《论美国后现代派小说的新模式和新话语》，《外国文学研究》2003 年第 2 期。

叶继红：《科学家的社会责任——以"曼哈顿计划"为例》，《科学学研究》2001 年第 4 期。

《1922 年——尼尔斯·波尔》，《物理教学探讨》2005 年第 22 期。

游战洪、刘钝:《〈罗素——爱因斯坦宣言〉的科学社会学解读》,《科学》2005 年第 5 期。

张海榕、李梦韵:《当代中国托马斯·品钦作品研究评述》,《外国语言与文化》(第三卷) 2019 年第 2 期。

张侠侠、高继海:《〈亚历山大四重奏〉中的多维城市景观》,《乐山师范学院学报》2019 年第 2 期。

张艳:《〈拍卖第四十九批〉中多义和不确定的隐喻结构》,《英语语言文学研究论文集》,吉林出版集团有限公司责任公司 2011 年版。

张艳:《破解美国现实的密码——评〈拍卖第四十九批〉中的隐喻运用》,《山花》2011 年第 1 期。

张艳:《荒诞与理性的对话——评托马斯·品钦的〈熵〉》,《外国语言文学与外语教学研究论文集》,吉林出版集团有限责任公司 2012 年版。

张艳、章燕:《〈万有引力之虹〉中托马斯·品钦对技术理性的反思与批判》,《复旦外国语言文学论丛》复旦大学出版社 2015 年春季号。

张艳:《〈万有引力之虹〉中战争主题解读》,《名作欣赏》2016 年第 1 期。

张艳:《〈性本恶〉中托马斯·品钦对美国嬉皮士文化的历史记忆与反思》,《山花》2016 年第 7 期。

赵毅衡:《时代呼唤符号美学的繁荣发展》,《光明日报》2022 年 6 月 29 日第 016 版。

周家荣、廉勇杰:《从工具理性到价值理性:科技与社会关系的重大调整——兼论科技在构建和谐社会中的功能整合》,《科学管理研究》2007 年第 5 期。

朱刚:《不定性与文学阅读的能动性——论 W·伊瑟尔的现象学阅读模型》,《外国文学评论》1998 年第 3 期。

邹赞:《试析雷蒙·威廉斯的"文化"定义》,《新疆大学学报》(哲学人文社会科学版) 2014 年第 1 期。

中译著作

[法] 阿尔贝·加缪:《西西弗的神话》,杜小真译,生活·读书·新知三联

书店 1987 年版。

《爱因斯坦文集》第三卷，许良英、赵中立、张宣三编译，商务印书馆 1979 年版。

［美］阿瑟·林克、威廉·卡顿：《一九〇〇年以来的美国史》（中册），刘绪贻等译，刘绪贻校，中国社会科学出版社 1983 年版。

［德］阿明·格伦瓦尔德主编：《技术伦理学手册》，吴宁译，社会科学文献出版社 2017 年版。

［美］M. H. 艾布拉姆斯：《文学术语词典（中英对照）》（第 7 版），吴松江等编译，北京大学出版社 2009 年版。

［德］埃德蒙德·胡塞尔：《欧洲科学的危机与超验现象学》，张庆熊译，上海译文出版社 1988 年版。

［美］艾伦·布林克利：《美国史》（1492—1997），邵旭东译，海南出版社 2009 年版。

［英］安德鲁·本尼特、尼古拉·罗伊尔：《关键词：文学、批评与理论导论》，汪正龙、李永新译，广西师范大学出版社 2007 年版。

［美］安德鲁·芬伯格：《技术批判理论》，韩连庆、曹观法译，北京大学出版社 2005 年版。

［美］保罗·法伊尔阿本德：《反对方法：无政府主义知识论纲要》，周昌忠译，上海译文出版社 2007 年版。

［英］贝尔纳：《历史上的科学》，伍况甫等译，科学出版社 1981 年版。

［美］波林·玛丽·罗斯诺：《后现代主义与社会科学》，张国清译，上海译文出版社 1998 年版。

［英］伯特兰·罗素：《西方哲学史》（上卷），何兆武、李约瑟译，商务印书馆 1976 年版。

［美］查尔斯·爱德华·梅里亚姆：《美国政治学说史》，朱曾汶译，商务印书馆 1988 年版。

［美］戴维·斯泰格沃德：《六十年代与现代美国的终结》，周朗、新港译，商务印书馆 2002 年版。

［美］丹尼尔·贝尔：《资本主义文化矛盾》，赵一凡、蒲隆、任晓晋译，生

活·读书·新知三联书店 1989 年版。

［美］E. L. 多克特罗：《拉格泰姆时代》，常涛、刘奚译，译林出版社 1996 年版。

［英］菲利普·汤姆森：《怪诞》，黎志煌译，苏丁校，北方文艺出版社 1988 年版。

［荷兰］佛克马、伯顿斯编：《走向后现代主义》，王宁等译，北京大学出版社 1991 年版。

［德］冈特·绍伊博尔德：《海德格尔分析新时代的技术》，宋祖良译，中国社会科学出版社 1993 年版。

［苏］格·姆·达夫里扬：《技术·文化·人》，薛启亮、易杰雄等译，河北人民出版社 1987 年。

［德］汉斯·约纳斯：《技术、医学与伦理学：责任原理的实践》，张荣译，上海译文出版社 2008 年版。

［德］赫伯特·马尔库塞：《单向度的人：发达工业社会意识形态研究》，刘继译，上海译文出版社 2016 年版。

［奥地利］赫尔穆特·费尔伯：《术语学、知识论和知识技术》，邱碧华译，冯志伟审校，商务印书馆 2011 年版。

［古希腊］赫拉克利特：《赫拉克利特著作残篇》，罗宾森英译，楚荷中译，广西师范大学出版社 2007 年版。

［德］黑格尔：《哲学史讲演录》第一卷，贺麟、王太庆译，商务印书馆 2011 年版。

［德］黑格尔：《精神现象学》，先刚译，人民出版社 2013 年版。

［美］华勒斯坦等：《学科·知识·权力》，刘健芝等编译，生活·读书·新知三联书店 1999 年版。

［美］杰克·凯鲁亚克：《在路上》，王永年译，上海译文出版社 2006 年版。

［美］卡尔·米切姆：《技术哲学概论》，殷登祥、曹南燕等译，天津科学技术出版社 1999 年版。

［德］康德：《判断力批判》，邓晓芒译，人民出版社 2002 年版。

［美］M. 克莱因：《数学：确定性的丧失》，李宏魁译，湖南科学技术出版社

2002 年版。

［美］库尔特·冯内古特：《没有国家的人》，刘洪涛等译，上海人民出版社 2006 年版。

［美］库尔特·冯内古特：《五号屠场·上帝保佑你，罗斯瓦特先生》，云彩、紫芹、曼罗译，译林出版社 1998 年版。

［美］勒内·韦勒克、奥斯汀·沃伦：《文学理论》，刘象愚等译，江苏教育出版社 2005 年版。

［美］雷蒙·费德曼：《华盛顿广场一笑》，林涧译，上海译文出版社 1999 年版。

［英］雷蒙德·威廉斯：《文化与社会》，吴松江、张定文译，北京大学出版社 1991 年版。

《费尔巴哈哲学著作选集》（上卷），生活·读书·新知三联书店 1959 年版。

［英］罗伯特·康明：《解释艺术》，英国 DK 出版社 2007 年版。

［德］M·海德格尔：《诗·语言·思》，彭富春译，戴晖校，文化艺术出版社 1990 年版。

［德］马丁·海德格尔：《海德格尔选集》，孙周兴选编，上海三联书店 1996 年版。

［德］马克斯·韦伯：《经济与社会》（上卷），［德］约翰内斯·温克尔曼整理，林荣远译，北京：商务印书馆 1997 年版。

［美］迈克尔·桑德尔：《民主的不满——美国在寻求一种公共哲学》，曾纪茂译，江苏人民出版社 2008 年版。

［美］莫里斯·迪克斯坦：《伊甸园之门——六十年代美国文化》，方晓光译，上海外语教育出版社 1985 年版。

［美］莫里斯·迪克斯坦：《途中的镜子：文学与现实世界》，刘玉宇译，上海三联书店 2008 年版。

［美］尼尔·波斯曼：《技术垄断：文化向技术投降》，何道宽译，北京大学出版社 2007 年版。

［美］尼古拉·尼葛洛庞帝：《数字化生存》，胡泳、范海燕译，海南出版社 1997 年版。

［美］曼纽尔·卡斯特：《网络社会的崛起》，夏铸九等译，社会科学文献出版2001年版。

［美］G·帕斯卡尔·扎卡里：《无尽的前沿——布什传》，周惠民等译，上海科技教育出版社1999年版。

［美］乔治·伽莫夫：《物理学发展史》，高士圻译，侯德彭校，商务印书馆1981年版。

［美］史蒂文·赛德曼：《后现代转向》，吴世雄等译，辽宁教育出版社2001年版。

［荷兰］E·舒尔曼：《科技时代与人类未来：在哲学深层的挑战》，李小兵、谢京生、张峰等译，东方出版社1995年版。

［英］斯各特·拉什：《信息批评》，杨德睿译，北京大学出版社2009年版。

［奥］斯蒂芬·茨威格：《昨日的世界：一个欧洲人的回忆》，舒昌善译，生活·读书·新知三联书店2010年版。

［法］泰纳：《文学中的自然主义》，朱雯等编选，上海文艺出版社1992年版。

［美］托马斯·品钦：《拍卖第四十九批》，林疑今译，上海译文出版社1989年版。

［美］托马斯·品钦：《熵》，萧萍、刘雪岚译，选自《美国后现代派短篇小说选》，杨仁敬等译，青岛出版社2004年版。

［美］托马斯·品钦：《V.》，叶华年译，译林出版社2008年版。

［美］托马斯·品钦：《万有引力之虹》，张文宇、黄向荣译，译林出版社2009年版。

［美］托马斯·品钦：《性本恶》，但汉松译，上海译文出版社2011年版。

［美］托马斯·品钦：《慢慢学》，但汉松译，译林出版社2018年版。

［美］托马斯·品钦：《葡萄园》，张文宇译，译林出版社2018年版。

［美］托马斯·品钦：《致命尖端》，蒋怡译，译林出版社2020年版。

［美］威廉·A·哈维兰：《当代人类学》，王铭铭等译，上海人民出版社1987年版。

［美］威廉·詹姆斯：《詹姆斯文选》，万俊人，陈亚军编，万俊人，陈亚军等译，社会科学文献出版社2007年版。

［美］威廉·吉布森：《神经漫游者》，Denovo 译，江苏文艺出版社 2013 年版。

［美］N. 维纳：《人有人的用处——控制论和社会》，陈步译，商务印书馆 2009 年版。

［联邦德国］W. 伊泽尔：《审美过程研究——阅读活动：审美响应理论》，霍桂桓、李宝彦译，杨照明校，中国人民大学出版社 1988 年版。

［荷］西斯·J. 哈姆林克：《赛博空间伦理学》，李世新译，殷登祥校，首都师范大学出版社 2010 年版。

［爱尔兰］肖恩·麦克布赖德：《多种声音，一个世界》，中国对外翻译出版公司第二编译室译，中国对外翻译出版公司 1981 年版。

［日］小川仁志：《完全解读哲学名著事典》，唐丽敏译，华中科技大学出版社 2016 年版。

［美］伊哈布·哈桑：《后现代转向：后现代理论与文化论文集》，刘象愚译，上海人民出版社 2015 年版。

［德］尤尔根·哈贝马斯：《作为"意识形态"的技术与科学》，李黎、郭官义译，学林出版社 1999 年版。

［英］约翰·福尔斯：《法国中尉的女人》，刘宪之、蔺延梓译，百花文艺出版社 1986 年版。

［英］约翰·福尔斯：《法国中尉的女人》，陈安全译，上海译文出版社 2002 年版。

［英］约翰·麦克里兰：《西方政治思想史》，彭淮栋译，海南出版社 2003 年版。

朱雯等编选：《文学中的自然主义》，上海文艺出版社 1992 年版。

中译论文

［美］戴尼蒂亚·史密斯：《库尔特·冯内古特：美国反文化经典作家》，《英语文摘》2007 年第 6 期。

外文著作

Alan W. Brownlie, *Thomas Pynchon's Narratives: Subjectivity and Problems of Knowing*, New York: Peter Lang Publishing Inc., 2000.

Allen J. Matusow, *The Unraveling of America: A History of Liberalism in the 1960s*, New York: Harper & Row Publishers, 1984.

Anne Mangen and Rolf Gaasland eds., *Blissful Bewilderment: Studies in the Fiction of Thomas Pynchon*, Oslo: Novus, 2002.

Aristotle, *Aristotle: Poetics*, London & New York: Penguin Books, 1996.

Robert D. Newman, *Understanding Thomas Pynchon*, Columbia: University of South Carolina Press, 1986.

Carl Friedrich von Weizsacker, *Die verantwortung der Wissenschaft im Atomzeitalter*, Gottingen, 1957.

Charles Harris, *Thomas Pynchon and the Entropic Vision*, New Haven: College and University Press, 1971.

Charles Perry, "The Sound of San Francisco", in Jim Miller, ed., *The Rolling Stone Illustrated History of Rock and Roll*, New York: Rolling Stone Press, 1976.

Charles Singer, *History of technology*, Oxford: Oxford University Press, 1958.

David Seed, *The Fictional Labyrinths of Thomas Pynchon*, Iowa City: University of Iowa Press, 1988.

David Cowart, *Thomas Pynchon & the Dark Passages of History*, Athens: University of Georgia Press, 2011.

David Witzling, *Everybody's America: Thomas Pynchon, Race, and the Cultures of Postmodernism*, New York and London: Routledge Taylor & Francis Group, 2008.

Douglas Mackey, *The Rainbow Quest of Thomas Pynchon*, San Bernardino, California: Borgo Press, 1980.

Edward Mendelson, "Gravity's Encyclopedia", in George Levine & David Leverenz, eds. *Mindful Pleasures: Essays on Thomas Pynchon*. Boston/Toronto: Little Brown, 1976.

Edward Mendelso, "Pynchon's Gravity", in Harold Bloom ed. *Thomas Pynchon*. New York: Chelsea House Publishers, 1986.

Edward W. Soja, *Postmodern Geographies: The Reassertion of Space in Critical Social Theory*, New York: Verso, 1989.

Elizabeth Jane Wall Hinds (ed.), *The Multiple Worlds of Pynchon's Mason & Dixon: Eighteenth-Century Contexts, Postmodern Observations*, Rochester, NY: Camden House, 2005.

ErichFromn, *The Revolution of Hope: Towards a Humanized Technology*. New York: Harper & Row, Pub., 1968.

Evans Lansing Smith, *Thomas Pynchon and the postmodern mythology of the underworld*, New York: Peter Lang, 2013.

Frank D. McConnell, "Thomas Pynchon", in James Vinson, ed. *Contemporary Novelists*, New York: St. Martin's, 1972.

G. Lakoff, & M. Johnson, *Metaphors We Live by*, Chicago: University of Chicago Press, 1980.

Georg Lukacs, *The Historical Novel*. Trans. by Hannah and Stanley Mitchell. Boston: Beacon., 1963.

Hans Jonas, *Das Prinzip Verantwortung—Versuch einer Ethik fuer die technologische Zivilisation*, Frankfurt/Main, 1979.

Hans Jonas, *Philosophische Untersuchungen und metaphysische Vermutungen*, Insel Verlag Frankfurt am Main und Leipzig, 1992.

Helmuth Schneider, "Das griechische Technikverstandnis", *Von den Epen Homers bis zu den Anfangen der technologischen Fachliteratur*, Darmstadt, 1989.

Henry Adams, *Degradation of the Democratic Dogma*, New York: Harper Porch books, 1949.

I. A. Richards, *The Philosophy of Rhetoric*, New York: Oxford University Press, 1936.

Ihab Hassan, *Paracriticisms: Seven Speculations of the Times*, Urbana: University of Illinois Press, 1975.

Ihab Hassan, "Quest: Form of Adventure in Contemporary American Literature", in Malcolm Bradbury and Sigmund Ro., ed., *Contemporary American Fiction*, London: Edward Arnold, 1986.

Jacques Ellul, *The Technological System*. Trans. by Neugroschel Joachim. New York: Continuum, 1980.

Jean-Francois Lyotard, *The Postmodern Condition: A Report on Knowledge*, California: Borgo Press, 1980.

Joanna Freer, *Thomas Pynchon and American Counterculture*. Cambridge: Cambridge University Press, 2014.

John C. McWilliams, *The 1960s Cultural Revolution*, Westport, CT: Greenwood Press, 2000.

John Diebold, *Automation: The advent of the Automatic Factory*, New York: D. Van Nostrand Company, 1952.

Joseph Slade, *Thomas Pynchon*, New York: Warner Bros, 1974.

Joseph Waldmeir, *American Novels of the Second War Literature*. Paris: Mouton, 1969.

Kathryn Hume, *Pynchon's Mythography: An approach to Gravity's Rainbow*, Carbondale: Southern Illinois University Press, 1987.

Khachig Tololyan, "War as Background in Gravity's Rainbow", in Charles Clerc, ed., *Approaches to Gravity's Rainbow*, Columbus: Ohio State University Press, 1983.

Mangel Anne, "Maxwell's Demon, Entropy, Information: The Crying of Lot 49", in Thomas Votteler ed., *Contemporary Literary Criticism*, Detroit/London: Gale Research Inc. 1992.

Mark RichardSiegel, *Pynchon: Creative Paranoia in Gravity's Rainbow*, Port Washington (NY): Kennikat, 1978.

Martin Eve, *Pynchon and Philosophy: Adorno, Wittgenstein, Foucault*. London: Palgrave, 2014.

Martin Heidegger, *The Question Concerning Technology and Other Essays*, New York: Harper Collins, 2013.

Martin Heidegger, *The Question Concerning Technology, and Other Essays*. Trans. by William Lovitt. New York: Harper & Row, Publishers, Inc., 1977.

Max Black, *Models and Metaphors: Studies in Language and Philosophy*. New York: Cornell University Press, 1962.

Michael Soto, *The Modernist Nation: Generation, Renaissance, and Twentieth-Century American Literature*, Tuscaloosa: The University of Alabama Press, 2004.

Molly Hite, *Ideas of Order in the Novels of Thomas Pynchon*, Columbus: OH State University Press, 1983.

Nicholas Schaffner, *The Beatles Forever*, Harrisburg, Pa: Stackpole Co., 1977.

Nicoline Timmer, *Do You Feel It Too? The Post-Postmodern Syndrome in American Fiction at the Turn of the Millennium*, Amsterdam, New York: Rodopi, 2010.

Patrick Slattery, *Curriculum Development in the Postmodern Era*, New York: Garland Publishing Inc., 1995.

Peter Goodchild, *J. Robert Oppenheimer: Shatterer of Worlds*. New York: Fromm, 1985.

Philip K. Jason and Mark A. Graves, eds., *Encyclopedia of American War Literature*, Westport: Greenwood Press, 2001.

R. U. Sirius, and Dan Joy, *Counterculture Through the Ages: From Abraham to Acid House*, New York: Villard Books, 2004.

Ralph Waldo Emerson, *Selected Writings of Ralph Waldo Emerson*, William H. Oilman ed. and fwd., New York: Penguin, 1965.

Raphael Sassower. *Technoscientific Angst: Ethics and Responsibility*, Minnesota: University of Minnesota Press, 1997.

Richard Poirier, "The Importance of Thomas Pynchon" in George Levine and David Leverenz, eds., *Mindful Pleasures: Essays on Thomas Pynchon*, New York: Little, Brown and Company, 1976.

Robert Cumming, *Art Explained*, London: DK Publishing, 2007.

Robert H. Wiebe, *The Search for Oder*, 1877-1920, New York: Hill and Wang, 1967.

S. Marc Cohen, Patricia Curd, and C. D. C. Reeve, *Readings in Ancient Philosophy: From Thales to Aristotle* (Second Edition), Indianapolis: Hackett Publishing Company, 2000.

Samuel Thomas, "Pynchon's political aesthetic" in *Pynchon and the Political*, New York and London: Routledge, 2007.

Shawn Smith, *Pynchon and history: metahistorical rhetoric and postmodern narrative form in the novels of Thomas Pynchon*. New York: Routledge, 2013.

Stefan Mattessich, *Lines of Flight: Discursive Time and Countercultural Desire in the*

Work of Thomas Pynchon, Durham and London: Duke University Press, 2002.

Stefan Mattessich, *Fiction in the Quantum Universe*, Columbia: The University of North Carolina Press, 1992.

Terry Anderson, *The Sixties*, New York: Longman, 1999.

Thomas Pynchon, *V.*, London: Pan books, 1963.

Thomas Pynchon, *The Crying of Lot 49*, New York: J. B. Lippincott Co., 1966.

Thomas Pynchon, *Gravity's Rainbow*, New York: Penguin Books, 1973.

Thomas Pynchon, *Slow Learner*, New York: Little, Brown, Co., 1984.

Thomas Pynchon, *Vineland*, Boston: Little, Brown, Co., 1990.

Thomas Pynchon, *Mason & Dixon*, New York: Henry Holt Co., 1997.

Thomas Pynchon, *Against the Day*. New York: Penguin Books, 2006.

Thomas Pynchon, *Inherent Vice*, New York: Penguin Books, 2009.

Theodore D. Kharpertian, *A Hand to Turn the Time: the Menippean Satires of Thomas Pynchon*. London: Associated University Press, Inc., 1990.

Timothy Miller, *The Hippies and American Values*, Knoxville: The University of Tennessee Press, 1991.

TonyTanner, *Thomas Pynchon*, New York and London: Methuen, 1982.

TonyTanner, "V. and V-2.", in Edward Mendelson, ed. *Pynchon: A Collection of Critical Essays*, Englewood Cliffs, N. J: Prentice-Hall, 1978.

Tony Tanner, "The Crying of Lot 49", in Harold Bloom, ed., *Modern Critical Views: Thomas Pynchon*. New York: Chelsea House Publishers, 1986.

W. H. Auden, "The Quest Hero", in Sheldon Norman Gerbstein, ed. *Perspective in Contemporary Criticism*, New York: Harper & Row, 1968.

Weiner Smith, *Robert Oppenheimer: letters and recollections*, Cambridge, MA and London: Harvard University press. 1980.

William Mitchell, *Me++: The Cyborg Self and the Networked City*. Massachusetts: MIT Press, 2003.

William Raymond, *The Long Revolution*. New York: Columbia University, 1961.

William S. McConnell ed., *The Counterculture Movement of the 1960s*, San Diego:

Greenhaven Press, 2004.

外文论文

Charles Hollander, "Pynchon's Politics: The Presence of an Absence", *Pynchon Notes*, 1990.

Charles Hollander, "Abrams Remembers Pynchon", *Pynchon Notes*, 1996.

CNN, "Where's Thomas Pynchon", June, 1997.

Coraghessan Boyle, "Mason & Dixon, by Thomas Pynchon", *New York Times Book Review*, 18 May, 1997.

David Cowart, "The Luddite Vision: Mason and Dixon", *American Literature*, Vol. 71, No. 2, 1999.

David Haeselin, "Welcome to the Indexed World: Thomas Pynchon's Bleeding Edge and the Things Search Engines Will Not Find", *Critique: Studies in Contemporary Fiction*, 2017.

Francisco Collado-Rodríguez, "Intertextuality, Trauma, and the Posthuman in Thomas Pynchon's Bleeding Edge", *Critique: Studies in Contemporary Fiction*, 2016.

John Henderson, "Chinese Cosmographical Thought: The High Intellectual Tradition", in J. B. Harley and David Woodward (eds.) *The History of Cartography*, vol. 2, bk. 2, *Cartography in the Traditional East and Southeast Asian Societies*. Chicago: Univ. of Chicago Press, 1987.

Joshua Cohen, "First Family, Second Life: Thomas Pynchon Goes Online", New York: *Harper's Monthly*, 2013.

Jason T. McEntee, "Pynchon's Age of Reason: Mason & Dixon and America's Rise of Rational Discourse", *Pynchon Notes* 52-53, 2003.

Kenneth Jude Lota, "The Post-Noir Novel: Pulp Genre, Alienation, and the Turn from Postmodernism in Contemporary American Fiction" Diss. The University of North Carolina at Chapel Hill, 2020.

Leah Fritz, "Female Sexuality and the Liberated Orgasm", *Berkeley: Tribe*, October 1970.

Leo Robson, "Dotcom Survivors", *New Statesman*, 2013.

Lewis Nichols, "In and Out of Books", *New York Times Book Review*, April 1963.

Mary Beth Norton, "A People and A Nation", *The History Teacher*, Vol. 16, No. 1, November 1982.

Mel. Gussow, "Pynchon's Letters Nudge His Mask", *New York Times*. No. 4, 1998.

Miriam Fernandez Santiago, " 'Acting Out' and 'Working Through' Departure in Thomas Pynchon's Bleeding Edge", *Nordic Journal of English Studies*, 2019.

Mitchum Huehls, "TheGreat Flattening", *Contemporary Literature*, Vol. 54, No. 4, 2013.

Nathanael Cloyd, "Terrorists, Zombies, and Robots: The Political Unconscious, Thematics, and Affectual Structures of the Post-9/11 American Fear Narrative", Diss. Old Dominion University, 2020.

P. L. Abernerhy, "Entropy in Pynchon's The Crying of Lot 49", *Critique Studies in Modern Fiction*, No. 2, 1972.

Paul Berg, "Meetings that changed the world—Asilomar 1975: DNA modification secured", *Nature*, Vol. 455, 2008.

Paul Gorner, "Heidegger's Phenomenology as Transcendental Philosophy", *International Journal of Philosophical Studies*, Vol. 10, No. 1, 2002.

Riley McDonald, "The Frame Breaker: Thomas Pynchon's Post-human Luddites", *Canadian Review of American Studies*, Vol. 44, No. 1, 2014.

Rodney Gibbs, "A Portrait of the Luddite as a Young Man", *Denver Quarterly*, No. 1, 1994.

Roger Lewin, "Ethics and Genetic Engineering", *New Scientist*, Vol. 64, October 1974.

Steven C. Weisenburger, "Thomas Pynchon at Twenty-Two: A Recovered Autobiographical Sketch", *American Literature*, No. 4, 1990.

Susan Strehle, "Actualism: Pynchon's Debt to Nabokov", *Contemporary Literature*, Vol. 24, No. 1, 1983.

网络文献

《蒂莫西·利里》, https://baike.baidu.com/item/ 9823521? fr=Aladdin。

联合国教科文组织:《关于科技统计国际标准化的建议案》, http://www.niec.org.cn/。

《热力学三大定律》, https://baike.baidu.com/item/10572632。

周伦佑:《反价值—对既有文化观念的价值解构》,《红色写作》, http://www.poemlife.com:9001/reviewcolumn/zhoulunyou/article.p.14。